Mr Nice Guy

Jennifer Miller
et Jason Feifer

Mr Nice Guy

Traduit de l'anglais (États-Unis)
par Eva Monteilhet

cherche midi

Vous pouvez consulter notre catalogue général
et l'annonce de nos prochaines parutions sur notre site :
www.cherche-midi.com

Directeurs de collection : Arnaud Hofmarcher et Marie Misandeau

Titre original : *Mr. Nice Guy*
Éditeur original : St Martin's Press

92, avenue de France
75013 Paris

Mis en pages par Nord Compo à Villeneuve-d'Ascq
Dépôt légal : avril 2020
ISBN : 978-2-7491-5905-8

PREMIÈRE PARTIE

1

Il était presque 9 heures quand Lucas, déjà en sueur, émergea du métro et se mêla à la foule qui se pressait vers la tour du One World Trade Center. Cela faisait déjà un mois qu'il se fondait chaque matin dans la masse des touristes, des employés en costume, des adeptes de la théorie du complot et des banlieusards de Staten Island. Et même la canicule ne pouvait lui gâcher sa joie. En fait, il n'arrivait toujours pas à réaliser la chance qu'il avait. Il vivait à New York, enfin ! Et il travaillait dans ce sceptre de verre étincelant dont la flèche perçait le bleu insolent du ciel pour aller poignarder le soleil.

Une personne un peu plus cynique se serait probablement sentie gênée par la grandiloquence de ses propres pensées. Mais Lucas n'arrivait pas à s'en empêcher. Il avait beau n'être qu'un petit fact-checkeur, autrement dit un invertébré dans la chaîne alimentaire des médias, il était chaque matin aussi excité de pénétrer dans le hall du gratte-ciel. Il adorait tout : badger, passer le portique de sécurité, prendre l'ascenseur. Il se retrouvait d'ailleurs souvent seul dedans. Car cet ascenseur était réservé à ceux qui travaillaient dans la presse, et dans ce milieu personne n'arrivait avant au moins 10 heures. Mais Lucas ne s'était pas encore adapté à ces « horaires des médias ». À 10 heures, la chaleur était déjà infernale. Et de toute façon, il devait mettre toutes les chances de son côté. Trop de gens, chez lui, n'attendaient qu'une chose : le voir revenir au bercail la queue entre les jambes. Ils avaient hâte que, pétri de remords, il reprenne son ancienne vie dans ce bon vieux Sud, la petite vie qui l'avait comblé jusqu'au jour où il avait tout gâché pour aller à New York, « ce cloaque pollué et suant ». C'étaient les mots exacts de sa grand-mère.

« À Charlotte aussi, les gens suent, s'était-il défendu.

— Mais ils ne puent pas ! avait-elle rétorqué. À moins d'être riche, New York est un taudis. Ça ne vaut pas mieux que l'Inde. »

Sa grand-mère ne connaissait pas plus New York que l'Inde. Mais ce n'était pas la peine d'argumenter. En refusant de passer le barreau, en rompant avec sa fiancée (aussi riche que bien née) à six mois de leur mariage, il avait brisé les rêves et les attentes de sa famille. Et peu importait, pour eux, que ce soit Mel qui l'ait quitté. Tout le monde, y compris elle, était persuadé que Lucas aurait dû en faire plus pour sauver leur histoire. Mais il avait préféré fuir comme un lâche. Et chez les Yankees, en plus ! Il avait tourné le dos aux siens, à sa culture, à ses racines.

Le seul à qui il avait parlé depuis son arrivée à Manhattan, c'était son frère Sam. Mais tant pis. Il était enfin là où il avait toujours rêvé d'être. Et il travaillait là où il avait toujours rêvé de travailler : au magazine *Empire*.

Quelle importance, s'il habitait dans un cube surchauffé et gagnait un salaire de misère ?

Les portes de l'ascenseur s'ouvrirent au vingt-neuvième étage.

EMPIRE

Le mot qui s'étalait juste en face de lui, en très grosses lettres noires, donnait un peu l'impression de se faire crier dans l'oreille ou de prendre un coup de poing au visage. Et après tout, pourquoi l'Empire (comme tout le monde l'appelait) aurait-il dû rester modeste ? Le magazine new-yorkais – une institution – existait depuis cinquante ans et ses locaux se trouvaient en plein cœur du nouveau bastion concentrant l'espoir et la fierté du pays.

En se dirigeant vers son bureau, Lucas passa devant les cloisons vitrées des rédacteurs en chef – la classe dirigeante – dont les larges fenêtres donnaient sur le Lower Manhattan et l'East River. Puis il traversa des rangées de boxes aussi denses que les blocs de fer de *Minecraft*. Ils étaient réservés au prolétariat qui produisait le bimensuel : gratte-papier, graphistes, commerciaux et autres sous-fifres. Il s'engagea enfin dans les faubourgs lointains de l'Empire, où étaient relégués les stagiaires, avant d'atteindre le coin des fact-checkeurs. Il était absurde qu'ils soient confinés dans une zone encore plus reculée que les stagiaires. Mais c'était la triste réalité, ils croupissaient en grande banlieue, acculés contre un mur aveugle, loin de la lumière du jour. Lucas ne se plaignait pas. Il n'était là que depuis un mois. Son ascension professionnelle allait exiger du temps et de la persévérance. Et pourtant, il avait déjà l'impression d'être arrivé si loin, si vite. Et si sa progression continuait de façon exponentielle ?

Il s'installa à son bureau minuscule. Ceux de ses collègues étaient encombrés de papiers couverts de gribouillis et des vérifications relatives aux articles du numéro à venir. Mais Lucas ne laissait rien s'entasser, au sens propre comme au figuré. Il était venu à New York pour se libérer. Il avait beau essayer, il sentait quand même le poids accablant de ses emprunts étudiants, et son travail lui rappelait quotidiennement son indigence. Par exemple à cet instant même, alors qu'il travaillait sur un chef célèbre qui venait de lancer un « menu du chercheur d'or ». Pour la bagatelle de quelques milliers de dollars, on pouvait déguster dans son restaurant un burger au bœuf de Kobe saupoudré d'or brut ou siroter une margarita givrée à la poussière d'or. C'était fou de penser que moins de dix ans plus tôt, tous ces types aujourd'hui prêts à lâcher une fortune pour du bar en croûte d'or sanglotaient, couchés par terre, à la Bourse de New York.

Lucas essaya de se mettre au travail mais il se retrouva vite sur la page Facebook de son ex. Ils n'étaient même pas séparés depuis deux mois qu'elle était déjà affichée « en couple ». Malheureusement, le compte du nouveau prétendant n'était pas public et il ne put mettre la main que sur quelques informations basiques : il était grand et baraqué, portait des shorts treillis, des polos au col remonté, des casquettes de base-ball et s'appelait Cal Braden. Une vraie caricature de mec qui fait partie d'une fraternité et joue à la crosse. Si New York avait ses rois de l'univers, ce bon vieux Sud avait ses rois des crétins. Il pouvait lire sur le visage de ce Cal qu'il n'avait qu'une hâte : glisser un gros caillou au doigt d'une belle du Sud, lui acheter une maison et lui faire un paquet de gosses tous sapés bien propret. Tout ce que Lucas adorait... Quelque chose se tordit quand même dans son ventre quand il constata que Mel avait vite fait de le remplacer par un nouveau modèle plus chic. Et en plus, elle s'était détaguée de toutes leurs photos. Ils avaient passé six ans ensemble et c'était comme s'il n'avait jamais existé.

« Putain, Luke, ça fait un mois que tu bosses ici ! Il va vraiment falloir que t'arrêtes de faire le fayot comme ça. Tu nous fais passer pour des nuls. »

Lucas ferma rapidement Facebook et se tourna vers le nouvel arrivant. Franklin était un petit mec au nez retroussé dont les cheveux rappelaient assez un porc-épic. Il sirotait un café frappé dont le plastique était couvert de condensation.

« Pourquoi, quelle heure il est ?

— Dix heures et demie. »

Est-ce qu'il avait réellement passé une heure entière scotché sur les photos de Mel ?

« Luke, combien de fois je vais devoir t'expliquer que de toute façon, personne ne sait qu'on est ici ? »

Si personne ne sait qu'on est ici, alors pourquoi tu me les brises ? se demanda *in petto* le concerné. Mais il ne doutait pas que ses collègues finiraient par apprécier à sa juste valeur son éthique professionnelle et que ses patrons remarqueraient son zèle. Ou il connaîtrait le triste sort de Franklin, qui en était encore à faire du fact-checking trois ans après. Comment est-ce qu'on pouvait lambiner à ce point ? S'il avait été assez malin pour quitter Charlotte dès la fin du lycée, Lucas aurait probablement déjà été promu rédacteur en chef.

Et dire qu'il venait encore de perdre une heure, sur Facebook en plus. La culpabilité lui pesait sur l'estomac comme un bloc de ciment. Il aurait mérité d'être jeté dans l'East River.

« Tu bosses sur quoi ? demanda Franklin en passant la tête par-dessus la minuscule cloison qui les séparait.

— Sur le top 10 des meilleurs restaurants. »

Franklin fronça les sourcils. « *Empire* doit être vraiment dans la merde pour qu'on couvre des nullités pareilles. On dirait un article du *Washingtonian* ou du *Boston Magazine*. Comme s'il y avait de bons restaurants à Boston... »

Lucas n'était pas tout à fait d'accord. Il y avait encore de nombreuses pages réservées à la culture, sans compter les analyses politiques et au moins trois articles de fond à chaque numéro. *Empire* ouvrait les mêmes horizons qu'à l'époque où, encore lycéen, il l'achetait de temps en temps. Puis il s'était abonné, au grand étonnement de ses colocs et de Mel, qui n'avaient jamais compris comment il pouvait se passionner pour des scandales impliquant la fille du maire de New York, des histoires lointaines de gentrification ou la crise des bains publics chinois. Personne, chez lui, ne pouvait comprendre que ce papier glacé le transportait dans un monde de glamour et de crasse, de modernité et d'histoire, porteur de la culture des souterrains comme de celle des gratte-ciel. Tout ce dont il voulait entendre parler, tout ce qu'il voulait voir ou découvrir, il le trouvait dans les pages d'*Empire*.

« Ça fait combien de temps qu'ils te confient les gros titres ? demanda Lucas.

— C'est qu'il est ambitieux, ce petit ! » ricana Franklin sans répondre.

Mais il pouvait bien se moquer. Dans un an, il serait encore coincé dans les faubourgs lointains avec son fact-checking pourri, à vérifier si les articles écrits par d'autres tenaient debout. Alors que lui les écrirait ! Lucas retourna à ses burgers à deux mille balles.

2

À très exactement 11 h 13, Lucas reçut un mail de la secrétaire du Directeur de la rédaction. Il était convoqué dans son bureau. Des mois plus tard, lorsqu'il passerait au crible les ruines de sa carrière, essayant de localiser la bombe qui l'avait fait imploser, il déciderait que c'était là que tout avait commencé. Avec ce mail.

Mais à 11 h 13, Lucas n'avait encore aucune idée de ce que le Directeur de la rédaction pouvait bien lui vouloir. Jay Jacobson était l'une des personnalités les plus influentes de la scène médiatique new-yorkaise. Et il incarnait avec superbe le despote bienveillant. À la fois craint et révéré, secrètement critiqué pour sa nature capricieuse, mais surtout religieusement obéi. On le surnommait Jiji derrière son dos pour sa double initiale et cette rébellion dérisoire, tacitement autorisée par le despote, donnait une illusion de contrôle au prolétariat.

Lucas relut le mail plusieurs fois. « 16 heures, dans le bureau de M. Jacobson. »

Est-ce que c'était bon ou vraiment mauvais ? Il ne prit conscience qu'il respirait très fort que lorsque Franklin passa sa tête au-dessus de la demi-cloison, comme dans le jeu de la taupe.

« Mec, qu'est-ce que tu nous fais, là ? Une crise d'asthme ?

— Jiji veut me voir.

— Pense bien à mettre un genou à terre quand tu le salueras, grinça Franklin.

— Ha ha. »

Ce qui n'empêcha pas Lucas d'aller s'exercer aux courbettes dans les toilettes. Il avait l'impression d'être ridicule. Et il n'avait pas tort… Il resserra fébrilement son nœud de cravate – cravate qu'il était le seul à mettre chaque jour, sans exception. Tout comme sa détermination infaillible à arriver tôt le matin, ses cravates lui avaient valu quelques haussements de sourcils. Mais c'était grâce à une bonne préparation qu'on marquait des points. Il fallait être paré à toute éventualité. « Tu es fait pour bosser ici, s'encouragea-t-il, souriant à son reflet pour vérifier qu'il n'avait rien entre les dents. Tu vas tout déchirer ! »

Mais d'abord, il allait devoir affronter les secrétaires, Florence et Phyllis. C'étaient les fidèles sentinelles de Jiji. D'âge mûr et épaisses, elles semblaient être là depuis toujours. Malgré leurs chairs molles et leurs doubles mentons, elles donnaient une impression de dureté et on aurait dit qu'elles dormaient les yeux ouverts. Elles avaient donc logiquement été surnommées les Sphinx.

Il entendit Alexis l'appeler. C'était la troisième secrétaire de Jiji, celle qui était chargée des tâches les plus ingrates. Si mince qu'elle en paraissait fragile – on aurait pu penser qu'elle allait se casser en mille morceaux au moindre choc –, elle était pourtant dotée de seins énormes. Lucas avait un jour entendu un journaliste dire qu'ils étaient « très français », et depuis il avait encore plus de mal à la regarder dans les yeux. Mais lui, au moins, avait le mérite d'essayer. Pas comme la majorité de leurs collègues, hommes et femmes.

« Tu peux y aller. » Puis elle ajouta, chuchotant sur un ton conspirateur : « Par contre, ne regarde pas les vieilles dans les yeux, sinon tu vas être changé en pierre. Et en sortant, ne lui tourne surtout pas le dos.

— OK, merci », se contenta de répondre Lucas.

Il était trop tendu pour penser à une réplique spirituelle. Peut-être qu'elle ne plaisantait pas, d'ailleurs. Il pouvait sentir les yeux des Sphinx lui vriller la nuque tandis qu'elles le suivaient du regard comme de gros reptiles. Il frappa à la porte et on lui dit d'entrer.

La lumière qui traversait le bureau était si aveuglante qu'il eut l'impression de pénétrer dans un prisme de verre géant. Tout paraissait fragmenté.

« Bonjour ? » dit-il en clignant désespérément des yeux. Il n'était quand même pas déjà en train de tout foutre en l'air ?

« Ah, quel plaisir de te rencontrer ! » s'exclama Jiji en se levant. L'image redevint soudain nette, comme stabilisée par l'homme bien charpenté et élégamment vêtu qui s'avançait vers lui. Lucas avait déjà vu beaucoup de mâles alpha à l'université de Caroline du Nord, mais ce type-là aurait pu être acteur. Il devait avoir la petite quarantaine, pourtant il était difficile de lui donner un âge. Son menton et son nez étaient parfaits, dignes d'une statue grecque.

Ses yeux étaient d'un bleu céruléen et ses dents étincelaient. Quand il lui tendit la main, Lucas remarqua ses avant-bras musclés et glabres.

Est-ce qu'il s'épile les bras... ? se demanda-t-il. Cette pensée le déconcentra. « Moi aussi je suis ravi de vous rencontrer, répondit-il en tentant de rendre une poignée de main ferme et virile.

— Je t'en prie », dit Jiji en lui indiquant un magnifique canapé en cuir patiné, un fauteuil et une table basse en verre tellement propre qu'elle était presque invisible. Le tout était harmonieusement réparti sur un tapis à poils longs de couleur claire. Jiji s'assit avec nonchalance dans le fauteuil.

« Alors, Luke, tu te plais chez nous ?

— Oui, oui, énormément. »

Il tentait de détailler le Directeur de la rédaction le plus discrètement possible. Il portait une chemise oxford en lin légèrement déboutonnée sans rien dessous et un pantalon gris clair avec des mocassins Gucci, sans chaussettes. Il ne manquait que la carafe de scotch. Si les bureaux de certains rédacteurs en chef ressemblaient à des bars, il n'y avait pas la moindre bouteille d'alcool dans celui-ci. Par contre, Jiji possédait une impressionnante collection de carnets, tous identiques, bien alignés sur des étagères. Ils couvraient tout un mur. C'était l'une de ses excentricités bien connues : il préférait écrire à la main (avec un stylo Lamy 2000 à plume extrafine, qu'Alexis lui commandait sur Amazon pour la modique somme de 134,99 $) dans un grand carnet fait sur mesure. Un carton arrivait de Milan tous les trois mois, et la rumeur disait que chaque carnet coûtait plusieurs centaines de dollars.

« Je suis vraiment très heureux de travailler ici. »

Jiji sourit gentiment. « Je suis ravi de l'entendre. Tu sais, Lucas, il est rare que j'embauche des personnes de ton âge. »

Lucas commençait à transpirer.

« Mais Housman m'a dit que tu étais un fonceur. »

Dan Housman était son bras droit. Il venait de la même université que Lucas et avait fait partie de la même fraternité. C'était clairement la seule raison pour laquelle le CV de Lucas n'avait pas fini à la corbeille avec tous les autres.

« ... ce qui doit être vrai, parce qu'en général la fraternité Sigma Chi n'est pas tellement accessible aux fils de vendeurs de voitures... Pas vrai ? »

Il avait raison. Les camarades de fraternité de Lucas étaient des fils de banquiers et de P-DG. Certainement pas des boursiers. Pourtant, ils l'avaient accueilli à bras ouverts. Peut-être parce qu'il leur apportait une touche d'exotisme, un parfum de ruralité. Peu importait, à leurs yeux, que ses parents vivent quand même dans la banlieue la plus chic de Charlotte ou qu'ils fassent partie d'un country club particulièrement bien fréquenté. Aux soirées, ils le présentaient comme « Lucas, dont le père est vendeur de voitures ! ». Mais il s'en fichait. Et finalement, tout le monde avait quelque chose à gagner dans ce petit arrangement.

Mais curieusement, entendre « vendeur de voitures » de la bouche de Jay le faisait grincer des dents. « En fait, tenta-t-il, c'est le patron de la concession.

— Être fils d'un vendeur de voitures et avoir le courage d'entrer dans une fraternité dans laquelle on n'est pas le bienvenu... »

Est-ce que c'était insultant ? Il avait du mal à savoir.

« ... voilà le genre d'initiative que j'admire. »

Quoi ?! Jay Jacobson l'admirait ?

« Je dois bien dire, Luke, que j'ai été très impressionné par ta lettre de motivation. Ça faisait un moment que je n'avais pas perçu une telle passion pour le magazine. Surtout de la part de quelqu'un qui connaît si bien notre travail. Et un fils de vendeur de voitures de Caroline du Nord, en prime ! »

La Caroline du Nord semblait avoir été déplacée du côté de Madagascar. Mais quelle importance ? Le Directeur de la rédaction l'admirait. Il avait été impressionné !

« Je vais te raconter quelque chose, Luke », dit-il en se penchant vers lui. De près, il put constater que son patron avait une petite entaille de rasage sur la joue. Et que ses yeux étaient un poil trop rapprochés. Ces éléments lui permirent de se détendre un peu. « Je ne sais pas si ça a été ma malédiction, ma bénédiction ou seulement le destin, mais j'ai moi aussi eu le malheur de naître dans un lieu peu enviable. Beloit, Kansas. Imagine un peu ! Parfois je me demande même comment c'est possible que le Kansas et New York coexistent sur la même planète. Tu vois ce que je veux dire ? »

Lucas ne voyait pas du tout mais il s'empressa d'acquiescer, désagréablement conscient du mouvement d'oscillation de sa tête.

« Parfois, nous devons nous tailler notre propre route en ce bas monde. Nous devons réécrire nos origines. C'est ce que tu essaies de faire et je respecte totalement ce choix. Mais dans ta lettre, cette phrase dans laquelle tu dis vouloir te réinventer, “à l’image de la Nouvelle-Amsterdam”. C’était peut-être un peu *too much*, Luke. »

Lucas sentit le triangle qui reliait ses joues à son front s’enflammer. Il s’était torturé pendant des semaines avant de décider qu’un peu de poésie pourrait l’aider à se distinguer de ses rivaux. Comment avait-il pu commettre une telle erreur ?

« Mais ça montre bien ton appétit, ton ambition. Et même les meilleurs ont besoin d’un guide. »

Lucas approuva. Oh oui, il avait de l’ambition. Et Jiji l’avait perçu tout de suite. Franklin avait tort : Jiji voyait vraiment tout.

« Je sais que tu es un jeune homme passionné et très investi. Tu as le potentiel pour accomplir de grandes choses chez nous.

— Merci », répondit Lucas en étouffant tant bien que mal un « monsieur » plein de révérence de peur de paraître ridicule.

Jiji se leva. « Je veux que tu saches que tu es le bienvenu si tu as un problème ou une question, Luke. Ma porte est ouverte.

— C’est très gentil à vous.

— Est-ce qu’il y a quelque chose que tu voudrais me demander ? »

Il ne s’était pas du tout préparé à une telle éventualité. « Euh... Est-ce que vous auriez un conseil à me donner ? »

Il eut envie de se taper la tête contre le mur en s’entendant débiter une telle platitude. Quel manque d’originalité... Pourtant, Jiji sembla trouver la question amusante.

« Tu l’as dit toi-même, dit-il avec un petit rire. Il faut

se réinventer, à l'image d'*Empire*. Tu es un gosse du Sud. À toi de devenir un vrai New-Yorkais.

— Ouimsieur », répondit Lucas en lâchant la bride à un énième hochement de tête, d'une intensité maximale cette fois.

Qui aurait cru que Jay Jacobson pouvait être aussi chaleureux ? Rien à voir avec l'autocrate lunatique et inaccessible dont on lui avait parlé. Non, il avait en face de lui un homme qui savait l'apprécier tel qu'il était. Ou en tout cas tel qu'il voulait être.

« Luke ? Juste une petite question. Où est-ce que tu achètes tes cravates ? »

Lucas n'en avait pas la moindre idée. C'était un cadeau de sa grand-mère, qui l'avait probablement trouvée au rayon vêtements d'une grande surface quelconque. Il ne paraissait pas judicieux de le dire. Il opta donc pour quelque chose d'un peu plus chic.

« Mmm. Les miennes sont des Gucci, précisa Jiji. Peut-être que ça t'irait bien.

— Merci beaucoup ! » s'exclama Lucas, même si ce n'était pas exactement un compliment.

Puis il recula de quelques pas avant de se retourner et de sortir en refermant soigneusement la porte derrière lui.

Il repassa devant les Sphinx avec la sensation de flotter dans les airs. Son sourire était aussi radieux que le soleil de Manhattan. Il avait l'impression qu'il venait d'émerger des fonts baptismaux, qu'il était un homme neuf. Les ronchons (ses parents, sa grand-mère, Mel, ce gros nul de Cal Braden) pouvaient bien aller se faire voir. Lucas venait d'être baptisé par l'empereur en personne.

« Alors, lui demanda Alexis en l'interceptant. Tu travailles toujours ici ? »

Lucas ne voulait pas ternir sa conversation avec Jiji en la racontant à qui que ce soit. Il n'avait qu'une envie : s'enfermer quelque part et se la rejouer phrase après phrase, mot après mot. Mais Alexis n'allait pas le laisser s'en sortir comme ça.

« Il m'a dit quelques vérités désagréables sur ma lettre de motivation.

— Aïe, fit-elle en fronçant les sourcils.

— Et il pense que j'aurais belle allure en Gucci. »

Alexis grimaça franchement.

« Qu'est-ce qu'il y a ?

— Écoute bien ce que je vais te dire. Dès ce soir, il faut absolument que tu ailles t'acheter quelques cravates. De belles cravates. Pas trop belles non plus bien sûr, pas des Gucci. Mais quand même. Des Michael Kors, peut-être.

— Qu'est-ce qu'elles ont mes...

— Si tu as une belle cravate, je pense que tu as tes chances, le coupa-t-elle. Peut-être qu'il ne te virera pas tout de suite.

— Me virer ?! Tu te fiches de moi ?

— Ne le prends pas mal, dit-elle en hochant gravement la tête, mais tu n'as pas la moindre idée de l'endroit où tu es tombé. Jiji risque de faire vraiment attention à la façon dont tu t'habilles, maintenant. »

Il acquiesça mollement. Il ne savait pas trop quoi penser de tout ça mais une chose était sûre, Jiji allait le mettre à l'épreuve.

« Le problème, c'est que je n'ai vraiment pas de quoi m'acheter de nouvelles fringues.

— Fais des stocks de bagels à un dollar dans la rue, le matin. C'est ce que j'ai fait pendant toute ma première année. Tu vas voir, ton salaire fondra moins vite. »

Tout le monde fut anormalement gentil avec lui jusqu'au soir. Pour Franklin, son renvoi imminent ne faisait aucun doute. Sinon, pourquoi Jiji aurait-il pris la peine de le convoquer pour critiquer en personne sa lettre de motivation ?

« C'est rude, quand même... Ça ne faisait même pas un mois », le plaignit-il avec une fausse compassion.

Ses collègues lui proposèrent même d'aller boire un verre. Juste au cas où. Lucas savait très bien qu'il n'allait pas être viré mais il ne pouvait pas non plus leur raconter que Jiji l'admirait. Ils l'auraient détesté.

Quand il les rejoignit au bar après ses emplettes, Franklin était déjà assez saoul pour arborer de larges auréoles de sueur sous les bras.

« T'as acheté quoi ? voulut-il savoir en désignant son sac.

— Rien du tout. »

En l'occurrence, le « rien du tout » correspondait à la moitié de sa paie. Il tendit le bras pour mettre le sac hors de portée mais Franklin fut plus rapide.

« Tiens tiens, qui eût cru que Lucas était un adepte de Beau Brummell ? railla-t-il en sortant les cravates de soie.

— De qui ? demanda-t-il en les lui arrachant des mains.

— Le père de tous les dandies. Il cirait ses chaussures au champagne. Et avant lui, la seule couleur de cravate autorisée c'était *blanc d'innocence virginale**. Mais franchement, on en est loin avec toi » !

Sous l'insulte, le visage de Lucas se colora d'une nuance un peu plus chaude que le *blanc d'innocence*. Alexis, quant à elle, riait tellement que son corps délicat semblait sur le point de voler en éclats. Entre deux hoquets, elle parvint à raconter le petit tour qu'elle avait joué à Lucas. Franklin faillit en recracher sa bière et Lucas dut protéger ses nouveaux achats de l'averse.

« Tu m'as menti ?! » s'exclama-t-il, mortifié, en s'efforçant de sourire. Il fallait qu'il rapporte au plus tôt ces maudites cravates.

« Allez, levons nos verres à ce brave Lucas, qui semble avoir d'assez bonnes chances de continuer à travailler parmi nous. »

Ils trinquèrent et Lucas sentit quelque chose se relâcher en lui. Ses collègues ne se seraient certainement pas souciés de son sort s'ils ne l'appréciaient pas.

« Donc Jiji n'est pas complètement dingue ?

— Oh si, il est définitivement dingue, répondit Franklin. Ou en tout cas, il arrive à rendre tout le monde dingue. Dans cette boîte, toutes les décisions sont prises par des gens qui essaient de deviner ce que Jiji peut bien vouloir mais flippent trop pour oser lui demander. Ça ne lui fait ni chaud ni froid de démonter un article que tu as passé des semaines, voire des mois à fact-checker. »

Alexis s'essuya les yeux pour chasser les dernières larmes. « Un beau matin, en se levant, il décide qu'il n'aime plus le sujet qu'il a lui-même demandé de traiter. Alors il

* En français dans le texte.

pourrit le journaliste qui l'a écrit ou le rédacteur en chef. Ou les deux.

— Je suis bien content de n'être qu'un misérable fact-checkeur, finalement », marmonna Luke.

Ses amis le régalèrent de potins sur Jiji. Ils lui racontèrent par exemple comment, pendant sa brève aventure avec une décoratrice d'intérieur, il avait dépensé une petite fortune en notes de frais pour équiper son salon d'un monstrueux lustre en cristal.

« Un truc tout droit sorti de Versailles, précisa Alexis. Une bricole à dix mille dollars.

— Plutôt à vingt mille, en fait, corrigea Franklin.

— Mais qui gère tout ça ? Quelqu'un doit bien vérifier les comptes, non ?

— On va attendre que tu aies un peu d'ancienneté, et puis tu nous donneras ton avis », répliqua Franklin en vidant son verre.

Lucas se rappela ce qu'Alexis lui avait dit : « Tu n'as pas la moindre idée de l'endroit où tu es tombé. » Mais c'était pour se moquer de lui. L'histoire du lustre était sans doute une blague du même tonneau.

3

Il était minuit trente. À New York, la nuit ne faisait que commencer.

La brunette tatouée va peut-être te proposer de prendre un autre verre.

Ton taxi accélère sur Central Park West et tu vas voir défiler les porches dorés à toute allure par les vitres abaissées. En te dirigeant vers le bar suivant avec les joyeux drilles que tu viens de rencontrer, tu tendras la main et frôleras peut-être celle de la jolie fille qui marche à tes côtés.

Pour Lucas, ces fantasmes représentaient New York. Mais il n'y avait rien de fou là-dedans. Il n'y avait pas de fêtes sur les toits-terrasses de l'Upper West Side et il ne finissait jamais au lit avec la belle inconnue. Les conclusions rêvées étaient trop facilement gâchées. Non, ce qui l'excitait le plus, c'était l'expectative.

Et pourtant, pour Lucas, l'expectative était bien solitaire. Pour le moment, il était planté à un coin de rue avec son sac de cravates hors de prix. Ses collègues étaient respectivement allés rejoindre leur douce moitié et leur quête Tinder. Mais West Village était en pleine effervescence. Les bars étaient bondés, des créatures aux jambes interminables le dépassaient à grands pas, bras dessus bras dessous avec leurs congénères, des hordes venues du New Jersey passaient devant lui, les hommes bien gominés, les femmes saucissonnées dans des robes trop serrées. Mais Lucas n'avait pas de groupe, de congénère ou de horde. Pourtant il aurait tant aimé faire partie de la nuit, lui aussi. Il se décida sur un coup de tête. Il allait rentrer dans un bar. Et aborder une inconnue.

Il marcha jusqu'à Christopher Park et s'arrêta près de l'ancien Lion's Head, dont Pete Hamill avait dit qu'il fourmillait d'un « formidable cocktail de journalistes, de peintres, de musiciens, de marins, de cocos repentis, de prêtres et de nonnes, d'athlètes, d'agents de change, d'hommes politiques et de chanteurs de folk, tous réunis dans l'égalité démocratique de l'alcool ». Lucas le savait grâce à la source à laquelle il devait toutes ses connaissances sur New York : *Empire*. Mais il n'aurait plus, désormais, à se nourrir de seconde main. Il allait découvrir tout ça en personne, goûter la chair, l'esprit de ces lieux. Malheureusement, le Lion's Head n'existait plus. C'était devenu un rade à étudiants.

Ils s'enfilaient des pintes de mauvaise bière en jouant au Puissance 4. Il y avait aussi quelques trentenaires et des habitants du quartier au comptoir. Lucas resta un moment interdit, figé par l'indécision. Peut-être qu'il valait mieux qu'il rentre chez lui, tout compte fait. Puis il pensa à son appartement minuscule avec ses néons fluorescents et son sol sale. Pitié, non. Il s'assit donc au comptoir et accrocha précautionneusement son sac de cravates comme si c'était un panier de serpents qu'il ne fallait surtout pas réveiller.

Il lorgna avec convoitise le Macallan 12. Puis le triste état de ses finances lui revint et il se contenta d'un Jack Daniel's. Près de lui, trois jeunes femmes se plaignaient de leur travail dans un cabinet d'avocats. L'une d'elles était menue, avec une queue-de-cheval blonde et les seins qui pointaient. Il fallait qu'il lui offre un verre. Mais que faire des deux autres ? Même s'il avait eu les moyens de leur payer à boire à toutes, est-ce que ça n'aurait pas paru louche ? Comme s'il avait eu envie de toutes se les faire, ou quelque chose dans le genre ? Comment un homme était-il censé agir dans une situation pareille ? Alors qu'il maudissait son manque d'expérience, Lucas parvint à croiser le regard d'une des filles. Mais ce n'était pas la jolie... Il sourit quand même mais elle avait déjà détourné les yeux. C'était un désastre intégral.

Il finit par sortir son carnet et son stylo. Peut-être que s'il avait l'air d'être un artiste ou paraissait mystérieux, une femme viendrait l'aborder. Mais il avait l'impression que tout le monde l'observait et le jugeait, que tout le monde voyait bien qu'il avait 24 ans et pas la moindre idée de ce qu'on est censé faire quand on est tout seul dans un bar. Ou peut-être qu'ils le fixaient parce qu'il était tout seul au comptoir, tout simplement. Il fallait qu'il commande un autre verre. Ça, au moins, il savait le faire. Il finit son whisky d'une traite et fit signe au barman.

C'est à ce moment-là qu'il la vit.

La masse de ses cheveux bruns qui retombaient sur

son épaule bronzée, l'arc de ses sourcils, la légère bosse qui donnait du caractère à son nez fin, ses doigts effilés entre lesquels elle faisait tourner son verre de rouge. Et son sternum, surtout. C'était à cause de sa robe. Noire, avec un col en V, elle révélait une large zone de peau parsemée de taches de rousseur. Exactement de la forme de Christopher Park. Sauf que la pointe du triangle n'était pas dirigée vers l'est mais vers le sud, vers des régions inconnues.

Lucas ne se rappelait pas avoir déjà pensé au sternum d'une femme. Pourquoi s'y intéresserait-on alors que les seins sont si proches ? (Il eut une brève pensée pour la généreuse poitrine de Mel, qu'il avait adorée même si elle se plaignait toujours qu'elle lui faisait un vilain profil.) La poitrine de cette femme était pour le moins modeste. Mais pour l'instant, rien au monde ne lui paraissait plus engageant que cette zone plane, nue et exposée. Fière. C'était comme si ce sternum le provoquait. « Allez viens, Lucas. Rapproche-toi. Montre-moi de quoi tu es capable. »

Mel jugeait toujours durement les femmes seules au comptoir. Elles étaient clairement désespérées, ou alors c'étaient des filles faciles. Sinon, pourquoi s'exposer volontairement à la présence de ces types qui ne vont dans les bars que pour rencontrer des filles ? Lucas ne le lui avait jamais dit mais il ne partageait pas son opinion. Pourquoi la solitude devait-elle forcément être un signe de dépravation ? C'était comme s'il avait toujours su que ce jour viendrait : ce jour où lui, Lucas, serait assis seul au comptoir. Et pourtant, il pouvait lire dans ce sternum comme dans une boule de cristal. Et il lui disait : refoulé d'emblée. Mais il était censé se réinventer, à l'image de New York. Et ce n'était certainement pas en restant assis là comme un crétin à ruminer que ça allait se faire. Certainement pas sans au moins essayer. Si seulement il avait trouvé un prétexte pour l'aborder... Quel gros nul il était. Même pas capable de trouver une phrase d'accroche.

Allez, sois un homme ! Il leva un regard prudent sur la jeune femme. Elle gribouillait sur une serviette. Est-ce qu'il n'était pas précisément en train de faire la même chose ? C'était peut-être un signe. Il traversa le bar, très mal à l'aise, et s'arrêta à quelques mètres d'elle. Elle était encore plus canon de près. Il vit qu'elle avait habilement maquillé ses yeux de noir – Mel avait tenté pendant des années d'obtenir ce résultat, sans succès. Le sang lui battait aux tempes.

« Excusez-moi ? »

Elle leva la tête et lui jeta un bref regard. Quelque chose comme : « Ça fera bien l'affaire. »

Il fallait qu'il ajoute quelque chose. Mais quoi ? Il ressentit soudain une brûlante empathie pour tous les hommes qui s'étaient retrouvés dans cette situation. Ils n'étaient pas que des gros lourds, ils étaient aussi terrifiés. Et ils avaient bien raison parce qu'en face, ça commençait à montrer des signes d'impatience. Lucas coulait à pic. Si seulement il pouvait se contenter d'être honnête... *Allez, laisse-moi une chance, c'est la première fois que je fais ça.*

Il se passa alors quelque chose de tout à fait inattendu : elle lui vint en aide. « Je m'appelle Carmen, dit-elle en lui tendant la main.

— Et moi Lucas », répondit-il en mêlant ses doigts aux siens, doux et chauds. Il se sentit rougir. « Enchanté.

— Alors, qu'est-ce qui t'amène par ici, Lucas ? »

C'était le moment. Soit il se mettait à nager soit il restait planté là, tétanisé, à se noyer lentement et douloureusement. « Je... Euh... Je me demandais si peut-être tu voulais un morceau de papier.

— De papier... ?

— J'ai l'impression que tu es arrivée au bout de ta serviette. Alors peut-être que tu vas avoir besoin de papier ?

— Et... Tu as du papier ? » Elle sourit, mais seulement du coin des lèvres. « Tu passes tes soirées à faire la tournée des bars pour distribuer des fournitures de bureau aux femmes dans le besoin ?

— Ça m'arrive, oui. »

En fait, Mel lui reprochait souvent de ne jamais sortir sans son carnet. Elle l'accusait de ne pas lui prêter assez attention, voire, pire, d'être bizarre. Mais depuis le jour où Lucas avait lu dans *Vanity Fair* que Jay Jacobson entretenait une obsession pour les carnets, il en avait toujours eu un sur lui. (Même si le sien n'était pas relié dans un cuir italien de luxe.) Il le sortit de sa poche et arracha quelques pages.

« Ne t'inquiète pas, il y en a pas mal en stock. »

Espèce de débile, se dit-il dès que les paroles passèrent ses lèvres. « J'en ai encore beaucoup !... Enfin je veux dire, si l'inspiration vient.

— Ah, laisse-moi deviner. Tu suis le programme de création littéraire de la NYU ? Tu es écrivain en herbe ?

— Journaliste », corrigea-t-il, soulagé. Il venait

d'échapper au pire. Il envisagea de mentionner le nom du magazine pour l'impressionner mais si elle comprenait qu'il n'était qu'un obscur fact-checkeur, il n'aurait plus qu'à partir la queue entre les jambes. « Toi aussi tu écris ? demanda-t-il en désignant la serviette en papier.

— En quelque sorte, dit-elle sans paraître vouloir en dire plus. Tu as quel âge ? 22, 23 ans ?

— J'ai l'air si jeune que ça ? »

Il avait peut-être mis la barre un peu trop haut. Outre le fait que Carmen était clairement un milliard de fois plus sexy et sophistiquée que Mel, elle était aussi bien plus âgée. Elle devait avoir la trentaine. Quoique c'était peut-être un avantage, puisque apparemment les femmes mûres aimaient les hommes jeunes. *Empire* avait récemment publié un article sur la question. Carmen sourit et rejeta ses cheveux derrière son épaule. Malgré les vapeurs de bière, un parfum fleuri et capiteux flotta jusqu'à lui.

« Tu veux un autre verre de vin ?

— Bien sûr, Lucas, avec plaisir. »

À son grand soulagement, il parvint à attirer l'attention du barman sans trop de peine.

« Je te remets un Jack Daniel's, mon gars ?

— Macallan 12, répondit-il d'un ton pincé en jetant à Carmen un regard censé exprimer sa stupeur à l'idée qu'on puisse boire du Jack Daniel's.

— Votre Macallan, Votre Altesse, fit le barman en levant les yeux au ciel, et un pinot. Pour la maison », ajouta-t-il en adressant un clin d'œil à Carmen, comme s'ils partageaient une petite blague.

Lucas sentit qu'il s'empourprait et s'empressa de trinquer avec Carmen. Il n'en croyait pas ses yeux.

« Alors, Lucas, comment se passe ta soirée ? Qu'est-ce que tu fais ici tout seul ? »

Il n'arrivait pas à savoir si elle flirtait ou si elle essayait juste de définir quel genre de loser il était.

« Mes amis étaient fatigués, ils sont rentrés.

— Mais toi non, dit-elle en le regardant droit dans les yeux.

— Non, pas moi », répéta-t-il en s'étranglant avec son whisky. Puis il attendit qu'elle reprenne la parole. C'était son tour, mais il eut peur que le silence s'éternise. « J'avais envie de venir ici parce qu'autrefois, dans les années soixante et soixante-dix, c'était un bar d'écrivains. Je voulais voir à quoi ça ressemble.

— Tu es sûr que tu n'es plus au lycée ? » demanda Carmen en éclatant de rire.

Lucas devint cramoisi et plongea dans son verre. « Ça fait longtemps que tu vis ici ? lui demanda-t-il.

— Née et biberonnée dans l'Upper West Side. Et je n'en bougerais pour rien au monde.

— Je vois ce que tu veux dire. J'ai toujours voulu venir vivre ici.

— Ça doit faire au moins vingt ans, alors.

— Je ne suis pas si jeune, tu sais ! » protesta-t-il.

Elle avait l'air dubitative.

« Mais je ne suis là que depuis un mois.

— Pourquoi ça t'a pris si longtemps ?

— Mon ex. Elle ne voulait pas venir à New York. »

Carmen hocha la tête avec gravité. « Eh bien, dans ce

cas, sache que New York est ravi qu'elle soit restée là où elle est. Mais nous sommes très contents de t'avoir toi. »

À ce moment-là, quelqu'un bouscula violemment Lucas, qui vint s'écraser contre Carmen en renversant son whisky sur elle.

« Oh mon Dieu. Pardon, dit-il, paniqué. Je suis vraiment désolé. Attends, je vais attraper une serviette. »

Il en prit une sur le bar, mais c'était celle sur laquelle elle avait écrit. Il se mit alors à jurer en faisant de grands signes au barman.

« C'est bon, Lucas, pas de problème. Relax. »

Il fallait vraiment qu'il arrête de se comporter comme un crétin. Alors qu'il baissait les yeux pour essayer de se reprendre, son regard tomba malencontreusement sur la robe de Carmen. Elle était attachée par un nœud, à quelques centimètres au-dessus de sa hanche. Oh, comme il avait envie de tirer sur ce nœud.

« Tout va bien, Luke ? Tu transpires.

— Il fait chaud, ici. » Et il ajouta, parce que l'alcool commençait enfin à monter : « Peut-être qu'on pourrait aller dans un endroit un peu plus tranquille ? »

Elle vida son verre d'un trait. « Je connais un endroit sympa », dit-elle en se laissant glisser de son tabouret. En talons, elle était presque plus grande que lui. Mel lui arrivait à peine à l'épaule. Mais Mel pouvait aller se faire voir. Cette nuit n'avait rien à voir avec elle. Et cette femme non plus.

« Tu es prêt ? »

Oh que oui. C'est alors qu'il se rappela les cravates. La moitié de sa paie ne s'était heureusement pas volatilisée entre les mains d'un inconnu alcoolisé.

« Après toi. »

En sortant, Carmen, un peu saoule, se tourna vers lui et trébucha. Il lui prit le bras, ravi de pouvoir la stabiliser.

« On va où ?

— Par là », marmonna-t-elle.

Et elle l'entraîna dans la nuit.

4

Cela faisait six ans que Lucas ne s'était pas réveillé à côté d'une autre femme que Mel. En fait, il ne s'était même jamais réveillé à côté d'une autre femme. Il était, comme un ami lui avait récemment dit, un « puceau du sexe ». Pas comme un vrai puceau mais dans le sens où il avait beau ne plus être vierge, il n'avait pas beaucoup couché non plus. Cet état de fait le rendait assez anxieux. Mel et lui n'avaient aucune expérience lorsqu'ils s'étaient rencontrés en première année de fac, et ils avaient été ravis de se débarrasser enfin de leur pucelage. Lucas avait donc beaucoup couché, mais avec une seule personne – il y avait eu du sexe et encore du sexe, et puis de moins en moins, comme c'est souvent le cas. Mais ses potes, eux, avaient aussi couché avec des amies ou des inconnues, ce qui n'avait rien à voir. Ce qui signifiait que Lucas allait en quelque sorte devoir vivre un deuxième dépucelage.

Par un étrange miracle, Carmen n'avait pas paru remarquer son manque d'expérience et tout s'était à peu près bien passé. Il y avait eu quelques couacs, mais rien de désastreux non plus. Et à présent il était là, couché à côté d'une vraie beauté, dans un lit doucement illuminé par le soleil levant, dans un appartement de West Village. Et il avait survécu à son premier coup d'un soir.

Lucas s'étira et se délecta du contact du drap de luxe sur ses pieds. Pour lui, tous les draps se valaient. La qualité du tissage le laissait assez indifférent et il prenait toujours les moins chers. Mais apparemment, il avait tout faux. Des draps, ça pouvait être magique. Et un lit pouvait être aussi immense et moelleux qu'un nuage. Il fallait vraiment qu'il aille pisser mais il était hors de question qu'il se lève. Jamais.

Mais qu'est-ce qu'il va se passer si on refait du sexe ? Impossible de garder la vessie pleine, dans ce cas. Il finit par se lever à contrecœur. La chambre était impeccable et décorée de meubles qui ne venaient ni de la rue ni d'Ikea. S'il comptait un jour ramener une fille chez lui, il allait falloir que l'autre moitié de sa paie y passe. Et encore, pas sûr que ça suffise.

Il se rendit aux toilettes sur la pointe des pieds. Le panier en osier qu'il y trouva trahissait une certaine schizophrénie : *Elle*, *The Economist*, le *Times*, *Us Weekly*. En revanche, *Empire* n'y était pas. Il se demanda quel métier pouvait bien faire Carmen. C'était étrange de se dire qu'ils venaient de coucher ensemble sans qu'il ne sache rien d'elle. Mais après tout, est-ce que ce n'était pas justement le principe à New York ? Cette indifférence générale ? Il pouvait rentrer avec une autre fille ce soir, et personne n'aurait rien à dire. D'ailleurs, personne ne le saurait ! C'était la première fois que Lucas saisissait réellement le concept d'anonymat. Chez lui, à Charlotte, la notion même de vie privée n'existait pas.

En se lavant les mains, il se demanda ce qui allait se passer. Est-ce qu'il était censé attendre que Carmen se réveille pour partir ? Faire le café ? Était-il censé se rhabiller et attendre quelque part dans l'appartement, ou juste retourner se coucher auprès d'elle ? L'hypothèse qu'ils remettent le couvert lui parut soudain très présomptueuse. Que ferait Jiji, à sa place ? Lucas réfléchit un instant. Il décida que Jiji se rhabillerait et partirait, avant de lui envoyer un message pour la remercier pour cette nuit délicieuse. Et voilà. Élégant et assumé. Mais Lucas n'avait pas le numéro de Carmen. Tout en tergiversant, il se regarda dans le miroir. Quand il avait commencé à sortir avec Mel, elle lui avait avoué que ses copines le trouvaient très mignon. Elles aimaient ses cheveux blond foncé, ses grands yeux bruns et surtout ses pommettes – des pommettes d'aristo, disait Mel. Et si elles avaient remarqué que sa tête était un peu petite par rapport au reste de son corps, Mel n'avait pas jugé utile de le lui répéter. Ce défaut de proportion complexait Lucas, qui était toujours très vigilant par rapport au ratio torse/cou/tête des hommes qui l'entouraient. Mais Carmen n'avait pas paru s'en rendre compte. Ou elle était trop saoule pour ça. Et puis il faisait vraiment sombre, dans ce bar.

Il s'habilla rapidement et envisagea de laisser son numéro de téléphone. Mais Jiji ne l'aurait sans doute pas fait. Et si Lucas aurait été très heureux de revoir Carmen, il ne voulait surtout pas qu'elle pense qu'il s'attendait à recevoir un coup de fil de sa part. Et qui sait ? Peut-être qu'il allait la croiser au détour d'une rue ou à une soirée, comme dans un film de Woody Allen. Ce serait très new-yorkais. Il jeta un dernier regard à Carmen, endormie dans son lit-nuage, et referma doucement la porte de l'appartement derrière lui.

En bas, il s'assit dans un petit café avec le *New York Times* et un espresso. Mais impossible de se concentrer. Il se revoyait presser sa joue contre le sternum de Carmen. Une fois chez elle, ils n'avaient pas perdu de temps. Elle n'avait même pas allumé la lumière qu'il l'embrassait déjà, d'abord sur la bouche, puis dans le cou, sur les seins, à travers le tissu fin de sa robe, et finalement, le Graal, sur son sternum. Puis il avait saisi le nœud qui fermait la robe. Elle ne s'était pas dissoute sous ses doigts, comme il l'avait imaginé, et il avait dû lutter un peu. Mais le nœud avait fini par céder et la robe s'était ouverte. Lucas avait cru manquer d'air. Carmen était là, presque nue, en talons. Il distinguait ses tétons à travers son soutien-gorge transparent et son string était si minimaliste qu'il semblait cousu d'ombre. Il avait pensé tout à coup aux pornos qu'il regardait en cachette à l'appartement, quand Mel n'était pas là. Il y avait toujours une jeune fille innocente – lunettes et queue-de-cheval – qui vaquait tranquillement à ses occupations. Cette fille innocente était toujours choquée, incrédule ou horrifiée quand débarquait le type. Mais quand ses vêtements finissaient par voler, elle était nue dessous. Et elle avait un tatouage vulgaire. Ou un ticket de métro. Et cette invraisemblance narrative ruinait toujours tout. Mais voilà que Carmen elle-même arborait une invraisemblance narrative. Ce matin-là, elle s'était habillée en prévision du moment où elle se ferait déshabiller.

Elle était donc là, sublime et nue, tandis que Lucas,

lui, était toujours entièrement vêtu. Il s'était demandé très brièvement si Carmen n'avait pas l'air un peu agacée – du style « Est-ce que je vais devoir rester là toute la nuit en sous-vêtements ? » – mais il faisait sombre et son inquiétude s'était vite dissipée. Il l'avait suivie jusque dans sa chambre où elle lui avait enlevé sa chemise, ses doigts aguerris naviguant sans peine d'un bouton à l'autre. Puis elle avait desserré son nœud de cravate et ses mains avaient glissé jusqu'à sa ceinture. Il avait alors senti quelque chose se passer à l'intérieur de lui, quelque chose d'une intensité quasi mystique. Comme l'après-midi, dans le bureau de Jiji, il avait su qu'il était sur le point de vivre une conversion. Il avait rencontré une femme superbe dans un café littéraire et elle l'avait ramené chez elle. Dans quelques heures, il ne serait plus un « puceau du sexe ». Dans quelques heures, il serait réinventé, il renaîtrait dans le petit jour de New York.

Carmen avait donc desserré son nœud de cravate et ses mains avaient glissé jusqu'à sa ceinture… desserré son nœud de cravate et ses mains…

« Et merde ! »

Les autres clients relevèrent brusquement les yeux de leur journal tandis que Lucas enfouissait son visage dans ses mains. Il n'était vraiment qu'un gros naze, le plus gros naze que la Terre ait jamais porté. Au beau milieu du salon de Carmen trônait la moitié de son salaire. À force de tergiverser sur la conduite à adopter, Lucas avait purement et simplement oublié ses maudites cravates de marque.

5

Une semaine plus tard, Lucas embrassa une institutrice à une soirée. Elle était plus ronde que les filles qui lui plaisaient d'habitude. Étant lui-même assez maigrichon, il se sentait parfois intimidé par les filles très musclées ou celles dont le tour de taille faisait le double du sien. Mais il avait craqué pour ses lunettes vintage et ses lèvres pleines et boudeuses. Le contact était bien passé, ils avaient discuté et il l'avait fait rire. Pendant que les autres invités dansaient dans le salon, ils s'étaient réfugiés dans la chambre et avaient terminé sur le lit, sur une pile de sacs à main. *C'est presque trop facile*, s'était-il dit. Il pouvait remercier Carmen. Qui était plus âgée, plus sexy et bien plus sophistiquée que cette maîtresse d'école qu'il n'avait eu aucun mal à séduire. Quand il était étudiant, c'était avec une autre étudiante qu'il avait perdu sa virginité. Il n'avait pas eu d'alternative. Mais il découvrait un aspect de l'âge adulte qui lui avait jusque-là échappé. Il existait un vaste buffet croulant sous un choix incroyable de personnes réelles, avec de vrais boulots et de vraies fonctions dans la société. Et ces personnes étaient aussi des créatures de chair et de sang avec qui il pouvait coucher. Cette avocate dans le métro, la secrétaire chez le dentiste... Toutes ces filles, il pouvait coucher avec elles. Si Carmen avait bien voulu de lui, alors il pouvait coucher avec toutes les autres femmes. Cette découverte lui avait fait forte impression.

« Tu veux qu'on... commença-t-il, avant de s'interrompre en réalisant qu'il ne savait pas ce qui était censé suivre. Tu veux venir chez moi ?

— C'est gentil, mais je ne crois pas », répondit-elle en lui caressant la joue.

Gentil ?! Lucas se sentit rougir. « Je ne comprends pas bien... J'ai fait quelque chose de mal ? » Est-ce que c'était sa façon d'embrasser ? Quelque chose dans son ton qui lui avait déplu ?

« Non, dit-elle en se levant du lit. C'est juste que je n'ai pas envie. » Elle paraissait agacée tout à coup, presque offensée. Est-ce qu'elle pensait qu'il essayait de la forcer ? Tout ce qu'il voulait, c'étaient des réponses.

« Attends », tenta-t-il pour la retenir. Mais elle quitta la pièce sans se retourner.

Lucas resta là, sur sa montagne de sacs. Des sacs appartenant à des femmes qui n'avaient en fait probablement aucune envie de coucher avec lui. Il s'imagina les ouvrir les uns après les autres et étaler leur contenu sur le lit, en quête d'indices. Un doute troublant s'insinua en lui : et si Carmen n'avait été qu'une anomalie dans sa vie ? Une sorte d'accident de parcours ? Une petite blague de l'univers, pour lui faire croire qu'il était attirant et charmant ? Peut-être qu'après tout il était laid et bizarre. Et (presque) puceau.

Les semaines passèrent et Lucas arriva à la triste conclusion que coucher avec une femme ne voulait pas forcément dire coucher avec *des* femmes. Le soir, il se retrouvait souvent seul, sans rien de prévu, sans nulle part où sortir. Il n'avait pas non plus eu de nouvelles de Jiji. Leur tête-à-tête lui avait pourtant paru si prometteur. Tout ça pour rien. Chaque jour, il attendait un coup de fil, comme un joueur de seconde zone qui attend le coup de fil qui va le faire intégrer dans une grande équipe. *Aujourd'hui peut-être ? Alors aujourd'hui ?* Mais aucun recruteur ne l'appelait.

Lucas se prodiguait des discours d'encouragement. C'était le challenge qui valait le coup. Tout le sel de la vie venait de l'attente et de l'effort. C'était pour ça qu'il avait déménagé à New York, non ?

Ses parents ne s'étaient jamais intéressés qu'à l'équipe qui détenait le titre. Raison pour laquelle ils avaient emménagé dans un quartier bien au-dessus de leurs moyens, se faisaient constamment du souci pour l'argent – alors même que sa mère insistait pour ne faire que du bénévolat – et voulaient tant que Lucas passe le barreau, épouse Mel, entre dans le clan Woodward et travaille pour son père. Il fallait être recruté par la grande équipe, point final.

Et voilà qu'un matin de septembre, les recruteurs finirent par l'appeler. « M. Jacobson a déjà un engagement. Il veut que vous alliez faire acte de présence pour lui », disait le mail des Sphinx.

Et elles lui avaient transféré l'invitation : « Jay !!!! Ça

fait beaucoup trop longtemps ! Soirée pour le lancement du nouveau Casa Madera Black ! Salon VIP au Wilde ! Il FAUT que tu viennes ! Des bises, Lori. »

Lucas resta un moment figé devant son écran. Jiji aurait pu demander à n'importe qui d'y aller à sa place et c'était à lui qu'il s'était adressé. C'était incroyable. Et terrifiant. Comment Lucas allait-il bien pouvoir le représenter à un événement ? Ou débarquer, en son nom, au Casa Madera Black, quoi que ça puisse être ? Ou copiner avec les autres VIP ? Aussi excité que paniqué, il transféra le mail à Alexis avec pour seul objet « !!!!!!!!! », puisque ça semblait être la langue en usage.

Elle ne mit que quelques secondes à lui répondre : « Bienvenue au club du bon plan apéro ! » Apparemment, les chaînes télé, les start-up multimillionnaires, les lobbies divers et variés et même les fabricants de stylos de luxe avaient tous compris que le meilleur moyen pour réunir dans la même pièce quelques journalistes influents consistait à privatiser un endroit huppé et y proposer un open-bar. Il y avait des *events* tous les soirs et ceux qui avaient la chance d'y être conviés pouvaient amplement s'y nourrir. Ils n'avaient plus à faire les courses ni à payer un seul verre de leur poche. À condition bien sûr de vouloir manger exclusivement des mini burgers au bœuf de Kobe, des *crostinis* au tartare de thon ou des canapés au jambon italien. Des cocktails au mescal et des whiskies de prix faisaient heureusement glisser tout ça.

« Je croyais que tout ça n'existait plus, avec la crise...

— C'est assez fou, hein ? Imagine ce que ça pouvait être avant !

— Mais qu'est-ce que ces boîtes attendent de nous en échange... ?

— En théorie, une couverture médiatique. Mais elles ne demandent jamais rien, en fait. Nous vivons dans un monde d'excès. Tu es déjà allé faire un tour dans le placard à fournitures ? Je n'ai pas acheté du savon ou du shampooing une seule fois depuis que je travaille ici. »

Lucas ne connaissait même pas l'existence de ce placard. Il payait son savon. Un monde nouveau s'ouvrait à lui.

« Écoute, Luke, Franklin et moi, on est bien trop bas dans la chaîne alimentaire pour recevoir ces invitations. Alors s'il te plaît, réponds-lui vite et demande un "plus-deux" ! »

Il ne fallut que cinq minutes à Lori pour réagir : « Lucas !!! C'est génial que tu puisses venir !! Ton plus-deux est confirmé. Hâte de te voir au Wilde ! »

Est-ce que la vie pouvait vraiment être aussi facile ?

Le lendemain, un coursier lui livra une bouteille de Casa Madera Black – c'était donc ça – d'une valeur marchande de cent vingt-cinq dollars. Et Lori lui envoya deux nouvelles invitations. L'une pour une soirée de dégustation de vodka et l'autre pour le lancement d'un bar à vin à Tribeca. C'était le nouveau-né d'un chef dont Lucas n'avait jamais entendu parler et les petits-fours étaient censés s'inspirer d'œuvres de photographes renommés.

« Mais je ne suis que fact-checkeur, s'inquiéta Lucas. Est-ce que tous ces gens ne vont pas être furieux quand ils vont comprendre que je n'ai aucune influence ?

— Parce que tu crois qu'ils ont la moindre idée du fonctionnement d'un magazine ? rétorqua Alexis.

— Ce n'est pas censé être leur boulot ?

— Arrête de t'inquiéter », trancha-t-elle en haussant les épaules.

Mais il en était incapable. En prévision de la soirée au Wilde, il passa des heures à examiner les pages mode du magazine pour essayer de dénicher dans sa pauvre garde-robe quelque chose qui ressemblerait vaguement à ce qu'il voyait. Peut-être que Jiji s'attendait à ce qu'il arbore des vêtements de marque ? Par simple mesure de précaution, il remplaça les cravates perdues avec l'autre moitié de son salaire, priant pour que le coûteux accessoire lui sauve la mise en faisant oublier le reste.

Alexis, Franklin et lui sortirent tôt et prirent le métro jusqu'à Grand Central. En traversant Park Avenue, Lucas songea aux prix délirants du mètre carré. Il imaginait des maisons aux façades couleur crème et aux portails en fer forgé, des boutiques de luxe et des restaurants chics.

Franklin dut remarquer son expression car il renifla avec mépris. « L'Upper East Side me dégoûte. Tous ces snobs pleins aux as, ces ados qui sniffent de la coke et ces chiens qui ressemblent à des rats… Ah, c'est ici ! »

De l'autre côté de la rue, l'auvent rouge du Wilde affichait son logo : une silhouette de dandy portant un foulard extravagant. Le bar était installé dans un bâtiment de cinq étages en brique rouge. Deux jeunes femmes aux jambes interminables, très maquillées, encadraient la porte, souriant par-dessus leurs listes d'invités. L'une d'elles avait les cheveux si lisses et noirs qu'on avait l'impression qu'elle avait trempé sa tête dans un encrier. L'autre, blonde, avait rassemblé ses cheveux en un genre de bosse de chameau qui trônait au-dessus de son front.

Lucas donna son nom. « Ah, vous êtes VIP, fit la brune. Montrez ça à la porte qui mène à l'Étude à 20 h 30, ajouta-t-elle en lui tendant une petite pièce en bronze estampillée du logo du bar.

— Est-ce que nous aussi, on peut en avoir ? tenta Franklin.

— Oh, la ferme », marmonna Alexis en l'entraînant sans douceur.

Lucas les suivit, rouge de honte.

Le décor était un mélange de bois sombre et de livres reliés, et dans les cheminées brûlaient des feux qui ne laissaient échapper ni fumée ni odeur. Les barmen confectionnaient des cocktails élaborés, leurs mains papillonnant parmi les bouteilles comme celles de magiciens. Des serveurs proposaient des mini sandwichs de pain brioché avec du poisson pané, du cheddar fondu et des « *chips* » à l'huile de truffe. Le trio avala quelques cocktails avant de s'aventurer à l'étage du dessous. Le bar était cosy. Baignant dans une lumière tamisée, il était décoré de peintures représentant des chasses à courre et des aristocrates vêtues de robes que Franklin identifia aussitôt comme anachroniques. Ce n'étaient pas des costumes datant de l'époque victorienne, à laquelle Oscar Wilde vivait, mais de la période édouardienne – période qui n'avait débuté qu'après la mort de l'artiste.

« Vous êtes vraiment saoulants, vous les fact-checkers », se plaignit Alexis en sirotant son cocktail.

Franklin se contenta de lever les yeux au ciel. « Luke, il est presque 20 h 30, annonça-t-il d'un ton revêche. Tu n'as pas un rendez-vous ? »

Lucas était un peu nerveux. Il s'attendait à retrouver dans l'Étude des gens comme Jiji : des rédacteurs en chef, des mondains et des artistes qui se connaissaient déjà de leurs soirées privées et de leurs week-ends dans les Hamptons. Mais il n'aurait jamais imaginé Jiji parmi ces gens habillés de façon aussi ordinaire que lui, chacun dans son coin, le visage éclairé par l'écran de son téléphone. Combien d'entre eux faisaient semblant d'être très occupés par l'envoi de SMS ou de mails urgents pour ne pas paraître solitaires ou mal à l'aise ? Lucas s'apprêtait à copier la stratégie générale lorsqu'il remarqua un jeune homme d'à peu près son âge, difficile à manquer car contrairement aux autres, il n'était pas sur son téléphone. Engoncé dans un smoking, une canne sculptée à la main, il était trop bien habillé pour l'occasion. Il était aussi affligé d'un physique particulièrement ingrat. Il était même vraiment laid, en fait, avec de gros yeux sous un front trop pentu, des narines de taureau et quelques poireaux impossibles à rater.

Le malheureux se tenait un peu trop près d'une jeune femme dont les yeux passaient nerveusement de son téléphone à la porte. Ils dansaient un drôle de ballet, elle reculant très doucement et lui se rapprochant l'air de rien. Ils traversèrent ainsi la moitié de la pièce. Il avait déjà vu des gros lourds envahir l'espace vital d'une femme, mais cet individu ne semblait pas exactement draguer son infortunée interlocutrice. Il paraissait surtout ne pas maîtriser le moins du monde les codes de la vie en société.

« Lucas ! cria soudain une énième attachée de presse en escarpins. Je suis Lori, de l'agence Chaud devant ! C'est formidable de te voir ! Tu as vu, Nicholas Spragg est là aussi ce soir ! Il faut absolument que vous vous rencontriez ! » Et elle l'entraîna à sa suite dans une grande vague d'exclamations enthousiastes. La victime de Spragg, sentant sa libération proche, jeta un regard reconnaissant à Lucas et s'empressa de disparaître.

« Lucas Callahan ! s'exclama Lori. Voici Nicholas Spragg ! Je suis tellement excitée que vous vous rencontriez ! Vous êtes tous les deux de nouveaux venus à New York ! Je suis sûre que vous avez énormément de choses à vous dire ! » Et elle disparut à son tour, vacillant sur ses talons trop hauts.

Nicholas paraissait positivement ravi. Il se colla aussitôt à Lucas, le forçant à reculer, recréant avec son nouveau partenaire la danse qu'il venait d'interrompre, et se lança dans un synopsis de sa vie. Il venait de quitter l'Europe pour emménager à New York.

« Où ça, en Europe ?

— Oh, ici et là. Paris, Londres, Berlin.

— Mais vous êtes européen ?

— Je préfère le terme continental.

— Oh », dit seulement Lucas, qui nota que Nicholas semblait déçu par son manque d'enthousiasme.

Mais ça ne dura pas, et il enchaîna vite sur la longue histoire des racines allemandes de sa famille et son arrière-grand-père qui était un comte bavarois.

« Notre famille possède toujours de nombreux châteaux, pleins jusqu'au grenier d'incroyables œuvres d'art vieilles de plusieurs siècles.

— Mmm », fit Lucas, un peu sidéré par ce discours étrange et la proximité inconfortable du visage de Nicholas, qui poursuivit avec un monologue sur sa mission de conservateur du patrimoine familial et les difficultés qu'il avait à s'assurer que tout était restauré dans les règles de l'art et correctement loué aux musées.

Il venait juste d'arriver du « continent » mais il allait devoir repartir très bientôt, à cause d'un portrait qui aurait dû aller au Uffizi mais avait terminé au Louvre.

« Un vrai désastre, commenta-t-il d'un ton sinistre.

— Donc vous êtes marchand d'art ? » Lucas avait hâte de pouvoir assigner une catégorie un peu plus familière à Nicholas. Malgré tout son bla-bla, il devait bien avoir un boulot, non ? Mais il se contenta de lui jeter un regard énigmatique et de dire qu'il « s'occupait de diverses choses ».

Lucas cherchait désespérément quoi dire. « J'aime beaucoup votre canne ! fut tout ce qu'il trouva.

— Oh, merci beaucoup ! Elle appartenait à mon arrière-grand-père, le comte. C'est en ivoire d'éléphant. » Il fit une pause pour observer l'effet produit. Comme Lucas souriait poliment, il fronça les sourcils et ajouta : « Et il se trouve que c'est mon arrière-grand-père en personne qui a tué cet éléphant.

— Sans blague ? dit Lucas, battu à plates coutures. C'est incroyable. »

Nicholas rayonnait. « N'est-ce pas ?! Il a toujours voulu m'apprendre à chasser, mais il est mort quand j'avais 6 ans. C'était une force de la nature. À 90 ans, il me portait encore sur ses épaules. Il m'appelait toujours “mon petit roi”.

— Un homme fascinant, on dirait. »

Le téléphone de Nicholas se mit à vibrer. « Il faut que je me sauve ! annonça-t-il en lui serrant la main avec chaleur. Quelle soirée épatante ! J'espère que nous nous reverrons. » Et d'un porte-cartes (les initiales étaient-elles vraiment en diamant… ?), il sortit une petite carte à son nom. Il n'y avait d'ailleurs absolument rien d'autre que son nom sur cette carte.

La dégustation privée se termina vingt minutes plus tard et les gens commencèrent à quitter les lieux. Lucas ne voyait pas en quoi Jiji avait besoin qu'on fasse acte de présence à sa place mais il espérait s'être acquitté au mieux de sa tâche. Il fut surpris d'entendre un son familier dans la salle principale, à présent bondée. C'était le baryton retentissant et très caractéristique de Tyler, son coloc. Il essaya de le repérer mais avec la foule, il allait plutôt devoir se fier à son oreille.

Ce fut assez facile car Tyler éclata bientôt d'un grand rire qui fit quasiment passer une bourrasque dans la pièce. Lucas était toujours impressionné qu'un homme si petit puisse produire un son aussi puissant. Avec son corps massif de lutteur, Tyler était l'incarnation de la force compacte. Il ne lui manquait que la petite moustache encaustiquée et la combinaison. Les deux colocataires étaient d'ailleurs particulièrement mal assortis : Lucas, le grand dégingandé, et Tyler, le petit trapu. Mais de toute façon ils se retrouvaient rarement ensemble puisque Tyler était toujours par monts et par vaux.

Ils s'étaient rencontrés grâce à un site de petites annonces, quand le coloc précédent de Tyler était parti. « Je connais des gens qui bossent pour *Empire*, lui avait-il dit quand Lucas était venu visiter l'appartement. Si tu la veux, la chambre est à toi. » Lucas, qui s'était attendu à une enquête un peu plus approfondie, s'était demandé si ce n'était pas trop beau pour être honnête. Mais il avait désespérément besoin d'un logement. Et Tyler l'avait vite rassuré : « Entre journalistes sans le sou, il faut bien se serrer les coudes. »

Tyler vivait à New York depuis un an. Avant ça, il avait vécu à Boston où il travaillait pour un hebdomadaire gratuit distribué dans le métro. Son boulot consistait à suivre les membres du gratin de Boston dans les divers galas et soirées caritatives où ils se rendaient puis à dénoncer leurs incartades politiques et leurs histoires véreuses. Il avait réussi à s'en tirer pendant trois ans, ce qui constituait une belle performance quand on savait comment fonctionnait Boston, avec son vase clos régenté par un petit noyau de personnes d'influence. Mais ça n'avait rien d'étonnant quand on connaissait Tyler. Personne n'arrivait à lui en vouloir. Il était trop charmeur pour ça, trop chaleureux et aussi vraiment trop bruyant, mais d'une façon plus attachante qu'agaçante. Peu importait ce qu'il écrivait ou qui il se mettait à dos, tout le monde avait l'impression d'être son meilleur ami. C'était exactement pour ça qu'il avait été débauché par *Noser*, un site basé à New York qui se spécialisait dans les révélations, surtout celles qui concernaient la sphère des médias. C'étaient des commérages corrosifs et bien écrits qui s'adressaient à ceux qui ne voulaient pas être pris en flagrant délit de lecture d'un tabloïd bas de gamme.

Lucas se demandait quand même si Tyler n'avait pas un peu honte de son nouveau boulot, parce qu'il écrivait à présent sous le pseudonyme de J. P. Maddox. Pour Lucas, avoir un pseudonyme, c'était tricher. Tyler se contentait de lui rétorquer qu'un être humain a plusieurs personnalités. Tyler était le coloc de Lucas, J. P. Maddox était journaliste d'investigation. Ils menaient des vies différentes et occupaient des fonctions différentes dans la société.

Il repéra Lucas et lui fit signe d'approcher pour le présenter à la ronde.

« Salut, moi c'est Sofia. Ravie de te rencontrer », lança la jeune femme près de Tyler en lui tendant une main qu'il serra fébrilement. Elle était très belle : grande et souple, avec une longue chevelure sombre. Elle portait une chemise d'homme dangereusement déboutonnée. Mais ce qui lui plut le plus, c'étaient ses sourcils noirs et bien dessinés. Le mot « insolence » s'imposa à son esprit en les contemplant.

Il essaya de trouver quelque chose de spirituel à lui dire mais avant qu'il arrive à quoi que ce soit, le dernier membre du groupe lui passa un bras autour de la taille. Évidemment, qu'elle était déjà prise. Qu'est-ce qu'il croyait ? Mais par ce type-là ? Le petit copain portait une chemise en flanelle et une barbe de bûcheron, des Nike dorées, un casque audio rouge autour du cou et une casquette Supreme. Il était comme douloureusement suspendu entre plusieurs stéréotypes.

Sans prendre la peine de se présenter, il partit se chercher un verre.

« Comme tu peux le constater, Sofia sort avec un hopster, dit Tyler.

— Un quoi ?

— Un hopster. Un hipster hip-hop. Je t'assure, le mot manquait. Chaque mois, Sofia ramène un nouveau mec et me permet de découvrir un nouveau pan de la sous-culture que j'aurais préféré ignorer à jamais. Le mois dernier, c'était un abcasteur.

— Et c'est ?

— Un podcasteur abstrait. Il a commis cet enregistrement magique dans lequel on entend Sofia respirer pendant une heure entière. »

Sofia fronçait les sourcils mais semblait plus amusée que vexée.

« Tu donnes à mon nouvel ami une très mauvaise image de moi », se plaignit-elle en adressant un clin d'œil à Lucas, dont le cœur rata un battement. Sa voix lui évoquait des jardins en terrasses et des oliviers. « Quel est l'intérêt de vivre ici si on ne peut même pas profiter de...

— De partenaires sexuels bizarroïdes ?

— D'un peu de diversité, Tyler.

— Bien entendu. En fait, Lucas, je me dis que comme tu es nouveau venu ici, tu pourrais en prendre de la graine. Sofia est une exploratrice urbaine dans les grandes largeurs. J'ai rarement rencontré quelqu'un aussi avide de goûter à tout.

— Je ne me suis pas installée ici pour passer ma vie dans mon appartement, c'est sûr, rétorqua-t-elle en souriant.

— Je croyais que les explorateurs urbains escaladaient des ponts et se faufilaient dans des couloirs de métro abandonnés ? demanda Lucas.

— Eh bien, disons qu'il y a de nombreuses formes d'exploration urbaine. Mais c'est vrai que j'ai toujours rêvé de découvrir la voie de métro abandonnée sous West Side Highway. Il faut absolument qu'on y aille un de ces quatre !

— J'adorerais ! Je pourrais même proposer le sujet à mon magazine.

— Super ! » dit Sofia, et Lucas sentit de nouveau son cœur palpiter.

Jusqu'à ce que le hopster réapparaisse.

« Il faudrait qu'on se bouge pour aller à la soirée d'Ames. Luke, tu peux venir avec nous si tu veux », offrit la jeune femme.

Andrew Ames était un critique littéraire du *New York Times* bien connu pour son aversion pour les mémorialistes imbus d'eux-mêmes et nombrilistes. Il venait de sortir ses propres Mémoires.

« J'adorerais, mais je suis venu avec des amis. »

Quand Sofia se pencha sur Lucas, il sentit une odeur d'herbe fraîche lui chatouiller les narines. « À la prochaine, alors.

— Trois secondes, les amis, les interrompit Tyler, les yeux brillants. Avant qu'on décolle, il faut que je lise le dernier bijou de ton estimée publication, Lucas. Internet est en feu. Carmen Kelly a encore frappé. »

Carmen Kelly écrivait pour *Empire* la rubrique « L'Hédoniste raffinée », consacrée au sexe. C'était la seule partie du magazine qui intéressait un tant soit peu Mel, ce que Lucas trouvait assez étonnant. Pourquoi des gens en couple depuis une éternité auraient-ils voulu lire des conseils de séduction ou de sexualité clairement destinés aux célibataires qui enchaînaient les histoires sans lendemain ?

Sofia se pencha sur Tyler comme une girafe sur un arbuste un peu bas. « Je déteste cette femme. Vraiment. Non mais écoutez-moi ça ! "Au moment de franchir la porte, la panique de Mister Nice Guy est devenue presque palpable. Il allait se passer quelque chose, mais il ne savait pas quand, où ni dans quel ordre. Si je lui avais tendu un petit planning, il en aurait probablement pleuré de soulagement."

— Et alors ? Qu'est-ce qu'il y a de si haïssable là-dedans ? protesta Tyler. Personne ne couche avec Carmen Kelly sans savoir qu'il va finir par être mis au pilori dans sa rubrique. Est-ce que tu l'as déjà croisée au magazine, Lucas ? C'est la seule humaine qui peut changer les Sphinx elles-mêmes en statues.

— Je ne pense pas qu'elle vienne au bureau. Mais comment tu connais les secrétaires de Jiji ? »

Avant qu'il ait pu répondre, Sofia rétorquait :

« Donc tu penses que tous les types qui tombent entre ses griffes savent pertinemment qui elle est ?

— De toute façon c'est anonyme, alors qu'est-ce que ça peut faire ? »

Sofia renifla avec mépris, mais chez elle même ce son restait sexy. « Si c'était de toi qu'elle parlait, je ne pense pas que tu serais aussi enthousiaste, Tyler. D'ailleurs, qu'est-ce qu'on en sait ? C'est peut-être bien de toi dont elle parle !

— Tu crois que je suis tellement nul au lit ? Écoute ça : "J'ai alors pu sentir l'intégralité de son gros manque d'expérience. Pourtant il a vraiment essayé, le pauvre chat. Je pense même qu'il a dû se croire très sophistiqué. Une sorte de virtuose du sexe, quoi. Mais sa performance m'a surtout rappelé ce que l'estimable Walter Kirn a dit d'Aaron Sorkin. 'Ses dialogues donnent une idée de la façon dont les gens stupides pensent que les gens intelligents parlent.'"

— Tiens, c'est pas mauvais ça, commenta Sofia.

— C'est surtout incroyablement méchant, dit Tyler.

— On peut y aller ? » demanda le hopster, faisant entendre le son de sa voix pour la première fois.

En les écoutant, Lucas avait senti naître en lui une forme d'inconfort très particulière. Il avait l'impression que la pièce se remplissait doucement d'eau et qu'il commençait à manquer d'oxygène. Parce que cet extrait lui avait fait comprendre – et il était certain que bientôt, d'une façon ou d'une autre, Tyler, Sofia et même le hopster allaient le comprendre aussi – que sa Carmen de West Village et Carmen Kelly n'étaient qu'une seule et même personne. Et donc que c'était de lui dont elle parlait.

L'Hédoniste raffinée
par Carmen Kelly

J'intimide les hommes. C'est le prix à payer quand on fait mon métier. Ce qui veut dire que les hommes qui montrent assez de courage pour m'aborder sont ceux qui ont de gros bureaux, des ego en conséquence, et d'encore plus gros comptes en banque. Mesdames, je vous entends d'ici : ils doivent avoir quelque chose à compenser. Et alors ?! Coucher avec moi n'est jamais acquis, même si on vient de m'emmener à Las Vegas en jet privé pour assister à un combat de free fight à l'Octagon. (J'y ai au moins appris quelques clés de bras.)

Récemment, les restos chics et les voyages ont commencé à me paraître de plus en plus fades. Alors j'ai décidé d'essayer quelque chose de nouveau : les gentils garçons. C'est-à-dire un mec sympa, incapable de s'offrir un trois-étoiles (ne parlons même pas du jet) et qui serait probablement éperdu de reconnaissance de pouvoir rentrer avec moi.

Il y a quelques semaines, je suis donc allée dans un petit bar du Village. Le genre d'endroit pas du tout chic où on ne paie que huit dollars son verre de pinot. Il était près de minuit et j'étais assise au comptoir, attendant de voir qui ou quoi allait se présenter. Je travaillais pour vous, cher lecteur, je prenais des notes sur un bout de serviette quand, sous mes yeux ébahis, un gosse se matérialisa. Il devait avoir 22, 23 ans à tout casser. Il avait des pommettes incroyables (ah, la jeunesse !) mais une coiffure assez désastreuse (ah, la jeunesse...). Il donnait l'impression de débarquer de sa campagne.

« Excusez-moi », me dit-il, l'air terrifié. Et puis plus rien. Il se contenta de me fixer, comme paralysé. Il finit par me dire qu'il était venu me proposer du papier, parce que je semblais ne plus avoir de place sur ma serviette – et là, incroyable mais vrai, il me tendit une feuille. On fait avec ce qu'on a, pas vrai ? J'ai applaudi dans ma tête et l'ai aussitôt baptisé Mister Nice Guy. Puis, par amour de la science, j'ai ramené Mister Nice Guy chez moi.

Sur le chemin qui mène du bar au lit, les mecs se comportent toujours de la même façon. Soit ils commencent à me tripoter dès qu'on entre dans le taxi, comme si on était dans une pub pour du Axe, soit ils font de lourdes allusions à leurs performances sexuelles dans l'espoir que, quand viendra la panne ou l'éjaculation précoce, je me dirai que c'est tout à fait exceptionnel. Mais Mister Nice Guy n'a rien fait de tout ça. Nous sommes rentrés à pied – pour profiter de l'été indien – mais il a, tout du long, soigneusement gardé ses distances (on parle bien ici d'une distance équivalente à deux ou trois bennes à ordures). Et tout en marchant, il me posait des questions, comme si nous étions à notre premier rendez-vous : est-ce que j'aime New York, quel est mon groupe préféré, ma couleur fétiche... Quelle curiosité, ce petit ! C'en était presque rafraîchissant. Jusqu'à ce qu'on arrive chez moi.

Au moment de franchir la porte, la panique de Mister Nice Guy est devenue presque palpable. Il allait se passer quelque chose, mais il ne savait pas quand, où ni dans quel ordre. Si je lui avais tendu un petit planning, il en aurait probablement pleuré de soulagement. Nous avons fini par nous déshabiller – il a bien essayé de m'aider mais c'est gentil, je suis une grande fille. J'ai alors pu sentir l'intégralité de son gros manque d'expérience. Pourtant il a vraiment essayé, le pauvre chat. Je pense même qu'il a dû se croire très sophistiqué. Une sorte de virtuose du sexe, quoi. Mais sa performance m'a surtout rappelé ce que l'estimable Walter Kirn a dit d'Aaron Sorkin. « Ses dialogues donnent une idée de la façon dont les gens stupides pensent que les gens intelligents parlent. »

Mister Nice Guy s'employait à faire ce qu'il doit penser que les autres font, et pas ce que son corps lui enjoignait de faire.

En gros, coucher avec Mister Nice Guy revient à peu près à lire la prose ampoulée d'un étudiant en littérature. Sans doute les banquiers sont-ils distants et déconnectés, se contentant de caler leur visage entre mes seins comme ils rangeraient une bouteille de whisky de luxe dans leur bar. Mais Mister Nice Guy, à l'inverse, était un peu trop exalté. Que je sois sur lui ou sous lui, il fallait absolument qu'il plonge son regard dans le mien. Au point que j'ai fini par fermer les yeux pour ne pas éclater de rire.

Sa technique n'était pas si mal. Tout le monde sait à quel point une aventure d'un soir peut être gênante, et en l'occurrence j'ai été impressionnée par sa vigueur. Mais la façon dont il s'est comporté ensuite était bien trop immature pour laisser couler. Selon la compatibilité, c'est-à-dire s'il est évident qu'on va remettre le couvert le matin, un homme peut rester dormir. Mais seulement pour rendre de bons et loyaux services l'aube venue. Mister Nice Guy est resté, ce qui était déjà assez pénible puisqu'il a ronflé et pris toute la couette, mais en prime, quand je me suis réveillée, il n'était plus là. Volatilisé ! Pas de café chaud, pas de petit mot de remerciement pour cette nuit délicieuse (même si effectivement, ça ne valait pas franchement le coup). Et, cerise sur le gâteau : la lunette des toilettes était relevée !

Quand je me mettrai en couple – si ça m'arrive un jour –, ce ne sera clairement pas avec un banquier. (Désolée, les gars ! Mais n'hésitez pas à m'emmener dans des restos sympas en attendant.) Ma petite expérience m'aura au moins appris quelque chose sur les gentils garçons qu'on ramasse dans les bars : ils sont passionnés et ardents, mais il faudra qu'ils couchent encore un bon millier de fois avant de devenir des hommes, des vrais. Chères lectrices, peut-être aurez-vous l'extrême bonté de leur venir en aide. Les mots doux sont peut-être ringards, mais la courtoisie ne le sera jamais.

6

Le Net ressemblait à un carambolage sanglant dont Lucas n'arrivait pas à détourner les yeux. Le lendemain matin, dès 9 heures, la rubrique de Carmen était déjà soumise à un feu roulant d'analyses. « Carmen Kelly enflamme le Net », titrait un site. Un média en ligne conservateur sortait quant à lui, avec à l'appui une photo de Carmen très court vêtue : « Les valeurs de la famille américaine sont attaquées de toutes parts, et c'est une séductrice de Manhattan qui mène la charge. » Un site masculin grand public avait publié une liste intitulée : « 15 façons dont Carmen Kelly va vous accabler au réveil » (Numéro 7 : « Tu m'as seulement fait jouir quatre fois »), tandis qu'un média féminin renvoyait à une thèse féministe : « Les femmes sont supposées être par essence pleines d'empathie. Alors quand une femme comme Carmen Kelly manque d'indulgence ou fait preuve d'une pointe de condescendance, cela met en péril l'image sacro-sainte de la femme, celle de la mère nourricière dans le soin, dans la compassion. Raison pour laquelle les hommes ne supportent pas Carmen Kelly. Elle leur fait sentir le triste poids de la solitude, lorsque plus personne n'est là pour embrasser leurs bobos. »

Sans parler des tweets... Une légion d'anonymes traitaient Carmen de pute et de garce, tandis qu'une autre légion, de femmes celle-là, exigeait la fermeture immédiate des comptes anonymes des précédents. Tous les journalistes de New York se livraient à une compétition de blagues. « Bienvenue dans le monde où on couche avec des écrivaillons sans intérêt. Ici, à Brooklyn, on appelle juste ça un mardi soir comme les autres », tweetait un journaliste de *Noser*.

Bien que victime directe de la « pointe » de condescendance de Carmen, Lucas se sentait étrangement déconnecté de tout ça. Il avait envie de la haïr, mais cela aurait voulu dire se joindre au chœur sexiste des hommes, ce qui le dégoûtait. Quant à ses défenseuses, elles semblaient tout aussi empressées de le noyer dans la masse machiste.

« Eh, regardez un peu ça ! s'exclama Franklin à la cantonade. J. P. Maddox, de *Noser*, a adressé une lettre ouverte à Mister Nice Guy ! Ils veulent qu'il lui réponde ! »

Une seconde plus tard, Lucas regardait l'écran pardessus son épaule. « Putain... Tu crois qu'il devrait... enfin tu crois qu'il va le faire ?

— Eh, tu t'intéresses aux potins toi maintenant ? »

Lucas réintégra son poste aussi vite qu'il l'avait quitté. Il était terrifié à l'idée d'être identifié et publiquement humilié. Mais il était aussi indigné. Il n'avait certainement pas été si mauvais que ça. Est-ce qu'il pouvait vraiment s'être trompé à ce point ? N'avoir rien compris du tout ? Et si tout ce qu'elle disait sur lui était vrai... ?

Non... Il fallait qu'il se fasse un peu confiance. Qu'il prenne exemple sur Jiji. Il allait l'écrire, cette riposte ! Il attrapa son ordinateur et sortit. Assis sur un banc, il tapa furieusement pendant vingt minutes. Invective après invective, punchline après métaphore filée. Et au fur et à mesure que sa colère se déversait sur l'écran, il sentait monter en lui quelque chose de pur, de revigorant. Il était en général de ceux qui écrivent lentement, en organisant d'abord la structure en parties et sous-parties. Mais Carmen avait osé dire que coucher avec lui, c'était comme « lire la prose ampoulée d'un étudiant en littérature ». En y repensant, il avait du mal à se retenir de défoncer son ordinateur sur le trottoir. Il travaillait pour un magazine, il n'était pas écrivain, bon Dieu ! Il aurait fallu fouiller longtemps ses écrits avant de trouver une métaphore ou même un adverbe. D'ailleurs, en règle générale, il détestait la poésie.

Mais il n'en était encore qu'à l'échauffement. À présent qu'il entrait dans le vif du sujet, il avait le plus grand mal à se contenir et ses doigts volaient sur son clavier en même temps que convergeaient ses pensées les plus acerbes, dévastatrices et percutantes. La pression monta progressivement jusqu'au moment où il ne fut plus capable de se dominer. Et enfin, dans un flot de consonnes et de voyelles, l'ultime phrase jaillit sous ses doigts. Lucas se redressa et s'adossa au banc, le souffle court. Il se sentait tellement épuisé qu'il aurait pu s'endormir sur ce banc.

Il lui fallut ensuite vingt bonnes minutes pour se créer une nouvelle adresse mail anonyme. Il se décida finalement pour JesuisMrNiceGuyNYC@gmail.com. Parce que oui, il était un type sympa. Un être humain correct, à la différence de Carmen Kelly. C'était bien la seule chose sur laquelle il était d'accord avec elle.

Il commença à taper l'adresse mail de J. P. Maddox puis suspendit son geste. C'était *Noser* qui avait proposé cette idée de riposte mais ce serait bien plus dévastateur que ce soit *Empire* qui la publie ! Tyler allait être déçu mais tant pis. Il adressa donc son mail à Dan Housman.

Cher monsieur Housman,

C'est moi qui ai fait la regrettable expérience de passer la nuit avec votre chroniqueuse Carmen Kelly le mois dernier. J'ai rédigé une riposte qui remet au clair les « faits » qu'elle a présentés. Je vous donne ma permission de faire paraître mon texte.

Merci d'avance,

Mister Nice Guy

Il cliqua sur « Envoyer » et retourna ventre à terre dans les locaux.

Mais à 16 heures, toujours rien. Incapable de rester en place, il finit par aller frapper à la porte du bureau de Housman. Jiji y était. Il portait un pantalon gris taillé sur mesure et se plaignait de l'état de ses mollets.

« Bon Dieu, qu'est-ce que ça fait mal ! grognait-il en les massant, la tête en bas.

— Je suis désolé, dit aussitôt Lucas.

— Pour mes mollets ? demanda-t-il, le visage entre les jambes. À moins que tu ne sois un grand Black prénommé Rocco de 1,90 mètre et 100 kilos de muscles, je ne pense pas que tu sois responsable de mes courbatures aux mollets. Ni que leur état te concerne. »

Housman se tourna vers lui, mais il ne parvint pas à décrypter s'il lui disait d'entrer ou de sortir.

Jiji finit par se redresser avec un ultime grognement. « Luke, peut-être peux-tu nous être utile. La dernière victime de Carmen a pris contact avec nous. Mister Nice Guy. Ça ne s'invente pas...

— C'est comme ça que Carmen l'a surnommé.

— Sa réponse est pas mal. Le type n'est pas bête. Il y a quelques bons passages. »

Lucas essayait de ne pas sourire.

« Tu te sens bien, Luke ? Tu as l'air un peu...

— ... constipé », compléta Jiji.

Son sourire s'évanouit immédiatement.

« Il va falloir un bon travail édito dessus, évidemment. Sans parler du nom... Bon, en tout cas, Carmen n'exagérait pas en disant que c'était un étudiant. »

Lucas déglutit douloureusement. « Est-ce que vous allez le publier ?

— Voilà pourquoi j'aime notre nouvelle recrue, Housman. Le jeune Luke a encore le feu sacré. Il est hors de question que *Noser* fasse son pain avec cette histoire. J'ai déjà assez de soucis avec eux. C'est un vrai coup de chance que Mister Nice Guy ait décidé de nous envoyer sa lettre à nous plutôt qu'à ces petits fouille-merde de maternelle. Est-ce que quelqu'un a plus de 25 ans chez eux ?! »

Apparemment, Jiji ignorait que Lucas n'en avait que 24.

« Donc voilà ce qui se passe : l'auteur de cette riposte pourrait être n'importe quel petit rigolo. Comment s'assurer qu'il est bien qui il prétend être ?

— Est-ce que Carmen ne pourrait pas vérifier son identité ? demanda Lucas.

— Je pense qu'il est préférable de laisser Carmen en dehors de tout ça. Pour le moment. En fait, Luke, je tiens même à ce que cette conversation ne sorte pas de ce bureau.

— Bien sûr, je comprends », répondit-il, très flatté. Il venait de se voir confier son premier secret d'État, et de la bouche même de l'empereur. « Et si on demandait à ce type un détail sur Carmen ? Un détail qu'il serait le seul à pouvoir connaître ? »

Jiji acquiesça, mais il semblait sceptique. Lucas décida donc de dénigrer sa propre idée. Ça mettrait bien en évidence sa capacité à se remettre en question. « Même si j'imagine que ce n'est pas ce qui manque, les hommes capables de livrer ce genre de détail... »

Jiji se figea et Housman grimaça.

« Enfin, je ne veux pas dire que, euh... Pardon, c'était très indélicat de ma part, termina-t-il piteusement en fixant le sol.

— Non, non, tu as tout à fait raison. Elle a en effet eu son content d'admirateurs. Ce qui veut dire qu'une preuve de ce genre ne serait pas suffisante.

— Et si on...

— Housman et moi allons trouver quelque chose, Lucas. Merci pour ta participation.

— Oh. Très bien. »

Il allait devoir se racheter. Mais comment ?

« À plus tard, Luke », le congédia Housman sans le regarder.

Il retourna donc à son poste, ruminant son inutilité.

« Qu'est-ce qui t'arrive ? demanda Franklin en le voyant s'effondrer sur son siège. Il y a deux heures tu débarques ici comme si tu avais gagné les jeux Olympiques et là on dirait que tu viens de te faire virer ! » Et il se pencha par-dessus la demi-cloison, l'air gourmand.

« Toujours pas, non. Pardon de te décevoir. »

7

Plus tard dans la soirée, Lucas reçut un mail. Enfin techniquement c'est JesuisMrNiceGuyNYC qui reçut un mail, mais Lucas avait déjà redirigé l'adresse sur sa boîte.

Cher Mister Nice Guy,

Nous avons beaucoup apprécié votre riposte bien tournée. Nous n'avons encore jamais publié dans son intégralité une réponse à la rubrique de Carmen Kelly mais sachez que nous envisageons de le faire pour votre texte. Cependant, nous devons d'abord vérifier la véracité de certains éléments, à commencer par votre identité. Le plus simple serait que vous révéliez votre identité, de façon à ce que Carmen puisse confirmer. Si, pour une raison ou une autre, vous désirez rester anonyme, je voudrais que vous confirmiez quelques détails au sujet de la nuit en question.

1) Le nom du bar dans lequel Carmen et vous vous êtes rencontrés, ainsi qu'une confirmation d'une tierce personne présente ce soir-là.

2) L'adresse de Carmen, et la confirmation du concierge qu'il vous a bien vus rentrer ensemble.

3) Un détail spécifique au sujet de votre rapport sexuel avec Carmen.

Bien cordialement,

Jay Jacobson,
*Directeur de la rédaction d'*Empire

De multiples pensées traversaient l'esprit de Lucas à vive allure : il ne devait jamais et sous aucun prétexte révéler son identité ; il n'avait aucune preuve qu'ils s'étaient rencontrés au Kettle of Fish ; il n'y avait pas de concierge chez Carmen. Puis son cerveau atteignit la conclusion logique. Si Jiji réclamait un détail sexuellement explicite, c'était que Carmen faisait maintenant partie du jeu...

Mais non. Jiji avait clairement dit qu'il voulait la garder hors de tout ça.

Ce qui signifiait que quelqu'un d'autre allait devoir juger de la véracité des preuves.

Et seuls Jiji et Housman étaient dans le secret.

Il y avait très peu de chances que Housman, qui s'était marié le mois précédent, couche avec Carmen.

Ce qui ne laissait que Jiji... Est-ce qu'il avait couché... Est-ce qu'il couchait toujours avec elle ?!

Putain, il avait couché avec la même femme que Jay Jacobson.

Ce qui voulait aussi dire que, en faisant allusion aux

multiples partenaires sexuels de Carmen, Lucas avait ouvertement insulté la femme avec laquelle Jay Jacobson couchait (toujours ?!).

Et que donc Lucas avait sorti à son boss, l'une des personnalités les plus influentes de la scène médiatique new-yorkaise, qu'il n'était qu'une queue parmi beaucoup, beaucoup d'autres...

Il était fait comme un rat. Pourtant, il ne s'était jamais senti aussi euphorique. Il avait l'impression d'avoir décrypté le dernier Da Vinci Code. Mais il fallait qu'il se concentre et qu'il trouve rapidement les « preuves » demandées. Il était déjà plus de minuit. Il attrapa un stylo et passa sur la pointe des pieds devant la porte de Tyler avant de prendre la direction de West Village.

C'était un mardi soir et le bar était presque vide. Lucas s'installa au comptoir et commanda une bière. Il reconnut le barman avec soulagement.

« Vous vous souvenez de moi ?

— Non, répondit l'homme sans même lever les yeux.

— J'ai passé la soirée ici il y a quelques semaines. Je parlais à une femme, juste là. Carmen Kelly.

— Mlle Kelly, oui.

— Oh, vous la connaissez ? »

L'homme hocha la tête.

« J'aime pas tellement le magazine pour lequel elle bosse. Mais elle ne fait pas la princesse. C'est pas son genre. »

Carmen, modeste ? Pitié... Lucas s'empressa tout de même d'acquiescer. « En fait, mes amis et moi, on est de très grands admirateurs. Mais ils ne me croient pas quand je leur dis que je l'ai rencontrée. Ça fait deux semaines qu'ils me cassent les couilles avec ça. Ils l'appellent "ma copine imaginaire". » Lucas n'avait jamais employé ce vocabulaire vulgaire, mais il lui paraissait approprié pour un barman un peu grognon.

« Et donc ? demanda le type en fronçant les sourcils.

— Eh bien je me disais que peut-être vous seriez d'accord pour me fournir en quelque sorte un témoignage. Comme une petite vidéo pour dire que je suis pas un sale mytho, un truc comme ça. »

Le froncement de sourcils s'accentua. « Laisse tomber.

— Entendu, je comprends, c'est beaucoup demander, insista tout de même Lucas en essayant d'afficher son air le plus candide. Mais je ne vous demande pas de dire quoi que ce soit sur elle. Juste que j'étais bien avec elle ce soir-là.

— Comment tu t'appelles ?

— Guy, répondit Lucas, plein d'espoir.

— Eh bien pas question, Guy. Je me souviens pas du tout de toi. Et même si c'était le cas, hors de question que je t'aide avec ta petite histoire débile.

— Mais il doit bien y avoir un moyen pour que...

— J'ai dit non. Faut que je te le dise en quelle langue ?

— C'est bon, pardon... » marmonna Lucas, qui paya son verre et battit en retraite.

Il venait de planter la première étape et il ignorait si c'était même la peine de tenter la suivante, mais il prit tout de même la direction de l'immeuble de Carmen. Il n'y avait effectivement pas de concierge. Est-ce que c'était une question piège ? Il nota l'adresse et examina les boîtes aux lettres pour trouver le numéro de son appartement. C'était assez étrange de fact-checker son propre coup d'un soir.

Ce qu'il aurait surtout voulu confirmer c'était les pourquoi. Pourquoi Carmen l'avait ramené chez elle ? Parce qu'il représentait une proie facile ? Est-ce qu'il ne lui avait pas au moins un petit peu plu ?

Ça lui paraissait dénué de sens et même un peu sale de gagner sa vie en exploitant les faiblesses des gens. Mais le pire, c'était que son article avait détruit ses souvenirs de leur nuit, gâché la fierté qu'il avait ressentie en se réveillant à ses côtés. Elle ne se rendait probablement même pas compte de ce qu'elle avait fait. Ou peut-être qu'elle s'en fichait, tout simplement.

Lucas leva les yeux sur la façade. Impossible de se rappeler si son appartement donnait sur la rue. Une partie de lui voulait qu'elle regarde par la fenêtre et le voie là, en bas. Il se réconforta en se disant qu'il n'avait pas échoué. Enfin, pas totalement. Il troquait l'excitation d'une nouvelle expérience pour une autre : être publié pour la première fois dans un magazine reconnu. Même s'il n'allait pas être payé. Et même si personne ne saurait jamais qui il était.

Lucas n'attendit même pas d'être rentré chez lui et envoya directement l'adresse et le numéro de l'appartement, précisant qu'il n'y avait pas de concierge. Puis il donna le nom du bar, en espérant que ça suffirait. Il ne lui manquait plus qu'un détail de nature sexuelle. « Carmen n'arrêtait pas de me demander de lui tirer les cheveux. C'était assez frustrant parce que j'avais beau tirer, ça ne semblait jamais lui suffire. » Il envoya le mail, espérant que Jiji serait satisfait.

L'Hédoniste peu raffiné
par Mister Nice Guy

Carmen,

Pardon de t'avoir trouvée attirante. Je suis désolé si j'ai été heureux de constater que je te plaisais (tu faisais très bien semblant). Mes sincères excuses pour ne pas t'avoir traitée comme un morceau de viande en rentrant chez toi. Mes plus humbles regrets pour t'avoir embrassée un peu trop passionnément. Je suis navré de ne pas avoir été assez bestial. Et c'est le cœur lourd que j'admets que oui, je t'ai regardée droit dans les yeux lorsque – est-ce que c'est le moment d'appeler un chat un chat ? –, alors que tu me chevauchais et que tes seins bougeaient au-dessus de moi, tu haletais : « Baise-moi baise-moi baise-moi oh vas-y baise-moi. »

Car c'est bien ce que tu criais. Je n'ai rien trouvé là-dessus dans ton compte-rendu de la semaine dernière.

Aux nombreux types sympas que compte cette ville et que tu as insultés en insinuant qu'ils étaient tous nuls parce que moi, j'ai eu le malheur de ne pas répondre à tes attentes : je suis vraiment désolé. Vous êtes sûrement de meilleurs amants que moi et j'ai apparemment été un piètre ambassadeur. J'apprécie votre pitié les gars, si c'est tout ce que vous avez à offrir. Mais franchement, je préférerais votre indignation. Parce que, bon Dieu, quel mal y a-t-il à montrer son enthousiasme ? Quel est le problème, quand on se sent un peu chanceux, d'en être reconnaissant ? Est-ce que c'est vraiment pour ça que l'on nous juge ? Vraiment ? Est-ce que les femmes comme Carmen s'amusent à jeter des billets de cent par la fenêtre pour se moquer de ceux qui tentent désespérément d'en attraper un ?

J'essayais seulement d'être authentique – moi, mon manque d'expérience et tout le reste. Mais des femmes comme Carmen ne s'intéressent pas à l'honnêteté. Et si vous échouez à satisfaire leurs moindres désirs, elles vous puniront d'avoir été vous-même.

Je vais essayer de ne pas être mesquin.

C'est vrai que j'ai peut-être embrassé Carmen de la manière dont j'embrassais mon ex. Mémoire du corps. Mais on est restés longtemps ensemble. Là encore, je suis navré. La plupart d'entre nous ont déjà vécu une vraie relation de couple. Vous comprendrez.

Je disais donc, je vais essayer de ne pas être mesquin...

Mais peut-être que je vais quand même l'être, juste un peu. Carmen, qui se vante tellement de sa vie sexuelle, vous voulez savoir comment elle est au lit ? Rigide, pour commencer. C'était comme si elle attendait que je la chauffe. Mais deux minutes plus tard, elle criait déjà. Et quand je dis crier... « Baise-moi, vas-y, baise-moi ! » Mais il n'y avait pas de passion dans ses cris. Ça sonnait plus comme des instructions. Un peu comme un sergent-chef, quoi. Ça non plus, je ne l'ai pas retrouvé dans son article. Et voilà encore autre chose : elle a écrit qu'elle essayait d'éviter mon regard. Mais c'est faux. Si je n'ai pas détourné les yeux (mon regard « plongé dans le sien »), c'est parce qu'elle ne brisait pas ce contact visuel. Et bien sûr que j'ai aimé. C'était très excitant. Mais malgré ce qu'elle peut dire, elle aussi a aimé ça.

Carmen, je ne sais pas ce que tu cherchais exactement, mais je pense que c'était plus qu'une simple partie de jambes en l'air.

Nous sommes au moins d'accord sur une chose : je suis un type sympa. Et nous le sommes tous, pour la plupart. On ne sort pas dans les bars comme on irait à la guerre. On essaie juste de s'amuser un peu dans la vie. Et on espère rencontrer des femmes qui cherchent la même chose. Mais apparemment, ce n'est pas ce qui t'intéresse. Tu ne sembles pas beaucoup apprécier les banquiers dont tu parles tant, pourtant tu n'aimes pas non plus les types comme moi. Est-ce que c'est mon problème ? Non, c'est le tien. Si tu avais trouvé ce que tu cherches, j'imagine que tu n'aurais plus rien à écrire.

8

Cette enflure de Jiji avait publié une « riposte » à sa rubrique. Les lecteurs pouvaient bien bavasser tout leur content dans les commentaires en ligne. Ils pouvaient même la traîner dans la boue sur les réseaux sociaux. Mais que les masses populaires, dont Lucas faisait évidemment partie, puissent l'assaillir dans les pages mêmes de SON magazine, c'était hors de question. Et pourtant Carmen savait qu'il était inutile d'argumenter avec Jiji. Ce numéro s'était plus vendu que n'importe quel numéro de l'année passée. Plus que le numéro consacré à l'ouragan qui avait transformé Lower Manhattan en Atlantide ; plus que l'interview du tueur fou qui avait terrorisé une école primaire. Et même plus que le numéro sur le sénateur républicain transgenre.

Est-ce que New York marchait sur la tête ? Où était passé le respect de la vie privée et de la dignité humaine ? Carmen avait grandi dans un petit appartement de Hamilton Heights, à Harlem. Sa chambre se résumait à une alcôve séparée du salon par un paravent japonais. Son père, d'ascendance irlandaise, travaillait pour les transports publics et sa mère, d'origine colombienne, était prof d'espagnol dans un lycée. Ils l'avaient toujours encouragée à s'approprier son espace. « Préserve ton espace vital, lui disait sa mère. Il est sacré. » Alors Carmen s'était exprimée avec de la peinture, des étagères et des lanternes en papier achetées à Chinatown.

Quand elle avait commencé à écrire sa rubrique sexo, ses parents n'avaient pas été exactement enthousiastes. Mais ils avaient fini par comprendre que ce n'était pas le pire des tabloïds. Ni *Noser*, qui pondait des épîtres au vitriol et des témoignages impudiques et autocentrés. Comme l'alcôve de son enfance, sa rubrique était vite devenue son espace et lui permettait en outre d'offrir une voix aux femmes de cette ville. Certes, elle ne brûlait pas son soutien-gorge dans la rue. Mais tout de même, c'était un moyen de démasquer et de descendre un peu de leur piédestal les plus sexistes et les plus misogynes. Les gens pensaient que tout allait pour le mieux pour les femmes. On parlait beaucoup de « la fin de la domination masculine », de la chute imminente de ce genre avide de pouvoir. Mais on était loin de la réalité.

La preuve, Carmen n'avait jamais eu pour ambition de rédiger la page sexo pour *Empire*. Des années plus tôt, c'était pour écrire sur des sujets totalement différents qu'elle avait été embauchée. Mais, parce qu'elle était une jeune femme sexy dans une salle de rédaction majoritairement masculine, elle avait rapidement été aiguillée vers le rôle de gourou du sexe. Au moins, c'était un secteur sûr. Mais elle s'y sentait à l'étroit, comme dans la chambre/alcôve de son enfance. Elle avait fait tout ce qu'elle pouvait pour s'approprier cet espace sans y sacrifier totalement sa dignité. Et les exigences de son poste ne lui facilitaient pas la tâche. Il était probablement inévitable qu'à un moment donné Jiji s'en prendrait à elle. Mais il lui était douloureux de constater à quel point cette ville qu'elle aimait tant, et les femmes qui la peuplaient, ses paires, se délectaient de son infortune.

Et voilà que tandis qu'elle était justement en chemin pour les locaux d'*Empire*, où elle comptait bien expliquer à cette petite frappe autocentrée de Jiji sa façon de penser, elle avait reçu un coup de fil de lui – pas de ses secrétaires mais de lui en personne – l'invitant à déjeuner. Entendre son ton à la fois chaleureux et suffisant lui avait donné envie de fracasser son téléphone dans une vitrine. Mais c'était grâce à Jiji que son salaire tombait tous les mois, et il était assez élevé pour qu'elle puisse presque oublier le reste. Au lieu de lui crier dessus dans son grand bureau, elle se retrouvait donc à l'attendre, assise à une table pour deux dans un resto chic. Elle détestait être la première.

Elle avait tant fantasmé ce déjeuner, elle l'avait tant appelé de ses vœux, rêvant de pouvoir le punir (en lui montrant ce qu'il ratait) tout autant que de le reconquérir. Elle avait beau paraître féministe dans sa rubrique, on ne pouvait pas en dire autant du côté de sa vie privée. Enfin, sa vraie vie privée. Elle s'en voulait affreusement d'avoir craqué en faisant un saut chez le coiffeur. Et elle avait sorti les talons aiguilles...

Jiji n'était plus rien devant une paire de Louboutin. « Dur au-dehors mais à vif dessous », lui avait-il un jour soufflé à l'oreille. Il adorait la voir nue dans ses escarpins. Il lui avait même offert une paire qui n'avait jamais quitté la chambre à coucher, et il la dévorait du regard pendant qu'elle en léchait le cuir souple. Un jour, il avait voulu lui enfoncer doucement le talon par-derrière. (Elle ne lui avait pas accordé plus de quelques centimètres...) Il lui demandait aussi de se tenir au-dessus de lui, le pied à quelques millimètres de son entrejambe. « Plus près, Carmen, encore plus près. » C'était terrifiant. (Et si elle dérapait ?) Mais c'était aussi incroyablement excitant. (Et si elle dérapait... ?) Le sexe avec Jiji était unique. Mais elle avait toujours gardé tout ça pour elle. C'était trop difficile à expliquer. Ces pratiques qui ressemblaient à du fétichisme bas de gamme, ces fantasmes cochons à deux balles, avec lui, c'était comme partager une vulnérabilité rare.

« Eh, Carmen », dit-il en déposant un baiser sur sa joue. Leur histoire mouvementée de deux ans ne s'était définitivement arrêtée que trois mois plus tôt, mais Jiji paraissait tout à fait détendu. Ce qui ne l'étonnait pas outre mesure. Elle espéra qu'il n'allait pas lui infliger une conversation sur la pluie et le beau temps ou discuter du menu. La trivialité de la nourriture ajoutait le déshonneur à une conversation déjà difficile.

Le serveur arriva. Il connaissait Carmen et il évitait soigneusement son regard. Ce qui voulait dire qu'il avait lu la réponse de Mister Nice Guy. *Qu'ils aillent tous se faire foutre.*

« Écoute, commença Jiji dès qu'il eut tourné les talons. C'est lamentable de ma part d'avoir fait imprimer ce texte. Je le sais.

— Ce n'est pas parce que tu le reconnais que ça rend ton action moins pathétique. »

Mais il avait bien joué. Jiji était plus habile qu'un politicien. Il maîtrisait parfaitement ce qu'eux ne comprendraient jamais : nier ne fait qu'aggraver les torts alors que la vérité – ou en tout cas quelque chose qui en porte les accents – tue le reproche dans l'œuf.

« Écoute, Carmen, ce n'est pas contre toi, tu le sais bien. »

Elle renifla avec mépris.

« Je te jure que c'est la vérité. Mets-toi à ma place : si tu avais reçu ça dans ta boîte mail, tu ne l'aurais pas publié ? C'était trop beau ! De l'or en barre. Le meilleur moyen d'attirer l'attention sur ta rubrique. Et honnêtement, ça ne me fait pas plaisir de te dire ça, Carmen, mais depuis quelque temps tes articles n'excitent plus tellement les foules. C'est très répétitif, sans compter le fait que – tu es la mieux placée pour le savoir – tu n'es plus aussi persuasive dans le rôle de la jeune célibataire libérée. »

Dans sa tête, Carmen niait farouchement et l'insultait. Sa rubrique se portait parfaitement bien, merci. Et aucun des types sur lesquels elle avait écrit ne s'était plaint de son âge. Au contraire, elle était au faîte de sa sensualité. Elle n'avait jamais été aussi désirable. Jiji n'ignorait probablement pas que chez la femme, le pic orgasmique survenait au début de la trentaine. Si quelqu'un devait se soucier de son âge ici, c'était lui ! Quarante-deux ans, et il vivait encore comme un étudiant. Elle se rendit compte que sous la table, elle était en train d'enfoncer ses ongles dans ses paumes.

« En tout cas, c'est vraiment inédit et tout à fait

excitant. Et c'est de ça que je voulais te parler, Carmen. Comment est-ce qu'on va tirer parti de tout ça ? »

Elle le regardait parler. Elle avait très envie de le haïr mais le contraste entre la proximité physique et la froide distance émotionnelle lui faisait mal. Elle mourait d'envie d'enlever une de ses Louboutin et de la lui planter dans le cœur. Elle voulait l'entendre dire « Carmen, je t'aime ». Mais il ne risquait pas de le faire. Les gens trouvaient souvent Jiji indéchiffrable. Pourtant ses actes suivaient une voie tout à fait logique : il agissait constamment dans son intérêt. Ça n'avait rien de personnel, il n'était jamais méchant gratuitement. De la même façon, quand Jiji était gentil, c'était parce que vous lui étiez utile d'une quelconque façon. Et s'il vous traitait mal, c'était parce que derrière, il y trouvait un intérêt. Carmen était rouge de honte. Oui, elle avait bêtement cru – ou elle était parvenue à se faire croire – que ces règles ne s'appliquaient pas à elle. Elle s'était persuadée qu'elle était la seule relation authentique dans la vie de Jiji, la seule qu'il ne manipulerait jamais.

Ou peut-être avait-elle toujours su la vérité. Peut-être que si elle était revenue à chaque fois, c'était parce qu'elle aimait lui être utile. Parce que quand elle lui était utile, il la faisait se sentir bien.

« Comment on va tirer parti de ça ?

— C'est ce que je te demande. Cette semaine nous a permis de comprendre ce que nos lecteurs désirent. Et je veux leur en donner plus. Mais c'est ta rubrique. Alors je voudrais savoir ce que tu en penses. »

Carmen ne parvenait pas à se rappeler à quand remontait la dernière fois où Jiji lui avait demandé son avis. Elle y réfléchit un moment, le laissant dans l'expectative.

« Et si je ne sortais qu'avec des types sympas pendant un mois ?

— Non, je ne pense pas que ce soit ce qui a enflammé nos lecteurs », répondit-il en pinçant les lèvres.

Elle passa les cinq minutes suivantes à énumérer à voix haute tout ce qui pouvait lui traverser l'esprit. Essayer de transformer un type sympa en gros con ? Ou mettre en place une compétition de types sympas, dont le gagnant serait celui qui réussirait à la transformer en tendre ingénue ? Elle était même prête à installer un cabinet en carton dans Central Park avec une petite affiche « Cherche mec sympa ». Mais Jiji se contentait de hocher la tête en répétant « Il faut qu'on enflamme le Net, Carmen ».

Elle était de plus en plus agacée. « Qu'est-ce que tu veux, en fait ? Que tous mes ex viennent cracher sur moi l'un après l'autre ?

— Carmen, bien sûr que non, voyons. Il n'est pas question que qui que ce soit s'en prenne à toi. C'est ta rubrique, c'est ta voix. »

« Ta rubrique, ta voix... » C'était la première fois qu'il lui parlait comme ça et elle sentit malgré elle l'excitation l'envahir. « Je pourrais faire tellement plus, Jay. Je pourrais écrire sur les dynamiques sexuelles sous-jacentes dans la société. Je pourrais élargir à l'âgisme, à la communauté LGBTQ+, au fétichisme, au polyamour et aux mariages ouverts. Au lieu de ne parler que de moi, je pourrais faire du vrai journalisme.

— Intéressant. Mais j'ai peur que ce ne soit pas particulièrement novateur.

— Mais si ! Je pourrais disséquer la façon dont les gens pensent, aiment et font l'amour, et pourquoi. Ça permettrait de passer à la vitesse supérieure.

— On ne peut pas remplacer comme ça un témoignage à la première personne par une vague analyse sociologisante des dynamiques sexuelles. Les lecteurs veulent lire quelque chose d'excitant. C'est de toi qu'ils veulent entendre parler. Sans compter que j'ai déjà bien assez de journalistes pour les sujets plus pointus. »

Et si je n'ai aucune expérience avec le vrai journalisme, c'est parce que tu m'en as toujours tenue soigneusement à l'écart. Carmen était vraiment en colère, à présent. Sa rubrique était comme une prison dont les murs pouvaient être légèrement repoussés, mais jamais démolis. Quel lâche il était ! Il se vantait d'être provocateur et avant-gardiste mais jamais il ne prenait aucun risque. Comme tous les autres. « Tu veux quelque chose de novateur ? » Carmen fouilla son esprit à la recherche d'une proposition tellement outrancière que Jiji serait obligé de réaliser son étroitesse de vue. Et qu'il était temps qu'il la prenne enfin au sérieux. « Tant qu'on y est, tu ne voudrais pas qu'on organise un grand combat hebdomadaire entre ce type qui m'a humiliée et moi ? On serait tous les deux sur le ring dans la rubrique, toutes les semaines on baiserait et ensuite on se mettrait plus bas que terre. »

Le visage de Jiji s'éclaira. « Excellent ! C'est exactement ce qu'il nous faut. Vas-y, développe.

— Je plaisantais, Jay !

— C'est souvent en plaisantant qu'on trouve les meilleures idées. Vraiment, Carmen, tu as trouvé quelque chose de réellement brillant. »

Elle avait l'impression d'être tombée dans un piège. Est-ce qu'il avait déjà pensé à tout ça ? Est-ce qu'il attendait seulement qu'elle le dise elle-même ? En tout cas, il paraissait bien lancé.

« Oui, on pourrait faire une sorte de match hebdomadaire entre Mister Nice Guy et toi. On pourrait appeler ça "À poil les critiques !" »

Il avait dû y penser pendant des heures, pour réussir à sortir ça. Mais quand ? Ce matin même ? La veille ?

« Je ne sais pas. J'aurais l'impression qu'on note en ligne comment c'est de coucher avec moi. "Hier soir, c'était 20 % sympa et 80 % bien sale" ? Ça me met mal à l'aise.

— Écoute, à moins que tu trouves ce type vraiment repoussant, pourquoi tu n'essaies pas ? Au moins, ça te donnera l'opportunité de te défendre. Parce que pour le moment, c'est lui qui a eu le dernier mot. »

Jiji la connaissait bien. Effectivement, en dépit du manque d'expérience de Lucas, elle était loin de le trouver repoussant. Et pourtant, elle ne parvenait pas à chasser son malaise. Ce n'était pas exactement de la prostitution qu'il lui proposait... Plutôt comme de s'accoupler derrière les grilles d'un zoo, en fait. Avait-elle vraiment le choix, de toute façon ? Jiji avait bien réfléchi aux tenants et aux aboutissants et il savait parfaitement dans quelle situation il la plaçait. Refuser représentait un trop gros risque. Il n'hésiterait pas à supprimer sa rubrique. Si elle ne cédait pas, elle perdait son travail. Et en plus Mister Nice Guy aurait définitivement gagné. Toutes les options étaient perdantes pour elle. Elle n'avait jamais voulu devenir la journaliste attitrée de la page sexo, mais aujourd'hui, c'était tout ce qu'elle était. Et il était hors de question que l'histoire se finisse de cette façon et qu'elle laisse ces deux sales gosses gagner.

« Tu peux prendre le temps d'y réfléchir, évidemment », finit par dire Jiji, rompant le silence.

Elle releva la tête et rencontra son regard. Si elle acceptait, ce serait à ses conditions. Elle pensait déjà à la suite, à son prochain rendez-vous avec Mister Nice Guy et à la façon dont elle allait reprendre la situation en main. Mais d'abord, il fallait qu'elle se sorte vivante de ce déjeuner. « Je veux un CDI à plein temps. Et des intéressements. »

L'espace d'un instant, Jiji eut l'air sidéré. Il ne s'était pas attendu à ce qu'elle négocie. Cet idiot avait vraiment pris le melon. Il aurait dû savoir, pourtant, qu'elle n'allait pas se laisser faire comme ça. Et il avait oublié à quel point elle aussi le connaissait. Cette nouvelle idée lui plaisait beaucoup, il était déjà à fond dedans. Elle pouvait le lire sur son visage. Et elle allait tirer tout ce qu'elle pouvait de ce petit avantage.

« Donc je veux un CDI à plein temps. C'est fini, les contrats. Et je veux un vrai intitulé de poste. Je veux le voir écrit sous mon nom, à côté de ma rubrique. »

Jiji ouvrit la bouche pour rétorquer mais elle ne le laissa pas en placer une.

« Et je veux un bureau. Même si je n'y mets jamais les pieds. Vire qui tu veux pour me faire de la place. »

Jiji émit une respiration sifflante. « Très bien.

— Et, ajouta-t-elle avant qu'il ne brise ce moment

délicieux, c'est moi qui établirai les termes de cette affaire avec Mister Nice Guy. Si tu crois que je vais me jeter nue sur lui, tu rêves. On va y aller doucement, faire monter tranquillement la température jusqu'au point de non-retour. Si tu donnes tout de suite ce qu'ils veulent aux lecteurs, ils vont décrocher.

— Il faut toujours que tu contrôles tout, hein. Mais très bien, tu as raison, acquiesça-t-il. On ne doit parler que de vous pendant au moins les deux prochains mois. Sinon, j'annule notre accord.

— C'est-à-dire ?

— Je veux que vous ayez quatre cent mille lecteurs en ligne par semaine.

— En ligne ?

— Nous vivons dans un monde digital, Carmen. Je veux que l'on soit tout en haut du classement des fréquentations internet. Bon, maintenant que nous avons réglé tout ça, je vais prendre contact avec Mister Nice Guy et t'envoyer son mail. J'attends avec impatience ton prochain article !

— Et moi je veux que le contrat soit rédigé et validé par mon avocat avant ça. »

Elle ramassa son sac à main et se leva. Elle se sentait grande et puissante. Elle dominait Jiji de toute la hauteur de ses Louboutin. Mais l'extase de la victoire l'avait déjà désertée. Négocier avec son ex les conditions de son engagement avec un plan cul contractuel n'était probablement pas ce que Sheryl Sandberg avait en tête en écrivant *En avant toutes*...

Mais Carmen ne s'était pas fait complètement enfumer. C'était déjà ça. Sa victoire était ténue et assez pathétique mais elle avait gratté tout ce qu'elle avait pu. Elle avait appliqué les leçons de son enfance et mis à profit ses maigres ressources. D'une certaine façon, Jiji et elle n'étaient pas si différents. Ils partageaient la même seule et unique priorité dans la vie : eux-mêmes.

9

C'était un dimanche soir, quelques jours après la proposition de Jiji. Des rendez-vous réguliers impliquant du sexe avec Carmen, suivis d'un duel de plumes commentant leurs performances mutuelles. Lucas ne touchait plus terre. Jay Jacobson lui avait fourni une marque de confiance à laquelle il ne se serait même pas permis de rêver. Ses talents (tous ses talents...) étaient enfin reconnus. Car si son chef avait douté que Lucas puisse rivaliser – au lit et sur le papier – avec Carmen, jamais il ne lui aurait offert une telle visibilité dans son magazine.

Tout s'était passé par mail. Bien sûr, Jiji ignorait qui était Mister Nice Guy. Et il avait bien insisté sur le fait que tant qu'il restait anonyme, il ne toucherait rien. C'était une bonne façon de l'obliger à prendre les devants. Mais cette option était totalement exclue, autant pour la survie de Lucas au sein du magazine que pour sa réputation. (Que se passerait-il si sa famille et Mel découvraient ça ?) Si la rubrique prenait de l'ampleur, il aurait peut-être un jour assez de poids pour inciter Jiji à revoir cette question financière. Et entre-temps, il allait être publié dans *Empire* ! La vie le gâtait.

Pour l'instant, il fallait surtout qu'il garde son identité (et son euphorie) bien cachée sous de multiples couches. Le restaurant de Chelsea où il devait retrouver Tyler et Sofia pour dîner était petit et sombre, avec des carafes de chianti tachées en guise de décoration. C'était le restaurant de l'oncle de Sofia, qui les régala d'antipasti et de vin. Elle leur raconta que l'endroit était autrefois le repaire d'un mafioso à la petite semaine qui avait donné le lieu au grand-oncle de Sofia pour lui rembourser une dette.

« C'est une histoire sympa, commenta Tyler. Et clairement apocryphe, aussi. Luke, toi qui es là-dedans, aide-moi à le prouver.

— Laisse-le donc tranquille. On est dimanche.

— Lucas n'arrête jamais. C'est notre Bel-Ami du Sud ! »

L'intéressé croisa son regard et détourna aussitôt les yeux. *Noser* avait déjà lancé une campagne pour découvrir qui se cachait sous l'identité de Mister Nice Guy. Et c'était Tyler en personne qui menait l'enquête.

« Tyler se sent menacé dès qu'il a l'impression que quelqu'un bosse plus que lui, se moqua Sofia.

— Et ça ne fait aucun doute, je travaille beaucoup plus dur que lui ! »

Lucas avait appris qu'une approche de ce type marchait très bien avec son ami, qui d'ailleurs approuva.

« De toute façon, vous n'êtes même pas en rivalité, vous n'avez pas du tout le même boulot. *Empire* est une feuille de chou à prétentions littéraires alors que *Noser* est un pur tabloïd.

— Et moi qui croyais qu'on était tous les deux journalistes, se plaignit Tyler.

— C'est comme ça que vous vous faites appeler alors ? » demanda Lucas avec ingénuité.

Sofia éclata de rire.

« Mais toi aussi, tu bosses pour *Noser* !

— Justement, je bosse *pour* ! Je ne suis qu'une pauvre photographe freelance, comme tu le sais. Je pourrais aussi bien travailler pour une chaîne de surgelés. Je ne me définis pas par mon travail. »

Lucas et Tyler la dévisagèrent comme si elle venait de sortir une monstruosité.

« Bien sûr, il faut s'investir un peu dans ce que l'on fait. C'est évident. Mais l'idée que mes passions devraient – ou même pourraient – être limitées à mes heures de boulot, je trouve ça très triste. Surtout qu'on ne pourrait pas vraiment qualifier d'artistiques les photos que je fais pour gagner ma croûte.

— Demande-lui de te montrer ce qu'elle fait du reste de sa vie, intervint Tyler. C'est pour le moins osé.

— Je suis très intrigué, maintenant », fit Luke en espérant obtenir des informations complémentaires.

Mais Sofia n'avait pas fini d'expliquer son point de vue sur la vie. « Si toute ton énergie passe dans ton travail, alors qu'est-ce qu'il reste pour nourrir ta passion ? La plupart des gens que je connais, surtout les femmes, il faut le dire, ne vivent pas vraiment. Elles sont tellement concentrées sur leurs objectifs... Avoir un bon boulot, un mec et ainsi de suite. Elles passent leur vie à se fermer des portes au lieu d'en ouvrir. Je suis désolée si je donne l'impression d'être une vraie connasse quand je dis ça, mais je trouve ça vraiment triste.

— Au cas où tu te poserais la question, Sofia a peu d'amies de sexe féminin, précisa Tyler.

— Mon Dieu, si tu rencontrais mon ex..., soupira Lucas, faisant glousser les autres. Tu es authentique, je trouve ça bien. Tu ne laisses personne te punir d'être toi. J'aurais aimé savoir faire ça il y a six ans. »

Sofia releva vivement les yeux sur lui, puis les reposa sur son verre de vin.

Un ange passa.

« Lucas, finit par dire Tyler, brisant le silence, tu devrais raconter à Sofia cette soirée à laquelle tu es allé la semaine dernière. Dans l'appartement-terrasse de Hamish McGregor. »

Sofia parut impressionnée. « C'est le marchand d'art le plus réputé de New York !

— Ses meubles sont des soucoupes volantes. Et les invités ressemblaient à des sculptures vivantes. L'angoisse.

— McGregor a vendu pas mal de pièces à Jiji, ajouta Tyler. Il les fait admirer aux quatre coins de la ville, dans tous les lieux dans lesquels il a placé ses thunes. Sérieusement, Lucas, ton boss a réussi à fourrer son nez dans tout ce qui se passe dans cette ville. Et si on va par là, crois-moi, il a pas fourré que ça...

— Merci, Tyler », le coupa Sofia en grimaçant.

Il lui adressa un clin d'œil sans pour autant s'interrompre : « Il a des actions dans trois ou quatre restaurants à la mode, deux bars chicos et un club. Et j'ai entendu dire que maintenant il se lance dans des immeubles de luxe et un hôtel.

— Mmm, je vois que tu as fait ta petite enquête.

— Est-ce que tu sais pourquoi Jiji t'a envoyé dans l'affreux penthouse de Hamish Machin ? lui demanda Tyler.

— Je ne sais pas... Parce que je deviens un peu son protégé peut-être ?

— Tu veux dire que tu as été upgradé en porteur de cafés ? »

Lucas lui adressa une grimace.

« En tout cas, j'ai recroisé là-bas ce type que j'avais rencontré à une soirée de lancement. Nicholas Spragg. Sofia, peut-être que tu vas pouvoir m'aider à comprendre qui est ce mec. Il raconte qu'il gère la collection d'art de sa famille et qu'il vient d'une lignée de grands propriétaires. La première fois que je l'ai vu, son arrière-grand-père était un comte bavarois. Et ce coup-ci, c'était un duc hongrois.

— Ça ne paraît pas si délirant. Peut-être que du côté maternel, c'est un comte bavarois, et du côté paternel, un duc hongrois ?

— Sans doute... Sauf que je l'ai googlé et apparemment son père possède la chaîne d'hôtels Kingswood.

— En tout cas, comte ou pas comte, ils sont blindés ! commenta Tyler.

— Nicholas prétend qu'il est né à Londres mais en fait il vient d'une ville qui s'appelle Apex, dans l'Idaho, là où se trouve le siège de Kingswood.

— Si j'étais née dans l'Idaho, moi aussi je raconterais que je suis née à Londres, dit Sofia.

— Oh et surtout, il est tellement bizarre ! Les seuls à traîner avec lui, c'est ceux qui savent à quel point il est riche. Et ils sont tous obséquieux à vomir. Les autres fuient ventre à terre. Mais Nicholas n'a pas l'air de s'en rendre compte. Il a cette drôle de... » Il s'interrompit, cherchant le mot approprié. « Il a cette drôle de candeur. »

Il fut coupé par la sonnerie de son portable. Le numéro était constitué d'une série de 0.

« Regardez ce truc !

— Allez, réponds ! » le pressa Tyler.

« Ici Britta Packham. Je suis l'attachée de Nicholas Spragg », se présenta une femme à l'accent clairement britannique. Lucas ouvrit de grands yeux, sa stupéfaction se reflétant sur les visages de ses compagnons qui tendaient l'oreille. « Nicholas aurait grand plaisir à dîner avec vous demain soir. Le dîner sera suivi d'un divertissement. Pourrez-vous être présent ?

— Oui ? répondit Lucas en cherchant de l'aide du regard, la mine perplexe.

— Très bien. La voiture viendra vous prendre en bas de chez vous à 8 heures précises. Une tenue appropriée est requise. »

Sur ce, Britta Packham, assistante de Nicholas Spragg, raccrocha.

« C'était l'*attachée* de Nicholas Spragg. C'est dingue, non ?

— Il est général en chef des armées ou quoi ?

— C'est possible, mais je n'ai pas encore eu le plaisir d'entendre cette histoire. Je suis invité à dîner demain. Et à un "divertissement". Qu'est-ce que ça veut dire, cette histoire ?

— Là, ça devient assez fascinant, fit Sofia en se penchant en avant, le menton calé sur sa paume.

— Et il envoie sa voiture me chercher, précisa Lucas

sur un ton de protestation incrédule. Comment est-ce qu'il peut savoir où je vis ?!

— Quoi qu'il arrive, je suis sûr que tu auras une histoire captivante à nous raconter. Et de toute façon demain c'est lundi. Qu'est-ce qui pourrait bien t'arriver ? »

10

La « voiture » n'était en fait rien de moins qu'une limousine, qui se gara en double file devant chez Lucas.

« Vite, vite, on a une réservation ! » lui cria Nicholas alors qu'il se dépêchait de monter.

Les sièges étaient en cuir et l'intérieur sentait un peu la cire, comme si la voiture venait d'être astiquée. Nicholas était seul dedans, un verre de whisky à la main. À côté de lui, il y avait une bouteille de champagne dans un seau à glace. Lucas la fixa sans être sûr de comprendre ce qu'elle annonçait.

« Pour les dames », précisa Nicholas.

Lucas jeta un regard autour de lui. Est-ce que les dames se cachaient dans le coffre ?

« Nous les retrouvons au restaurant. Je leur ai proposé de passer les prendre mais elles avaient un engagement avant. Elles sont très demandées. Tu sais ce que c'est. »

Lucas l'ignorait mais il hocha la tête avec l'air compatissant. « Comment tu les connais ?

— Oh, ce sont les amies d'un ami à moi. Un type de Paris qui vient de déménager à Hong Kong. Il m'a présenté à beaucoup de gens, depuis là-bas. Je ne sais pas ce que je ferais sans lui. Il se trouve, continua-t-il en jetant un regard appuyé à Lucas, qu'on n'a pas tous la chance d'être invités aux meilleures soirées sur un claquement de doigts. »

Est-ce qu'il le traitait d'arriviste ? Ou est-ce qu'il l'incluait, avec lui, dans ce commentaire quelque peu opaque ? Lucas jugea plus sûr de se distancier de ce que cela pouvait bien vouloir dire.

« Pour être honnête, je ne me rends aux soirées que quand Jiji... enfin, Jay Jacobson ne peut pas y aller.

— Bien sûr, Jay ! s'exclama Nicholas avec enthousiasme. Peut-être qu'on le verra plus tard. Je lui ai envoyé un texto à propos de nos plans de ce soir. Il est possible qu'il nous rejoigne.

— Oh. Si tu as son numéro de portable, alors tu as toutes les clés qu'il faut dans cette ville.

— Oui, j'imagine, dit Nicholas d'une voix teintée de tristesse. Tu as échangé des messages avec lui aujourd'hui ? »

Aujourd'hui ? Comme si textoter avec Jiji était un cocktail de vitamines à prendre chaque matin. Non, dut-il admettre. Il n'avait même pas son numéro.

Cette information sembla considérablement requinquer Nicholas qui resta un moment sans rien dire, nageant dans une joie silencieuse. Puis la limousine s'arrêta devant un restaurant de Tribeca. C'était le Luca, l'adresse la plus à la mode pour la cuisine moléculaire, dit Nicholas. Lucas en avait entendu parler dans *Empire* mais cela faisait déjà plusieurs années. La nourriture qu'on y servait était à mi-chemin entre une expérience scientifique et de l'art moderne. À l'époque, il s'était demandé si des gens dépensaient réellement une petite fortune pour le plaisir de manger un hybride de Kandinsky et d'une boîte de Petri.

Ils retrouvèrent les dames au bar, où elles sirotaient des cocktails présentés dans des éprouvettes. Elles ressemblaient à des attachées de presse, mais avec des coupes de cheveux plus chères. La blonde fit un signe de la main à Nicholas quand ils entrèrent.

« Tu es exactement comme Henri t'a décrit », dit-elle en l'embrassant sur les deux joues. Elle s'appelait Corinne et portait une robe noire très courte et très moulante et des bottes qui collaient à ses jambes au point qu'on avait l'impression qu'elles avaient été peintes dessus. Elle était belle, dans un genre anorexique et diaphane qui rappelait assez son cocktail. La brune était tout aussi belle mais plus dans le style d'un verre de rouge. Elle était plantureuse, avec une cascade de cheveux sombres et un grand sourire chaleureux. « Je suis Katherine, mais appelle-moi Katie », dit-elle aussitôt. La précision semblait superflue. Est-ce que toutes les Katie du monde ne se contentaient pas de se présenter comme telles ? Elle ne lâcha pas Lucas des yeux en serrant la main à Nicholas. Son regard était presque intime ; c'était un regard malicieux de conspiratrice, comme s'ils partageaient déjà un secret excitant.

Le maître d'hôtel les guida jusqu'à une table d'angle et Nicholas porta aussitôt un toast : « Santé ! À une soirée capitale. »

Les jeunes femmes animaient la conversation, bombardant leurs compagnons de questions. Sans surprise, Nicholas leur parla de son ascendance, de plus en plus étendue et douteuse. Lucas était bien plus intéressé par les jeunes femmes, mais il ignorait l'étiquette en la matière. Est-ce que les mondaines étaient comme les hipsters, qui refusent de reconnaître leur identité sociale ? Est-ce que c'était malpoli de leur demander de quoi elles vivaient, puisque le concept même d'être une mondaine, c'est de ne rien faire ? De quoi allait-il bien pouvoir parler avec elles ?

La conversation s'arrêta d'elle-même quand les plats arrivèrent : ils furent tous si déroutés qu'ils ne pensèrent plus qu'à leur assiette. Une mousse à l'odeur de sous-bois flottait comme de l'écume sur un bouillon qui rappelait de l'autobronzant. Sur une coupelle à côté trônaient de minuscules fleurs et pétales qui semblaient y avoir été disposés à la pince à épiler. Cette entrée fut suivie d'une huître qui baignait dans un liquide jaune vif constellé de grains noirs de caviar, entouré de biscuits au thé vert recouverts d'une sauce noire à l'odeur âcre. Mais ce n'était qu'un tour de chauffe. Suivirent des ris de veau, du foie gras et la moelle d'un animal non identifié. Nicholas et les jeunes femmes mangeaient avec enthousiasme mais ce n'était pas le genre de chose que Lucas désirait mettre dans sa bouche. Sans parler de son ventre. Chaque fois que le serveur à gants blancs emportait les assiettes, il se demandait avec appréhension ce qui allait suivre. Des cœurs ? Des foies ? Quel autre affreux morceau d'animal allait apparaître sur son assiette ? Finalement, c'est un nuage de barbe à papa au kale qui arriva, surmonté d'une fine tranche de thon cru. Quel soulagement !

Après un certain nombre de verres de vin (il y avait une bouteille différente pour chaque plat), Lucas se rendit compte qu'il ne parlait plus qu'avec Katie. Il ne savait pas comment ils en étaient arrivés là mais il était reconnaissant d'être avec elle plutôt que Corinne, qui lui faisait un peu trop penser à la reine des neiges. Katie était curieuse et lui posait des questions avec la franchise d'un reporter. Ils en arrivèrent bientôt à leurs livres et magazines préférés. Elle adorait le *New Yorker* et se faisait un point d'honneur de lire chaque numéro dans son intégralité – un exploit que seule une mondaine maîtresse de son temps pouvait accomplir. Elle voulut savoir comment se créait un article, du début à la fin. Elle semblait considérer son métier comme quelque chose de non seulement important mais aussi proprement héroïque. « La vérité est entre tes mains », lui déclara-t-elle alors qu'ils parlaient d'un récent scandale dans les médias.

Lucas aurait probablement trouvé cette phrase totalement pompeuse dans la bouche de quelqu'un d'autre. Mais Katie le regardait avec candeur et franchise, penchée vers lui d'une façon irrésistible, ses longs cheveux effleurant son épaule. Elle était soit réellement impressionnée soit exceptionnellement douée en matière de flatterie. Il décida qu'il se fichait de la vérité. D'autant qu'il était doucement mais sûrement en train de franchir la limite qui menait à l'ivresse.

« Corinne et toi, vous vous ressemblez si peu, lui chuchota-t-il à l'oreille.

— Vous non plus, vous ne vous ressemblez pas beaucoup.

— Je ne peux pas vraiment me permettre des dîners comme ça, lui confia-t-il. Je suis ici parce qu'il m'a invité. »

Katie lui sourit gentiment. « Et moi, je suis ici parce que Corinne m'a invitée. J'imagine que ça nous fait un point commun », dit-elle en lui prenant la main. Ce contact fit monter un frisson le long de son bras.

Le dîner se termina vers 23 heures. De retour dans la limousine, les jeunes femmes accomplirent leur destinée et ouvrirent le champagne. Nicholas versa un verre de whisky à Lucas, qui refusa. « Non, merci. Je dois être debout à 6 h 30 si je veux aller courir avant le travail.

— Voyons, ne sois pas ridicule. Il est encore tôt. »

D'une certaine façon c'était vrai puisqu'il était le seul à devoir se lever le lendemain.

« Si j'arrive avec la gueule de bois, Jay va me tuer.

— Jay s'amuse, et nous aussi ! » rétorqua Nicholas en lui collant le verre dans la main.

Puis il tapa deux fois sur la cloison les séparant du chauffeur, qui démarra. Nicholas se rapprocha de Corinne et, deux secondes plus tard, ils s'embrassaient. La scène était aussi étrange que choquante : ces deux personnes qui se tripotaient sans gêne juste à côté, et la vision de cette femme belle comme un top model qui pressait ses lèvres fardées sur la vilaine bouche de Nicholas, sur ses cicatrices d'acné, ses poireaux... Lucas reporta son attention sur Katie, qui lui souriait. Elle se pencha vers lui et l'embrassa dans le cou. Puis ses lèvres glissèrent sur sa joue et sa bouche. Lucas ferma les yeux pour essayer d'échapper à ce qui se passait à côté. Ce qui se révéla plus facile que prévu, surtout quand Katie vint s'asseoir à califourchon sur lui.

La limousine s'arrêta sur la Onzième Avenue, au croisement avec la 53e, devant un gratte-ciel résidentiel. Ils passèrent devant un videur très impressionnant et entrèrent dans un hall aux murs sertis de grands aquariums remplis de poissons multicolores. Le sol était en verre et ils avaient un véritable océan sous les pieds. Lucas sursauta violemment quand une raie immense glissa sous eux. Les jeunes femmes, elles, affichaient un sourire parfaitement serein. C'était peut-être ça qui caractérisait les femmes du monde : leur capacité à traiter les choses les plus stupéfiantes comme si de rien n'était.

Ça ne s'arrêta pas là : une femme en kimono apparut devant eux et s'inclina profondément. « Bienvenue, Monsieur Spragg. Passez une bonne soirée », dit-elle en désignant l'ascenseur.

« Nous sommes dans le tout premier love hotel de Manhattan, leur expliqua Spragg tandis que l'ascenseur les emmenait vers le ciel. C'est un endroit où les couples peuvent trouver quelques heures d'intimité, et les hommes d'affaires un endroit pour faire la sieste. Voyons, ne prends pas cet air scandalisé, Lucas, s'interrompit-il en lui mettant une tape dans le dos. C'est monnaie courante au Japon. Je suis étonné qu'*Empire* n'ait pas déjà consacré un article à cet endroit, mais peut-être devrais-tu garder l'adresse pour toi. Il ne faudrait pas que ça devienne trop populaire, n'est-ce pas ? »

Nicholas échangea un petit sourire entendu avec les deux jeunes femmes, et pendant un bref instant, Lucas eut l'impression que toute cette soirée, le dîner, les femmes, cette belle entente n'avaient rien à voir avec lui. Mais ce fut très furtif. Katie caressait le dos de sa main avec son pouce et, quand il la regarda, elle vint poser la tête sur son épaule. Il passa le bras autour de sa taille et l'attira contre lui.

En sortant de l'ascenseur, ils se retrouvèrent dans un grand couloir aux murs de papier, avec une forte odeur de tatami. Le love hotel prenait décidément très au sérieux sa thématique japonaise. Une autre femme en kimono leur demanda d'enlever leurs chaussures et les mena dans une petite pièce faiblement éclairée. De la musique électronique à sonorités asiatiques passait en fond, faisant doucement vibrer l'espace. Deux narguilés étaient installés sur une petite table, à côté de gros coussins.

« Je ne savais pas que c'était japonais », marmonna Lucas dans sa barbe. Il avait sommeil, et la musique et les lumières tamisées n'arrangeaient pas son cas.

« Non, c'est moi qui les ai demandés », dit Nicholas. Il semblait blessé. « Tu n'aimes pas ?

— Oh si, j'aime beaucoup ! »

Mais il fut rapidement distrait par les ongles de Katie qui naviguaient dans son dos.

Ils passèrent l'heure suivante en couple, à discuter, boire et souffler des ronds de fumée. Quand Lucas regarda sa montre, il était déjà plus de 1 heure. Mais il n'avait plus la moindre envie de rentrer. Il voulait rester là, dans ce drôle d'endroit enfumé, avec cette femme superbe qui massait son cou et qui, contrairement à une certaine « journaliste », semblait réellement l'apprécier. Pourquoi ne pas profiter à fond de la générosité de Nicholas ? Il était en train de vivre une expérience qu'il n'aurait même jamais pu imaginer quand il était à Charlotte. Même la veille, il n'aurait pas pu l'imaginer. Comme Sofia avait raison… Les portes étaient faites pour être ouvertes. Et maintenant qu'il était à New York, il comptait bien en ouvrir le maximum. Il suffisait de se laisser guider.

La porte suivante semblait être le joint que Nicholas venait de sortir d'un coffret en ébène. Et ces lignes de poudre blanche qu'il avait coupées sur la table basse. Lucas n'avait jamais pris de cocaïne. Ça semblait dangereux. Mais après avoir regardé les autres sniffer à travers un billet de cent roulé, il sut qu'il allait lui aussi le faire. Il n'y avait pas de raison pour ne pas essayer au moins une fois. Il voulait passer la porte suivante, et celle d'après. La nuit continua. Ils dansèrent, s'embrassèrent, burent et fumèrent encore, se réembrassèrent. Lucas se retrouva entre les deux femmes, Corinne pressée contre ses fesses, Katie contre son entrejambe. Elles l'embrassaient, se frottaient contre lui. Des doigts non identifiés déboutonnèrent sa chemise. Puis il eut l'impression de se fondre dans le sol, de couler entre les mains de ces femmes, entre leurs lèvres, comme de l'eau. Nicholas réapparut soudain, en colère. Il siffla quelque chose à Corinne, la prit par la main, et ils quittèrent la pièce. Quand Lucas demanda à Katie ce qui s'était passé, elle se contenta de sourire et l'entraîna par terre avec elle. Ses lèvres tracèrent un sillon brûlant sur son ventre et descendirent jusqu'à son pantalon. Toutes ses questions disparurent.

Lucas se réveilla sur un matelas à même le sol. Il était entièrement nu et avait une gueule de bois monstrueuse. Son crâne battait sourdement au rythme soutenu d'une trotteuse. Il était dans une petite chambre différente de celle de la veille. Et seul. Ses vêtements étaient soigneusement pliés par terre à côté du matelas. Aucune trace de Katie. Pas de capote, pas de boucle d'oreille perdue. Même pas une touche de parfum. Comment avait-il terminé là ?

Est-ce qu'il avait dormi seul ? Compte tenu de sa nudité, cette option paraissait peu plausible. C'était la première fois qu'il se réveillait avec un tel trou noir. La dernière chose dont il se souvenait : il avait repris de la coke.

Lucas parvint tant bien que mal à se lever et s'habiller, mais impossible de trouver la porte. Il eut beau pousser tous les panneaux de papier, rien ne bougea. Il finit par appeler. « Bonjour ? Je voudrais sortir s'il vous plaît ! Bonjour ? Il y a quelqu'un ? » Quelle taille pouvait bien faire ce love hotel ? Il en était à envisager de défoncer un des panneaux quand l'un des murs glissa sur lui-même, laissant apparaître une jeune femme en kimono. Elle sembla un peu effrayée en le voyant là, affolé et débraillé. Il la bouscula presque pour sortir et se précipita vers l'ascenseur. En bas, le type de la sécurité ne leva même pas les yeux quand Lucas traversa le hall au pas de course au-dessus des raies et déboula dans la rue. Franklin venait à peine d'allumer son ordinateur quand il entra dans le bureau.

« Il est 10 h 01. Tu es en retard », dit-il en agitant son index d'un air faussement réprobateur.

11

Six jours plus tard, Lucas marchait dans West Village, aux aguets, comme une caricature d'espion de la guerre froide. Autour de lui, les gens faisaient glisser leur pad thaï avec de la mauvaise bière et luttaient comme ils le pouvaient contre la dépression du dimanche soir. Et pendant ce temps, Lucas allait retrouver une femme magnifique pour écrire une rubrique sexy dans un grand magazine. Il n'aurait pas pu demander mieux. Enfin si, il aurait pu demander que Carmen soit un peu plus sympa. Elle avait mis des jours à confirmer leur rendez-vous. Est-ce qu'elle voulait se faire désirer ? Ou est-ce qu'elle était juste mauvaise perdante ? Lucas – enfin, Mister Nice Guy – avait bénéficié d'un incroyable engouement populaire et elle ne pouvait pas le supporter. Mais pas de problème. Il ferait preuve de magnanimité. Il endosserait le rôle de l'adulte, puisqu'il le fallait. De toute façon, il serait bientôt dans ses draps incroyables.

« Salut », fit Carmen en ouvrant. Sans prendre la peine de l'inviter à entrer, elle alla aussitôt se rasseoir sur son canapé. Lucas referma la porte derrière lui. Il sortait de la douche, il venait de se raser et il s'était même discrètement parfumé. Carmen, elle, semblait tout juste se réveiller de sa sieste. Elle était toujours aussi excitante, même avec un tee-shirt trop grand et une vague queue-de-cheval. Mais le message était clair : elle n'avait pas fait le moindre effort.

Il s'assit en face d'elle, essayant de détacher son regard de son épaule dénudée par le vieux tee-shirt. Il avait l'impression d'être dans *Flashdance*. Il envisagea vaguement de présenter ses excuses, mais comme plusieurs centaines de lecteurs l'avaient signalé, il n'avait pas à le faire. Et pourtant il souhaitait commencer leur projet... expérience ? liaison ? Quoi que ce soit vraiment, il voulait repartir du bon pied.

« Écoute... » bégaya-t-il.

Elle l'interrompit aussitôt : « Avant toute chose, je voudrais te dire que... »

Est-ce qu'elle était vraiment sur le point de s'excuser ? Peut-être que ça allait mieux se passer que prévu, finalement. Lucas commença à lister ce qu'il allait devoir faire pendant la nuit. Il fallait qu'il soit plus dominateur. Plus affirmé. Plus... Merde, il ne l'écoutait plus.

« ... donc c'est pour ça qu'on ne va pas coucher ensemble, concluait-elle.

— Hein ?! »

Tu parles d'excuses...

« Il faut qu'on écrive cette rubrique, Lucas. Mais on ne va pas la baser sur du sexe. En tout cas pas sur du sexe entre nous. On va s'embrasser. On va faire des petits trucs, pour donner un peu de matière à ce qu'on écrit. Mais toi et moi, on n'aura plus de relations sexuelles.

— Alors pourquoi tu as accepté ?

— Tu sais, ce n'est pas très sympa de garder ton anonymat…

— Mais… Je ne peux pas, c'est tout. » Il vit passer devant ses yeux le visage de sa grand-mère, ouvrant *Empire* et apprenant les humiliations et exploits sexuels de son petit-fils. « Et je ne suis pas étudiant, au fait. Je travaille pour *Empire*, dit-il en lui jetant un regard venimeux.

— Mais oui, c'est ça.

— Je suis fact-checkeur pour *Empire* depuis juillet.

— Mais quelle petite merde… » grogna-t-elle dans sa barbe. Puis elle releva les yeux vers lui. « D'accord… À part Jiji, qui sait ?

— Personne ne sait. Même Jiji l'ignore. »

Carmen parut étonnée, puis presque impressionnée. Il la voyait recalculer les paramètres de la situation.

« Eh bien… Tu nous réserves pas mal de surprises, on dirait… »

Lucas ne répondit pas et ils se fixèrent silencieusement pendant un long moment.

« Et donc j'apprécierais assez que tu ne le dises pas à Jiji. »

Carmen fit comme si elle n'avait pas entendu.

« Allez, autant qu'on s'y mette », se contenta-t-elle de dire. Elle se leva, contourna la table basse et vint s'agenouiller en face de lui, plongeant ses yeux dans les siens. Lucas comprit enfin ce que voulait dire « se noyer dans ses yeux ». Il imagina embrasser ses yeux. Poser ses lèvres sur ses paupières et aspirer doucement. C'était une pensée très bizarre. Il n'avait jamais été excité par les paupières de qui que ce soit auparavant.

Puis Carmen l'embrassa. Il sentit une bouffée de chaleur l'envahir et le bout de ses doigts picoter. Il lui rendit son baiser, se pressant contre elle, prenant sa bouche, titillant le bout de sa langue avec la sienne, l'emprisonnant doucement. Elle murmura, alors il recommença.

Puis soudain elle se recula, attrapa un calepin sur la table, l'ouvrit fébrilement et se mit à écrire. Lucas était stupéfait.

« Mais qu'est-ce que tu fais ?

— Je prends des notes, Lucas, soupira-t-elle. Et tu devrais faire pareil.

— Maintenant... ? Mais on était en train de...

— Tu t'attendais à quoi au juste ? demanda-t-elle, agacée.

— Je croyais que... Tu peux être un peu moins cassante, tu sais.

— C'est du travail, Lucas. Nous sommes collègues. Et pour le moment nous traitons une question purement technique. Tu as besoin de papier ?

— Je vais écrire sur mon téléphone.

— Parfait. On peut prendre quelques minutes pour noter nos premières impressions, et ensuite on pourra reprendre. »

Elle s'écarta pour cacher ce qu'elle écrivait. De temps en temps, elle se relisait et gloussait. Son portable en main, Lucas ferma les yeux et essaya de faire remonter les sensations. La chaleur, les fourmillements. Mais rien ne vint.

Mister Nice Guy et Carmen Kelly : les retrouvailles

Estimés lecteurs,

Bienvenue dans « À poil les critiques ! ». Bienvenue dans une expérience d'un genre nouveau. Nous allons tenter ici de répondre à une question qu'aucun d'entre vous n'a jamais eu le courage d'aborder de front. Est-ce qu'un feedback honnête et sans fard peut rendre quelqu'un meilleur au lit ? New York s'est enflammé, ces dernières semaines, lorsque notre spécialiste du sexe, Carmen Kelly, a fustigé un jeune homme après une aventure d'un soir. Puis ce jeune homme, que nous appellerons Mister Nice Guy, lui a rendu la monnaie de sa pièce dans les pages mêmes de ce magazine. Mais plutôt que de lécher leurs plaies chacun dans son coin, ils ont préféré se retrouver sous la couette. Et désormais, ils se livreront toutes les deux semaines à une critique réciproque, avant de laisser infuser les rudes paroles échangées pour mieux se retrouver la semaine suivante. Quelle sera l'issue de cette expérience ? Vous le saurez bientôt dans Empire.

Bien à vous,

Jay Jacobson,
Directeur de la rédaction

Mister Nice Guy,

Quand le Texan venait chez moi, comme il l'a fait chaque semaine pendant un petit moment, j'étais seins nus avant même qu'il ait enlevé ses chaussures. Et quand le Chef arrivait, je n'avais pas à lui ouvrir : il entrait comme un grand et me retrouvait directement dans le lit, où je l'attendais avec impatience. Ces hommes-là méritaient un accueil particulier. Ils le devaient à leur charme, à leur talent, à leur assurance. Toi tu as débarqué, désinvolte, dans mon salon, empestant le mauvais parfum. Et tu t'attendais à bénéficier aussitôt de mes faveurs. Mais le statut de PQR (Plan Q régulier) ne se gagne pas à la loterie. C'est quelque chose qui se mérite. Il y a des attentes, des résultats sont escomptés. Et tu n'en es pas encore là. C'est ce que tu croyais pourtant : qu'en étant publié dans un magazine tu avais gagné le droit, comme si tu avais raflé la mise, à un job. Et ce nouveau job, c'est d'être mon PQR.

Tu en as de la chance. Moi, moins.

Si nous devons partager ce fardeau, alors mon rôle est clair : il va falloir que je t'aide à devenir comme le Texan ou le Chef, ou en tout cas à t'en rapprocher autant que possible. C'est pour ton bien mais surtout pour le mien. Mais ça risque de prendre un petit moment. Car ce qui les caractérisait, et que tu n'as pas, c'est l'instinct. Ils savaient comment toucher un autre corps, comment bouger avec lui, comment le guider. Tu me touches comme un adolescent qui prendrait un nourrisson dans ses bras pour la première fois. Tu attends qu'on t'explique quoi faire, comme si le bébé allait te le dire. Il ne le fera pas. Moi, si. Dans ces pages. En revanche, la prochaine fois qu'on se verra, tu devras t'en sortir tout seul.

Voilà exactement la raison pour laquelle dimanche, nous avons remonté le temps jusqu'à un lointain (pour moi, en tout cas) bal de fin d'année. On s'est un peu embrassés et, bien que très consciente de ton érection, je t'ai laissé t'en débrouiller.

On ne peut pas dire que tu embrasses très bien. Tu suis, toujours un peu à la traîne, attendant de voir ce que je vais faire. Mais les baisers, c'est comme un morceau de jazz. Il y a un riff, que le groupe répète. Be-bap-be-bap. Et puis le solo. Et encore le riff. Et encore le solo. Et ainsi de suite. Le riff, c'est la base du baiser. Pour ça, tu es plutôt bon. Tes lèvres sont douces, tu sais quoi en faire. Mais pour le solo, il va falloir repasser. Tu expédies ça, probablement parce que tu es vite perdu. Tu ne sais pas à quelle vitesse bouger la langue, quand ouvrir la bouche, alors tu t'empresses de retourner au riff. Et très vite, il n'y a plus que du be-bap-be-bap. En boucle.

Entraîne-toi. Et si tu as bien travaillé, je te laisserai peut-être toucher mes seins.

Carmen,

Est-ce que tu sais ce que font les adolescents quand ils sont tout seuls chez eux ? Principalement deux choses. Ils se masturbent, évidemment. Et ils se torturent pour comprendre pourquoi la fille qui leur plaît est si intimidante. Pourquoi est-elle si sûre d'elle ? Pourquoi rend-elle tout si compliqué ? Et puis l'adolescent grandit un peu et il découvre que la fille n'était pas si différente de lui, en vérité. Aucune ne l'est. À cet âge-là, tout le monde était intimidé et maladroit. Personne n'avait la moindre idée de ce qu'il fallait faire ! Et quand ils comprennent ça, leur vie change.

Mais toi, Carmen, tu es le cauchemar de ces adolescents. Tu es un génie de l'intimidation. Tu essaies de me faire me remettre en question sur tout. Même mon amour-propre devrait y passer, j'imagine. Mais ça ne marche pas avec moi.

Aussi, par souci d'honnêteté, je vais commencer par raconter à nos lecteurs comment s'est déroulée notre petite session de dimanche dernier.

Je suis arrivé chez toi en pensant que nous allions commencer notre grande expérience. Mais dès le début, j'ai bien compris que tu ne comptais pas jouer. Tu avais d'ores et déjà décidé que nous ne coucherions pas ensemble ce jour-là. (Comme si nous ne l'avions pas déjà fait... !) Tu m'as dit que nous allions seulement nous embrasser. Comme si tu essayais de me piéger ou de me prendre au dépourvu. Mais très bien. Nous nous embrassons, donc. Et tout à coup, tu arrêtes tout et tu te mets à prendre des notes en ricanant dans ton coin. Et rebelote. On a rejoué la scène quatre fois ! Sérieusement, Carmen ?! Qu'est-ce que tu essayais de me prouver ?

Que puis-je dire à nos lecteurs ? Ton canapé est très confortable. C'est un canapé parfait pour se faire humilier. Peut-être que la prochaine fois, je pourrai m'y asseoir pendant que tu appelles ma mère pour lui lire sur haut-parleur mes vieux sextos ? Quant aux baisers, j'aimerais pouvoir te critiquer, mais tu embrasses très bien. Tu m'as embrassé comme quelqu'un qui veut laisser un souvenir impérissable. Et je t'ai répondu avec la même passion. Les quatre fois. Même si je doute qu'une femme comme toi accepte de l'admettre. Pourtant, tu ne me fais pas peur, Carmen. Je ne suis pas ton jouet. Alors que la fête commence !

12

Carmen était parvenue à convaincre Jiji que la rubrique devait progresser pas à pas. Il s'agissait d'un strip-tease, pas d'un porno. Et le jeu, c'était de garder les lecteurs dans l'attente pour qu'ils en veuillent toujours plus. La tension grandissante les mettrait sur des charbons ardents. Le suspense les pousserait à se perdre en pronostics sur les forums. Ce qu'elle ne lui avait pas dit, en revanche, c'était qu'elle n'envisageait pas de recoucher avec Lucas. Elle refusait de franchir cette ligne.

De son côté, Lucas n'était pas certain de bien comprendre la différence entre coucher ensemble à proprement parler et toutes les autres choses qui semblaient encore possibles entre eux. Lui trouvait les préliminaires plus intimes que l'acte en lui-même. Il y avait plus de caresses, plus d'exploration du corps de l'autre, plus de jeux de bouche. Mais il n'allait certainement pas fournir à Carmen un prétexte pour une énième interdiction. Pas de sexe ? Très bien. Ce serait donc l'occasion pour lui de s'améliorer sur tout le reste. Tout ce avec quoi Mel était mal à l'aise ou tout ce qu'ils avaient eu la fâcheuse tendance à zapper quand ils étaient entrés dans une routine sexuelle. Une fois, des années plus tôt, en pleine action, Lucas avait soudain eu irrésistiblement envie d'embrasser le cul de Mel. Il l'avait donc retournée et lui avait embrassé les fesses, se rapprochant doucement de la limite interdite. Et puis encore un peu plus. C'était cochon, c'était différent, excitant. Même s'il n'était pas tout à fait certain de ce qu'il était censé faire après... Mais Mel s'était tournée vers lui, l'air inquiète, et lui avait dit : « Et si je pète ? » Ç'avait tout coupé.

Carmen, malgré tous ses défauts, ne s'inquiéterait pas de ses flatulences. Carmen était une pro. Elle était sans doute capable de retenir un pet pendant des heures.

Mais ça voulait aussi dire que Carmen ne montrerait aucune pitié. Alors s'il envisageait de glisser sa langue quelque part, il valait mieux qu'il sache avant ce qu'il comptait y faire. C'était difficile de passer outre les critiques de quelqu'un qui le surclassait aussi nettement. Car Carmen était clairement bien meilleure que lui au lit. Sans compter qu'elle possédait des outils rhétoriques dangereusement affutés. La première fois, il avait profité d'un grand moment d'inspiration et surtout d'un sacré coup de chance. Mais il s'était contenté de critiquer la situation dans son entier, pas point par point. Et dans l'article sur les baisers, elle l'avait battu à plates coutures et l'avait leurré au point qu'il avait écrit des choses qui, sur le moment, ne lui avaient même pas paru sexistes. (Évidemment, « il avait écrit sans sourciller des choses qui, sur le moment, ne lui avaient même pas paru sexistes » revenait à peu de chose près à « dire des choses sexistes ».) C'était très humiliant.

« Peut-être qu'on l'a un peu surestimé, avait dit Jiji à Housman, qui le lui avait répété. S'il ne gagne pas au moins quelques rounds, on risque de devoir annuler le match. »

Tyler non plus ne l'avait pas épargné. Après le premier numéro d'« À poil les critiques ! », il avait rédigé dans *Noser* une déclaration de guerre.

« La première fois que Carmen Kelly a malmené Mister Nice Guy dans les pages d'*Empire*, j'ai fait une offre généreuse à ce pauvre type. Je lui ai dit : "Démens, réfute tout ! Je mets la plateforme à ta disposition et je t'aide à redorer ton blason (et de façon anonyme, en plus)." Mais au lieu de ça, comme nous l'avons appris ce matin avec un petit pincement au cœur, Mister Nice Guy – qui porte fort mal son nom – a préféré porter mon idée jusqu'au sein de l'Empire du Mal. Je déclare donc officiellement *Noser* à l'avant-garde de la résistance. »

Et il enchaînait avec l'ouverture d'un forum en ligne baptisé « Nique les critiques », permettant aux lecteurs d'insulter aussi bien Mister Nice Guy que Carmen.

Une heure plus tard, « Nique les critiques » comptait déjà cent quarante-deux posts.

« Un soir, après le sexe, le type a lâché une caisse monstrueuse sur le seuil de ma porte et s'est barré, racontait le premier. J'ai cru que je ne verrais jamais pire. Mais si, la rubrique de Mister Nice Guy est mille fois pire ! Il me ferait presque regretter mon péteur anonyme. »

Tyler, installé sur le canapé du salon, lisait à voix haute certains des meilleurs posts.

« Écoute ça ! On a un nouveau membre qui dit qu'il travaille pour l'Empire ! Avec le pseudo EmpireVoyou ! Putain, on a une taupe ! »

Lucas leva les yeux au ciel.

« “Parmi les employés de l'*Empire*, on voit fleurir les hypothèses les plus diverses sur l'identité de Mister Nice Guy. Ils sont d'ailleurs nombreux à penser que l'affaire est montée de toutes pièces. En effet, que ne ferait pas Jay Jacobson pour booster un peu les chiffres de fréquentation en ligne ?”

— Je suis sûr que Jiji ne ferait jamais ça », protesta Lucas en essayant tout de même de ne pas paraître trop sûr de lui.

Tyler fronça le nez. « Putain, si c'est vrai, qu'est-ce que j'aimerais pouvoir rédiger cette rubrique !

— Mais ça perdrait tout son intérêt ! Si les lecteurs aiment ça, c'est justement parce qu'ils savent que c'est réel !

— Non, la raison pour laquelle les lecteurs aiment ça, c'est qu'ils adorent lire des trucs de cul. Mais le problème de Mister Nice Guy, c'est que pour le moment il est comme un papi coincé sur la voie rapide. S'il ne passe pas la seconde, il va mourir. Les lecteurs ont beau adorer qu'on lave son linge sale sur la place publique, ils préfèrent quand il y a du sang. Rien de tel qu'un bon fight. Mais là, on est déjà proches du K-O alors que c'est seulement la première manche.

— Alors, qu'est-ce que tu conseillerais à Mister Nice Guy ?

— Mmm... Si tu crois que je vais te laisser aller vendre toutes mes idées de génie à la concurrence pour gratter une promotion... C'est passible de prison ça, tu sais. »

La concurrence ? Pour Lucas, *Empire* était un vrai magazine d'information alors que *Noser* n'était qu'un tabloïd un peu upgradé. Il ne voyait pas où était la concurrence. Mais de toute façon, Tyler blaguait. Et savait aussi bien que lui quel avantage il pourrait tirer de leur relation.

« De toute façon, on sait bien que tu vas quand même me faire profiter de ton expertise parce que tu espères que je vais découvrir qui est Mister Nice Guy et te le dire.

— Je crois pas, non. Tu es bien trop dévoué à ton employeur pour que je prenne ce risque. Mais entre colocs, je peux bien te le dire... Est-ce que Carmen n'a pas pondu, y a pas si longtemps, un article consacré à ses scènes de cul préférées dans la littérature ? Si je devais donner un conseil à Mister Nice Guy, je lui suggérerais d'aller faire ses petites recherches à la bibliothèque. Ça pourrait l'aider à retourner ses propres fantasmes contre elle. »

Lucas constata avec étonnement que l'article en question avait été largement ignoré par les lecteurs. Il n'y avait qu'une poignée de commentaires, ce qui était inhabituel. Et la raison de ce manque de popularité semblait être la sincérité de l'article. Il venait du cœur et offrait un accès rare à l'esprit de Carmen, et Lucas n'allait pas se gêner pour l'utiliser à son avantage. Il griffonna les titres qu'elle donnait. *Un sport et un passe-temps*, qui se passait en France dans les années 1960, *L'Amant*, en Indochine coloniale, ainsi que quelques livres d'Anaïs Nin qui, tenez-vous bien, était d'origine française. Il les emprunta à la bibliothèque et les lut religieusement. Mais il fut déçu de découvrir qu'ils étaient aussi langoureux qu'abstraits. Il s'était plus attendu à quelque chose comme *Cinquante nuances de Grey*. Quelque chose d'un peu plus graphique en tout cas, avec une grande flèche clignotante indiquant le clitoris de Carmen. Voire peut-être même un manuel du type du *Kama Sutra*. Mais tout ce qu'il avait découvert là, c'était la France. Est-ce que les croissants aussi la faisaient mouiller ?

En revanche, il n'avait pas réussi à mettre la main sur l'un des titres. *La Romance des os* ne se trouvait dans aucune bibliothèque new-yorkaise. Après de nombreux coups de fil à des libraires, il finit quand même par débusquer un exemplaire dans un magasin de livres rares perdu dans le Midtown. Le premier samedi d'automne, il décida de braver le vent frisquet pour aller le chercher.

La boutique était dans un bâtiment un peu délabré de Garment District et il dut prendre un ascenseur hors d'âge. Le magasin sentait le moisi et il y avait des livres du sol au plafond. Lucas eut beau utiliser la petite sonnette sur le comptoir, personne ne se matérialisa pour lui venir en aide. Il erra donc à travers les rayonnages, s'arrêtant finalement devant des manuels de savoir-vivre du XIXe siècle. Il était en train de saisir le *Guide des bonnes manières du gentleman américain* quand il identifia, du coin de l'œil, une silhouette familière. Il resta immobile, clignant des yeux stupidement comme devant un fantôme, assemblage de particules de poussière et de lumière.

Ses collègues l'avaient pourtant prévenu que plus il vivrait à New York plus il serait lui aussi victime de cet étrange phénomène : il les concentrerait tous autour de lui, comme si New York était un grand compacteur à déchets. Toutes ses connaissances, comme aimantées, lui débouleraient dans les pattes tous les quatre matins. Il fallait donc être extrêmement vigilant quand on médisait sur une connaissance pendant un dîner, parce que inévitablement la personne en question était assise derrière vous et mangeait son canard laqué en vous écoutant. (Franklin lui-même avait été victime de ce malheureux concours de circonstances, et ses propos avaient entraîné non pas une mais deux ruptures.)

Lucas avait refusé de les croire. Dans une métropole aussi immense et complexe que New York, quelles étaient réellement les chances que deux personnes qui se connaissaient puissent se retrouver au même endroit, au même moment ? Pourtant Sofia était bel et bien sous ses yeux, si réelle que ses bottines faisaient craquer le vieux parquet.

« Eh ! » fit Lucas.

Elle se tourna, l'air étonnée. « Eh, salut ! Je croyais être la seule à connaître cet endroit ! »

Lucas s'excusa, penaud, comme s'il venait de faire irruption dans son boudoir. Elle lui prit le livre qu'il avait entre les mains.

« Publié en 1893 ! Tu sais que ça commence à dater ?

— Je ne l'ai pas encore ouvert. Il avait l'air marrant. »

C'est toujours mieux que de se faire prendre avec La Romance des os...

« Ah, voilà qui devrait nous être d'une grande aide ! "En présence d'une dame, lut-elle. En montant dans un tramway bondé, une dame doit laisser les portes ouvertes. Il n'est pas malvenu qu'elle prenne le siège de l'homme qui se lèvera pour refermer les portes derrière elle." J'adore cette règle ! Excellente astuce.

— Je ne partage pas exactement ton enthousiasme. »

Sofia se contenta de lever les yeux au ciel. « Voyons quelles autres merveilles nous avons là. Ah, voilà qui devient un peu plus intéressant. "Si vous croisez par hasard une de vos connaissances féminines dans la rue, c'est à elle de venir vers vous, à moins que vous ne soyez réellement intimes." » Sofia fit un hochement de tête approbateur et lui lança un regard grave.

Il était censé faire une remarque spirituelle. « C'est pas faux » fut tout ce qu'il parvint à dire.

« Ce qui signifie, continua-t-elle, que soit toi et moi, nous sommes réellement intimes, soit tu es très impoli.

— Ah... Donc tu aurais préféré que je te snobe ? Ou j'aurais dû rester planté là jusqu'à ce que tu me remarques ? Ça aurait paru louche.

— Donc tu penses que nous sommes intimes ? »

Lucas se sentit rougir. Elle flirtait avec lui ! Mais entretenir des relations sexuelles avec deux femmes simultanément lui paraissait extrêmement périlleux, surtout quand l'une de ces femmes devait rester secrète. Même *Le Guide des bonnes manières du gentleman américain* considérerait sûrement sa situation comme problématique.

« Tu ne réponds pas à ma question, Luke, renchérit Sofia en lui adressant un sourire plein de promesses. Mais tu as raison, avant de répondre, je devrais expliquer pourquoi cette règle fort intelligente a été mise en place. » Elle reprit sa lecture : « La raison en est que, si vous présentez vos hommages à une dame, elle peut choisir de les accepter, et dans ce cas il n'y aura guère de recours. Alors que si c'est elle qui vous présente ses hommages, en tant que gentleman, il est totalement exclu que vous l'ignoriez. » Sofia se tut, examinant le livre, les sourcils froncés, pendant un moment. « Mais ça ne fonctionne pas aussi bien quand tu es une femme...

— Ah non, pourquoi pas ?

— Eh bien, si tu suis le raisonnement, une femme

doit mettre toutes ses cartes sur la table. Elle doit dire d'emblée "Tu me plais". Et dans ce cas, notre gentleman – Sofia prononça le mot avec dédain –, pour ne pas passer pour un connard intégral, doit répondre de même. Même s'il n'est pas intéressé. Donc la femme risque de repartir en pensant qu'elle lui plaît, alors que ce n'est pas le cas.

— Sauf que dans ce scénario, la femme connaîtrait les codes de l'époque. Elle n'aurait pas à jouer aux devinettes. C'est elle qui aurait la main, finalement. Alors que si tu m'avais snobé, il n'y aurait pas eu de recours.

— Mais je ne t'ai pas ignoré ! » dit-elle en se rapprochant de lui jusqu'à ce que leurs corps se touchent.

L'existence même de Carmen – sans parler du fait qu'il n'avait pas encore mis la main sur le livre qu'il était venu chercher – disparut aussitôt de ses pensées.

13

Le soleil de l'après-midi déclina et il fit bientôt nuit. Ils marchèrent longtemps dans Central Park et prirent un verre dans un petit café sur Madison Avenue. Puis, après un interminable trajet en métro, ils rentrèrent chez Sofia. Son deux-pièces était spacieux et donnait sur le pont de Brooklyn. Lucas sirota son gin tonic en silence en admirant la vue. Quand il se retourna, il vit que Sofia, dans l'encadrement de la porte, le regardait. Il se leva sans un mot et la rejoignit. Leurs vêtements volèrent et ils se laissèrent tomber sur le lit – un mince matelas japonisant à même le sol. Alors que leurs membres se mêlaient, Lucas ne put s'empêcher d'avoir une pensée pour le lit-nuage de Carmen, un lieu propice pour se noyer et se lover. Celui de Sofia était dur et les draps trop tendus, comme pour faire la nique à la notion même de confort.

Mais qu'est-ce qu'il en avait à faire, de Carmen et de son lit ?! Il dégrafa le soutien-gorge de Sofia et le lui ôta. Mais quand il glissa ses mains plus bas, elle le repoussa doucement. Lucas était perplexe. Sofia ne semblait pourtant pas être du genre à calmer le jeu. Elle s'écarta de lui et s'étira sur le lit.

« Pause », fit-elle. Il lui jeta un regard interrogatif mais son sourire chaleureux le rassura aussitôt. Peut-être que c'était trop, trop vite. C'était sans doute pour ça qu'elle voulait faire une pause, il l'excitait trop.

« Ton appart est incroyable », dit-il pour meubler le silence, se tournant vers la fenêtre qui occupait tout le mur. Le pont évoquait tellement New York, avec son drapeau américain fièrement planté au sommet. Une vraie carte postale. Dessous serpentaient l'East River et le puzzle de Lower Manhattan.

Sofia bâilla. « Ça fait presque dix ans que j'habite ici. J'ai bien fait de l'acheter à ce moment-là.

— Tu es propriétaire ?! Waouh. J'ai déjà du mal à sortir tous les mois le loyer de la cage à poules dans laquelle on vit avec Tyler. Il appelle ça la morgue. Pourtant on n'a même pas de ventilateur, alors c'est plutôt l'inverse.

— Clim réversible, dit-elle en désignant les ouvertures dans le mur, s'excusant presque.

— Qu'est-ce que je donnerais pas pour...

— C'est l'argent de mes parents. Il faut bien qu'il serve à quelque chose.

— Ma mère ferait une crise cardiaque en t'entendant parler de tes parents, ou de leur argent, comme ça.

— Sauf qu'ils sont morts, dit-elle en haussant les épaules.

— Oh mon Dieu, Sofia. Je suis horriblement désolé, fit-il en se redressant précipitamment.

— Tu ne pouvais pas savoir. Et avant que tu poses la

question, ils sont morts dans un accident d'avion quand j'avais 3 ans.

— Je ne sais pas quoi dire.

— Alors ne dis rien. »

Le mouvement qu'elle fit pour se redresser découvrit largement ses seins. Lucas était aussi excité que gêné de l'être, vu leur sujet de discussion.

« Ne me regarde pas comme ça, je ne suis pas non plus une pauvre orpheline, dit-elle en lui mettant une petite tape sur le bras.

— Comment tu veux que je te regarde ? Tu es à poil et on est en train de parler de l'accident d'avion dans lequel tes parents sont morts.

— En tout cas, pas comme ça. Parce qu'une chose est sûre, c'est que je suis loin d'être pauvre.

— Excuse-moi. Je vais seulement me concentrer sur l'orpheline alors. »

Sofia l'observa quelques secondes, bouche bée, avant de lui abattre un oreiller sur la tête. « Je rêve ou tu viens de faire une blague sur la mort de mes parents ?! » lança-t-elle en le frappant de nouveau.

Lucas se protégea le visage sans parvenir à effacer son sourire. « Je sais. Je suis un gros pervers. Mais j'étais sûr que ça te plairait.

— Oh, parce que tu me connais si bien que ça ! » se moqua-t-elle.

Il se contenta d'attraper un coussin pour lui rendre la monnaie de sa pièce. Puis, après un bref combat, il finit de la déshabiller.

Allongés côte à côte, ils regardaient la ville scintiller dans l'obscurité.

« C'était vraiment bien », dit-il en se tournant vers elle, faisant glisser ses doigts le long de son cou et sur l'arrondi de son épaule. Le sexe avec elle n'avait rien à avoir avec le sexe avec Carmen. Maintenant qu'il avait un élément de comparaison un peu plus frais, il comprenait que ce qu'il avait pris chez elle pour de l'expérience n'était en fait qu'un désir obsessionnel de contrôle. Si elle voulait mener l'action, c'était surtout pour que tout se passe exactement comme elle le désirait et quand elle le désirait. Évidemment, qu'elle n'avait pas apprécié sa passion et son enthousiasme. Pour ça, il aurait déjà fallu qu'elle se détende. Or, c'était une amante du type ultra-crispée.

Lucas se redressa tout à coup pour attraper son portable dans la poche de son pantalon. C'était bien, ça. Il fallait qu'il le note. C'était exactement le genre de phrase qu'il lui fallait.

« Qu'est-ce qu'il y a ? demanda Sofia.

— Rien, c'est pour le boulot, marmonna-t-il sans relever les yeux.

— Mmm. »

Elle se redressa à son tour et replia ses jambes sous elle, l'observant froidement. « Je suis assez certaine que le *Guide des bonnes manières du gentleman américain* condamnerait fermement un jeune homme qui, assis nu près de son amante, prend des notes au sujet d'une autre. »

Lucas se figea. Peut-être qu'il pouvait faire comme s'il n'avait pas entendu ?

« C'est quoi, déjà, ce que tu m'as dit au restaurant de

mon oncle ? “Tu es authentique, je trouve ça bien. Tu ne laisses personne te punir d’être toi.” »

Quand Lucas finit par relever les yeux, il constata que Sofia le regardait avec un sourire en coin.

« Il faut être un peu plus prudent, mon vieux. Il vaut mieux ne pas s’auto-citer au milieu d’une conversation, quoi. Tu as de la chance que Tyler ne t’ait pas grillé. Ça m’étonne beaucoup, d’ailleurs. »

Lucas moulinait pour recoller toutes les pièces du puzzle. Est-ce qu’il avait vraiment dit ça ? Oh. Ça lui revenait, maintenant. Il avait écrit presque la même chose dans sa rubrique. Et comme une grosse andouille imbue d’elle-même, il avait cru malin de le ressortir et…

Est-ce qu’il valait mieux qu’il joue à l’idiot ? Qu’il plaide pour une coïncidence ? Qu’il dise qu’il avait tellement lu cet article que certaines expressions lui étaient restées en tête ? Elle n’allait jamais le croire. Elle le regardait se débattre, souriante et, bien sûr, encore nue. Ça faisait trop pour lui. Elle allait le vendre à *Noser*, ce serait le scoop de l’année.

« Je suis tellement dans la merde », gémit-il en se cachant le visage. Il avait envie de vomir. Il retrouvait la désagréable sensation de tanguer, le nœud dans l’estomac et l’impuissance familière. Ça lui rappelait Mel qui lui demandait en boucle pourquoi après quatre ans, puis cinq, il ne savait toujours pas s’il voulait faire sa vie avec elle. Il y en avait eu tellement de ces nuits atroces. Il lui répétait qu’il l’aimait et elle répondait en pleurant qu’il pouvait l’aimer sans être amoureux d’elle. Il en était arrivé au stade où entendre une femme se moucher déclenchait chez lui un réflexe pavlovien : l’envie de partir en courant.

Courir aussi loin que possible de cette relation et, surtout, de son impuissance émotionnelle.

« Sofia, je t'en prie, ne le dis à personne. Si Jiji l'apprend, mon boulot, ma carrière... » Il était à bout de souffle. Comment avait-il pu être aussi stupide ?

« OK, répondit-elle comme si c'était un détail.

— Sofia, je suis sérieux.

— Moi aussi. Pourquoi je voudrais te faire du mal ?

— Tu ne m'en veux pas alors ? demanda-t-il, piteux et hésitant.

— Pourquoi je t'en voudrais ?

— Parce que je t'ai menti. »

Les jambes toujours repliées sous elle, Sofia se laissa tomber en arrière, offrant à Lucas une vue incomparable sur son sexe, son ventre et ses seins. Il distinguait dans l'ombre les aréoles sombres de ses mamelons, son long cou gracieux. Elle s'étira, cambrant le dos, et il sentit sa mâchoire se décrocher légèrement. Bon sang. Même là, malgré l'angoisse, il avait encore envie de la prendre.

Elle finit de s'étirer et se redressa, ses cheveux en bataille auréolant son visage.

« Je ne suis pas ta copine, tu ne me dois rien.

— Mel aurait été furax.

— Ton ex ? »

Il hocha la tête.

« Je ne suis pas ton ex. Mais je suis curieuse. Tu écrivais quelque chose sur moi, non ? Tu me montres ? »

Il avait rédigé quelques lignes sur ce qui n'allait pas avec Carmen, par opposition à ce qu'il avait aimé avec Sofia. Il lui tendit le téléphone.

« Qu'est-ce que tu en penses ? » demanda-t-il au bout

d'un moment. L'angoisse de voir sa carrière naissante déjà brisée venait de se changer en désir de validation.

« C'est gentil de ta part.

— OK... »

Il attendit qu'elle développe. Elle était très certainement convaincue par l'habileté de son argument, la façon dont il expliquait que Carmen ne parvenait pas à prendre de plaisir si elle ne dictait pas le moindre mouvement. Par opposition à Sofia, qui se laissait porter par l'instant. Elle avait laissé leurs corps s'unir avec une spontanéité fluide et organique, et ils avaient été synchrones au point de jouir ensemble.

« Tu as faim ? On pourrait commander quelque chose.

— Attends... Tu... C'est tout ce que tu as à dire ? »

Elle lui jeta un regard accablant. C'était le regard que l'on pose sur un chiot un peu trop enthousiaste qui s'apprête à traverser une route dangereuse.

« Qu'est-ce qu'il y a ? Dis-moi.

— Écoute, Luke. Je t'aime beaucoup. Je te trouve beau et drôle. Et j'adore ton corps.

— Mais...

— Mais il n'y avait pas de spontanéité fluide et "organique" dans ce qui vient de se passer.

— Je ne comprends pas... Tu as simulé ?

— Non, bien sûr que non.

— Je ne comprends pas où est le problème alors.

— Eh bien, je me suis donné cet orgasme toute seule. »

Lucas s'écarta légèrement, comme si rétablir une distance entre leurs deux corps allait réduire l'impact imminent.

« En général, les hommes ne savent pas trop ce qu'ils

font. Ce n'est pas de leur faute. Je veux dire, c'est compliqué de comprendre le fonctionnement du corps d'une femme. Surtout la première fois. Mais si je ne prenais pas mon plaisir de mon côté, le sexe serait beaucoup moins intéressant, tu vois.

— Ce que tu essaies de me dire, c'est que je suis un mauvais coup ?

— Non, pas un mauvais coup, je n'irais pas jusque-là... Mais... Pour être honnête, après qu'on s'est embrassés, je n'étais plus certaine d'avoir envie de coucher avec toi. Quand on s'est embrassés, c'était un peu comme si on dansait ensemble et que tu me marchais sur les pieds. »

Elle avait l'air vraiment désolée pour lui.

« Et ?

— Et puis comme on s'amusait bien, je me suis dit pourquoi pas finalement. Mais ce n'était pas non plus incroyable... Je suis désolée, Luke. Je ne suis vraiment pas fan de Carmen, mais elle n'avait pas tout à fait tort.

— Excuse-moi », dit-il froidement en se levant pour aller se réfugier dans la salle de bains.

Il s'assit sur la cuvette et enfouit sa tête dans ses mains pendant un moment. Puis il se planta devant le miroir. Est-ce qu'il était vraiment si mauvais que ça ? Est-ce que c'était possible d'être aussi nul au lit ? Il s'était toujours dit que le sexe, c'est comme la pizza. Même quand c'est mauvais, ça reste bon. Au moins, Mel ne s'était jamais plainte de ses performances. C'est lui qui était frustré, avec elle. Elle considérait la fellation comme une tâche nécessaire mais pas franchement agréable, un peu comme faire la vaisselle ou passer l'aspirateur. Et elle voulait toujours faire l'amour dans la même position, allongée sur le ventre.

Ce manque de variations le désespérait. Mais il n'en avait jamais rien dit, bien sûr. Il aurait eu trop peur de la blesser ou de l'énerver. Et de toute façon, ça restait du sexe ! Au moins, ils baisaient.

Sofia interrompit ses pensées en tapant doucement à la porte. « Je suis désolée. Je pensais que tu préférais que je sois honnête. »

Mel ne s'était jamais plainte à Lucas au sujet du sexe. Pendant six ans, il avait donc pris son silence pour un signe de satisfaction. Il ne lui était jamais venu à l'esprit que son silence pouvait signifier la même chose que le sien. Ce qui voulait dire que Mel et lui s'étaient mutuellement déçus pendant des années. Ils étaient au mieux deux pudibonds, au pire deux lâches. Un joli couple de lâches pudibonds. Peut-être qu'avec un peu plus d'honnêteté leur histoire se serait terminée différemment. Ou pas du tout. Lucas jeta un œil à la ville illuminée. Combien de couples étaient en train de se quitter ? Combien défaisaient leur étreinte et se tournaient le dos, frustrés ? Combien de peine pouvait être évitée si les gens se disaient ce qu'ils avaient sur le cœur ?

Quand il ouvrit la porte de la salle de bains, Lucas tomba nez à nez sur Sofia, drapée dans une robe de chambre japonisante.

« Je n'aurais jamais dû… »

Lucas la coupa aussitôt dans ses excuses.

« Est-ce que tu veux bien m'aider ? »

Elle l'observa, surprise, sans comprendre.

« L'autre jour, Tyler m'a dit que Mister Nice Guy avait bien besoin d'un coup de main. C'était une blague, mais… »

Un sourire se dessina sur le visage de Sofia. « Tu veux que je sois ta coach sexe ?!

— C'est bizarre, dit comme ça. Et c'est bizarre, effectivement, de te demander ça. Je comprendrais parfaitement que tu...

— J'adore l'idée ! s'exclama-t-elle en se jetant à son cou. Ça va être génial !

— Tu es sûre ? »

— Oui, sûre ! Je vais t'aider. » Puis elle ajouta, comme pour elle-même. « Carmen ne va même pas comprendre ce qui lui arrive. Oh, ça va être génial. »

Elle l'embrassa profondément et Lucas eut l'impression que la chaleur de sa bouche se répandait à tout son visage. Puis elle se détacha de lui et se mit à faire les cent pas, comme si elle cherchait une solution à un problème épineux. « On pourrait faire semblant de sortir ensemble. En plus ce serait parfait, comme ça personne ne te soupçonnerait. »

Il ne s'était pas du tout attendu à ce qu'elle soit aussi accommodante et il s'interrogea même brièvement sur l'origine d'un tel enthousiasme. Mais elle avait dit qu'elle adorait le sexe. Et elle semblait vraiment bien l'apprécier lui. Est-ce que c'était si surprenant ? Pourquoi est-ce qu'une jeune femme drôle, belle et cultivée n'aurait pas envie d'être avec lui ?

« OK, coach. On commence quand ? »

14

Une semaine plus tard, Lucas et Carmen se retrouvèrent de nouveau. Lorsque Lucas arriva à l'hôtel bas de gamme que Jiji avait réservé pour eux, Carmen était déjà là, assise bien droite sur le lit, son carnet à la main.

« Ton article était très immature, le salua-t-elle. Allonge-toi là. »

Il y avait une tache douteuse sur le couvre-lit mais il obéit sans mot dire. Et exactement comme la fois précédente, c'est Carmen qui établit les règles. Elles étaient si rigides que Lucas se demanda si elle n'avait pas prévu toutes leurs séances sur un tableau Excel. Le pire, c'était bien sûr que toutes les trois minutes, elle stoppait de nouveau tout pour prendre des notes, le laissant la bouche humide, le cœur battant à tout rompre, le corps en émoi.

Il se sentait tout de même un peu plus confiant que la fois précédente. Il avait beaucoup vu Sofia pendant la semaine et ils s'étaient livrés à un marathon d'« entraînement ». Un soir, ils avaient couché ensemble à 20 h 30 puis minuit, et il avait eu droit à une pipe surprise au beau milieu de la nuit. Avant de recoucher ensemble le matin. Il découvrait que son corps était capable de résister à un surplus de stimulations. Et il en était le premier étonné. Même avec Mel, il se retenait toujours un peu pendant l'acte parce que s'il se laissait aller au plaisir, il risquait de jouir trop vite. Mais à présent, il n'avait plus à s'inquiéter d'être submergé par les sensations. C'était comme s'il était désormais capable de boire sans craindre d'être saoul trop vite. Cette certitude lui apportait une confiance nouvelle qui le suivait même au-delà du lit de Sofia. Et il commençait à en avoir vraiment assez que Carmen mène la danse.

« Tu ne peux pas t'arrêter comme ça toutes les trente secondes, finit-il par dire. Ça n'a rien de naturel. »

Elle éclata de rire. « Parce que tu crois qu'il y a quoi que ce soit de naturel là-dedans ?

— J'ai bien compris ton point de vue, merci. Mais si on veut écrire quelque chose de réaliste, on devrait sans doute essayer d'être un minimum spontanés, non ? J'y ai pas mal pensé et je me dis que peut-être qu'on devrait juste…

— Oui ? »

Lucas déglutit. « Tu n'as pas envie que les gens tirent quelque chose de ce que tu écris ? Pour leurs propres vies ? »

Carmen rejeta la tête en arrière et partit d'un grand rire. Sa gorge était adorable. Bien plus que ce qui en sortait. « Pitié, ne me fais pas croire que tes buts sont louables. Si tu es là, c'est parce que tu veux coucher avec moi et gagner des points dans ta carrière.

— Je veux écrire pour le magazine, oui. Mais ce n'est pas ma seule motivation. J'ai déjà été dans des relations

– il espéra que le pluriel fasse sérieux – où j'ai vécu avec quelqu'un pendant des mois, des années même, sans jamais vraiment savoir ce que l'autre voulait. Sexuellement, je veux dire, précisa-t-il en rosissant.

— C'est bien ce que je pensais... On n'est pas en train de faire des activités, Lucas. On s'embrasse, on se touche, on se caresse, on se pelote, on se frotte, on se lèche. Mais tu es tellement pudibond que tu ne peux pas parler de sexe avec les mots appropriés.

— C'est pas vrai ! protesta Lucas. Et j'essaie juste de prendre au sérieux ce partenariat, d'en faire quelque chose d'utile !

— Bon Dieu, mais on n'est pas des philanthropes du sexe qui travaillent pour la communauté ! L'idée, c'est que les gens achètent le magazine. Et tu sais quoi ?

— Non, puisque apparemment je ne sais rien...

— Tous les deux, on a mis en place un petit tribunal qui vient titiller le côté obscur de nos lecteurs. Je vais te juger. Tu vas me juger. Et les bonnes gens de New York vont nous juger. »

Lucas ouvrit la bouche pour contrer son argument mais ne trouva rien à dire.

« Je ne veux pas aider les gens. Je veux juste les faire bander. Et acheter. Et leur permettre de nous juger, c'est la meilleure des stratégies pour ça. Le jugement, c'est le plus grand aphrodisiaque sur Terre. »

Il n'avait pas envisagé que la conversation prenne ce tour-là.

« Mais pourquoi tu voudrais t'exposer à ça ? » demanda-t-il, sidéré.

Carmen se tenait à présent au milieu de la chambre.

« Parce que je m'en tamponne, de leur jugement ! Je ne me contente pas de l'ignorer, je m'en régale. Et pouvoir le faire avec tout New York, c'est ça le pouvoir. Je ne pleure pas dans mon verre de vin avec mes copines. Non, je m'adresse à la ville. Et peut-être que les lecteurs ne sont pas d'accord avec moi, mais ils m'écoutent. Plus je me mouille, plus ça me donne du pouvoir. Alors de toute façon, je suis trop haut pour que leur jugement m'atteigne.

— Pourtant, le mien t'a atteinte.

— Pas vraiment, non ! »

À présent, Lucas était réellement agacé. Ils étaient partenaires, elle l'avait dit elle-même. Il fallait qu'elle le prenne au sérieux.

« Tu sais, il y a des chances pour que les gens ne te jugent pas vraiment à cause de ce que tu écris mais plutôt sur le fait qu'une femme de ton âge gère encore une rubrique sexo réservée aux moins de 25 ans. Tu as quoi ? 35 ? 36 ?

— J'ai 31 ans, rétorqua-t-elle d'un ton rogue.

— Voilà, marmonna Lucas en venant lui faire face.

— OK. Très bien. Tu sembles avoir quelque chose à prouver, Lucas. Je ne pense pas que tu sois capable de produire quoi que ce soit d'efficace ni même d'agréable. Mais les voilà, alors débrouille-toi. »

Sur ce, Carmen fit passer son haut par-dessus sa tête et l'envoya valser. Puis elle dégrafa son soutien-gorge et lui fit suivre le même chemin. Lucas baissa les yeux sur sa poitrine. Elle était magnifique. C'est ce qu'il aurait écrit s'il avait eu un carnet sous la main. Et pourtant, encore une fois, il ne sut quoi dire.

« Vas-y, fais quelque chose. Puisque tu as tellement

envie de passer à l'étape supérieure. Tu veux reprendre le contrôle ? Alors habitue-toi à être jugé. » Elle prit ses seins à deux mains, les pressant l'un contre l'autre, et le regarda droit dans les yeux en haussant les sourcils, dans l'attente. Quand elle ôta ses mains, sa poitrine retomba avec un léger rebond.

« Dernière chance. Fais quelque chose avec mes seins. Quelque chose de bon. »

Lucas resta interdit un instant. Puis il plongea tête la première.

15

Cher Mister Nice Guy,

Est-ce que tu as déjà vu la scène, dans Turner & Hooch, *où un chien recouvre Tom Hanks de bave ? Moi je n'ai vu que le trailer, mais cette semaine, c'est toi qui m'as fait découvrir l'expérience du bain de salive.*

Pour vous mettre en appétit, messieurs, je vais vous donner un petit conseil en ce qui concerne les seins. D'abord, ne foncez pas directement sur le mamelon. Vous n'êtes plus un nourrisson, le sein ne représente pas votre seule source de protéines. Nous parlons ici de sexe, nous ne sommes pas dans une nurserie. Quand j'ai demandé à Mister Nice Guy de m'impressionner, il a foncé sur mes seins comme si sa bouche était un missile à tête chercheuse. Pourtant, c'est le sein tout entier qui requiert de l'attention. Je veux vous sentir. Embrassez les courbes et le dessous. Prenez-le dans vos mains, caressez-le, pressez-le. Oui, plus fort. Mes seins auraient dû être encore un peu sensibles le lendemain. Mais Mister Nice Guy s'est contenté de m'emmener aux chutes du Niagara. De la salive. Beurk. Il va probablement dire que je me suis écartée au bout de quelques minutes. C'est vrai, je commençais à avoir peur de me noyer.

Voici ce que tu aurais pu faire, Mister Nice Guy : tu aurais pu plonger ton regard dans le mien, tu aurais pu me montrer que oh oui, tu sais que mes seins sont juste là, mais ce ne sont pas tes premiers, tu sais très bien ce que tu vas leur faire et tu le feras en temps et en heure. Tu aurais pu t'avancer vers moi, ferme et assuré, sans rompre le contact visuel. Puis tu aurais posé tes mains sur mes seins, tu les aurais pressés et soulevés comme si tu allais me soulever tout entière. Tu joues. Tu me sens. Tu m'embrasses. Puis tu descends. Tu viens presser ton visage entre mes cuisses. Tu m'embrasses. Tu me respires. Tu me lèches. Tu sais bien dans quel ordre. Tu accélères le rythme. Et quand tu sens que je n'en peux plus, tu me jettes sur le lit et tu me chevauches, ta queue entre mes seins. Parce que c'est comme ça qu'on fait, Mister Nice Guy. Ou en tout cas, c'est comme ça qu'il faudrait faire.

À la semaine prochaine. Peut-être.

Carmen mit le point final à son article. Elle l'avait rédigé sur son iPhone, debout au milieu de la chambre d'hôtel minable, une serviette enroulée autour de ses cheveux mouillés. Sa longue douche n'avait pas suffi à la faire décolérer, malgré un gommage forcené. Elle était à peine calmée.

Carmen avait une passion pour les hôtels de luxe. Ce qu'elle aimait surtout, c'était l'exotisme de passer une nuit à l'hôtel dans la ville même où elle vivait. Pour son anniversaire, elle s'offrait parfois un hôtel ridiculement cher juste pour le plaisir de s'échapper pendant une nuit du quotidien. Une chambre d'hôtel, c'est comme une toile encore vierge. Pendant douze heures, on peut y être qui on veut. Une artiste, une rock star, une P-DG. Ou même une auteure à l'ancienne, logée dans un hôtel chic, bien nourrie et alcoolisée pour pouvoir terminer son roman à l'heure. Quand elle avait négocié son contrat avec Jiji, elle avait bien fait comprendre qu'il était hors de question qu'elle ait l'impression de louer une chambre à l'heure dans un bouge miteux. Elle ne demandait pas non plus le Ritz. Juste une chambre avec une grande salle de bains (et une baignoire), le room service et un lit assez ferme avec des draps de qualité décente. L'idée était d'y gagner au moins un petit quelque chose : pouvoir passer une nuit de détente aux frais de la princesse après chaque session avec Lucas. Mais Jiji n'avait même pas honoré cette partie du contrat et leur avait réservé ce taudis deux étoiles. Elle était d'autant plus furieuse qu'elle savait parfaitement que lui ne passait jamais une nuit dans un hôtel à moins de six cents dollars la chambre. (Elle était bien placée pour le savoir, elle en profitait encore peu de temps auparavant.)

Et après sa rencontre avec Lucas, Carmen avait ressenti le besoin viscéral de se plonger dans un bain bouillant. Elle ne s'était pas sentie aussi souillée depuis bien longtemps. Probablement pas depuis que le marchand d'art avait forcé sa bouche avec sa langue dans le taxi. Il s'était penché sur elle sans crier gare et avait enfoncé le muscle chaud et visqueux entre ses lèvres. Carmen avait été trop stupéfaite – et l'incident avait été trop bref – pour réagir. Quand elle avait pleinement réalisé, le type sortait déjà du taxi. Il avait dû se dire qu'il se comportait comme un vrai gentleman en ne lui proposant pas de monter. Une fois rentrée, elle avait envisagé de laver sa bouche au savon et s'était promis de ne plus jamais laisser une chose pareille se produire.

Et pourtant, c'était bien à ce souvenir que la ramenait l'heure passée avec Lucas. Elle avait ôté son soutien-gorge par défi. Pour montrer de quoi elle était capable. Et lui avait été pris de court en voyant ses seins, en voyant ce corps qu'il désirait. Si ça, ce n'était pas le pouvoir... Alors pourquoi se sentait-elle aussi souillée, dedans et dehors ?

Elle se rhabilla et quitta l'hôtel mais une fois dans la rue elle resta un moment indécise, sans savoir quoi faire. Autrefois, elle serait allée s'installer dans un bar et aurait attendu qu'un homme l'aborde. À présent, cette simple idée la faisait frémir. Ses meilleurs amis, Martin et Dale, vivaient tout près, à Chelsea. Mais elle savait déjà ce qui se passerait : après quelques verres, elle serait incapable de tenir sa langue. Martin ne savait pas garder un secret. Dale si, sauf avec Martin. Elle ne put s'empêcher de se demander ce que Jiji était en train de faire. Ou plutôt qui il devait être en train de se faire. Quel enfer... Elle aurait dû insister pour que leur rubrique se limite à un exercice d'écriture d'invention. Mais elle avait cédé par orgueil. Jiji l'avait mise au défi de faire quelque chose et (à la différence d'autrefois) elle voulait jouer le jeu honnêtement. Elle allait rester piégée un petit moment dans des prises de bec stériles avec Lucas. Et Jiji gagnerait quand même. Puisqu'il lui avait brisé le cœur et qu'il n'y avait plus rien à faire.

Elle finit par arrêter un taxi et se fit conduire au MoMA. Le musée était fermé depuis longtemps mais Carmen connaissait Charles, le gardien de nuit. C'était sa grand-mère, une ancienne comédienne de Broadway, qui les avait présentés bien des années plus tôt, à une soirée. Charles l'avait régalée d'histoires sur le musée, et pour le remercier, elle lui avait donné un plateau de délicieux desserts et une affiche dédicacée par sa grand-mère. Depuis, il lui faisait une fleur de temps en temps.

« Sale nuit ? » lui demanda Charles en la laissant entrer dans le grand hall désert. C'était sa question rituelle. Carmen ne faisait appel à lui que dans les pires moments, dans les rares occasions où sa confiance en elle vacillait au point qu'elle avait l'impression de n'être qu'un imposteur, une minable, une étrangère dans la ville qui l'avait vue grandir. Elle venait au MoMA pour se rappeler pourquoi elle avait décidé de faire d'une ville aussi difficile, capricieuse et hors de prix son foyer.

« Je ne vais pas rester longtemps. » Il n'y avait qu'une seule peinture qu'elle désirait voir.

Après être sortie de l'université de New York avec un diplôme en littérature et aucune idée de ce qu'elle voulait faire de sa vie, Carmen avait passé un été à voyager en Europe. Elle avait visité le Louvre, le musée des Offices et la Tate. À Amsterdam, elle était allée au musée Van Gogh, où elle avait vu *La Chambre de Van Gogh à Arles*, *Les Tournesols* et *Amandier en fleurs*. Mais quand elle avait cherché *La Nuit étoilée*, elle ne l'avait pas trouvé. Elle avait refait tout le musée sans voir le tableau et avait fini par interroger un guide.

« Vous êtes américaine ? lui avait-il demandé en souriant. J'ai bien peur que *La Nuit étoilée* ne soit chez vous, au MoMA. »

Carmen avait donc fait des milliers de kilomètres dans l'espoir de voir un tableau qui se trouvait à New York. Étrangement, ce moment avait créé un déclic en elle. Si elle n'avait toujours aucune idée de ce qu'elle allait bien pouvoir faire de sa vie, elle savait au moins que ce serait à Manhattan.

Chaque fois qu'elle avait besoin de se rappeler qui elle était et pourquoi elle avait choisi cette vie, elle venait donc contempler *La Nuit étoilée* au cinquième étage du MoMA. Cette toile, dont la reproduction ornait la moitié des chambres étudiantes du pays, faisait toujours battre son cœur plus fort. Pas seulement parce qu'elle était remarquable et envoûtante mais aussi parce que, contre toute attente, c'était à New York qu'elle se trouvait. Et parce qu'elle se trouvait là, et pas ailleurs, Carmen pouvait profiter de cette peinture, tout autant que tous ceux qui, par leur persévérance et leur audace, étaient parvenus à se tailler une place à eux dans cette ville impitoyable.

Elle passa trente minutes devant la toile, à projeter ses doutes sur le ciel tourmenté de Van Gogh. Une fois qu'elle eut vaincu ses désirs de fuite, ses doutes et ses insécurités, elle redescendit, remercia Charles et héla un dernier taxi.

Depuis qu'elle savait parler, Carmen avait toujours appelé sa grand-mère Mira. Miranda était trop difficile à prononcer pour une enfant mais les différentes variantes de grand-mère (mamie, mamoune…) n'étaient pas tolérées. Mira avait passé sa vie à tout faire voler en éclats. Fille d'immigrants irlandais, on attendait d'elle qu'elle se marie jeune et fasse beaucoup d'enfants. Elle rappelait régulièrement à Carmen qu'au lieu de ça, à 25 ans, dans les années 1950, elle était déjà divorcée avec un enfant à charge. Elle avait gagné sa vie comme serveuse, modèle, prof de gym et, pour finir, comédienne. Elle avait été demandée en mariage six fois et avait refusé cinq de ces prétendants. Puis, dans sa « délicieuse soixantaine », elle était tombée folle amoureuse d'un chanteur de folk à barbe blanche en Birkenstock. « Imagine un peu, Carmen ! » Ils avaient vécu en heureux concubinage pendant des années jusqu'à ce que, un an plus tôt, une crise cardiaque le terrasse. Depuis, Mira vivait seule dans son appartement vieillot en rez-de-chaussée sur Perry Street. Le loyer était bloqué à six cents dollars par mois, ce qui était parfait puisque Mira n'avait pas un rond.

Carmen arriva chez elle juste après 23 heures. Mira, qui avait toujours été un oiseau de nuit, était étalée sur le vieux sofa baroque dans l'une de ses nombreuses parures d'intérieur. Celle-ci était en soie aubergine avec chaussons assortis et venait probablement de Chinatown. Elle buvait du chocolat chaud et jouait au solitaire tout en lisant une biographie de Czeslaw Milosz et en regardant un épisode de *Chasseurs d'appart'* sur sa tablette.

« Alors comme ça, on fait dans le multitâches ? » lança Carmen en retirant ses chaussures à talons avant de traverser le parquet irrégulier pour rejoindre Mira dans le salon illuminé. En l'embrassant sur la joue, elle respira l'odeur familière de sa poudre et de son rouge à lèvres. Vu ce qu'elle avait tartiné sur son visage pendant quatre-vingt-six ans, son maquillage était plus ou moins permanent.

« Tout va bien ? » lui demanda Mira.

Carmen rendait visite à sa grand-mère plusieurs fois par semaine et l'accompagnait lors de ses sorties et missions courses. Mais la vieille dame savait que les soirées de sa petite-fille étaient réservées au travail.

« Ne fais pas attention à moi », répondit Carmen en

passant en revue les immenses bibliothèques. Une petite échelle à roulettes permettait d'accéder aux rayonnages les plus hauts. C'était son détail préféré dans l'appartement. « Je vais me trouver quelque chose à lire.

— Oh, je t'en prie, Carmen. Tu as du chocolat chaud dans la cuisine. Mais je pense que tu préféreras du whisky ? »

La minuscule cuisine, sans fenêtre et vibrant de néons verdâtres, ressemblait à un sous-marin. La plupart des gens auraient probablement fait une crise de claustrophobie dans le petit appartement de trente mètres carrés. Mais Mira assurait que c'était bien assez. Il ne demandait pas trop d'entretien et il était dans ses moyens. « J'ai un toit, et le Village est mon jardin. Qu'est-ce que je pourrais demander de plus ? »

Carmen avait bien quelques idées. Par exemple un peu de lumière naturelle et une salle de bains dans laquelle on aurait pu fermer la porte sans se cogner les genoux une fois sur les toilettes. Mais elle connaissait Mira. Elle lui apporta une autre tasse de chocolat et se servit un verre.

« Je me suis embarquée dans quelque chose de très futé. Ou de complètement idiot.

— Quelque chose ou quelqu'un ?

— Les deux. »

Carmen lut l'enthousiasme sur le visage de sa grand-mère. Une femme de son âge aurait difficilement pu être plus excitée que ça. Il n'y avait rien au monde qu'elle aimait plus que trouver des solutions aux problèmes. Carmen lui expliqua tout : sa rubrique, le pacte signé avec Jiji, et son échange avec Lucas plus tôt dans la soirée.

« Est-ce que l'arrangement physique avec le jeune homme te convient ?

— Pour le moment, plus ou moins.

— Et ce piège dans lequel tu t'es fourrée ?

— Quel piège ?

— Tu t'es bien débrouillée avec le contrat. Mais Carmen, dès que ta rubrique atteindra l'objectif fixé, qu'est-ce qui empêchera Jay Jacobson de te virer ? »

Mira avait rencontré Jiji une seule et unique fois. Mais cela lui avait suffi pour le baptiser aussitôt le « sultan des lèche-bottes ». Et elle insistait pour le désigner seulement sous son nom complet, comme si c'était un démon qu'il fallait tenir à distance.

Carmen s'était dit que stratégiquement, la rubrique lui permettrait de gagner en visibilité dans les médias et de se faire mieux payer à l'avenir. Mais Mira avait raison. Jiji ferait ce qu'il voudrait d'elle une fois qu'il aurait atteint ses objectifs.

« Il faut que tu penses sur la durée. Qu'est-ce que tu as vraiment envie de faire, sur le plan professionnel ? »

Timide, tout à coup, Carmen commença à caresser doucement le tapis du bout du pied. Mais au lieu du vieil élimé qu'elle connaissait si bien, son pied s'enfonça dans une douce peluche. « Attends, mais il est nouveau ?! Il a l'air super cher, non ?

— Il l'est. Et ne me regarde pas comme ça, Carmen. Harry considérait toujours cet endroit comme une location de courte durée, même s'il y a vécu trente ans. Il n'a jamais rien réparé, jamais rien acheté. Mais maintenant, c'est ma maison. En tout cas, ça le sera jusqu'au moment où je remonterai sur scène, dans les nuages.

— Ha ha. » Mais Carmen comprit soudain ce que sa grand-mère essayait de lui dire. Elle devait endosser la responsabilité de bâtir sa carrière. Personne ne le ferait pour elle. « Je veux occuper une vraie position dans le milieu intellectuel de cette ville, une position à la hauteur de mon intelligence. Et je veux en vivre, et bien.

— Alors vas-y, lance-toi.

— Une journaliste de pages sexo qui devient une figure intellectuelle ? Oh, je t'en prie...

— Si j'ai réussi à tracer ma route dans la jungle de Broadway, je ne vois pas pourquoi tu n'arriverais pas à étendre ton répertoire. Après tout, tu es déjà dans le milieu.

— Mais je suis coincée dans le ghetto de la rubrique sexo, Mira. Chaque fois que j'essaie de proposer autre chose, on me dit que c'est bien écrit mais que ça sort de mon champ de compétences. Et Jiji est loin d'être le seul à me débiter ce genre de bla-bla condescendant.

— Tu mérites de percer. Mais la question, c'est comment. »

Cela faisait déjà des années que Carmen se posait la question. Elle avait eu de l'ambition, pourtant. Après son retour d'Europe, elle s'était inscrite à l'école de journalisme de Columbia. L'été suivant, elle avait même obtenu un stage au *New York Times*. Mais ce n'était pas rémunéré et elle avait déjà de grosses dettes étudiantes. Entretemps ses parents, devenus retraités, avaient vendu leur appartement à Hamilton Heights et déménagé à Tucson. Comme elle n'avait plus d'endroit où vivre, elle avait dû renoncer au stage à contrecœur. Mais elle avait refusé coûte que coûte de quitter New York, où battait le pouls des médias, pour aller couvrir d'obscures réunions communales dans le fin fond de la Pennsylvanie ou du New Jersey. Elle s'était lancée petit à petit, commençant avec de la rédaction commerciale, décrivant des robes pour des catalogues, faisant quelques piges à droite à gauche pour des magazines, pour deux dollars le mot. Quand une amie lui avait appris qu'*Empire* embauchait des rédacteurs web freelance, elle avait sauté sur l'occasion.

Elle avait vite compris que l'intérêt que Jiji lui portait n'était pas que professionnel. Elle avait aussi vite compris que si elle savait en tirer profit, elle atteindrait plus facilement son objectif : obtenir sa propre rubrique. Elle avait appris quand paraître sûre d'elle et quand jouer la timide. Il avait fallu moins d'un an pour que Jiji lui offre sa récompense. C'est vrai qu'elle n'avait pas eu la mutuelle complémentaire dans le lot, mais Jiji avait mis ça sur le dos des restrictions de budget en vigueur dans la boîte. Comment se plaindre ?

Carmen commençait aussi à vraiment bien aimer Jiji : sa passion, son ambition et, malgré son incroyable succès, sa vulnérabilité liée à des racines modestes. Aux yeux du monde, ses origines servaient d'excuse à ses fanfaronnades. Mais en privé, il était réellement persuadé qu'on le prenait pour un péquenaud. Même si peut-être qu'au fond, c'était surtout lui qui se voyait comme ça. Cette faiblesse, il la dissimulait farouchement. Carmen était la seule à qui il se livrait. Elle s'était dit qu'elle était différente. Spéciale.

Trois ans après son arrivée au magazine, ils avaient commencé à se voir en secret. Pour tout ce qui concernait le travail de Carmen ou la vie amoureuse publique de Jiji, ils obéissaient à un accord tacite. Tant que ce n'était pas sérieux, tout était permis. Ils avaient continué comme ça pendant des années, malgré des ruptures épisodiques. Vu leur jalousie, leur entêtement et leurs caractères respectifs, l'inverse aurait été surprenant. Mais ça ne durait jamais longtemps. Et le plus souvent, Carmen était heureuse.

Puis elle fêta ses 30 ans et quelque chose changea. C'était vraiment un cliché de se dire que passé la barre fatidique, on commence à s'inquiéter du futur et à se sentir seul. Pourtant Jiji avait la quarantaine et il semblait être touché par les mêmes symptômes. Tout était devenu plus passionné, comme s'ils entendaient le *tic-tac* de l'horloge. Mais puisqu'ils changeaient, est-ce que leur relation ne pouvait pas changer également ?

Carmen avait décidé que le moment était venu de sortir leur relation du placard pour voir comment elle s'épanouirait au grand jour. Elle avait donc abordé l'idée de changer de travail pour qu'ils puissent enfin s'afficher en public.

Mais Jiji avait battu en retraite comme un vampire sous la lumière du soleil. Il ne lui répondait plus et les Sphinx prétendaient qu'il était surbooké. C'était encore pire que s'il était tombé amoureux d'une autre. Ce silence, ce bannissement soudain lui révélaient qu'elle n'était finalement rien à ses yeux. Comme tous les autres, elle n'était qu'un pion dans son jeu.

Carmen s'attendait à être virée à tout instant mais le coup de fil ne vint jamais. Peut-être que Jiji craignait qu'elle ne se précipite chez un concurrent pour tout balancer. Ou peut-être qu'il était trop lâche. Ou qu'il attendait juste une bonne occasion pour se débarrasser d'elle. Mister Nice Guy avait fait sa grande entrée à ce moment-là. Plus rien ne serait jamais comme avant, comprit-elle soudain. Quand la rubrique s'arrêterait, elle aussi serait terminée.

« Jiji peut tout à fait se passer de moi », dit-elle.

Mira ramassa les cartes de son solitaire et commença à préparer un gin. « Alors rends-toi indispensable.

— Qu'est-ce que je vais bien pouvoir inventer ? Je pourrais faire une tournée nationale et apprendre aux gens à copuler sur scène, tiens. En direct live. Ce serait incroyable. »

Mira organisait ses cartes, la bouche pincée. « Ce n'est pas une mauvaise idée.

— Mira !

— Pas le sexe, Carmen. La tournée, voyons ! Tu pourrais faire ton miel de cette histoire. Tu pourrais te faire un nom. Vendre ce nom. Tu serais incroyable à l'écran.

— Et je parlerais de... ?

— Eh bien, tu pourrais commencer avec ta rubrique. Tu parlerais de l'expérience d'être jugée et de juger en retour. Tu donnerais des petits détails croustillants sur Mister Nice Guy. Tu ne penses pas que les gens seraient curieux ? Et est-ce que tu ne crois pas qu'ils pourraient, et même devraient, apprendre des choses de toi ? »

Elle ne jugea pas utile de dire que Lucas avait eu la même idée, et qu'elle avait trouvé ça stupide.

« Mais justement, j'essaie de me sortir de mon ghetto des pages sexo, tu te rappelles ?

— Je te suggère seulement une stratégie, Carmen. Je dis juste que tu peux déjà commencer avec ce que tu connais le mieux, ce pour quoi tu es connue. Et ensuite, tu utiliseras cette plateforme pour te lancer. Tu pourras passer du sexe et des relations aux politiques sexuelles. Les droits reproductifs, les femmes en politique, le sexisme. Apporter des réponses aux questions d'actualité en tant que commentatrice de terrain. À partir de là, tu pourras parler de tout ce que tu veux et les gens t'écouteront. Bientôt, *Vanity Fair* titrera "La renaissance de Carmen Kelly".

— Mais Jiji ne me laissera jamais faire ! Il tient la télé, la radio, les journaux... Tout ça, c'est à lui, et il est le seul visage du magazine.

— Et pourquoi est-ce que tu aurais besoin de son blanc-seing ?

— Parce que sinon il va me virer. »

Miranda disposa ses cartes. Elle n'avait pas besoin de dire « gin », son jeu était parfait.

« Il me semble que tu vas pouvoir profiter d'une certaine sécurité professionnelle pendant au moins quelques mois. »

Carmen leva les yeux sur elle. Mira était vraiment très fine.

« Parce qu'il ne me virera pas tant que la rubrique tourne bien...

— Et s'il veut se défaire de toi de toute façon, alors tu n'as plus rien à perdre. Même si je pense que si tu te débrouilles bien, il n'aura pas d'autre choix que de te garder.

— Et d'ici là, peut-être que j'aurai eu d'autres opportunités.

— Peut-être que tu auras un livre en train ou encore mieux, un film !

— Bien sûr. Et le film s'appellera *À poil les critiques !* »

Carmen leva les yeux au ciel mais en vérité elle se sentait beaucoup mieux. Lucas n'était qu'un gosse. Comment avait-elle pu se laisser atteindre par ses absurdités ? En plus

– et cette perspective la réjouissait particulièrement –, Jiji allait être vraiment furieux. Il serait si furieux que même les confins de son empire en trembleraient. C'était parfait.

« Il faudrait que je commence avec un programme de fin de soirée. Ce serait la bonne audience. Mais l'idéal, ce serait quelque chose d'assez absurde pour faire le buzz. Comme... Je ne sais pas... Apprendre à un geek boutonneux à faire du *air kissing* ? Ou quelque chose du genre.

— Oh oui, ce serait parfait !

— Je rigole, Mira !

— Moi pas. »

Carmen réfléchit un instant. « J'ai rencontré il n'y a pas longtemps un des scénaristes de *Minuit avec Kyle Carter*. Je n'ai rien à perdre à lui en parler.

— Oh, j'adore cette émission ! Il est si beau, et tellement drôle. Demain, on ira t'acheter une tenue pour ta première apparition télé !

— Ne nous emballons pas, Mira. »

La vieille femme réunit les pans de sa grande robe de chambre en soie et se redressa sur le canapé comme une ado excitée. « Oh si, bien sûr que si ! »

16

Lucas, dans son lit, ruminait son rendez-vous avec Carmen. Elle l'avait mis au défi : « Fais quelque chose avec mes seins. Quelque chose de bon. » Et il avait obéi avec diligence. Il pensait même avoir plutôt fait du bon boulot. Il avait déjà une semaine de coaching avec Sofia dans les pattes, après tout. Mais il craignait que la technique n'ait rien à voir avec tout ça. Carmen ne voulait pas être juste et honnête. Elle désirait seulement l'humilier. Et en enlevant son soutien-gorge, elle avait ferré la bête. Il pouvait soit relever le défi et s'exposer à ses critiques, soit refuser et s'exposer à ses critiques. Les dés étaient pipés.

Il remâcha ces pensées pendant un long moment. Il fallait qu'il arrive à lui imposer un choix perdant-perdant de son cru. Il s'assit dans son lit et ralluma la lumière. Il était déjà 3 heures du matin mais il n'allait jamais réussir à s'endormir de toute façon.

Chère Carmen,

Jusqu'au moment où tu m'as offert les tiens, j'ignorais qu'une femme était capable de se détacher à ce point de ses seins. (Chers lecteurs, je dois d'abord vous expliquer que cette semaine était consacrée à la phase tripotage poussé. Cette activité a été pratiquée debout. Carmen a arraché ses vêtements et a insisté, alors je n'ai pas eu d'autre choix que de dire oui.) Je voudrais livrer ici une description, mais il est extrêmement délicat de décrire des seins sans sombrer dans le cliché. Est-ce qu'on pourrait qualifier ta poitrine de voluptueuse ? Généreuse ? Tout dépend pour qui. Pigeonnante ? On pourrait dire ça, même si tes seins sont quand même un peu trop lourds pour échapper totalement à la gravité. Bon, je vais faire simple parce que j'ai juste envie de me fendre d'un compliment. Tes seins sont vraiment très bien. Ils emplissent la paume. Et ils sont pile poil assez gros pour que quand je cale ma tête entre eux, je puisse les presser contre mes yeux fermés. C'est un peu embarrassant à avouer, mais j'imagine que c'est l'idée avec cette rubrique. Ça m'a toujours beaucoup excité de presser des seins contre mes yeux fermés. Je ne sais pas pourquoi. C'est peut-être l'intimité du geste. Il faut vraiment être très proche d'une femme, familier de son corps, pour pouvoir faire ça.

Mais même si je n'avais jamais été aussi proche de tes seins, toi tu étais à des années-lumière.

Tu es vraiment très forte pour prendre des notes pendant nos séances. Alors moi aussi, j'ai commencé à prendre en notes tout ce que tu fais quand un homme s'occupe de tes seins. La première minute, tu te tiens là, les bras ballants, comme si de rien n'était. Tes seins étaient bien là, en face de moi, mais je crois que le reste de ton corps était parti se préparer un cocktail. Mais oh ! Soudain, tu as respiré très fort. Deux fois. Et ensuite – enfin, devrais-je dire – tu as passé tes doigts dans mes cheveux. Ce n'était pas vraiment érotique ni encourageant. Tu l'as fait une fois, et puis tu as laissé tes doigts glisser jusqu'à ma nuque. C'était quoi ça, Carmen ? Je voudrais croire que je t'ai donné un bref frisson de plaisir à ce moment-là. Tu t'es d'ailleurs reculée juste après. Tu en avais eu assez, ce qui n'est peut-être pas plus mal. Parce que tu étais parvenue à me faire atteindre un état dans lequel je ne pensais jamais arriver un jour : moi aussi, j'en avais assez. J'en avais assez des seins. Et pourtant, Dieu sait que je les aime. Et les tiens tout particulièrement. Enfin, en théorie. Parce que maintenant j'ai compris qu'il y a une grosse différence entre des seins hors-sol et des seins sur une femme vivante.

J'ai essayé de me rappeler ce que je faisais juste avant que tu me touches. Est-ce que j'ai sucé ton mamelon un peu plus fort ? Est-ce que c'est la façon dont j'ai titillé ton téton ? Est-ce que c'est ça qui t'a plu ? C'est si dur de savoir, avec toi. Tu ne te livres jamais. Et ça, j'ose le dire, c'est l'apanage des gens nuls au lit. Peut-être que tu parais très sûre de toi et de tes compétences sexuelles mais je crois que tu fais fausse route. Tu penses savoir ce qui est bien ou mal, ce qui t'autoriserait à juger ce qu'on te fait. Mais une bonne amante a assez confiance en elle pour pouvoir dire « J'aime ça, refais-le ». Une bonne amante est capable de se livrer. Alors voilà ce que je pense, Carmen : tu me caches quelque chose. Il y a quelque chose qui te plaît chez moi – quelque chose d'apparemment un peu moins minable que le reste – et tu refuses de me le montrer.

À mon tour de te proposer un défi. Nos lecteurs seront

témoins de ta réponse. Bourrons-nous la gueule ensemble. Assez pour ne plus rien se cacher. Assez pour que tes notes soient illisibles le lendemain matin. Avant de te retrouver, je m'enfilerai trois shots de Jameson et je te mets au défi de faire de même. J'apporterai la bouteille pour qu'on puisse se resservir. Peut-être qu'on verra enfin qui tu es quand tu n'es pas occupée à préparer le coup d'après.

Lucas cliqua sur « Enregistrer », sourit et se recoucha. Il avait enfin un plan.

Le lendemain matin, son réveil sonna bien trop tôt. Il s'extirpa du lit, prit sa douche et sortit rejoindre Nicholas Spragg, qui avait refait surface quelques jours plus tôt en le conviant pour un brunch. Lucas ne se sentait pas particulièrement à l'aise après leur nuit au love hotel mais il était trop curieux de revoir Nicholas pour refuser son invitation.

Ils se retrouvèrent au Ice, un restaurant qui ressemblait à une boîte en verre, à l'est de Greenwich Village. Tout y était transparent. Les tables, les murs et même les couverts. Nicholas était déjà là, à siroter un cappuccino sur le bar transparent. Lucas remarqua aussitôt son costume kaki sur mesure avec la pochette marron soigneusement pliée, la chemise à carreaux et la ceinture en cuir assorties. Un dernier accessoire marron complétait sa tenue. C'était une laisse, réalisa Lucas. Et elle était attachée au collier d'un teckel noir.

« Je te présente Saint Regis », déclara-t-il en souriant fièrement, comme s'il avait lui-même donné naissance au chien. « Est-ce qu'il n'est pas ravissant ?

— Eeeeeh, le chien ! » dit Lucas en s'accroupissant pour le caresser.

Quand le serveur vint pour les emmener à leur table, le chien refusa de les suivre. Il tremblait comme une feuille. Après des caresses et des cajoleries parfaitement inefficaces, Nicholas finit par le prendre dans ses bras.

« Il va bien ? demanda Lucas.

— J'espère bien ! Je me le suis fait livrer ce matin. » Apparemment, se faire livrer un chien à domicile n'avait rien d'inhabituel. « Mais peut-être que ce n'est pas un bon modèle pour moi. »

Lucas ne put s'empêcher d'imaginer Nicholas abandonnant le chiot à un coin de rue. Il espérait que l'éleveur acceptait les retours.

« Pourquoi tu l'as appelé Saint Regis ?

— C'est le nom de l'hôtel dans lequel je vis. »

Lucas mit quelques secondes à intégrer l'information. *Où il vit ?*

« Tu savais que le bloody mary a été créé dans cet hôtel ? Et que John Jacob Astor, qui l'a fait construire, est mort à bord du *Titanic* ? Comme tu peux l'imaginer, mon père est atterré que je ne séjourne pas dans l'un de nos hôtels. Mais les hôtels Kingswood sont malheureusement totalement dépourvus d'élégance et de charme. Tu vois ce que je veux dire ? »

Lucas n'en avait pas la moindre idée mais il hocha la tête quand même.

Nicholas se pencha vers lui. « Autrefois, la bonne société new-yorkaise vivait à l'hôtel. Ils prenaient une chambre pour plusieurs mois. Ils soupaient ensemble et ils s'habillaient spécialement pour cette occasion. Les gens savaient vivre, à l'époque. »

Il en parlait avec nostalgie. *Mais qu'il oublie New York*, se dit Lucas. *Il serait bien plus heureux à Charlotte. Il pourrait souper autant qu'il veut avec ma grand-mère...*

« Mais pour être honnête, le Saint Regis n'est plus ce qu'il était. Maintenant, les gens n'y restent pas plus d'une semaine et tout le monde est vieux... »

Même Lucas, qui n'avait jamais mis les pieds dans un hôtel chic, aurait pu le lui dire.

« Est-ce que tu ne serais pas mieux au Standard ? Ou au Bowery ? Ou dans l'un de ces hôtels de Williamsburg ?

— Est-ce que tu crois que c'est le genre d'endroit où on peut socialiser ? Je veux dire, boire un cocktail entre amis en discutant de la vie nocturne ? Enfin, j'imagine que tu fais ça tous les jours au magazine.

— Boire un cocktail entre amis en discutant de la vie nocturne ? répéta Luke, incrédule.

— J'adorerais être une mouche et pouvoir assister à vos réunions de rédaction. Vous entendre raconter toutes ces histoires fascinantes. Et le soir, se rendre à ces événements à la mode, rencontrer le gratin de New York, toutes ces personnes incroyablement cultivées. Quelle vie ce doit être ! »

Quelques mois plus tôt, Lucas aussi imaginait *Empire* comme ça. Mais le travail était finalement assez monotone. Ce n'était qu'une entreprise comme une autre, avec des employés qui s'activaient toute la semaine à des tâches pas forcément palpitantes. À l'exception de Jiji et ses seconds, tout le monde déjeunait à son bureau, en général d'une salade achetée en bas, assaisonnée d'une sauce qui faisait grincer des dents, comme disait Alexis. Quant aux soirées, elles n'étaient pas si sélectes que ça et on se lassait vite des canapés au bœuf de Kobe. Et même si les invitations de dernière minute de Jiji étaient toujours intéressantes, Lucas s'y sentait vraiment mal à l'aise, comme une doublure mal ajustée. Il trouvait totalement absurde que Nicholas puisse penser qu'il faisait partie d'un cercle d'initiés. Alors que c'était lui, l'héritier d'une énorme fortune qui sortait avec des filles splendides et avait (ou en tout cas prétendait avoir) le numéro de Jiji !

Pourtant Lucas reconnaissait l'envie dans ses yeux, il comprenait ses désirs inassouvis. Apparemment tout le monde, même le gosse de riche le plus gâté, désirait des choses hors d'atteinte.

Mais Nicholas pouvait au moins s'offrir des brunchs à deux cents dollars. Il commanda une tournée de mimosas, des viennoiseries, des pancakes à la ricotta et une omelette à la truffe. Quand leurs cocktails furent servis, il leva son verre. « Je voudrais te remercier, Lucas.

— Me remercier ?

— Pour ton amitié, oui.

— Oh, fit Lucas, un peu confus. Eh bien, merci beaucoup. »

C'est le moment fort à propos que choisit Saint Regis, qui avait cessé de trembler, pour bondir des genoux de Nicholas et venir happer un croissant.

Lucas rentra à pied, prenant plaisir à traverser le Village, qui était beaucoup plus calme et propre que son quartier. Mais alors qu'il tournait sur Perry Street, il faillit renverser une femme chargée de courses.

« Oh, pardon ! » s'exclama-t-elle en reculant d'un pas. Puis elle le salua.

Lucas se figea. C'était Carmen, évidemment. Sur toutes les femmes que comptait New York, il fallait que ce soit elle. Mais il était dans son quartier, alors pourquoi pas ? Elle n'était pas seule. Une vieille femme se tenait à ses côtés. Elle était ridée et toute menue, avec de grands yeux aux lourdes paupières.

« Je suis Mira Kelly », lui dit-elle en tendant un bras maigrelet couvert de perles. « Carmen », marmonna-t-elle d'un ton réprobateur.

L'intéressée fit passer ses sacs d'une épaule à l'autre et les présenta froidement. « Mira, c'est Lucas. Nous sommes collègues. »

En la voyant se débattre avec ses sacs, il se sentit coupable de l'avoir attaquée sur son âge – pas plus tard que la veille. C'était un coup bas, il le savait. Il connaissait à présent assez bien le monde des médias pour comprendre qu'elle était coincée dans une rubrique sexo destinée à une journaliste dix ans plus jeune. Et que c'était d'autant plus dommage qu'elle écrivait réellement très bien. Il fallait le reconnaître. Il avait beau lui en vouloir, ça restait une fierté de savoir qu'il pouvait être son égal au moins sur le papier.

« Laisse-moi t'aider.

— Pas la peine, merci.

— Ce sont mes courses, intervint Mira. Et j'insiste pour que Lucas les porte le reste du trajet. »

À contrecœur, elle laissa donc Lucas les lui prendre, puis elle traîna derrière.

« Vous devez connaître Mira Kelly, la comédienne ?

— Ah, tu as entendu parler de moi alors ?

— Comment ? C'est vous ?! » Lucas fut si stupéfait qu'il s'arrêta au beau milieu de la rue. Cette légende était réellement la grand-mère de Carmen ? « Il y a trois ans, *Empire* vous a consacré un numéro incroyable. Je dois admettre que c'est seulement en le lisant que j'ai découvert qui vous étiez. Mais après ça, j'aurais tout fait pour vous voir jouer. Vous travaillez toujours ? »

Carmen semblait elle aussi assez stupéfaite.

« C'est un très bon souvenir, répondit Mira, impressionnée. Je ne joue plus, non. Tu travailles pour *Empire* avec Carmen ?

— Il n'est que fact-checkeur. Il vérifie que les noms sont correctement orthographiés. »

Mira haussa les sourcils face à ce manque de délicatesse peu habituel. « Tout le monde doit bien commencer quelque part.

— Nous sommes arrivés, dit Carmen en s'arrêtant tout près du café où Lucas était allé après leur première nuit, encore tout auréolé de sa superbe innocence post-coïtale.

— Merci mille fois pour ton aide. Et bonne chance au magazine. J'espère que tu pardonneras l'humeur grincheuse de Carmen. Nous avons veillé bien trop tard hier, nous étions trop captivées par nos plans pour dominer le monde.

— Ça donne envie, répondit-il en rendant les sacs à Carmen. On se voit lundi ! » ajouta-t-il gaiement en pensant à son article sur le point de sortir.

Elle ne savait pas ce qu'elle allait y trouver dès le lendemain dans les kiosques, et il aimait cette sensation d'avoir enfin un peu de contrôle sur quelque chose.

« Oui, on se voit au travail », répondit Carmen, manifestement soulagée d'être débarrassée de sa présence.

17

Lucas n'avait jamais été un grand fan des talk-shows de fin de soirée. Les présentateurs étaient en général assez mauvais, leur seul talent résidant dans leur capacité à faire des blagues nulles sur tout et n'importe quoi. Et ces émissions lui faisaient toujours penser à des reliquats de l'époque où la chose la plus excitante qu'on pouvait voir à la télé, c'était un type sur une scène qui s'adressait à un public. Aujourd'hui, les téléspectateurs méritaient mieux. Mais il faisait quand même une exception pour Kyle Carter, la star des fins de soirée. Il était parti de loin, avec des vidéos YouTube maison drôles, étranges et expérimentales. Une fois, il avait réussi à soutirer un rendez-vous au responsable de la com des céréales Froot Loops et l'avait réprimandé pendant dix minutes parce qu'il ne savait pas écrire « fruit » correctement. Une autre fois, il avait recruté cinq types qui s'appelaient Kyle et cinq qui s'appelaient Carter et les avait fait se battre dans la boue (c'était Carter qui avait gagné). Un talk-show de fin de soirée n'était pas exactement la carrière pour laquelle on l'aurait pressenti, mais la chaîne avait besoin d'élargir son audience et Carter d'argent. Même si c'était très loin de ce qu'il faisait avant, son émission restait regardable. Il y avait un peu de tristesse dans son sourire à mille watts, on y décelait un signe de deuil.

Un soir, pas loin de minuit, Lucas était vautré sur son canapé, Kyle Carter en fond sonore pendant qu'il lisait le *New York Times* sur son portable. L'article était sorti depuis quelques jours mais il n'avait reçu aucune nouvelle de Carmen. À part ses méchantes métaphores, Lucas devait admettre qu'elle donnait de bons conseils. Il avait même eu la trique en lisant sa rubrique. Mais pour le moment, silence radio. Elle lui offrait un répit.

Il entendit soudain quelque chose qui attira son attention. « Et nous accueillons ce soir l'une des journalistes du magazine *Empire*, qui est aussi la créatrice de la nouvelle rubrique qui fait le buzz, "À poil les critiques !" J'ai nommé... Carmen Kelly ! »

Lucas en lâcha son téléphone. Sur l'écran venait d'apparaître Carmen, avec des talons vertigineux et une robe noire, affreusement sexy et aussi arrogante que la P-DG d'une boîte cotée en Bourse. Quand elle toisa les caméras comme si l'Amérique était sa salle de conférences, son regard dut faire flétrir l'ego de la moitié des spectateurs masculins du pays. Et leur queue aussi, probablement.

Lucas était bouche bée.

« Cette rubrique enflamme littéralement les foules », ajouta Carter, dont la phrase fut aussitôt soulignée d'un grand coup de cymbales.

« Tyler ! appela Lucas. Viens voir ! Vite ! »

« Certains te qualifient de première analyste sexuelle

du pays. D'autres disent que tu es juste la femme la plus dure à faire jouir en Amérique. Tu scandalises beaucoup de gens, et pas seulement les républicains ! En quelques semaines, ta rubrique a amorcé des millions de conversations et tes critiques les plus hostiles veulent te... mettre à poil. Est-ce que je peux te lire un extrait ?

— Avec grand plaisir.

— Voici quelques lignes tirées du *New York Review of Books*. Je ne savais pas qu'ils avaient le droit d'imprimer le mot sexe, pourtant... "'À poil les critiques !' nous promet une honnêteté sans fard, mais le postulat de départ est déjà un mensonge. La rubrique traite du sexe comme si c'était une science, avec Carmen Kelly en maîtresse des équations. Mais en vérité, la seule science que l'on trouve là-dedans, c'est le constat du dramatique manque d'alchimie entre Mister Nice Guy et Carmen. Le sexe est subjectif. C'est un art. On ne gagne rien à le mettre sous un microscope. La seule chose que nous apprend 'À poil les critiques !', c'est qu'il vaut mieux éviter de coucher avec ces deux-là." » Carter se tourna vers Carmen. « Tu as quelque chose à répondre à ça ?

— Eh bien, tout d'abord, je connais l'auteur de cet article et effectivement, il ne risque pas de coucher avec moi. »

Carter gloussa.

« Et moi non plus, je ne valide pas son postulat de départ. Certes, le sexe est un art. On pourrait même aller jusqu'à dire que l'art dérive du sexe. Car l'art est notre piètre tentative pour retrouver la passion et l'excitation que l'on ressent avec une autre personne. Mais le sexe est également une science, parce que comme n'importe quelle femme vous le dira, il y a clairement une bonne et une mauvaise approche. Vous pouvez m'exciter ou tuer mon désir en quelques secondes, et ça, c'est de la pure biologie. Mister Nice Guy, malgré tous ses défauts, pourrait bien un jour parvenir à m'exciter. Je n'en doute pas. Mais ça ne risque pas d'arriver tant qu'il n'aura pas intégré un certain nombre de techniques. Un mauvais coup, Kyle, c'est malheureusement bien réel. Et je pense que cette notion nous est à tous plus ou moins familière.

— J'espère que ce n'est pas de moi que tu parles ! dit Carter en surjouant l'abattement. Mais d'accord, être bon au lit, c'est une chose. Tu dis être une experte dans ce domaine. Est-ce que tu peux nous expliquer ce qui fait de toi une experte ?

— Eh bien, ce critique du *New York Review* se qualifie bien d'expert, non ?

— Donc un expert, c'est seulement quelqu'un qui se dit expert ?

— Non, non, c'est plus que ça. Il faut aussi être en mesure de produire un avis bien établi et fiable. Il faut pouvoir prouver qu'on sait de quoi on parle.

— Et comment peut-on savoir que ton avis est fiable ?

— Eh bien, je ne sais pas, qu'est-ce que tu penserais d'une petite démonstration ? »

Lucas bondit de son canapé. « Tyler ! hurla-t-il, viens vite !! Qu'est-ce que tu fais ? »

Carter semblait passer un très bon moment. « Euh, tu envisages de nous faire une démonstration de cet art bien particulier sur le plateau ? Je ne sais pas si nous sommes sur la bonne chaîne, malheureusement.

— Ne t'inquiète pas, ça va être très chaud, ça ne fait

aucun doute. Mais tu n'auras pas de problème avec la commission de régulation. Je crois savoir que tu as un assistant de prod du nom d'Adam sur ce plateau ?

— Absolument. C'est un jeune homme très talentueux. Adam, on t'avait promis que tu passerais à l'écran. C'est ton heure de gloire ! »

La caméra se fixa sur l'extrémité du plateau, là où les invités faisaient leur entrée. Adam apparut, un grand jeune homme dégingandé et débraillé avec un jean et un tee-shirt trop grands et des baskets. Ses yeux paraissaient immenses derrière ses grosses lunettes.

« Viens, Adam. Ne sois pas timide. Carmen ne mord pas. Et de toute façon, si elle le fait, tu as une bonne mutuelle, n'est-ce pas ? »

Adam sembla accélérer très légèrement sa démarche traînante et Carmen lui ouvrit les bras avec un large sourire. Quand il se pencha sur elle, elle se jeta à son cou comme s'ils étaient deux amants qui se retrouvaient et l'embrassa à pleine bouche. Pendant quelques secondes, son corps réagit comme s'il se faisait électrocuter. Puis il enroula ses bras autour d'elle et lui rendit son baiser. Pas de doute, il profitait à fond de son moment. Les spectateurs étaient hystériques.

« Bordel de merde ! » cria Lucas à la télévision.

Carmen et Adam finirent par se décoller. Le pauvre gars paraissait complètement perdu.

« C'est lui qui s'est proposé, précisait Carter au public. Mais je ne suis pas sûr qu'il ait bien compris ce qui allait lui arriver. Pas vrai, Adam ? »

Le concerné secoua la tête, hagard.

« Alors, comment c'était ? »

Carmen semblait impressionnée. « Pas mal du tout ! »

Adam, lui, rayonnait.

« Mais on veut mieux que ça, pas vrai ? Je veux dire, Adam veut être mieux que pas mal. »

Il n'avait pas l'air tout à fait d'accord, mais il n'allait pas non plus lancer un débat sur une chaîne nationale.

« On veut que ce soit spectaculaire ! Et la bonne nouvelle, c'est que c'est tout à fait possible. Par exemple, Adam pourrait améliorer un petit peu sa technique linguale. C'était déjà vraiment...

— Pas mal du tout, compléta Carter avec emphase.

— Absolument, pas mal du tout ! Mais si Adam posait ses mains sur mes omoplates, juste là, et qu'il me pressait un peu plus contre lui pour me faire sentir qu'il est sûr de lui et maître de la situation, et qu'il bougeait un peu moins sa langue comme ça (elle agita sa langue) et un peu plus comme ça (elle agita de nouveau sa langue, dans le sens contraire aux aiguilles d'une montre cette fois), je pense que ça pourrait être carrément sensationnel.

— Qu'est-ce que tu en penses, Adam ? Tu te sens prêt à remettre ça ? »

Adam rougit violemment mais acquiesça, faisant de son mieux pour paraître détendu. *On dirait qu'il est sur le point de se pisser dessus*, se dit Lucas.

« Allez, on retente », dit Carmen en lui offrant son sourire le plus charmant. Quand elle lui fit signe d'approcher d'un index séducteur, le public manifesta bruyamment son excitation. Adam plaça ses mains dans son dos comme indiqué. Il pressa doucement ses omoplates et fit glisser ses mains jusqu'à ses hanches. Il paraissait sûr de lui et maître de la situation. Quand ils finirent par se séparer, c'était Carmen qui était empourprée. « Waouh ! fit-elle en reprenant son souffle. Ça, c'est ce que j'appelle spectaculaire. » Le public était à présent déchaîné et Adam l'assistant souriait comme si on venait de lui remettre un prix Nobel, comme si ce baiser venait de changer sa vie pour toujours.

« Carmen, une dernière chose avant que je te libère. J'ai une question. Ton partenaire anonyme, Mister Nice Guy, t'a proposé un challenge dans sa dernière rubrique. Il veut que tu boives avant votre prochaine rencontre. Et il écrit : "Peut-être qu'on verra enfin qui tu es quand tu n'es pas occupée à préparer le coup d'après." Alors, Carmen, qu'est-ce que tu comptes faire ? »

Carmen éclata de rire, comme un politicien chevronné qui s'apprête à balayer un opposant pendant un débat. « Alors déjà, passons sur le fait que la suggestion de Mister Nice Guy manque terriblement de délicatesse dans le contexte actuel, avec les questions cruciales qui se posent en ce moment par rapport à l'alcool et à la notion de consentement sur les campus. D'une certaine façon, son désir de se saouler est très représentatif de nombreux jeunes gens de son âge. Quand ils se sentent intimidés, ils vont avoir tendance à se tourner vers cette béquille qu'est l'alcool pour relâcher un peu la pression. Mais nous, les femmes, nous n'avons vraiment pas besoin de ça. Pas vrai, Adam ? On n'est jamais plus au top que quand on est en mesure de penser.

— C'est vrai, tu es une grande penseuse, Carmen », acquiesça Adam.

Le public éclata de rire et Adam sourit, radieux.

« Voilà l'homme que nous méritons toutes ! » dit

Carmen en l'embrassant de nouveau. Et tandis que les deux se mangeaient la langue comme des lycéens au fond d'un cinéma, Carter conclut l'émission : « Je vous propose d'applaudir bien fort Carmen Kelly, journaliste au magazine *Empire* et créatrice d'"À poil les critiques !" » Malgré le crescendo de sa voix et les rugissements du public, Carmen n'interrompit même pas le baiser, n'ouvrit même pas les yeux. Elle se contenta d'agiter la main et c'est sur cette dernière image que se termina le talk-show. Carmen aux commandes, sa main menant le public tandis que sa bouche menait un homme.

C'est à ce moment-là que Tyler finit par surgir dans la pièce. « Tu ne vas jamais croire ce que Carmen Kelly vient de faire ! hurla-t-il. Twitter est en folie ! »

Lucas éteignit la télévision. Il se sentait nettement moins détendu à présent.

18

Le lendemain, au travail, Carmen fut le seul et unique sujet de conversation. Lucas ne parvenait pas à se mêler aux bavardages mais il n'avait nulle part où se cacher non plus. Internet débordait de photos de Carmen en train d'embrasser Adam et, dans un moment de faiblesse, il eut le malheur d'aller voir sur le site de *Noser* ce que les gens disaient. « Nique les critiques » mêlait les pro et les anti-Carmen qui se déchiraient sur de multiples questions. Est-ce que Carmen s'autoexploitait ou se faisait exploiter ? Était-elle réellement aux commandes ou simplement une femme en quête d'attention ? « Tous les héros ne portent pas de cape, certains se contentent de rouler des pelles en live à la télé », disait BklynBabe. Et la personne qui se cachait derrière EmpireVoyou rapportait que Jiji s'était enfermé dans son bureau, furibond. Apparemment, la petite apparition télé l'avait lui aussi pris par surprise. « C'est comme si l'armée avait détruit l'État islamique mais que le Président venait de le découvrir en scrollant sur Twitter aux toilettes », ajoutait la taupe.

Lucas devait bien admettre que Carmen avait fait un sacré beau coup. En s'appropriant la rubrique – il n'avait pas été question d'eux ni du magazine mais seulement d'elle –, elle était parvenue à réduire Mister Nice Guy à l'état de simple punching-ball. Son rôle ne consistait plus qu'à prendre les coups, comme une équipe abonnée au titre d'éternel perdant. Et tout ça juste parce que Carmen avait besoin d'un partenaire pour se défouler au lit.

Sa seule consolation était son rendez-vous du soir avec Sofia. Et pourtant, même en descendant du métro à Brooklyn, il ne put s'empêcher de rafraîchir son fil Twitter. Tout le monde ne parlait encore que de Carmen, bien sûr. Sofia l'attendait avec deux douzaines d'huîtres et des martinis. Elle semblait connaître tous les bons plans « *happy hour* sur les huîtres » de la ville. C'était l'une des spécificités de New York que Lucas adorait.

« Hey, fit-il, abattu. T'as vu toute cette merde ? demanda-t-il en enfournant une huître.

— Toute cette exhibition à la télé n'était qu'un racolage publicitaire éhonté, une tentative pathétique pour mettre un peu d'excitation et de sens dans sa pauvre petite vie triste. »

La véhémence de Sofia le surprit. Il savait qu'elle ne portait pas Carmen dans son cœur. Mais d'où sortait cette haine soudaine ? Est-ce que Sofia était jalouse ? Certainement pas de Carmen elle-même. Mais de sa célébrité ? De l'attention qu'on lui portait ? Non, impossible d'imaginer Sofia convoiter quelque chose d'aussi trivial.

« Ce dont tu as besoin, c'est de prendre un peu de recul. Tu as besoin de quelque chose qui t'aide à te rappeler que ta vie est bien plus vaste et complexe que la sienne. Garde ça en tête, mon vieux, et ça te protégera des petites et grandes déconvenues. »

Sofia semblait avoir quelque chose de spécifique à l'esprit mais elle ne dévoila rien de plus. Après le dîner, ils prirent un taxi jusqu'à Red Hook, un quartier industriel sur les rives de l'East River. Lucas savait qu'on y construisait des restaurants chics et des immeubles. Mais ils s'arrêtèrent plus loin, dans une zone déserte. Il n'y avait que des entrepôts aux murs couverts de graffitis et une route défoncée qui servait de dépotoir.

« Il faut que tu saches que si je fais ça, c'est pour toi, Lucas. Ce qui te rend déjà un million de fois plus intéressant que Carmen.

— Je ne comprends pas », dit-il en tremblant de froid. L'humidité qui montait de l'eau, tout près, n'arrangeait rien. « De quoi tu parles ?

— Tu es la muse de mon nouveau projet, Lucas ! »

Elle lui prit la main et l'entraîna à sa suite. Il trébucha derrière elle dans le noir, aussi incertain de l'endroit où il mettait les pieds que de ce qu'elle avait derrière la tête. Et pourtant, sa muse... Le mot était indiscutablement romantique. C'était excitant. Être qualifié de muse par Sofia suffisait presque à calmer son inquiétude croissante. Même si elle l'entraînait à présent au fond d'une allée étroite et totalement obscure...

« Je crois que c'est ici. C'est un type qui fait du street art qui m'a parlé de cet endroit. Ça devrait être ouvert. »

Qu'est-ce qu'il pouvait bien y avoir derrière cette porte... ? Des squatteurs, des dealers ? Lucas se flanqua une gifle mentale : il pensait comme sa mère. « Pourquoi je suis ta muse ?

— Tu ne te rappelles pas ? Quand on s'est rencontrés, tu m'as dit que tu voulais faire de l'exploration urbaine. Ça m'a donné l'idée de ma nouvelle série. Sur le contraste entre les machines et la chair. On va ramener à la vie des lieux abandonnés !

— On ?

— Bien sûr, on. Tu vas avoir l'insigne honneur d'entrer en premier. »

Et elle accompagna cette information d'une petite poussée.

Lucas déglutit. Il ne se sentait pas très à l'aise. Pas du tout, même. Quand il lui avait parlé d'exploration urbaine, il avait plusieurs cocktails dans le nez et il était bien au chaud dans une soirée boulot pépère. Il n'avait pas pensé une seconde qu'elle allait réellement l'embarquer dans une violation de propriété privée. Mais comme il ne voulait pas qu'elle croie qu'il se dégonflait, il ouvrit grande la porte et entra dans une salle aussi froide et sombre qu'elle était immense. À la lumière de leurs téléphones, Lucas découvrit de grandes tables d'atelier et des machines rouillées de nature indéterminée qui les dominaient, menaçantes, dans l'ombre. Ça sentait très fort la sciure. Lucas fit doucement le tour de la pièce avec le halo lumineux et laissa soudain échapper un cri. Alignés contre un mur, il y avait des dizaines et des dizaines de cercueils.

« Ah, tu les as trouvés ! Parfait ! » lança Sofia, ravie.

Le cœur de Lucas battait à trois cents à l'heure, son corps vibrait sous l'afflux d'adrénaline. « Tu aurais pu me dire que c'était dans une usine de cercueils qu'on allait entrer par effraction, putain... ! » aboya-t-il.

Sofia, qui s'affairait déjà à installer des lumières

d'appoint, vint se presser contre lui. Sa chaleur et son odeur l'apaisèrent aussitôt.

« Je suis désolé. Je ne voulais pas te parler sur ce ton.

— Personne n'a dit qu'être une muse était facile. »

Quand elle prit sa bouche, il eut l'impression de boire une infusion. Son cœur ralentit, son corps se détendit. Puis elle lui tendit son appareil photo. « Tu vises et tu shootes ! Attends juste que je sois toute nue ! » Elle courut jusqu'aux cercueils et bientôt son manteau, son pull, son soutien-gorge volèrent, rapidement suivis de ses chaussures et de son pantalon. « Machines contre chair ! » cria-t-elle lorsque sa culotte atterrit mollement au sol.

Lucas cala l'appareil contre son œil. Elle était là, nue sur le fond noir, sublime devant les cercueils. Elle l'avait choisi lui, entre tous, pour être son témoin et son photographe. Elle l'avait guidé jusqu'à une porte ouvrant sur l'inconnu et l'avait fait passer d'abord. Il était sa muse. En photographiant Sofia qui se riait du froid, Lucas comprit à quel point elle avait raison. Tout ce dont il avait besoin, c'était d'une nouvelle perspective sur les choses.

19

Le lendemain, Lucas se rendit au travail en flottant dans un état étrange. Il avait l'impression qu'on lui avait fait une injection de confiance en soi. Il se sentait invincible, immunisé contre tout ce que Jiji ou Carmen pourraient lui faire. La journée se déroula même comme si le coup de com de Carmen ne s'était jamais produit. Puis soudain, au beau milieu de l'après-midi, il se passa quelque chose de tout à fait inattendu. Il reçut un mail du Directeur de la rédaction en personne. « Rendez-vous ce soir, 20 h, au Sanglier. » C'était l'invitation qu'il avait toujours désiré recevoir. Et cette fois-ci il n'allait pas à une fête à la place de Jiji ; il allait dîner avec lui.

Le Sanglier était situé dans l'un des plus jolis coins de West Village. Selon Franklin, ç'avait été un gros investissement de Jiji quelques années plus tôt et c'était à présent un État vassal de l'*Empire*. C'était là que Jiji tenait sa cour. La salle à manger qui lui était réservée était son deuxième bureau.

« Aucun employé d'*Empire* n'a le droit d'y manger sans avoir été spécialement invité. Enfin ce n'est pas interdit évidemment, c'est un pays libre, mais si Jiji l'apprend ou que tu le croises...

— Qu'est-ce qui t'arrive dans ce cas ? »

Personne n'avait pu lui répondre puisque personne n'avait jamais tenté.

Mais quand Lucas arriva, on ne l'emmena pas à la salle à manger privée. L'hôtesse l'escorta jusqu'à la Galerie, un grand balcon qui donnait sur le reste du restaurant. De là, il pouvait voir les murs décorés de Basquiat, de Mondrian et de Warhol. Est-ce que c'étaient des vrais ? En revanche, nulle trace des animaux empaillés auxquels il s'était attendu. À l'exception des riches clientes aux visages fardés et aux coiffures laquées.

Jiji était là, installé à une table. Lucas se rappela quand, petit, il tombait après l'école sur ses instituteurs qui vaquaient à leurs occupations de personnes ordinaires. Ils étaient en train de faire les courses ou de manger, autant d'éléments discordants par rapport à la fonction bien définie qu'il leur avait attribuée. Son Directeur de rédaction était donc assis là, en train de manger. C'était aussi remarquable que ça ne l'était pas.

« Lucas, dit Jiji en l'appelant d'un geste, c'est gentil de nous rejoindre. »

Ce n'est qu'à ce moment-là qu'il remarqua que Jiji n'était pas seul. Son compagnon de table, qui lui semblait familier, était dégarni et arborait un bronzage artificiel. « Jason », se présenta-t-il en lui serrant fermement la main. La chevalière qu'il portait au petit doigt étincela.

« Jason est un vieil ami », précisa Jiji en invitant Lucas à s'asseoir. Un serveur apparut aussitôt.

« Tu bois du scotch, Luke ? »

Il acquiesça, et Jiji fit un signe d'acquiescement au serveur, qui acquiesça à son tour et partit.

« Alors, qu'est-ce que tu penses du Sanglier ? »

Lucas réfléchit à ce qu'il pouvait dire pour impressionner Jiji. Il n'avait pas la moindre idée de quel compliment faire.

« J'aime beaucoup les tableaux », tenta-t-il. Les autres ne cillèrent pas.

« Jay et moi parlions justement de la taupe qui se cache chez *Empire*. EmpireVoyou, qui passe son temps à moucharder sur le site de *Noser*. Je suggérais à notre cher Guide suprême de prendre quelques mesures répressives. »

Le dernier post comparait Jiji au dictateur nord-coréen. Lucas avait trouvé ça très injuste mais l'intéressé semblait en faire peu de cas.

« Autoriser les employés à se défouler à mes dépens est une bonne façon de les laisser exprimer leur frustration. Et de toute façon, je doute qu'EmpireVoyou soit réellement entre nos murs. C'est probablement *Noser* qui essaie de faire grimper son taux de fréquentation. Pathétique.

— Mais si c'est réellement une taupe, je suis certain que tes amis les plus loyaux n'hésiteront pas à faire remonter les informations. N'est-ce pas ? » dit Jason en le fixant.

Si EmpireVoyou était une taupe, Luke n'avait pas la moindre idée de qui ça pouvait être. Son cœur battait à tout rompre à présent. Il n'allait pas devoir enquêter sur ses propres collègues quand même ?

« Voyons, jamais je ne demanderais à Luke de faire de la délation, dit Jiji, l'air mortifié. Luke, j'espère que tu le sais ?

— Bien sûr. »

Il reprit son souffle, soulagé. Encore une fois, Jiji faisait mentir ses détracteurs. C'était un homme tout à fait moral.

« Luke, reprit Jason en faisant tourner sa chevalière, manifestement agacé, est-ce que tu as vu le coup de pub de Carmen ?

— Le contraire aurait été difficile, répondit-il sobrement sans trop savoir jusqu'où il pouvait aller.

— Cet Adam était affreusement laid, continua Jason. C'est incroyable qu'elle soit arrivée à l'embrasser.

— C'est exactement pour cette raison que ça a fait le buzz. Elle savait très bien ce qu'elle faisait », intervint Jiji, les yeux fixés sur le whisky qu'il faisait tourner dans son verre.

Lucas essaya d'interpréter son ton. De la résignation ? Du dégoût ? De l'admiration ? Un peu de tout ça ?

« Honnêtement, tu aurais dû la virer quand tu en avais l'occasion », dit Jason. Puis il se tourna vers Lucas. « Mais ton patron est un idiot dès qu'il y a une belle femme dans les parages. Et on peut au moins reconnaître ça à Carmen. »

Jason avait un ton rigolard mais Lucas vit les yeux de Jiji s'assombrir de colère. Puis la colère disparut aussi vite qu'elle était venue.

« Carmen nous fait vendre plus de magazines que quiconque. Et ça m'arrange bien.

— C'est sûr, patron », acquiesça Jason en se tournant vers Luke, comme s'il demandait également sa confirmation – comme si l'inclure à cette conversation était parfaitement normal.

Le verre de Lucas arriva, accompagné d'une demi-douzaine de petites assiettes.

« Je voudrais porter un toast, dit Jiji. À notre nouvelle aventure, à l'Université. Qu'elle prospère et s'épanouisse.

— L'Université ? demanda Lucas.

— Jason, tu lui expliques ? »

Ce dernier était très occupé à mâcher une datte au jambon. « Tu es né entre 1980 et 2000, je pense ? » demanda-t-il en parlant la bouche pleine. Lucas fit signe que oui. « Très bien. Alors imagine... » Il s'interrompit pour déglutir et Lucas regarda la grosse boule descendre dans son gosier. « Imagine que tu n'es pas n'importe quel millennial. Tu es un millennial avec beaucoup d'argent, et ton réseau vaut bien dix millions à lui seul.

— Oh oui, redites-moi ça, fit Lucas, qui fut très satisfait de voir Jiji éclater de rire.

— Notre étude de marché a démontré plusieurs choses. D'abord : tu as eu une très bonne éducation, mais tu ne travailles pas. Ensuite : tu ne veux pas travailler, parce que c'est difficilement conciliable avec tes voyages fréquents, ta consommation de produits de luxe et ta quête permanente de sensations. C'est-à-dire avec ta façon de dépenser ton argent. Enfin, tu te sens complexé par rapport à ta fortune et ton mode de vie luxueux. À cause de la crise, de la politique internationale, des inégalités croissantes, des réseaux sociaux omniprésents : toutes ces choses t'ont rendu parfaitement conscient de la chance que tu as par rapport aux autres. Et tu te sens coupable parce que tu n'apportes rien à la société, même si, soyons honnêtes, tu n'as aucune envie de le faire. Alors quelle serait la solution ? » Jason s'interrompit pour laisser à Lucas le temps de réfléchir.

« Eh bien, vous avez mentionné une université... Alors je pourrais consacrer une toute petite partie de ma fortune à... disons... aider les étudiants moins favorisés à payer leurs dettes universitaires ? »

Jason et Jiji se regardèrent et échangèrent un sourire attendri.

« L'Université, poursuivit Jason, est un concept d'institution privée *lifestyle*, localisée dans six villes et trois continents, réservée à de jeunes gens très aisés qui désirent sauver le monde. Chaque site comptera un complexe hôtelier de luxe – appelé dortoir –, un restaurant tendance, un bar haut de gamme, un spa et une salle de gym dernier cri, ainsi qu'un club réservé aux adhérents. Les membres pourront voyager sans heurt de Paris à Tokyo et de Londres à Los Angeles, rencontrer des personnes qui leur ressemblent et qui partagent leur passion et leur désir de faire bouger les choses, le tout sans avoir l'impression d'être des gosses de riches qui passent leur vie en vacances entre deux continents. Non, bientôt ils pourront juste dire qu'ils vont retrouver leur dortoir.

— Et bien sûr, ils auront accès à des cours, précisa Jiji. On travaille encore sur le programme, mais ce sera centré sur des enseignements permettant aux membres de vivre selon leur éthique. Par exemple de développer leur marque solidaire ou d'en apprendre plus sur la mixologie locavore. »

Lucas avait peur de manifester quoi que ce soit. Est-ce que c'était une blague ?

« Chaque cours est conçu pour que l'étudiant ait l'impression de faire quelque chose de bien pour la planète, ajouta Jason. L'idée est de mettre en exergue la notion de contribution universelle.

— Et donc... tenta Lucas, les sourcils froncés. Pardon, mais je ne suis pas certain de comprendre comment les membres vont sauver le monde ? »

Jiji sourit. « Ils peuvent par exemple employer leur nouvelle passion pour les cocktails locavores pour sponsoriser des distillateurs artisanaux ou bien leur nouvelle marque solidaire pour collecter des fonds pour une bonne cause. S'ils mettent un jour le pied en cours, bien sûr.

— Ah, d'accord. »

Lucas était encore plus perdu.

« Ce qu'il ne faut pas oublier, Luke, c'est que ces gosses ne sont pas comme toi et moi. Nous nous sommes battus contre des vents contraires pour gagner notre place à table. Ce que nous avons, nous l'avons conquis à la force du poignet. Ces gosses... » Jiji hocha la tête lentement, sans rompre le contact visuel avec Lucas. « Ils ne savent pas se battre. Ils ont besoin d'un espace sécurisé qui encourage leurs bons penchants sans trop leur en demander non plus. Et nous pouvons leur fournir tout ça. Mais si tu n'es pas d'accord, n'hésite pas à le dire, Luke. Je respecte totalement ton opinion. »

Lucas essayait de tout intégrer. Est-ce que Jiji s'intéressait vraiment à ces gosses de riches... ? Ou est-ce qu'il voulait seulement les exploiter en satisfaisant leur narcissisme ? Il paraissait en tout cas sincère quand il parlait du fossé immense qui le séparait de ses futures recrues. Quelle audace il avait dû falloir à un pauvre gosse du Kansas pour s'imaginer un jour à la tête d'un empire ! « Ces gosses ne sont pas comme toi et moi... » Et il englobait Lucas dans son propos. « Vous ciblez votre audience avec un message qui leur parle, finit par résumer Lucas. Personne n'a jamais dit qu'il fallait apprécier ceux à qui on vend. Tant qu'on leur fournit ce qu'on leur a promis. »

Jiji hocha la tête, satisfait. « C'est tout à fait ça. Très pragmatique. J'étais sûr que tu comprendrais. Et il y a autre chose que tu vas, je pense, apprécier à sa juste valeur. Je vais utiliser ces fonds pour consolider et développer le magazine. Cette nouvelle source de revenus va nous permettre d'être moins dépendants des publicités. On va pouvoir lancer un studio de télé, peut-être même financer des films inspirés de nos articles les plus populaires. Il y a tellement de possibles.

— Il faut juste trouver les bons investisseurs », ajouta Jason.

Jiji jeta un regard à son ami, qui s'éclaircit la gorge. « J'ai bien l'impression que vous n'allez pas tarder à entrer dans le vif du sujet. Je vais vous laisser ! On s'appelle », dit-il à Jiji en lui mettant une tape dans le dos. « Et ravi de t'avoir rencontré, Luke. Je te laisse avec quelqu'un qui te veut du bien.

— Merci », répondit sobrement Lucas en se calant dans son fauteuil.

Il commençait à bien apprécier cette soirée.

Une fois Jason parti, Jiji posa ses mains à plat sur la table et se pencha par-dessus son whisky. Il n'avait pas touché à la nourriture et maintenant que l'autre n'était plus là, Lucas n'osait plus manger.

« Si je t'ai demandé de venir ce soir, Luke, c'est parce que je pense que tes talents sont sous-exploités. J'ai beaucoup aimé tes petits mémos et ton travail de fact-checking est excellent, mais comme je t'ai dit il y a un moment déjà, je décèle en toi un vrai potentiel. Avec un bon mentor – il se désigna modestement –, je suis certain que tu peux accomplir de grandes choses. Et j'ai justement un projet pour toi. Je voudrais que tu travailles sur un portrait. Est-ce que ça t'intéresserait ?

— Ça m'intéresserait énormément ! dit Lucas en essayant de contenir son excitation.

— Parfait. » Jiji ouvrit l'un de ses carnets milanais et tapota une page avec son Lamy 2000. « Je voudrais que tu travailles sur un individu du nom de Nicholas Spragg.

— Oh, mais je le connais ! » ne put s'empêcher de s'exclamer Lucas.

Jiji ne parut pas particulièrement surpris. « Et qu'est-ce que tu penses de lui ?

— Il est sympathique mais difficile à saisir. Il enjolive beaucoup. »

Lucas en aurait eu beaucoup à dire mais il ne pouvait pas lui raconter que Nicholas était excentrique, complexé et parfois carrément bizarre, à la fois très peu sûr de lui et d'une générosité touchante. Mais il ne dit rien de tout ça parce qu'il aurait eu l'impression de le trahir. « Nous avons eu quelques conversations intéressantes », se contenta-t-il d'ajouter.

Jiji écrivit quelque chose. Lucas imagina qu'il avait noté « conversations intéressantes » de son écriture serrée dans la marge. Si ses calepins contenaient assez de références à lui, peut-être que dans quelques décennies le biographe de Jiji penserait que Lucas avait fait partie de ses proches ?

« Je suis ravi que Nicholas et toi vous entendiez bien. Je pense que tu le sais déjà, mais il est sur le point de reprendre l'empire familial. Et pourtant, en pleine ascension, voilà qu'il s'enfuit à New York. Je serais vraiment curieux de savoir pourquoi.

— Vous pensez qu'il fuit quelque chose ? »

Le pouls de Lucas s'était accéléré. Peut-être que son article le consacrerait aussi comme journaliste d'investigation ?

« Ce n'est pas forcément si dramatique. Je pensais à quelque chose comme "L'héritier de l'Ouest débarque à l'Est" ou quelque chose comme ça. Les lecteurs réagissent bien aux images romantiques de ce genre. »

Lucas, lui, répondait à des images romantiques d'un autre genre. Il voyait déjà la couverture. Nicholas posant devant un ciel immense, avec dans la paume de sa main une réplique de la skyline new-yorkaise. Ou une boule à neige de New York, peut-être. Et bien sûr, il voyait déjà le titre s'étalant à côté. Le sien. Lucas se demanda s'il allait toucher une prime. Ce ne serait pas du luxe. Ou est-ce que son article serait seulement un essai ?

Comme s'il lisait dans ses pensées, Jiji ajouta : « Si tu fais du bon boulot, cet article pourrait vraiment te lancer, Luke. Si j'y trouve l'esprit et le panache auxquels je m'attends, tu pourrais bien récupérer un nouveau bureau à la rédaction.

— Je ferai du bon boulot. »

Ça sortait du cœur. Cet article allait lui changer la vie. Il allait enfin publier un article sous son vrai nom. Il ne serait plus Mister Nice Guy, il serait Lucas, journaliste pour *Empire*. Il se voyait déjà envoyer le journal à sa famille, pour preuve de son succès. Dès qu'il aurait eu son augmentation, il abonnerait ses parents au magazine.

20

Carmen se sentait bien. Régénérée, rechargée, revigorée. Ça lui rappelait les tout débuts avec Jiji. Le talk-show de Kyle Carter avait complètement changé la donne. Le lendemain matin, YouTube comptabilisait déjà 1 200 000 vues. Dès la semaine suivante, elle avait signé avec l'une des plus grandes agences de relations publiques de New York qui avait aussitôt mis trois personnes à son service. L'une pour la sphère littéraire, l'autre pour la sphère médiatique, la dernière pour le cinéma. L'idée d'une série télé avait même été lancée.

Cela faisait quelques jours que son étoile avait enfin rejoint le firmament et Carmen se prélassait sur un des lits du Marriott de Times Square en attendant Lucas. Elle avait sorti la lingerie en dentelle noire, le porte-jarretelles, les bas et les talons hauts. Malgré tous ses beaux succès, elle restait en colère. Pas seulement parce que Lucas l'avait blessée mais surtout parce qu'elle l'avait laissé la blesser. Elle le détestait et elle se détestait aussi un petit peu. Alors elle allait lui faire payer. Elle allait le rendre fou de désir et le regarder se dissoudre dans une flaque de concupiscence, de confusion et de médiocrité.

Mais quand Lucas arriva, il était différent. Il paraissait plus vieux, plus sûr de lui. Comme s'il avait été retouché, couvert d'une patine de maturité. Et elle devait bien admettre qu'il était très sexy – même si elle n'allait certainement pas se laisser influencer par ça. Contre toute attente, il ne paraissait pas non plus aussi ébloui que ça par son corps quasi nu.

« Tu n'es pas saoul.

— Tu fais de la pub pour Victoria's Secret maintenant ? se contenta-t-il de répondre en s'avançant vers le lit.

— J'ai repensé à ce que tu avais proposé la dernière fois. Au sujet de changer notre approche. Je suis d'accord.

— Ah oui ? Et qu'est-ce qui t'a fait changer d'avis ? Ta soudaine célébrité, peut-être ? »

Carmen se retint de lever les yeux au ciel. Les hommes étaient si transparents. Même à l'école primaire, elle savait déjà que si les garçons la taquinaient, c'était parce qu'elle leur plaisait.

Elle se redressa, à genoux sur le lit.

« On pourrait juste essayer de voir ce qui se passe. Plus de pause, plus de prise de notes.

— Ah ? J'avais pourtant cru que tu avais pris la décision unilatérale de... »

Il ne termina pas sa phrase, car Carmen venait de capturer sa bouche. Quand elle le relâcha, il était à bout de souffle. *Toi, tu es fini*, se dit-elle. C'était beaucoup trop facile. Mais il la happa à son tour, l'embrassant avec une fièvre chargée de colère. Elle ne s'était pas attendue à ce qu'il réagisse aussi rapidement, surtout pas de cette façon.

Il faisait à présent courir ses lèvres le long de son cou, serrant son sein si fort qu'elle commençait à avoir mal. Enfin un peu de sport. Il passa soudain sa main sous la dentelle et lui pinça le téton. Elle s'entendit crier. Ah, c'était comme ça qu'il voulait jouer ? Elle le saisit par le col et se coula vivement au-dessus de lui, se pressant contre son érection, les lèvres ventousées sur son cou. Mais il était plus fort que sa silhouette mince le laissait imaginer et il eut vite fait de la renverser sous lui, coinçant ses bras au-dessus de sa tête. Quand elle rouvrit les yeux, elle se heurta aux siens et ils se fixèrent sans un mot, brûlants de désir et de rage.

Durant les vingt minutes qui suivirent, Carmen eut droit à la partie de jambes en l'air la plus sauvage de sa vie. Elle n'aurait même pas pu dire à quel moment leurs préliminaires s'étaient mués en coït. Elle avait l'impression qu'ils avaient toujours baisé, qu'ils n'avaient jamais fait que baiser. Leur haine mutuelle rejaillissait avec violence ; leur désir s'alimentait aux sources mêmes d'une terrible pulsion de destruction.

Ils ne se touchèrent pas après, n'échangèrent pas un mot. C'était comme un retour de bataille. Et contrairement à la fois précédente, Lucas ne se leva pas pour partir. Il resta couché, conquérant. Il avait encore des choses à lui prouver.

Ils s'endormirent rapidement, chacun d'un côté du lit.

DEUXIÈME PARTIE

21

Lucas entra dans la chambre 116 de l'Ace Hotel. « À poil les critiques ! » existait déjà depuis sept semaines et son succès dépassait toutes les espérances. Les pages de pub se vendaient 25 % plus cher et la fréquentation internet avait doublé. Ce n'était même plus un gros coup, c'était carrément un business model. Carmen passait à la télé tous les quatre matins et Jiji leur payait enfin de vraies chambres d'hôtel.

Comme d'habitude, Lucas et Carmen ne se saluèrent pas vraiment. Ils ne se prirent pas dans les bras comme des amis. Ils ne s'embrassèrent pas comme des amants. Ils n'étaient rien de tout ça. Ils étaient des ennemis contractuels.

Leurs derniers articles débordaient d'un flux continu de haine et le sexe, Lucas devait bien l'admettre, était juste devenu incroyable. Cathartique. Mais le plaisir s'évaporait aussitôt après, dès qu'ils retombaient dans leur inévitable guerre des mots. Carmen était un générateur d'insultes de haute volée. Ces dernières semaines, elle l'avait traité d'« homme-enfant aux mains moites » et avait déclaré qu'il grognait « comme un étudiant qui monte une machine à laver dans un escalier ». En retour, Lucas tapait dans l'affectif. « Tu n'es que belle », avait-il écrit la semaine précédente, assez satisfait de cette esthétique de la mesquinerie.

« Jiji veut qu'on ajoute un défi hebdomadaire », l'informa-t-elle.

On frappa à la porte à point nommé. C'était le room service. Carmen s'enferma dans la salle de bains tandis qu'un employé poussait dans la chambre une table roulante couverte de desserts. Il y avait un banana split, un sundae au brownie, une coupe de fruits et des biscuits. Et au beau milieu de tout ça, une grosse bouteille de chocolat liquide tout droit sortie des cuisines.

« J'imagine qu'il va falloir qu'on se recouvre de toutes ces merdes et qu'on se lèche », dit-elle quand ils se retrouvèrent seuls.

Ils se dévisagèrent en silence et, pendant un instant, Lucas ressentit quelque chose de nouveau envers Carmen, quelque chose qui s'approchait d'une forme de camaraderie. Mais ça ne dura pas.

« Tu comptes enlever ton tee-shirt un jour ? »

À peine se fut-il exécuté qu'elle fit gicler une bonne dose de crème chantilly sur son torse.

« Lèche-moi, maintenant.

— Certainement pas.

— Je vais avoir du mal à le faire moi-même ! »

Carmen haussa les épaules.

« Très bien », riposta-t-il en empoignant la bouteille de chocolat. « Enlève ta chemise ou c'est elle qui va prendre », ajouta-t-il en recouvrant sa paume du mélange visqueux.

Puis il étala le chocolat sur ses seins d'une main lourde et entreprit de le lécher. Mais il eut aussitôt un haut-le-cœur. C'était beaucoup trop sucré. Il avala péniblement, essayant de ne pas hoqueter quand l'odieuse mixture descendit le long de sa gorge. Il examina le corps de Carmen. Il en restait encore beaucoup trop. *Pas question.*

« Tu as l'air complètement crétin, dit-elle, comme si elle réprimandait un enfant.

— Et toi on dirait que tu sors d'un combat dans la boue. »

Ce qui était assez drôle, d'ailleurs. Il la poussa sur le lit et, sentant une brusque chaleur dans son entrejambe, plongea sur elle comme si son corps était un toboggan aquatique. À part leurs peaux collantes et les malencontreuses ingestions de sucre, le sexe fut aussi passionné et féroce que d'habitude.

Carmen allait bien sûr écrire que Lucas avait gâché leur expérience. « La façon dont un homme joue avec la nourriture est une excellente manière de juger de sa maturité. Avec un partenaire habile, ça devient presque un art. Mais avec les sales pattes collantes de Mister Nice Guy, j'avais l'impression d'être avec un maternelle qui s'amuse avec de la peinture corporelle. »

Lucas l'avait senti venir et avait anticipé le coup : « Ça aurait dû être très charnel, un peu comme de prendre une femme qui vient de dévorer sa proie. Mais Carmen s'est comportée comme si nous dînions dans un restaurant étoilé, insistant sur l'utilisation correcte des quinze fourchettes différentes. Rien de sexy là-dedans, donc... »

Empire dût s'acquitter des 4 926 dollars de frais de nettoyage.

22

Pendant les semaines qui suivirent, Jiji fit parvenir tout un assortiment d'objets à leurs chambres d'hôtel. Des menottes et un cockring, des romans érotiques illustrés et un *Kama Sutra*. Il les fit baiser sous la douche, devant du porno, en s'échangeant des répliques de roman à l'eau de rose.

Au bureau, le petit rituel était bien établi. Dès que le nouvel article paraissait en ligne, ses collègues se lisaient les meilleures punchlines de Carmen, se les criant parfois d'un box à l'autre. Quand Lucas demanda pourquoi personne ne semblait s'intéresser à Mister Nice Guy, Franklin lui répondit : « Parce que lui est sincère, donc c'est assez chiant. »

Le plaisir que prenaient les gens à lire les piques de Carmen tenait principalement à la volupté particulière qu'on tire à se réjouir du malheur d'autrui. C'était exactement ce qu'elle lui avait dit : les humains adorent se juger. Mais lui se demandait si la popularité de la rubrique ne reposait pas vraiment sur le fait que tout le monde se sent mal à l'aise avec le sexe. Peut-être que les lecteurs s'identifiaient aussi un peu à Mister Nice Guy ?

Mais cette hypothèse sonnait probablement bien trop optimiste. Les gens étaient juste des enflures.

Lucas ne s'était pas senti aussi brimé depuis la primaire. À l'époque, son ennemi juré s'appelait Max Ostera. Il n'avait jamais compris pourquoi Ostera l'avait désigné comme victime. Lucas n'avait rien d'un premier de la classe et il ne représentait aucune menace. Il était juste normal. Mais l'autre n'arrêtait pas de le harceler, et un jour, Lucas en avait eu assez. Il ne se rappelait pas comment la bagarre avait commencé, mais Max et lui s'étaient retrouvés à se battre sur le terrain de base-ball, devant un attroupement de quelques élèves. Quand Max poussait, Lucas vacillait et devait reculer de deux pas pour conserver son équilibre. Quand Lucas poussait, Max ne bougeait pas d'un pouce. Le combat était totalement inégal.

À un moment, Max avait pris son élan pour lui en mettre une bonne. Lucas l'avait vu arriver ; il aurait pu se baisser ou bloquer le coup avec ses bras. Mais au lieu de ça, il avait eu une idée – ou peut-être une intuition, une sorte de réflexe évolutionniste. *Gagne en perdant. Prends-la, ta raclée. Prends-la devant tout le monde.*

Lucas avait donc pris le coup en plein dans le nez. Le sang avait jailli et il était tombé. Et tout le monde s'était précipité pour vérifier qu'il allait bien. Quant à cette petite frappe de Max, il s'était retrouvé isolé. Il avait quitté le champ de bataille victorieux, mais seul. Et une fois que Lucas avait réussi à surmonter la douleur, il s'était relevé, le visage ensanglanté, prêt à enchaîner sur une nouvelle partie et à être le premier à jouer. Parce que lui était encore sur le terrain.

Grâce à Max Ostera, 12 ans, Lucas eut soudain une idée concernant Carmen.

Cher Mister Nice Guy,

J'ai souvent baisé dans des toilettes de bar. Parfois dans des cabines d'essayage. J'ai sucé un type dans un taxi, si discrètement que le chauffeur a cru qu'il n'avait qu'un seul passager (particulièrement détendu). Je peux donc vous dire, chers lecteurs, que la qualité n'est jamais l'enjeu d'un petit quickie. Et c'est heureux, parce qu'il est très rare que la satisfaction soit au rendez-vous. Mais si nous, les femmes, continuons à nous y adonner, c'est pour l'excitation de s'abandonner au désir. Car le meilleur moment pour baiser, c'est celui où on en a le plus envie. Et le risque de se faire prendre la main dans le sac et surtout l'excitation qui va de pair compensent le peu de plaisir qu'on en tire.

Mais le hic, c'est que je suis loin de bénéficier de l'anonymat d'une critique gastronomique. La moitié de New York connaît ma tête. Autant vous dire que quand je sors, je me sens observée. Parce que je ne passe pas incognito. Tu as bien de la chance que ce ne soit pas ton cas, Mister Nice Guy. D'où l'ironie du défi de cette semaine : un quickie en public. Défi impossible à relever pour moi. J'apprécie le risque, bien sûr, et comme ceux qui me connaissent le savent, je n'ai peur de rien. Mais j'ai aussi un peu les pieds sur terre et il était hors de question que je me donne en spectacle sous les regards lubriques de mes concitoyens.

Je suis certaine que vous êtes rassurés d'apprendre que nous l'avons donc fait sur la terrasse de notre chambre d'hôtel, bien à l'abri. C'était chiant. Mais la vue était jolie.

Comment un homme, un vrai, amorce-t-il le quickie ? Il sait que le timing est serré. Alors il donne tout, tout de suite. Ce n'est pas un demi-rapport sexuel. Non, c'est un rapport sexuel en version concentrée. Chaque baiser est plus vorace, chaque étreinte plus vigoureuse. Il me pousse contre un mur. Il enserre ma gorge, ma nuque. Il agit comme s'il avait la maîtrise de mon corps. Ce qui n'est pas le cas, évidemment. Tout ceci est une illusion. Si je joue la soumission, c'est parce que parfois c'est très excitant. Parce que cette petite fiction me permet d'obtenir ce dont j'ai envie. Malheureusement, avec toi, il m'a été totalement impossible de suspendre mon incrédulité, même pour un instant.

Car voici ce que tu as fait. Nous sommes sortis sur le balcon et tu as posé tes mains sur mes hanches, comme si nous étions au bal de fin d'année. Puis tu m'as embrassée. De temps en temps, tu rouvrais les yeux pour bien vérifier que personne ne nous observait. (Oui, je t'ai vu faire...) Et ensuite, malheureux, tu m'as demandé si je voulais m'allonger par terre – sur une serviette.

Revenons à ce qu'un homme, un vrai, fait dans ces moments-là. Les vêtements ne sont pas longtemps un obstacle ; il se contente de les écarter pour libérer le passage. Et puis très vite, il est en moi. Parfois il me retourne pour me prendre par-derrière, ou j'enroule mes jambes autour des plus costauds pour qu'ils me prennent contre un mur, une porte de toilettes ou un lavabo. C'est musclé. Ça n'a rien de tendre. Et ça tombe bien, c'est exactement ce qu'on veut. Si on voulait faire l'amour, on aurait demandé du bon vin, des pétales de rose et une serviette pliée en forme de cygne. Mais non. Parfois, on peut juste avoir envie de baiser. LÀ MAINTENANT TOUT DE SUITE. Baiser c'est baiser, bordel !

Au lieu de ça, tu t'es mis entièrement nu. Oui, la queue au vent. Le visuel compte aussi, Mister Nice Guy. Les autres types me baisaient dans les lieux les plus crados de New York – car non, des chiottes de bar n'ont jamais été sexy, même après plusieurs verres – mais ils me prenaient tellement fort que je m'en fichais complètement. Avec toi, j'ai eu le temps de tout noter : ce pauvre balcon, toi, au-dessus de moi, qui faisais tes allers-retours, les gens, de l'autre côté de la rue, qui vaquaient à leurs occupations. Au moins, il faisait bon. Et tu as joui assez vite, ce dont je te remercie. Et puis enfin, on a pu rentrer.

Carmen,

Il y a un moment qui me hante. C'était il y a deux ans, quand j'étais encore avec mon ex. Nous avions été invités à une soirée chic au cabinet d'avocats de son père. Le genre de soirée où tout le monde est en costard et en robe de cocktail. On était un peu ivres et ma copine m'a dit à l'oreille, dans un souffle chaud et sucré : « Fais-moi l'amour dans les toilettes. » Franchement, j'ai flippé. Je voyais déjà le vigile nous surprenant en pleine action et nous virant avec perte et fracas. Ma copine s'est sentie rejetée et le reste de la soirée a été un désastre. Moi, j'étais furieux. Je lui en voulais de m'avoir forcé à adopter le rôle du prude. Pourquoi c'était à moi d'être responsable et mature, de nous protéger de l'humiliation ? Maintenant que j'y repense, je me dis que j'ai été un vrai con ce soir-là. Parce que sérieusement, qu'est-ce qu'on gagne à être responsable et mature ?

Carmen, je suis sûr que tu as déjà pratiqué le quickie dans une multitude d'endroits différents et que tu ne manqueras pas de raconter à nos lecteurs quelle couille molle je suis. Mais mettons une chose bien au clair : cette semaine, notre défi consistait à coucher ensemble à l'extérieur. J'ai donc proposé qu'on sorte. Tu as insisté pour qu'on reste dans notre chambre d'hôtel et qu'on aille seulement sur le balcon. J'étais prêt à prendre le risque, pas toi.

En temps normal, je serais prêt à tout. Cette rubrique est, à de nombreux points de vue, le fantasme de n'importe quel type. Voir débarquer une femme canon aussi sûrement et simplement que si on l'avait commandée sur Amazon Prime ? La sauter sur le balcon ? Oh oui ! Trois fois oui ! Depuis ce soir où j'ai dit non, je dis toujours oui. Oui à de nouvelles expériences. Oui au chocolat fondu, aux menottes, au cockring. Dire oui demande plus de courage mais laisse moins de regrets. Pour continuer à me retrouver avec toi dans ce genre de situations – à me faire insulter encore et encore, dans ce que j'ai de plus intime, et à revenir à chaque fois –, il faut beaucoup dire oui.

Cette semaine, Carmen, moi, je ne vais pas t'insulter. Je sais bien que cette soirée a été bizarre. Je sais que tu aurais voulu que je sois plus bestial. Le problème, c'est que je ne pouvais pas faire semblant. Tu l'aurais vu tout de suite. Alors je t'ai embrassée parce que ça, au moins, c'est réel. Et t'embrasser sur la terrasse, avec sous mes yeux cette ville incroyable, cette petite brise et le risque d'être vus... Tout ça m'a rappelé à quel point notre relation hautement médiatisée restait secrète. Et pour moi, c'est très excitant.

Je dois bien admettre que la terrasse à notre disposition

ne se prêtait pas exactement à ce que je pensais te faire. Il y avait deux sièges inconfortables et une table sale. Je ne me voyais pas te prendre là-dessus. Alors je t'ai demandé si tu voulais une serviette pour qu'on s'allonge par terre. Tu as dit oui et je suis allé en chercher une. Ça m'a paru normal. Par terre, je peux vraiment te sentir. Contrairement à un lit, où tout n'est que mollesse. Sur un matelas, mes mouvements sont amortis, les ressorts et le rembourrage parasitent ce que je sens de l'autre. Par terre, c'est différent. Il n'y a plus que les corps, tout est plus brut et plus charnel. Carmen, sur un lit, tu parais molle. Alors que quand je te prends à même le sol, tu es tellement ferme. J'ai aussi l'impression que tu es plus petite. Plus fragile et plus sensuelle à la fois. Et ça m'excite beaucoup. Pendant un bref instant, avant que tu retournes à ton clavier, tu es presque tendre.

Quand je rentre chez moi après t'avoir vue, je pense à toi. C'est vrai. Et je sais que toi aussi, tu penses à moi. Bien obligée, puisque comme moi, tu dois écrire ta rubrique. Ce qui veut dire que tu dois au moins réfléchir à la nouvelle raison pour laquelle tu vas me haïr. Moi, je pense à ton corps. Je pense à l'arc de tes lèvres, à cette petite courbe aussi sexy qu'adorable, et ça m'excite de savoir que bientôt, ces lèvres seront de nouveau sur les miennes, sur mon corps. Je pense à ton cou, aussi. À tes seins. Je pense pas mal à tes seins, même. J'ai joui en me repassant notre dernière nuit. Est-ce que je devrais en avoir honte ? Je ne sais pas. Après tout, c'est la vérité.

À quoi est-ce qu'on va avoir droit la semaine prochaine ? Qui sait ? Tu peux toujours râler mais toi aussi tu as signé pour ça. Même si, bien sûr, ça ne veut pas dire qu'on doit s'apprécier. Pour ma part, je continuerai à dire oui à tout. Et je continuerai à essayer de te faire plaisir, parce que c'est le but du jeu mais aussi parce que j'éprouve plus de plaisir quand j'en donne à l'autre. Fais-en ce que tu veux. Mais si j'avais dit non, si j'avais refusé d'emblée, je n'aurais pas pu coucher avec une femme magnifique sur les toits de New York. Même si je me fais insulter à tour de bras, au moins je l'aurai fait. C'est le pouvoir de dire oui. Oui, je le veux.

Lucas était très content de lui. « Dire oui demande plus de courage mais laisse moins de regrets. » Il avait fourni un travail tout à fait honnête.

Le jour de la publication, il alla sur le site d'*Empire* relire son article à froid. Il y trouva un nouveau sondage.

« Dans quel camp êtes-vous ? »

Et dessous : « Vous aussi, parfois, en lisant "À poil les critiques !", vous vous demandez si ces deux-là étaient vraiment dans le même lit au même moment ?! Alors à vous de les départager ! Désormais, chaque semaine, vous avez la possibilité de voter pour Carmen ou pour Mister Nice Guy. Qui s'est montré le plus percutant ? Qui mérite un orgasme ? Peu importe quel est votre critère tant que vous choisissez votre camp ! »

Lucas éclata de rire. Peut-être que le Directeur de la rédaction avait lu sa rubrique et s'était senti inspiré. Décidément, ils étaient sur la même longueur d'onde. Si seulement il savait... Lucas s'imagina lui révéler la vérité au-dessus d'un verre de bourbon. D'abord, Jiji ne le croirait pas, bien sûr. Puis il se dirait : « Mais oui, bien sûr, Lucas... ! »

Lucas vota pour lui-même. La petite case qu'il venait de cocher disparut, remplacée par le résultat des votes. Sur 39 528 voix, Mister Nice Guy en remportait 97 %.

Lucas rit encore plus fort.
« Qu'est-ce qu'il y a de si drôle ? demanda Franklin.
— Oh, rien. »

23

Lucas s'engouffra dans l'ascenseur du Standard en faisant de son mieux pour résister à la pulsion paranoïaque de regarder par-dessus son épaule. EmpireVoyou avait posté quelque chose de très inquiétant sur « À poil les critiques ! ».

« J'ai jeté un œil aux notes de frais d'*Empire* et soit Jay Jacobson se fait offrir par la boîte les hôtels où il emmène ses coups d'un soir, soit je sais où CK et MNG ont traîné. Qui veut aller faire le guet au Ace et dans les hôtels du Financial District ? Sortez vos fausses moustaches ! »

Lucas savait bien que lire ces posts contribuait à nourrir ses angoisses. Mais il était incapable de s'en empêcher. Le côté positif, c'était que les commentaires lui étaient enfin un peu plus favorables. « Mister Nice Guy a lâché le truc le plus honnête qu'un mec puisse dire… Où est mon Prince charmant qui va me dire qu'il a joui en pensant à moi ?! » écrivait une femme. Il arrivait aussi en tête – avec une avance écrasante – du sondage d'*Empire*. C'était un incroyable triomphe à ses yeux, ainsi qu'une forme de validation publique. Mais Carmen allait être furieuse. *Reste cool*, se répéta-t-il pour la centième fois. *Si tu peux gérer l'échec, tu peux aussi gérer le succès.* Il inspira profondément et poussa la porte.

« Regarde-moi cette merde », s'exclama Carmen avant même que la porte soit refermée. Elle était assise dans un coin, avec quelque chose entre les mains. Il s'était presque attendu à ce qu'elle l'applaudisse, sarcastique, et commente le sondage. Mais elle avait l'air d'avoir bien autre chose en tête.

« Qu'est-ce que c'est ? »

Elle le lui lança. C'était une petite chose en forme d'œuf avec plusieurs boutons dessus, et un de ces vibromasseurs en forme de U dont il n'avait jamais vraiment compris le concept. Où est-ce que ça se mettait, en fait ? À la fois dedans et dehors, comme une sorte de pince génitale ?

« Oh, c'est... » Mais il s'interrompit, parce qu'il n'en avait en fait pas la moindre idée.

« C'est un vibromasseur télécommandé. Notre nouveau défi.

— Oh.

— Cette petite merde sadique de Jiji... Il l'a fait envoyer directement chez moi. Tu vois ce qu'il est en train de faire ?

— Je... »

Lucas prit note de la rancœur de Carmen envers Jiji, qui rejaillissait parfois sous forme de sentiments assez contradictoires.

« Il te donne le pouvoir, enchaîna-t-elle. Je dois me coller ce vibro, et toi, tu le contrôles. Il ne pouvait pas faire plus clair.

— Peut-être qu'on devrait s'estimer heureux qu'il n'ait pas envoyé de cravache pour que je te fesse avec. »

Carmen ne réagit même pas et Lucas reposa prudemment le tout sur le lit.

« Écoute, comme ce défi ne concerne que toi, si tu ne veux pas le faire, on va se débrouiller autrement. On le cache quelque part dans le hall de l'hôtel et on fera sursauter les gens en l'activant à distance. Et on écrira nos articles comme si...

— Oui, le coupa Carmen.

— Oui ?

— Ton article sur le oui. Il était bien. Tu m'as eue, OK ? Tu as gagné. De toute façon, si je dis non, tu vas m'attaquer là-dessus dans ton prochain...

— Ce n'est pas ce que je compte faire, Carmen.

— C'est ça, oui. Allez, on le fait. Donne-moi ce truc. »

Lucas resta figé devant sa main tendue, sans comprendre ce qu'elle attendait vraiment de lui. « Allez, donne-le-moi », répéta-t-elle avec un geste d'impatience.

Il finit par le lui tendre et elle le glissa dans sa culotte, les yeux fermés, concentrée.

« Vas-y, allume-le.

— Je suis sérieux, Carmen. Si tu n'as pas envie, je...

— Allume-le ! »

Il baissa les yeux sur la télécommande. À quoi pouvaient bien servir tous ces boutons ? Il n'y avait pas de manuel. Il commença au hasard par un bouton sur le dessus. Ça semblait être un bon début. Un petit bourdonnement se fit entendre et il examina Carmen.

« Un petit peu plus fort. »

Il appuya deux fois sur le bouton.

« C'est comment ?

— Comme un vibromasseur. »

Désœuvré, il alla s'asseoir à l'autre bout de la pièce.

« Qu'est-ce que ça fait d'autre, ce truc ? » Il essaya un autre bouton. Le bourdonnement régulier fut entrecoupé d'une sorte de pulsation rythmique. Il appuya sur un autre. *Zzt, zzt, zzzzzt, zzt, zzt, zzzzzzzzt.* Il s'apprêtait à en essayer encore un quand elle l'interrompit.

« Laisse celui-ci.

— Ah ? »

Carmen respirait très fort. « C'est vraiment pas mal, ça.

— Oh. »

Leurs regards se rencontrèrent. Ils avaient couché ensemble. Beaucoup. Il l'avait regardée dans les yeux parfois, quand elle ne les détournait pas, mais une distance infranchissable s'étendait encore entre eux. Et ce moment qu'ils étaient en train de vivre, cette scène ridicule – elle dans un coin, avec son vibromasseur, et lui à l'autre bout, avec cette télécommande – constituait finalement le contact le plus intime qu'ils aient partagé jusque-là. Elle aussi devait le sentir.

Elle respirait de plus en plus fort et elle s'empourprait. Mais elle essayait de rester digne.

« Tu veux plus fort ?

— Non, c'est très bien comme ça. C'est parfait. J'aime beaucoup quand ça... Eh, je voulais te dire. » Elle prit une inspiration haletante. « Ton dernier article. C'était très gentil.

— Oh », fit encore Lucas. Est-ce qu'il était capable de dire autre chose ? Mais il allait de surprise en surprise, ce soir. « Merci. Je veux dire, c'était vrai. Ce n'était pas juste...

— Touche-toi.

— C'est un peu embarrassant. Mais c'est vrai que...

— Touche-toi maintenant. »

Pitié, ne redis pas « Oh », pensa-t-il. Mais rien d'autre ne vint.

« Tu as dit que tu le faisais. Je veux te voir.

— Mais je fais ça quand je suis tout seul...

— Tu te fous de moi ? » Carmen ne haletait plus, elle n'avait même plus les joues roses. « Je suis là, avec ton putain de vibro dans la... Et tu n'es même pas foutu de...

— Pardon, pardon. Tu as complètement raison. »

Il ne s'était jamais masturbé devant quelqu'un et il était très mal à l'aise. Mais il avait prétendu qu'il dirait toujours oui, pas vrai ? Alors il se leva et enleva son pantalon. Puis son caleçon. Il était dur depuis qu'il avait croisé son regard, quelques minutes plus tôt.

« Euh... Je me rassieds ? Je reste debout ?

— Comme tu veux. »

Elle respirait de nouveau très fort.

Il resta debout, sa queue dans la main droite, la télécommande dans la gauche, tandis qu'ils se fixaient en chiens de faïence à travers la pièce. Se montrer en train de faire quelque chose que personne ne vous a jamais vu faire, c'est ça l'intimité. Il adorait l'idée que ce qu'il faisait tout seul dans son lit, l'activité la plus solitaire, pouvait intéresser Carmen. Pouvait même l'exciter. Oh putain. Ses deux mains se crispèrent. Lui aussi haletait à présent, la bouche ouverte. Quand il était sur le point de jouir, il se mettait toujours à respirer par la bouche. Peut-être parce que c'était plus pratique pour gémir ?

Ses yeux s'écarquillèrent.

Qu'est-ce que Carmen… ? Est-ce qu'elle… ?

Il perdit complètement le fil de ses pensées et ses yeux se fermèrent.

« Aaaaargh », lâcha-t-il.

Il rouvrit les yeux. Carmen était toujours sur son siège, mais elle avait à présent le vibromasseur dans la main. Il semblait prêt à s'envoler, ou à exploser. Il baissa les yeux sur sa main gauche. Elle était crispée sur la télécommande.

« Mais putain !

— Quoi ? Qu'est-ce qu'il s'est passé ??

— Je ne sais pas ce que tu as foutu avec ce truc mais tout à coup il s'est emballé. Ça faisait mal et tu ne m'entendais même pas quand je te criais de l'arrêter. Et ensuite tu as éjaculé trois litres par terre ! »

Il baissa les yeux et constata qu'elle ne mentait pas. *Empire* allait encore écoper de frais de ménage.

Le lendemain, Lucas s'installa devant son ordinateur et se demanda ce que Carmen allait bien pouvoir écrire. Était-il possible qu'elle soit gentille ? Sans doute aurait-elle pu l'être, s'il ne s'était pas laissé bêtement emporter. Après tout, sa tactique avait fonctionné : elle avait lu son dernier article, elle y avait pensé et elle s'était même adoucie. Mais ce coup-ci il avait tout niqué (surtout la moquette) et elle n'allait certainement pas laisser passer ça. Et les lecteurs, qu'est-ce qu'ils allaient bien pouvoir penser ? Et voter ? Il avait gagné la semaine précédente et il comptait bien gagner de nouveau. Mais s'il écrivait encore un article admiratif alors qu'elle racontait le drame du tapis, les lecteurs allaient à coup sûr se retourner contre lui. C'était un affreux dilemme.

« Tu es vraiment incapable de te laisser aller, finit-il par écrire, résigné à faire de nouveau couler le sang. Tu ne peux même pas te caler dans un fauteuil et te laisser porter. Je pense que pour toi, ça équivaudrait à un aveu de faiblesse. Car si tu y prends plaisir, à quoi d'autre encore aurais-tu pu prendre plaisir ? Qu'as-tu rejeté d'autre, à tort, tout au long de ta vie ? Ta personnalité même, tout ce que tu as bâti, repose sur un mensonge dérisoire : tu sais toujours tout mieux que tout le monde. Mais si justement, ce n'était qu'un mensonge ? »

Quelques jours plus tard, quand les articles furent mis en ligne, Lucas alla voir les dommages infligés par Carmen. Ça commençait d'une manière pas désagréable. Elle parlait de sa dernière rubrique, du fait qu'elle aussi devrait peut-être essayer de dire oui plus souvent, de la façon dont ses mots l'avaient poussée à réfléchir. Puis elle les décrivait, assis chacun à un bout de la pièce, les yeux dans les yeux. « Je t'ai senti, Mister Nice Guy, d'une façon dont je n'avais encore jamais senti ton corps. Je t'ai senti, et c'était bon. » Lucas souriait béatement. Donc elle aussi. Mais il ne voulait pas se laisser attendrir, les insultes n'allaient pas tarder. L'affreuse révélation ; ses failles mises au jour, une fois de plus, et alors qu'il avait sa queue à la main.

« Jusqu'au tout dernier moment – quand le vibromasseur a failli m'emporter le clitoris –, tu as réussi à me transporter comme cela ne m'était encore jamais arrivé. » C'était le dernier paragraphe. « C'était presque une expérience extracorporelle. J'étais déchirée entre l'envie de rester là sur mon siège, à te laisser me contrôler à distance, et le désir que tu me prennes, le désir de sentir le vrai toi en moi à l'instant où je jouirais. Mais j'ai été égoïste : j'ai préféré aller jusqu'au bout de cette sensation en continuant à te regarder en même temps. Sans le vouloir, c'est en jouissant toi que tu m'as fait atteindre la limite la plus extrême du plaisir – et de la douleur. *A posteriori*, cette expérience a été très profitable pour tous les deux. Nous avions besoin de faire une petite pause. Nous l'avons eue, et tu as su en tirer le maximum. J'ai hâte de voir ce qui nous réunira la semaine prochaine. »

C'était tout.

Lucas avait sous les yeux l'article qu'il avait rêvé de lire. Honnête, vrai, et surtout gentil. Et il avait commis une sombre erreur de calcul. Il avait raté tous les signaux. Mais comment aurait-il pu s'en douter ? Pourquoi lui aurait-il fait confiance ?

Il reçut un texto. C'était Carmen.

« C'est tout ce que je gagne à être sympa ? C'est noté. »

Plus de dix mille lecteurs avaient déjà voté pour leur favori. Lucas récoltait 87 % des voix. Mais il espérait qu'au fond ils le détestaient au moins autant que lui se détestait en cet instant précis.

24

Sofia l'attendait dans le hall du Ritz-Carlton, vêtue d'une robe dos nu de style flapper ornée de perles. Elle l'embrassa sur la joue quand il arriva.

« Tu es très beau », lui dit-elle en désignant son smoking de location – loué dans une nouvelle start-up spécialisée, et qui lui avait coûté quatre-vingts dollars. On était loin du sur-mesure. La veste était trop étroite aux épaules et trop large au col. Lucas savait très bien que Sofia avait l'œil pour ces choses-là, mais elle l'épargna. Elle était d'humeur généreuse.

Il lui rendit le compliment. « Tu es sublime. » Il avait souvent entendu cette phrase dans des films mais n'avait jamais eu l'occasion de l'employer. Et surtout pas avec Mel. Avec elle, il se sentait toujours restreint par leur propre histoire. Comme il ne lui avait jamais dit ce genre de chose, il trouvait difficile de commencer. Ça risquait de sonner faux ou forcé, et elle aurait été furieuse. Mais avec Sofia, tout était neuf. À présent, il pouvait être un homme qui prodigue des compliments élégants. Et tout ça sonnait juste. Il aurait pu passer des heures à contempler Sofia. Et ça faisait probablement déjà trop longtemps parce qu'elle se mit à rire nerveusement et lui demanda si tout allait bien.

« Mieux que jamais. » Il en pensait chaque mot.

Cette soirée lui offrait une pause bien méritée. Il n'avait jamais été aussi débordé. En plus d'« À poil les critiques ! », de ses nuits avec Sofia et du travail, il s'était plongé dans le portrait de Nicholas Spragg. Il avait réussi à s'asseoir en tête à tête avec lui pendant quelques heures pour des interviews formelles, mais le plus souvent il était forcé de collecter des informations en lui collant aux basques à travers toute la ville, avec Saint Regis dans les pattes. Les rares soirs où Lucas était chez lui, il écumait le site LexisNexis pour dénicher des détails sur la famille de Nicholas, les hôtels Kingwood et Apex, dans l'Idaho.

Ce soir, il était théoriquement encore de service. Mais il se refusait à le voir de cette façon. Il avait juste envie de s'amuser un peu à la soirée Années folles que Nicholas donnait pour son vingt-cinquième anniversaire. *Ce soir, on va faire la fête comme des gens qui ne savent pas que la Grande Dépression arrive.*

Les portes de l'ascenseur s'ouvrirent et Sofia et lui pénétrèrent dans une mer pailletée et alcoolisée. Des filles à la mode des années 1920 se glissaient entre des tables couvertes de cocktails, leurs coiffures à plumes ondulant comme des antennes, tandis que des messieurs en smoking faisaient cercle autour des trois bars. La pièce tout entière était agitée d'un courant rapide, au rythme d'un orchestre de seize joueurs de jazz. On avait l'impression d'être tombé dans un roman de Fitzgerald.

Mais quand l'hôte fit son entrée, il paraissait abattu, encore plus triste que Gatsby quand Daisy le quitte pour retrouver Tom. Nicholas Spragg avait beau posséder une fortune approchant le PIB d'un pays en développement et vivre dans un hôtel luxueux, il semblait désespérément seul. Et personne n'y prêtait attention. Le groupe le plus proche de lui s'amusait bien et était en train de porter un toast.

« Mon Dieu, il est vraiment laid », lui chuchota Sofia à l'oreille quand ils s'approchèrent. Lucas lui avait dressé un portrait détaillé de Nicholas.

Quand il vit la jeune femme approcher, le visage de Nicholas s'illumina comme si on venait de lui braquer un projecteur dessus. Puis il reconnut Lucas, à côté d'elle, et son excitation retomba comme un soufflet. Lucas fit un effort pour ne pas s'agacer. Nicholas n'avait encore jamais rencontré Sofia, et il avait dû penser qu'il avait tapé dans l'œil de cette fille canon. Spragg parvint assez rapidement à masquer sa déception et ouvrit grands les bras.

« Mon cher ami Lucas Callahan ! La coqueluche du magazine *Empire* ! » s'exclama-t-il assez fort pour que le groupe à côté d'eux l'entende. Lucas tendit la main mais Nicholas l'attira à lui et l'embrassa sur les deux joues. Sofia s'était à peine présentée qu'il en faisait de même. « Ce sont mes origines méditerranéennes, pardon ! se justifia-t-il sans remarquer que les deux bénéficiaires de ses faveurs s'essuyaient les joues.

— Lucas, tu ne m'avais pas dit que Nicholas avait des ancêtres méditerranéens ! rebondit Sofia. Mes grands-parents étaient italiens. D'où vient ta famille ? »

Nicholas parut un peu troublé. « Non, non, s'empressat-il de corriger. Je suis de l'Idaho. Enfin, je suis new-yorkais maintenant. *Via* l'Idaho. Est-ce que ça paraît stupide de dire ça ? Tu penses que les gens risquent de se moquer de moi ? demanda-t-il, l'air grave, en jetant un bref regard aux nantis près d'eux.

— Lucas vient de Caroline du Nord et moi du Connecticut. Nous sommes tous des immigrés ici. »

Nicholas hocha la tête, soulagé, comme si Sofia venait de lui accorder le droit de vivre. Puis il se tourna vers le groupe et fit les présentations. C'était un drôle de mélange. Il y avait un jeune architecte connu dont Lucas avait entendu parler grâce au magazine, sa petite amie peintre qui exposait dans des galeries qui en jetaient (mais il n'y connaissait rien), un couple de pingouins de Wall Street, un agent littéraire trentenaire et le très jeune P-DG d'une start-up de la Silicon Valley qui était estimée à 1,6 milliard de dollars – même s'il fallait encore qu'il dégage des bénéfices. La seule chose qu'ils semblaient avoir en commun, remarqua Lucas, c'était qu'ils trouvaient tous Nicholas ridicule.

« Lucas écrit mon portrait pour *Empire*, se vantait celui-ci. Ça va faire la une.

— Tout un article sur Nicholas, eh bien ! dit l'agent. Dax, tu n'as eu que cinq cents mots, pas vrai ?

— Et une séance photo, précisa l'architecte en jetant un regard noir à la jeune femme. Je suis désolé pour la critique assassine qu'ils ont réservée à ton auteur… Comme s'appelle-t-il déjà ? Anderson machin-chose ?

— Anderson Stedman. Heureusement, personne ne lit *Empire* pour les critiques littéraires. Sans vouloir vexer personne, ajouta-t-elle en souriant à Lucas.

— Pas de problème.

— L'histoire de Nicholas est vraiment fascinante, les coupa Sofia en se tournant vers lui. J'ai entendu parler de ta famille, et c'est vraiment… Oh, pardon, j'espère que je ne te mets pas mal à l'aise ! »

Les oreilles de Nicholas avaient pris une délicate nuance cramoisie. Lucas, quant à lui, débordait de gratitude. Une femme aussi belle que Sofia aurait très bien pu se montrer égoïste et hautaine. Mais à l'inverse, elle était pleine d'empathie et de délicatesse. Elle avait vu que Nicholas avait besoin d'aide et avait aussitôt recentré la conversation sur lui.

« Est-ce que tu veux parler de mon arrière-arrière-grand-père du côté de ma mère ? C'était l'archétype du *self-made man*. »

Lucas se demanda s'il allait de nouveau sortir son baratin sur le comte – ou duc – bavarois ou hongrois. Ses recherches avaient clairement prouvé sa non-existence.

« Il venait vraiment de nulle part. Il a quitté sa famille et le Missouri à 15 ans, sans un penny en poche, et il a traversé le pays seul. À 19 ans, il a fondé la ville dans laquelle j'ai grandi. Il l'a appelée Apex, l'apogée de ses rêves. Et il y a construit une cabane en bois. Sur ce lieu même se dresse aujourd'hui le tout premier hôtel Kingswood. On peut y voir du bois vieux de plus de cent cinquante ans. Il a bâti cet hôtel de ses propres mains. En fait, il y a même perdu la vie. Dans un terrible accident.

— Que s'est-il passé ? » demanda l'un des banquiers.

Qu'allait-il bien pouvoir raconter maintenant ? Étonnamment, tout ce qu'il avait dit jusque-là était encore réel et vérifiable. Mais Lucas s'inquiétait pour la suite. Pendant leur première interview enregistrée, Nicholas avait raconté qu'un grizzly avait surgi des bois et avait tué son arrière-arrière-grand-père. Une autre fois, l'arrière-arrière-grand-père Spragg se trouvait sur le toit pendant un orage et avait été foudroyé. Quand Lucas l'avait confronté à ces incohérences, Nicholas avait nié avec véhémence : « C'était évidemment la foudre ! Je peux te montrer le certificat de décès. » Ledit certificat était à Apex, mais pouvait être récupéré dès le lendemain. Lucas attendait toujours.

Il fut tout de même stupéfait d'entendre encore une nouvelle variante inédite.

« Il était capital pour mon arrière-arrière-grand-père que ses fils et lui travaillent avec les ouvriers à la construction de l'hôtel. Mais il y a eu un problème avec la grue. Tout n'était pas bien attaché et un énorme rondin est tombé sur mon arrière-arrière-grand-père, qui est mort écrasé sur le coup. On l'a enterré sous l'hôtel, et une plaque explique aux clients qu'ils marchent sur un sol consacré. Mon arrière-grand-père n'avait que 10 ans quand son père est mort mais lui aussi a insisté pour participer au chantier. Il voulait construire cet hôtel de ses mains.

— Et lui n'a pas été tué par une malheureuse chute de poutre ? demanda l'architecte, cachant mal son sarcasme.

— Oh non ! répondit Nicholas avec une sincérité désarmante. Il est mort dans un duel, à cause de sa maîtresse. C'est un peu un scandale dans la famille. »

Il était exact que l'arrière-arrière-grand-père était enterré dans les jardins de l'hôtel, mais il était mort d'une attaque cardiaque à 83 ans. Quant à l'arrière-grand-père, son décès était attribué à un cancer des poumons qui l'avait emporté à l'âge de 55 ans. Il n'était nulle part fait mention d'une maîtresse.

« Et il a été le dernier de la famille à périr dans un duel ? demanda la peintre en coulant un regard narquois à l'architecte, qui leva les yeux au ciel.

— Tout ça est absolument fascinant », déclara l'agent.

À la différence des autres, elle paraissait réellement intéressée. Ou c'était sa façon à elle de remercier pour l'invitation. Lucas hésitait encore.

« Excusez-moi, je dois aller chercher à boire pour mes amis Lucas et Sofia », dit Nicholas qui tourna soudain les talons de ses chaussures bien cirées, entraînant ces deux-là dans son sillage.

L'orchestre avait pris sa pause et les invités se bousculaient autour des trois bars. Les serveurs, pris d'assaut, semblaient un peu effrayés. Nicholas, lui, avait l'air sombre.

« Qu'est-ce qu'il y a ? s'inquiéta Lucas. Tout le monde a l'air de bien s'amuser !

— Sans doute. Mais je crois que tous ces gens ne m'apprécient pas beaucoup. »

Lucas et Sofia échangèrent un regard. Peut-être Nicholas n'était-il pas si aveugle à ce qui l'entourait, finalement. Lucas sentit un pincement de sympathie.

« Pourquoi est-ce que tu dis ça ? demanda Sofia.

— Je ne crois pas qu'ils aiment beaucoup mes histoires. Pourtant je les ai beaucoup travaillées, vous savez.

— Tu veux dire que... tout n'est pas vrai ? » fit-elle avec douceur.

Elle était probablement la seule personne dans cette pièce qui pouvait se permettre de poser une telle question.

« Eh bien, non. »

Lucas était effaré. Nicholas se rendait-il compte que ce qu'il venait d'avouer risquait de ressortir dans les pages du magazine ? Est-ce qu'il était trop saoul pour s'en soucier ? Pourtant, il paraissait tout à fait sobre. Il dut remarquer la tête de Lucas.

« Je sais bien que c'est, disons, une approche peu conventionnelle pour mon biographe. Mais je me réinvente. Tu comprends ? Je n'aurais jamais pu faire ça dans l'Idaho, où tout le monde me connaît depuis toujours. Mais ici, on peut faire tout ce qu'on veut ! »

Son visage exprimait à la fois l'espoir et la déception. Il aurait été trop cruel de trahir ce désir aussi fragile que naïf. D'autant que Lucas faisait quelque chose d'assez semblable. Sauf que lui évitait de le dire.

« Pourquoi tu n'essaierais pas de te réinventer d'une façon un peu moins... spectaculaire ? proposa Sofia. Et voir comment ça marche ?

— Ou alors tu pourrais essayer d'être toi-même », dit Lucas.

Nicholas observait la foule déguisée et bruyante.

« New York, c'est un peu comme cette fête. On arrive avec une idée de la personne qu'on a envie d'être et on s'y jette à corps perdu. Et à la fin, on devient vraiment cette personne. Mais je n'ai pas encore dû trouver la bonne idée, celle que les gens vont vraiment aimer. Je ne pensais pas que ce serait aussi compliqué, soupira-t-il en vidant sa coupe de champagne. Allons, je vais remplir mes devoirs d'hôte. Sofia, j'ai été très heureux de te rencontrer. Je vous en prie, restez, ça ne fait que commencer ! » Il l'embrassa sur la joue et serra la main de Lucas, sans remarquer que Sofia s'essuyait de nouveau. Puis il disparut dans la foule.

« Merci d'être aussi gentille avec lui. Tu es incroyable.

— C'est normal, se défendit-elle en détournant la tête, comme pour échapper à son regard plein d'adoration.

— Écoute, Sofia, je... commença-t-il en lui prenant les mains. Je voudrais te dire quelque chose. »

Il n'avait pas du tout prévu de lui en parler ce soir, surtout pas ici. Mais l'ambiance de cette soirée, sa gentillesse et même la tristesse de Nicholas lui donnaient envie d'aller droit au but. Lucas voulait être réel, honnête. Depuis leur séance photo à l'usine de cercueils, ils ne parlaient plus du tout de Carmen ni des articles. Et ça voulait bien dire quelque chose. « Je t'aime vraiment beaucoup. Et je pense qu'on devrait... »

Il était sur le point d'ajouter « se mettre ensemble pour de bon » quand l'orchestre recommença à jouer, entamant le deuxième set avec une violente percussion de cymbales avant d'enchaîner sur un charleston débridé.

« Qu'on devrait quoi ? demanda Sofia par-dessus la musique.

— ... ensemble !

— Comment ça ?

— Toi et moi ! cria-t-il en souriant.

— Quoi ? » hurla-t-elle de nouveau, faisant peut-être semblant de ne pas avoir entendu.

Mais avant qu'il puisse répéter, un serveur à gants blancs apparut et tendit une enveloppe à Lucas. « Pour vous et la dame », précisa-t-il. Imprimés en lettres dorées sur un petit carton figuraient un numéro de chambre et une heure. « 00 h 07 »

« Mystère, mystère, souffla Sofia. Et ça ne rigole pas avec l'heure ! » Elle consulta sa montre. Il leur restait huit minutes. « On ferait mieux d'y aller », dit-elle sans croiser son regard. Lucas eut la désagréable impression qu'elle n'en avait pourtant pas envie.

La suite était carrément luxueuse et tout y était doré. Deux buffets y avaient été dressés, l'un dédié aux fruits de mer, l'autre aux whiskies et aux cocktails de toutes sortes. Des femmes en bas résille et bustiers proposaient aux invités des cigares et des chocolats. Un magicien à chapeau haut de forme sortait des pièces des oreilles des gens.

Certaines femmes s'étaient mises pieds nus et Sofia fut ravie de se libérer à son tour de ses talons inconfortables pour faire courir ses orteils sur le tapis luxueux. Spragg, en les voyant, se précipita sur eux. « Bienvenue ! » s'écria-t-il. Il semblait avoir subi une transformation express. Sa mélancolie avait disparu. À présent, tout était formidable. « Bienvenue au Club des Extraordinaires ! » tonna-t-il avant de désigner les sommités présentes : le P-DG d'une marque de cosmétiques, un physicien qui avait remporté une foule de prix, un poète publié dans le *New Yorker*. Plus loin, le batteur d'un nouveau groupe de rock indie à la mode discutait avec le finaliste d'une émission de téléréalité et un présentateur de talk-show. Il y avait même une femme que Nicholas présenta comme « une ancienne princesse », ce qui vint titiller la curiosité de Lucas. Mais il n'osa pas demander de précision ; il n'était pas tout à fait certain que le monument scintillant érigé avec tant de peine par Nicholas supporte la houle de la moindre contradiction.

« Je suis très flatté que tu me trouves extraordinaire », se contenta-t-il de dire en riant.

Nicholas lui pressa le bras, mais c'était Sofia qu'il regardait quand il annonça : « Je dois préparer la grande surprise ! Si vous voulez bien m'excuser. »

Alors qu'ils se dirigeaient vers le bar, Lucas aperçut Katie, la mondaine du love hotel. Elle était assise près d'une fenêtre et se penchait langoureusement sur un homme en smoking de velours. Il lui restait pas mal de zones d'ombre concernant cette soirée. « Tu avais l'air de passer un très bon moment » fut tout ce que Nicholas lui avait répondu quelques semaines plus tard, quand il avait timidement tenté d'obtenir des réponses. À présent, Lucas se sentait un peu excité mais surtout terrifié. Il se trouvait dans la même pièce qu'une femme très sexy avec qui il avait (probablement) couché et la femme très sexy avec qui il couchait (de ça, au moins, il était sûr). Est-ce qu'il allait devoir les présenter ? Que se passerait-il s'il le faisait ? Mais ces questions se résolurent d'elles-mêmes : lorsqu'il finit par capter le regard de Katie, elle détourna aussitôt les yeux.

« Ce n'est pas le fameux Jay Jacobson, là-bas ? » demanda soudain Sofia en lui tapotant l'épaule.

Jiji traversait en effet la pièce d'un pas conquérant, comme si c'était sa propre soirée d'anniversaire. Lucas oublia toutes ses réticences concernant cette étonnante soirée privée. Car si Jiji avait fait le déplacement, c'était que Nicholas commençait réellement à être reconnu comme un influenceur auprès des people, ou en tout cas comme un hôte à peu près crédible. Peut-être même que les rabat-joie qu'ils avaient vus plus tôt manifestaient seulement leur frustration de ne pas avoir été conviés à la vraie soirée.

Sofia fixait le Directeur de la rédaction avec intensité. Clairement, elle le reluquait. Ça ne faisait pas exactement plaisir à Lucas, mais comment lui en vouloir ? Jiji était vraiment un beau spécimen. Et il marchait droit sur eux, comme s'ils étaient seuls dans la pièce.

« J'étais sûr de te voir ici, lui dit son patron en lui serrant la main. Tu n'arrêtes jamais ! Et qui avons-nous là ?

— Voici Sofia, ma petite amie. »

Ce n'était pas la première fois que Lucas la présentait comme ça, puisque après tout ça faisait partie de leur plan. Mais cette fois-ci, les mots restèrent coincés dans sa gorge.

« Bonsoir », dit-elle gaiement. Elle était toujours tellement à l'aise partout. Il aurait aimé pouvoir en dire autant. « C'est un vrai plaisir de vous rencontrer », ajouta-t-elle en lui tendant la main.

Jiji jeta un regard impressionné à Lucas.

« Ah, les jeunes tourtereaux, lança-t-il en voyant son sourire nerveux.

— J'espère que vous ne vous moquez pas ?! s'exclama Sofia en haussant un sourcil.

— Jamais de la vie ! fit Jiji en posant la main sur son cœur. En fait, je m'apprêtais même à porter un toast. À vous », dit-il en les regardant successivement, ses yeux s'arrêtant un peu trop longtemps sur la jeune femme. « Et peut-être aussi à moi. Mais en tout cas pas à tous ces cons bouffis de suffisance que nous avons là. »

Sofia éclata d'un grand rire de gorge en se noyant dans les yeux de Jiji. « Et à nous », ajouta-t-elle en entrechoquant leurs verres. Lucas leva brièvement sa coupe avec la sensation de ne pas être tout à fait inclus là-dedans.

Ils n'étaient pas au bout de leurs surprises. « Messieurs dames ! » appela Nicholas en ouvrant grandes les portes qui séparaient le salon de la chambre à coucher, et pénétrant dans la pièce tel le M. Loyal d'un cirque international. Il avait échangé son smoking noir pour un autre, blanc à queue-de-pie. « Si je vous ai tous réunis pour célébrer mon anniversaire, c'est parce que vous êtes des personnes extraordinaires ! Chacun d'entre vous se démarque par son génie, sa créativité, son style ou son esprit. C'est un plaisir exceptionnel de partager cette soirée avec vous. Je vous en prie, levons tous notre coupe de Moët & Chandon Impérial, cuvée spéciale 1943 ! »

« Ce champagne a 70 ans ?! On peut encore le boire ? » souffla Sofia en lui tendant l'une des deux coupes qu'elle venait d'attraper. Ses yeux étaient rieurs et il eut terriblement envie de l'embrasser, juste là, devant tout le monde. Et devant Jiji. Surtout devant Jiji, en fait. Il penchait doucement la tête vers elle quand elle leva soudain son verre, comme à titre préventif, et but une longue gorgée. Lucas sentit comme un petit coup de poing dans le ventre mais il n'eut pas le temps de s'appesantir dessus car un gâteau géant venait d'apparaître, poussé par trois filles habillées en vendeuses ambulantes *old school*. Le gâteau sur roulettes faisait la taille d'une petite table, comptait trois étages et était décoré de rubans et de fleurs et surmonté de cierges magiques qui envoyaient des étincelles partout.

« Tu crois qu'il y a une strip-teaseuse dedans ? demanda Sofia. Je ne sais pas si je serais horrifiée ou excitée. »

Lucas était dans le même état. C'était totalement

surréaliste, mais cette ostentation était exaltante. En regardant les filles pousser ce gâteau aussi formidable que monstrueux, il sentit qu'il tenait les premières lignes de son article. Elles étaient là, juste sous ses yeux.

« Pour mes 25 ans, je voudrais vous offrir quelque chose à vous aussi. Je veux vous montrer mon immense gratitude et faire de cette soirée un moment vraiment capital. »

Un homme en costume produisit alors un grand roulement de tambour et Lucas se demanda s'il allait devoir se jeter sur Sofia pour la protéger de l'explosion qui, à coup sûr, allait suivre. Les cierges magiques avaient presque complètement fondu.

Une immense détonation retentit soudain, les assourdissant tous.

Lucas ne discernait plus qu'un blizzard de confettis. Mais quelque chose d'autre, plus lourd et plus large, voltigeait aussi. Une odeur très familière emplit la pièce, une odeur d'encre. Sofia tendit le bras et attrapa un billet de cent dollars. Il pleuvait des billets ! Des billets de vingt, de cinquante, de cent. Tout neufs, tout propres et craquants. Les convives étaient comme figés, immobiles et bouche bée dans ce blizzard vert et blanc. Puis l'information monta au cerveau : il y avait là une montagne de thunes. De l'argent pour tous. De l'argent gratuit. De l'argent à prendre !

Et alors ce fut le chaos.

Lucas se fit bousculer de tous côtés. Ces gens étaient riches, ils n'avaient pas besoin de plus. Et pourtant. Sofia et lui réussirent à se réfugier derrière l'un des buffets – le barman avait abandonné son poste pour se joindre à la mêlée. Tous ces créateurs de tendance, ces P-DG et même une (ancienne) princesse remplissaient leurs poches de cash, bourraient leurs sacs de biffetons. Sofia sortit son portable et commença à filmer. Lucas croisa le regard d'une des « vendeuses » qui glissait discrètement un billet dans son bustier. Nicholas encourageait tout ce beau monde de la voix. Contempler le spectacle de ses invités – les grands de ce monde – rampant par terre et fouillant entre les coussins, traquant le moindre billet, semblait le plonger dans un ravissement presque maniaque.

Tout le monde n'avait pourtant pas cédé à la folie. Jiji, adossé contre un mur, les bras croisés, adressa un signe de tête à Lucas, qui sentit comme une bouffée de reconnaissance et de camaraderie l'envahir. Pour être honnête, il aurait beaucoup aimé mettre la main sur quelques coupures. Contrairement à tous ces gens, lui avait réellement besoin d'un petit bonus. Il parvenait à peine à payer son loyer. (Tyler, qui avait bien compris la situation, remplissait d'ailleurs régulièrement le frigo.) Mais tant que Jiji était dans les parages, impossible de faire quoi que ce soit. Il devait rester nonchalant.

Une fois le dernier billet empoché et le gâteau reparti, la soirée reprit son cours. Mais tout paraissait différent à présent. Un malaise palpable flottait dans l'air, comme lorsqu'on se réveille après un coup d'un soir pas particulièrement honorable en sachant qu'on va devoir vivre avec. Les gens semblaient pressés de partir, pour oublier au plus vite comment l'argent qui remplissait leurs poches avait atterri là. Il fallait le mêler au plus vite à l'argent gagné à la sueur de leur front. Mais il aurait été vraiment malpoli de s'enfuir comme des voleurs, n'est-ce pas ? La soirée traîna donc en longueur, s'éternisant sans beaucoup d'entrain jusqu'à ce que les plus courageux finissent par se décider à décamper. Sofia était fatiguée.

« Bien sûr, je comprends, acquiesça Lucas. Laisse-moi juste dire au revoir vite fait à Nicholas et j'arrive. »

Mais elle lui proposa de rester. « Je ne veux pas être emmerdante. Je t'assure, reste. Il est encore tôt.

— Oh, ne t'inquiète pas, dit-il en mêlant ses doigts aux siens. J'ai eu envie qu'on rentre à la minute où je t'ai vue. Pas de leçon ce soir. Juste du plaisir.

— Je t'assure, je suis vraiment fatiguée, insista-t-elle, les sourcils froncés.

— Oh. D'accord. Je comprends. Mais la soirée est presque finie de toute façon. Laisse-moi juste dire au revoir à Nicholas et on s'en va. »

Sofia semblait vouloir ajouter quelque chose mais il était déjà parti. Il éprouvait une drôle de sensation sur le haut du crâne, comme une vibration désagréable, une sorte de bourdonnement. Peut-être que ce n'était rien. Peut-être qu'elle était réellement fatiguée.

Quelqu'un avait vu Nicholas entrer aux toilettes. Il tenta sa chance là. Personne. Il emprunta un petit couloir qui le mena dans un grand dressing, d'où il entendit parler derrière une porte close. Les voix étaient teintées d'agacement. En tournant au coin du couloir, il heurta de plein fouet Jiji.

« Lucas, s'exclama-t-il, comme pris de court. Tu cherches Nicholas ?

— Oui. Il est... ?

— Oui, par là. » Il était un tout petit peu trop près.

Son visage était empourpré, son souffle court et chargé d'alcool. « Tu avances bien avec le portrait, Luke ?

— Très très bien, oui.

— Parfait. Continue à observer, à prendre des notes, à creuser sur tout ce que tu peux. C'est ça qui donne du corps à une histoire. Ne laisse rien passer, l'ami.

— Rien du tout. D'accord. »

Quand Lucas ouvrit la porte, Nicholas se rassit brusquement en s'essuyant le nez et éructa : « Je vous ai pourtant interdit de...

— Oh pardon, je ne voulais pas te déranger.

— Mais non, mais non Luke. Entre ! J'ai cru que c'était quelqu'un d'autre. Tu en veux ? » proposa-t-il, soudain radouci, en désignant son attirail et la poudre blanche sur la table.

Lucas fit non de la tête.

« J'imagine que je devrais te préciser de ne pas parler de ça dans le portrait. Et tant qu'on y est, l'histoire du love hotel reste aussi entre nous, bien sûr, ajouta-t-il en lui adressant un sourire mielleux.

— Bien sûr, bien sûr.

— Ce n'est pas non plus comme si c'était une habitude...

— Bien sûr que non. » Lucas repensa à la façon dont Katie l'avait ignoré. Il savait qu'il aurait dû se taire mais la question le démangeait. « J'ai vu Katie, tout à l'heure.

— Qui ça ? demanda Nicholas en plissant des yeux comme s'il essayait de se concentrer sur Lucas.

— Katie, la fille du love hotel. Elle m'a complètement ignoré.

— Oh, elle est sûrement avec un client. C'est plus professionnel.

— Comment ça ? »

Il était scié. Incapable de dire quoi que ce soit, il regarda Nicholas se faire une autre ligne. Il n'avait plus envie de dire au revoir ni de le remercier pour son hospitalité mais il se fit violence.

« Mais non, impossible ! La nuit ne fait que commencer !

— Sofia est fatiguée.

— J'espérais qu'elle aussi allait rester... » Nicholas avait presque un ton accusateur. « Quelle femme extraordinaire. Belle. Intelligente. Généreuse. Est-ce que tu es très épris d'elle ? »

Lucas ne l'aurait certainement pas exprimé en ces termes mais l'idée y était. Il sentit son cœur gonfler à sa simple évocation.

« Oh mais oui, tu l'es ! Tu as l'air totalement épris !

— Eh bien, je... »

Lucas était de plus en plus embarrassé.

« Clairement, tu l'es. Ça saute aux yeux. Franchement, je ne sais pas comment tu t'y es pris.

— Pardon ?

— Oui. Regarde tous les autres hommes qui étaient là ce soir... Jay Jacobson, par exemple. Ils ont une telle confiance en eux, une telle aura. Les hommes comme toi et moi...

— Les hommes comme toi et moi... ? »

Nicholas n'avait jamais admiré Lucas. Non, c'était juste qu'il se reconnaissait en lui.

« Oh mon Dieu, je ne t'ai pas vexé j'espère ? »

Spragg semblait réellement inquiet, comme si le potentiel blessant de ses propos venait juste de lui apparaître. Comme s'il ne venait pas d'admettre avoir menti au sujet de Katie et Corinne. Mais avait-il vraiment menti... ? Ou Lucas était-il juste exceptionnellement stupide ? Il aurait dû s'en douter dès le début.

« Nous sommes toujours amis, n'est-ce pas ? »

Non. Mais il ne pouvait pas dire ça. Parce que ce non signifierait aussi la fin de sa carrière de journaliste.

« Bien sûr.

— Oh, je suis tellement soulagé ! »

À présent, Lucas était submergé par l'envie obsédante de partir. De quitter cet endroit, de s'éloigner de Nicholas. Il mourait d'envie de retrouver son vilain petit appartement. De retrouver le monde réel.

« On se voit lundi pour l'interview, parvint-il à croasser.

— Bien sûr ! Je ne manquerais ça pour rien au monde ! » répondit Nicholas en se penchant sur la coiffeuse pour se refaire une ligne.

Quand Lucas rejoignit enfin la soirée, Sofia avait disparu. Il n'y avait plus que quelques groupes clairsemés et des gens étalés, à moitié saouls, sur les canapés, ou avachis contre les murs. On rangeait le bar à huîtres. Le whisky et le champagne avaient été proprement pillés, comme à une soirée étudiante. Lucas reçut un message.

« Je t'ai cherché mais tu étais introuvable. Je rentre en taxi. Gros mal de tête. Merci pour la soirée ! »

« J'espère que ça va ! Je t'appelle demain », répondit-il en espérant paraître enjoué et détaché.

Il attendit sa réponse un moment. Mais il n'y en eut pas.

Quand un serveur replia les tréteaux de ce qui avait

été le bar à huîtres, Lucas repéra un billet de vingt qui avait dû voler dessous. Il se précipita dessus et le fourra dans sa poche.

25

Le lendemain matin, Lucas se réveilla donc seul. Il n'avait pas exactement la gueule de bois mais il se sentait abattu et maussade. Ce n'était pas à cause de ce qu'il avait appris sur Katie. Ni des propos désobligeants de Nicholas. Ni même de la vulgarité sidérante de la pluie de billets. Non, c'était à cause de Sofia. Ils avaient été si heureux, à boire et à danser. Et maintenant tout était gâché, parce qu'il avait été incapable de se taire. Il ressentait le besoin oppressant d'avoir de ses nouvelles, de savoir que rien n'avait changé entre eux, que rien de précieux n'avait été brisé. Mais quand il ralluma son portable, quelque chose d'autre l'attendait. Quelque chose de bien plus inquiétant.

Il avait reçu un message de l'architecte qui s'était moqué de Nicholas. L'objet du mail : « Entre nous ».

Je ne sais pas quel genre d'article vous écrivez sur Spragg mais si vous comptez faire autre chose que de lui lécher les bottes, je vous suggère de vous intéresser à son parcours universitaire. La meilleure amie de ma sœur dit qu'il a agressé une fille et qu'il l'a payée pour qu'elle se taise.

Lucas relut le message. *Et merde.*

Après la soirée de la veille, il ne savait plus trop quoi penser au sujet de Nicholas. Il était plus trouble que ce qu'il avait cru. Et plus bizarre. Et flippant. Mais de là à être un violeur ?! C'était dur à...

Lucas se figea. C'était exactement comme ça que les violeurs s'en sortaient. Parce que personne ne voulait croire que c'était possible. Mais pourquoi Nicholas aurait-il violé quelqu'un alors qu'il n'avait clairement aucun complexe à fréquenter des prostituées ? Est-ce que...

Voilà qu'il le refaisait... ! Mais non, il ne pouvait pas se contenter d'évacuer cette information. Même si elle provenait de la copine de la sœur d'un type que Lucas avait croisé trente secondes à une soirée. Certes, le tuyau paraissait assez fragile, surtout si on considérait que ce type s'était quand même pointé chez Spragg pour y manger des petits-fours et boire son champagne, et qu'il s'était largement abstenu de le traiter de violeur pendant ce temps-là. Peut-être que ce type était juste frustré parce qu'il n'avait pas été invité à la soirée sélecte et que...

Il fallait vraiment qu'il arrête de lui trouver des excuses. Il s'assit dans son lit et regarda par la fenêtre. C'était une journée venteuse. Jusque-là, il avait toujours accordé à Nicholas le bénéfice du doute, malgré tous ses mensonges et ses grands airs. Mais c'était fini. Il fallait qu'il prenne cette histoire au sérieux. En tant que personne mais aussi en tant que journaliste. Il allait remonter cette piste. Jiji lui-même lui avait recommandé de ne laisser passer aucun détail. Et si la rumeur était vraie et qu'il l'ignorait purement et simplement pour se concentrer sur le portrait élogieux d'un type qui s'avérait être un violeur, sa carrière serait terminée avant même d'avoir commencé.

Jiji ne posa aucune question à Lucas quand celui-ci vint le voir le lundi matin pour lui demander l'autorisation de faire un voyage de dernière minute dans le Wisconsin. « Tout ce que tu veux. Je suis sûr que ça vaut le coup. »

Lucas atterrit à Milwaukee le mardi matin. L'avion avait à peine touché le sol que Lucas rallumait déjà son téléphone. Toujours pas de message de Sofia. Il lui avait envoyé un petit texto le jour précédent pour lui proposer de dîner avec lui et elle avait répondu tard dans la soirée, le remerciant de son invitation. Rien d'autre. Il sentait toujours cette vibration désagréable au sommet du crâne et il se demanda vaguement s'il avait une tumeur au cerveau, si ça pouvait être quelque chose de grave. Mais la vibration n'était pas continue. En fait, elle refaisait surtout surface quand il regardait son téléphone et constatait qu'il n'avait pas de nouveau message.

Il récupéra sa voiture de location et prit la route pour l'université de Nicholas, à une heure de là. De grosses congères luisaient sur le terre-plein central et les voitures qu'il croisait étaient si sales qu'elles semblaient avoir traversé des flaques de boue. Il s'était promis de ne pas sortir son téléphone avant d'arriver à destination mais il craqua devant sa mauvaise pizza d'aire d'autoroute. Comme il le savait déjà, elle ne lui avait pas écrit. Peut-être qu'elle était juste occupée. Ou qu'elle ne savait pas quoi faire de ses sentiments pour lui. Ou alors ce n'était rien. Il reprit la route.

La meilleure amie de la sœur de l'architecte avait raconté à Lucas que trois ans plus tôt, le soir de la remise des diplômes, Nicholas Spragg avait agressé une fille du nom de Sara Porter. Porter était à présent en master. Sur Internet on ne trouvait qu'une photo d'elle, sur le site de son association étudiante. C'était une petite brune mignonne, avec un nez mutin et un joli sourire. Au téléphone, la présidente lui avait expliqué que Sara avait quitté l'association depuis un moment. Il lui avait demandé s'il pouvait rencontrer ses anciennes camarades et elle avait hésité, avant de lui dire que l'un des intervenants pour la journée sur les vocations venait de la laisser tomber. S'il acceptait de le remplacer au pied levé, elle l'aiderait.

C'est une jeune femme en pyjama qui lui ouvrit la porte du bâtiment réservé aux Kappa Alpha Theta. Elle portait le tee-shirt de l'association étudiante et son mascara avait coulé. Lucas entra, plongeant dans un océan de féminité. Il devait y avoir une bonne cinquantaine d'étudiantes dans le grand salon. Elles étaient assises sur des canapés, des chaises, par terre, la plupart vêtues avec la panoplie intégrale de la sororité. Cela rappela à Lucas les nombreuses nuits où il était allé retrouver Mel dans sa résidence étudiante. Elle lui attrapait la main et l'entraînait dans sa minuscule chambre, au troisième. Une fois enfermés, ils faisaient l'amour sur une playlist de Sarah McLachlan, toujours la même.

La présidente de la KAT était une cinquième année du nom de Jamie, une jeune femme dont le sourire avait la force de persuasion d'un Panzer. Elle le présenta à l'assemblée et affirma qu'il était venu de New York tout spécialement pour répondre à leurs questions au sujet des magazines.

« Est-ce que vous connaissez Anna Wintour ? demanda une des étudiantes.

— Euh, non. Désolé. »

Son public passa rapidement d'un vague désintérêt à l'ennui le plus total. Il eut beau essayer de les impressionner avec le récit de ses bons plans boulot – des soirées avec alcool à volonté sans aucun reportage à écrire en contrepartie –, elles restèrent insensibles. Ces filles vivaient déjà une soirée open-bar en continu. Quelqu'un finit par lui demander ce qu'il faisait exactement au sein du magazine et sa réponse acheva de tuer l'ambiance.

Après ça, Jamie l'emmena dans une grande bibliothèque, à l'arrière de la résidence. Une autre étudiante les y attendait.

« Voici Amber. Elle était très amie avec Sara.

— Était ? » demanda Lucas.

La jeune fille, visiblement mal à l'aise, consulta Jamie du regard. Celle-ci hocha la tête. *Finissons-en au plus vite*, semblait-elle dire.

« J'ai encore un cours avec elle cette année. Mais on ne se parle plus. C'est vraiment bizarre. Pourtant j'étais avec elle ce soir-là. Quand ça s'est passé... Avec Nicholas. »

Lucas sortit son enregistreur et demanda à Amber de reprendre depuis le début.

« Il faut savoir que Sara a toujours été vraiment sympa avec Nicholas. Beaucoup plus que nous toutes.

— Tout le monde le connaissait ? »

Amber et Jamie se regardèrent et l'aînée se leva. « Je vais faire comme si cette conversation n'avait jamais eu lieu, lâcha-t-elle avant de quitter la pièce.

— Quand Sara et moi on était en première année, Nicholas a commencé à traîner dans le coin. Il est sorti avec à peu près un quart de la résidence. Enfin, il a essayé.

— Essayé ?

— Oui, vous savez, il essayait de les séduire. Il emmenait les filles au restaurant, il leur payait des dîners chics, il leur faisait livrer des fleurs. Il était ridicule, mais personne n'avait tellement envie qu'il arrête non plus. Une fois, il nous a payé une super esthéticienne. Elle est venue nous faire des manucures et des brushings. C'était fou.

— Mais pourquoi il faisait ça ?

— Parce qu'il voulait avoir une petite copine. Alors il essayait de s'en payer une, si on veut. Il s'en fichait un peu, de la fille. On racontait qu'il était encore puceau. À 22 ans ! Y a des prostituées non, quand même ? C'est pas comme s'il n'avait pas assez d'argent pour ça.

— Est-ce que tu sais s'il a essayé de payer quelqu'un pour obtenir certaines faveurs ?

— Ce n'était pas exactement comme ça qu'il faisait. Il disait souvent à Sara qu'il était un vrai romantique. Il voulait emporter sa princesse sur son cheval blanc. Comme le Prince charmant. C'était plus désespéré que pervers, quoi.

— Et personne n'avait envie ?

— Mon Dieu non !

— Mais vous l'avez toutes encouragé quand même...

— Sara surtout trouvait que c'était méchant de notre part de le faire marcher comme ça. Je ne comprends toujours pas pourquoi elle avait tellement pitié de lui. Toutes les filles ici ont de l'argent, et ce n'est pas comme si elles n'avaient jamais reçu un bouquet ou de jolis bijoux. Mais Sara vient d'un milieu plus modeste. Elle avait des dettes. Elle se sentait un peu exclue. Je me rappelle qu'une des filles, à l'époque, une cinquième année, disait que si Sara avait tellement de peine pour Nicholas, elle n'avait qu'à sortir avec lui. Qu'elle arrête de le plaindre et qu'elle l'aide, au lieu d'accuser les filles de se foutre de lui.

— Et c'est ce que Sara a fait ?

— Eh bien, elle lui a dit qu'ils pouvaient se voir à condition qu'il ne lui offre rien. Ils sont sortis ensemble plusieurs fois. Et puis Sara a fini par se rendre compte que ce qu'on lui répétait depuis le début était vrai. La moitié de ce qu'il dit, c'est du pur mytho, et le reste, c'est pompeux à vomir. Et en prime, il n'a pas la moindre idée de comment se comporter avec un autre humain.

— J'imagine qu'elle l'a quitté ?

— C'était pendant un long week-end, au printemps. On avait organisé une grosse soirée. Nicholas était complètement coké. Il est tout gentil et sirupeux jusqu'au moment où il s'en met un peu trop dans le nez. Et là, toutes ses manières doucereuses disparaissent. Ce soir-là, ils sont allés dans la chambre de Sara pour discuter. Elle voulait le quitter proprement. Mais il l'a vraiment mal pris, parce qu'ils se connaissaient bien, je pense.

— Et donc il... ? »

Lucas n'arrivait pas à aller plus loin.

« Tout ce que je sais, c'est que le lendemain matin Sara est venue frapper à ma porte. Elle m'a dit que Nicholas l'avait agressée pendant la nuit et qu'elle voulait aller au poste de police. Je l'ai accompagnée, et elle a porté plainte.

Et puis elle a rappelé les flics pour dire que finalement elle voulait retirer sa plainte. J'ai essayé de comprendre pourquoi mais elle s'est fermée comme une huître. Et plus rien n'a été pareil après ça. Elle a quitté la résidence et arrêté de nous parler. Comme si elle nous en voulait de ce qui était arrivé. J'ai essayé plusieurs fois de prendre de ses nouvelles mais elle n'a jamais répondu. »

Le lendemain matin, Lucas se rendit au commissariat et demanda à voir une copie de la plainte. Il n'y croyait pas tellement et fut agréablement surpris d'apprendre qu'ils l'avaient encore. Apparemment, faire disparaître ce type de document restait compliqué. Il ne suffisait pas de faire comme si rien de cela n'avait existé. Là, noir sur blanc, il put lire un compte-rendu détaillé de ce qui s'était passé entre Sara Porter et Nicholas Spragg. Il l'avait poussée sur le lit, lui avait touché les seins et avait essayé de lui arracher son pantalon. Elle s'était débattue, lui avait balancé des coups de pied et avait réussi à le faire sortir avant de barricader sa porte.

Lucas inspira à fond. Tout ceci était très clair.

Il se rendit ensuite à la fac et attendit devant l'amphi où Amber lui avait dit que Sara avait cours. Amber fut la première à sortir. Ils échangèrent un regard et elle se perdit rapidement dans la masse des étudiants. Quand Sara sortit à son tour, Lucas la suivit. En baskets et parka, elle était plus petite qu'il ne l'avait imaginé. Rien ne laissait soupçonner qu'elle avait un jour fait partie de l'association d'étudiantes.

C'était la première fois qu'il se retrouvait dans ce genre de situation. Il n'avait jamais approché quelqu'un en se présentant comme journaliste, encore moins une victime d'abus sexuel. Il était nerveux et ses mains tremblaient. Est-ce qu'il avait même le droit de faire ça ? Mais après tout, les autres magazines révélaient bien des scandales sexuels. Comment s'y prenaient les reporters ? « Bonjour, je suis journaliste », se répéta-t-il. « Je suis reporter, je suis reporter. »

Il accéléra un peu et la rattrapa. « Bonjour, je suis reporter. » Non, ils ne disaient certainement pas ça. C'était complètement stupide.

Elle s'arrêta net. « Euh, d'accord. »

Il lui expliqua qu'il travaillait pour le magazine *Empire* et qu'il écrivait un article sur Nicholas Spragg. Elle se raidit en entendant son nom.

« Qu'est-ce que vous voulez ? » demanda-t-elle, sur la défensive. À présent, elle semblait plus nerveuse que lui.

Il lui parla de son travail, de la plainte au commissariat. Il avait besoin de vérifier les faits, d'en savoir plus.

« Vous allez parler de moi ? » Elle paraissait terrifiée.

Il se sentit coupable mais il était trop tard pour reculer. Arriverait-il à la persuader de parler en jouant sur leurs points communs ? Lui aussi avait fait partie d'une fraternité dans laquelle il se sentait étranger. Et Sara était probablement aussi fauchée que lui. Allait-on vraiment laisser les riches et les puissants décider de tout ? Il sentait l'indignation de classe de Jiji sourdre de lui. Elle était aussi sienne à présent. Tout ça n'était pas juste. Ça n'allait pas se passer comme ça.

« Pourquoi veux-tu laisser un gosse de riches s'en tirer comme ça ? Tu ne veux pas qu'il ait à répondre de ses actes ? »

Sara fixait les arbres de la cour intérieure. Il commençait à pleuvoir. « N'écrivez pas que je vous ai parlé. Je serai vraiment dans la merde si vous le faites. »

Elle attendit que Lucas acquiesce et il le fit à contrecœur.

« L'ironie du truc, c'est que s'il avait réussi à me violer, si je n'avais pas réussi à le repousser, il y aurait eu des preuves physiques. Mais là, c'était sa parole contre la mienne. Et lui avait de l'argent et des avocats.

— Mais il faut que les gens sachent, Sara. Imagine s'il le refait ? Peut-être que c'est déjà trop tard. »

Elle fit non de la tête. « Je ne peux pas.

— Est-ce qu'il y a… une autre raison pour laquelle tu as retiré ta plainte ? Est-ce qu'il t'a… donné de l'argent ? » avança Lucas le plus gentiment possible.

Elle devint livide. « Qui vous a dit ça ?

— C'est ce que j'ai entendu. Écoute, je comprends. J'ai beaucoup de dettes, moi aussi. Je sais ce que c'est.

— Un chèque est arrivé, d'accord ? Mais il n'y avait pas de lettre de menace, rien de tout ça. L'argent est comme tombé du ciel. »

Lucas pensa au gâteau bourré de billets de cent.

« Et si vous savez vraiment ce que c'est, alors vous savez aussi ce que ça peut faire de ne plus avoir de dettes. Foutez-moi la paix maintenant. »

26

Ce soir-là, Sofia l'appela enfin.

« Pardon, j'ai été portée disparue au combat, commença-t-elle.

— Oh, pas de souci. C'est le boulot, je comprends », répondit-il en essayant de paraître nonchalant. S'il donnait l'impression que tout allait pour le mieux, peut-être que ça se passerait bien. « Sof, tu ne vas jamais croire ce que j'ai déterré sur Nicholas, enchaîna-t-il. Je suis dans le Wisconsin, là. Je rentre demain. J'arrive pas à croire à ma propre naïveté. Quand je pense que je le prenais pour un pauvre incompris, je…

— Luke, il faut qu'on parle.

— OK.

— Ça commence à aller un peu trop loin pour moi.

— Comment ça ? »

La désagréable sensation de picotement prenait de l'ampleur. Il avait l'impression qu'une ruche attaquait son crâne.

« Je t'ai dit, au tout début, que je ne voulais pas être en couple. Mais je crois que tes sentiments ont changé.

— Et ?

— Les miens n'ont pas changé.

— OK.

— Tu peux dire autre chose que OK ? »

Mais Lucas était incapable de parler.

« J'ai adoré les moments passés avec toi. Mais je ne crois pas qu'on attende la même chose.

— Si tu adores être avec moi, pourquoi tu veux arrêter ?

— Parce que tout ça n'est pas réel. »

Lucas éprouva une sensation de vertige. Pas réel ? Il revit Sofia dans l'usine de cercueils, tremblant de froid mais radieuse quand elle posait pour lui. « Tu es ma muse, Lucas. »

« Comment tu peux dire ça, après tout ce qu'on a partagé ?

— Lucas... »

Oui, ils avaient fait semblant au début. Mais peu à peu, tout avait changé. Si seulement il n'avait pas ouvert sa gueule à la soirée... Ils auraient juste continué comme avant, et un jour Sofia aurait fini par réaliser que leur petite comédie n'en était plus une depuis des mois. Au lieu de ça, il avait fait la connerie, dans un désir stupide d'avoir un échange honnête, de lui dire ce qu'il avait sur le cœur. Et cette honnêteté avait forcé Sofia à prendre une décision « réelle ».

« Tu te voiles la face, lui dit-il. Tu as juste peur d'admettre la vérité.

— Voilà qui est extrêmement condescendant. Me dire que je ne sais pas ce que je fais. Quels que soient tes sentiments, Lucas, je ne les partage pas. Je suis désolée. J'ai pensé que tu avais compris. J'ai cru que tu pourrais gérer ce type de relation. Mais tu es célibataire depuis peu, c'est vrai. J'aurais dû savoir que tu allais t'attacher.

— Et c'est moi qui suis condescendant ?! »

Il y eut un silence. « Excuse-moi, ce n'était pas très gentil de ma part. »

Lucas renifla avec mépris. *Pas très gentil.* Comme s'ils étaient deux enfants dans un bac à sable.

« Écoute, de toute façon tu n'as plus vraiment besoin de moi. Tes articles sont super. Carmen est dans ses derniers retranchements.

— Mais j'en ai rien à foutre des articles !

— Je suis désolée, répéta-t-elle faiblement, comme pour endiguer son emportement.

— Attends, ça fait combien de temps que tu sais que j'ai des sentiments pour toi ? » demanda-t-il soudain.

Elle ne répondit pas. Sa tête vrombissait si fort qu'il avait envie de s'arracher le crâne.

« Ça fait combien de temps, Sofia ?! »

Toujours le silence.

Ça faisait des semaines, peut-être même des mois. « Tu sais depuis longtemps ce que je ressens pour toi, pas vrai ? Et tu as joué avec moi quand même, tu m'as laissé espérer ? Pourquoi tu as fait ça ? C'était *gentil,* ça ?

— On s'amusait bien ! dit-elle, presque sur la défensive. Toi aussi, tu t'amusais bien !

— J'étais en train de tomber amoureux de toi et tu en as bien profité ! »

Lucas n'attendit pas qu'elle riposte et il raccrocha rageusement avant de jeter son téléphone sur le lit. Depuis le début, il croyait que son ennemie, c'était Carmen. Mais ce n'était pas vrai. Elle n'avait rien d'une adversaire redoutable qu'il lui fallait à tout prix anéantir. Non, Sofia avait raison : il était handicapé par sa propre vulnérabilité. Il avait peut-être appris beaucoup sur le sexe mais quel intérêt si c'était pour en arriver là ? Toutes ces nouvelles techniques ne lui serviraient à rien face à ses lacunes émotionnelles, face à ce petit cœur désespérément vulnérable qui était le sien.

27

Une semaine plus tard, Lucas rentra chez lui pour Noël. Il avait pris son billet des semaines plus tôt, quand la vie était belle et qu'il avait hâte de crier son succès sur tous les toits. Mais à présent, il était bien trop déprimé pour faire son malin. En l'espace d'une semaine, il avait perdu sa prétendue petite amie, Carmen l'avait traité de « poisson pané mal décongelé affligé d'un pénis » et son premier véritable article frôlait la déroute. Car à partir du moment où il avait abordé le sujet de ses années étudiantes, Nicholas avait étrangement disparu. Lucas se rendait compte à présent à quel point il avait désespérément voulu croire *en* Nicholas (sans pour autant toujours le croire *lui*). Il avait admiré sa détermination et son côté Gatsby le Magnifique qui contrastaient agréablement avec le cynisme et la grossièreté de ses pairs. Mais Lucas n'avait rien compris. Nicholas n'était pas Gatsby. Il était Daisy et Tom. Négligent et égoïste, dans la tour d'ivoire de sa fortune.

C'est son grand frère qui vint le chercher à l'aéroport.

Sam était un modèle beaucoup plus remuant, massif et blond que Lucas. Un modèle définitivement plus sudiste, aussi. Il travaillait à la concession automobile de leur père et passait ses week-ends avec son « club masculin » à boire de la bière bon marché par litres et à pratiquer des activités nécessitant de nombreux engins électriques. Lucas avait toujours trouvé son frère remarquable. Sam était parfaitement content de ses talents et de ses perspectives. Il ne semblait pas avoir besoin que sa vie soit satisfaisante en tout point pour être heureux. Quand Lucas passait du temps avec lui, il venait immanquablement un moment où il se demandait si sa propre ambition n'était pas une sorte de maladie. Si seulement il s'était fait vacciner... S'il avait épousé Mel et était devenu juriste financier, peut-être que lui aussi serait heureux à présent.

« Il faut que tu saches que maman se met la rate au court-bouillon pour toi. Tu sais, ces articles dans lesquels les gens commentent leurs performances sexuelles ? Ça la met dans tous ses états.

— J'en ai entendu parler, oui.

— Eh ben, elle a très peur que ça ruine ta carrière de bosser pour le magazine qui publie ça. Genre quand tu enverras ton dossier pour finir tes études de droit, tu vois...

— Son autoaveuglement n'a pas de limites.

— Donc tu ne vas pas lâcher le magazine pour rentrer à la maison ?

— Tu te fous de moi ?

— Ne t'énerve pas sur le messager, frérot ! J'ai dû lui promettre que je te demanderais. »

Leurs parents vivaient dans un quartier chic, même s'il s'en était fallu de peu qu'ils se retrouvent du mauvais côté du découpage cadastral. En fait, une partie du jardin était techniquement située dans la ville d'à côté. Mais ça n'avait affecté ni la carte scolaire ni leur désir de se faire mousser. Lucas s'était longtemps demandé si cette partie envahie de lierre, avec sa grille toute rouillée, restait livrée à elle-même par négligence ou en signe de protestation. Dans tous les cas, c'était pour lui comme un symbole. Malgré les efforts incessants de ses parents pour entretenir leur image parfaite aux yeux de la bonne société de Charlotte, aucun miracle horticole ne parviendrait jamais à arracher les profondes racines de la classe moyenne. Ses parents – surtout sa mère – passaient leur vie à se faire du souci pour leurs finances, leurs emprunts, la taxe foncière. En résumé, pour leur statut en ce bas monde.

En entrant dans la maison, Lucas fut frappé par le sol immaculé, les fenêtres nickel et les recoins impeccables. Les finances de ses parents avaient beau toujours être sur la brèche, les immenses placards de la cuisine regorgeaient de toutes les denrées de la création, achetées dans de multiples magasins avec des cartes client et rapportées dans le coffre d'un SUV. Lucas eut une vision fugitive de Carmen ployant sous le poids des courses de sa grand-mère. Qu'on était loin de New York !

Ici, les chandeliers kitsch et le papier peint à motif cachemire passaient pour du bon goût. Même si ça filait la migraine. Et la magie de Noël tenait à une débauche de décorations et au parfum écœurant de la cannelle synthétique. Lucas avait toujours aimé Noël, même si les gens recouvraient leur pelouse de fausse neige. Mais à présent, il avait l'impression que ce n'était qu'un simulacre par rapport à Manhattan, où tout était exactement comme dans les films : les stands de sapins qui embaumaient l'air, les marchés de Noël, les incroyables vitrines de saison. La semaine précédente, alors qu'il s'apitoyait sur son sort et ses cruelles désillusions, il avait passé des heures à parcourir les rues décorées en s'imaginant dans une comédie romantique. Il était resté cantonné aux grandes avenues où tout était beau et illuminé.

Quand ses fils entrèrent, Patricia Callahan était en train de sortir du four des roulés à la saucisse. Elle portait son uniforme habituel : un pantalon à pinces, une chemise bien ajustée et des oxfords. Sous le brushing et la généreuse dose de laque, ses cheveux étaient conformes au casque brun qui la caractérisait. Comme la maison, elle était aux couleurs de Noël : rouge, or et vert.

« Lucas ! » s'exclama-t-elle et, sans enlever ses maniques, elle se précipita sur lui pour le prendre dans ses bras. « Comme tu as bonne mine ! » dit-elle sans le lâcher.

Son fils se hérissa en percevant la surprise dans sa voix, mais il accrocha le regard de Sam. *Laisse tomber.* Il se contenta donc d'inspirer profondément. « Je suis content d'être à la maison.

— C'est vrai ? Tu le penses vraiment ? » Elle semblait folle de joie. « J'ai dit à ton père qu'il était grand temps qu'on laisse toute cette histoire derrière nous.

— Où est papa ? »

Le visage de Patricia se crispa. « À la concession. Le mois n'a pas été très bon. Mais je suis certaine qu'il y a encore des gens qui cherchent un cadeau de dernière minute ! »

D'humeur maussade, Lucas lâcha : « Je n'ai jamais bien compris pourquoi quelqu'un achèterait une voiture en cadeau de Noël. Qu'est-ce qui se passe si tu reviens à la maison avec et que ton mari ou ta femme la déteste ? »

Sam lui jeta un regard noir qui signifiait clairement « Boucle-la ».

Leur mère avait fini par retirer ses maniques et elle arrangeait à présent les apéritifs sur de petites assiettes. « Est-ce que tu sais qui j'ai croisé au Starbucks hier ? demanda-t-elle sans le regarder.

— Maman, tu ne veux pas laisser Luke souffler un peu ? Il vient d'arriver. »

Le ton de son frère mit aussitôt Lucas en alerte.

« Je venais de commander un latte à la citrouille et aux épices quand j'ai entendu la femme derrière moi commander exactement la même chose ! Et figure-toi que c'était Lucille Woodward. C'est incroyable, non, qu'on ait commandé la même chose ? »

Pas tellement, non, se dit Lucas.

« Lucille aussi a trouvé la coïncidence vraiment incroyable ! On a commencé à bavarder, bien sûr. Et tu ne vas pas le croire mais tu sais ce qu'elle m'a dit ? Mel est fiancée ! »

Lucas faillit s'étrangler avec son roulé à la saucisse.

« Elle s'est fiancée à un jeune homme très bien de Pinecrest. Il s'appelle Cal Braden et il est juriste immobilier chez Palmer et Coletta. Apparemment, c'est l'un des meilleurs cabinets de la ville. Lucille dit qu'à coup sûr il va bientôt passer associé. C'est un fonceur. »

Comme si Lucas ne l'était pas. Comme s'il n'était qu'un gros naze.

« Mel est vraiment très heureuse avec lui. Ce qui s'est passé l'été dernier est complètement oublié. C'est vraiment une bonne nouvelle, pas vrai ! Je suis tellement soulagée ! » La dernière fois qu'il avait vu sa mère aussi épanouie, c'est quand il lui avait annoncé ses propres fiançailles.

« Mais c'est fou ! Mel ne connaît ce type que depuis cinq mois à peine !

— Ah, quand on sait que c'est le bon... Ne sois pas fâché, mon chéri. Toi aussi, tu vas trouver la bonne personne. »

Et s'il l'avait déjà trouvée mais qu'elle n'était pas intéressée ?

« Une fois que tu auras remis ta vie sur les rails, tu verras. Les femmes aiment les hommes qui ont des projets. »

Lucas ouvrit la bouche pour protester mais Sam le stoppa encore une fois.

« En tout cas, tu peux être content que Mel ne t'en veuille pas. »

C'était trop, Lucas ne pouvait plus se contenir. « Maman ! C'est Mel qui m'a largué, tu te rappelles ?! »

Elle fronça les sourcils. « Mais tu ne lui as pas vraiment laissé le choix... Franchement, faire ça à ta propre fête de fiançailles... Sans compter tout le reste, fit-elle en se raclant la gorge.

— Tu as quelque chose à me dire ?

— Je sais que nous ne sommes pas vraiment entrés dans les détails mais...

— On se demande bien pourquoi !

— Lucille dit que tu n'étais pas vraiment investi dans cette relation.

— Et donc ? Tu préfères croire Lucille ou ton propre fils ?

— Luke, tenta son frère. C'est vrai que Lucille a raison pour…

— La ferme, Sam !

— Mon chéri, tout ce que je dis, c'est que je suis contente que les Woodward ne nous en veuillent pas.

— Évidemment ! cria Lucas en abattant violemment sa main sur la table. C'est tout ce qui compte ! Tu t'en fiches, de moi ! Par contre, les parents de Mel… Mon mariage, c'était ton ticket d'entrée dans leur cercle, ton ticket d'entrée pour tous les comités de Lucille. C'est pour ça que tu es bien contente que Mel m'ait pardonné. Tout ce qui t'importe, c'est une meilleure table au country club !

— Non, c'est faux, se défendit sa mère, les yeux brillants de larmes. C'est complètement faux », répéta-t-elle d'une petite voix en quittant précipitamment la cuisine.

Sam secoua la tête. « Tu es rentré depuis quoi ? Cinq minutes ?

— C'est elle qui a commencé !

— Espèce de crétin », lâcha son frère avant de partir rejoindre leur mère.

L'insulte de Sam lui avait fait monter le rouge aux joues et il enfourna un autre roulé à la saucisse en essayant de se concentrer sur l'afflux de sel et de gras. Quelle bonne idée il avait eue de quitter cette ville de merde. Il avait été bien avisé de couper le cordon. Et il n'avait besoin du pardon de personne, merci bien. Et certainement pas de Mel. Il goba un autre roulé et le mâcha vigoureusement. Il était capable de s'enfiler ces trucs à longueur de journée.

Peut-être que sa mère en avait fait assez pour qu'il puisse en remporter à New York ?

Ce soir-là, Sam essaya de le raisonner. « Sois un peu plus cool avec maman, tu veux ? Essaie de te mettre à sa place. Elle fait de son mieux pour s'intégrer, c'est important pour elle.

— Papa et elle se sont mis tout seuls dans cette situation. Si elle n'était pas persuadée que sa valeur en tant que personne dépend d'objectifs qui sont hors d'atteinte, elle serait bien plus heureuse.

— Et toi, tu ne fais pas la même chose ?

— Moi c'est différent. J'essaie de me faire une place, de bâtir ma carrière. Papa et maman veulent juste monter d'un cran sur l'échelle sociale.

— Et pourquoi ce serait moins digne que ce que tu fais toi ? »

Parce que leurs objectifs sont superficiels et insignifiants, pensa-t-il très fort. Mais il ne le dit pas, ç'aurait été beaucoup trop violent. Il se contenta de déclarer qu'il avait vraiment besoin de boire un coup.

« Ça tombe bien, on devrait pouvoir faire ça au bar. »

Chaque année, la veille de Noël, ils retrouvaient tous les amis du lycée dans un pub. Lucas était un peu nerveux ; il n'avait pas revu tous ces gens depuis la rupture. Il passa la première heure à régaler ses vieux amis d'anecdotes sur sa vie à New York. Il se rendit compte qu'il en avait beaucoup, presque assez pour oublier sa déprime, en fait. Mais au beau milieu de son récit particulièrement haut en couleur sur sa nuit au love hotel (récit dans lequel les filles n'étaient évidemment pas des prostituées...), les courants sous-marins du bar commencèrent à diverger. Les gens qui s'étaient réunis autour de lui s'éloignèrent soudain pour se concentrer ailleurs. Il comprit vite pourquoi. À même pas dix mètres se tenait Melanie Woodward, son ex, une bière zéro calorie à la main. Une grappe de jeunes femmes était agglutinée à sa gauche, espérant peut-être pouvoir embrasser sa bague de fiançailles.

À présent, tout le monde était bien au fait de ce qui était en train de se passer. Et Lucas savait que tout le monde savait... Mais hors de question qu'on le voie s'effondrer.

« Un shot, un shot !! » commença à scander Lucas à l'adresse des quelques amis qui n'avaient pas pris la poudre d'escampette. Le groupe marcha comme un seul homme sur le bar et bientôt on posa devant eux un premier round de shots de tequila. Au troisième, Sam s'interposa tranquillement et proposa à son frère de faire une pause.

« Non, moi jveux d'l'alcool !

— T'es sûr de pas vouloir d'l'eau plutôt ? »

Mais une seule et unique chose pouvait détourner Lucas de ce dramatique dernier verre. Et c'était...

« Eh, salut ! » lança Mel en apparaissant tout à coup à leurs côtés, s'avançant vers Sam pour le saluer.

Bon, maintenant c'est clair qu'un dernier verre s'impose, se dit Lucas.

Sam afficha un large sourire et s'adressa à son frère comme à un grand-père sénile :

« Lucas, regarde, Mel est là !

— Melanie », dit Lucas.

C'était la première fois qu'il l'appelait comme ça. Et il espérait bien qu'elle l'avait remarqué. Mais elle se contenta de sourire et s'avança vers lui. Elle ne sentait pas comme d'habitude. Dieu sait pourquoi, il le prit comme un reproche.

« Tu as vraiment bonne mine, Luke. »

Combien de temps cette conversation était-elle censée durer ? Est-ce qu'ils devaient même s'infliger ça ? Il se tourna vers Sam, cherchant de l'aide, mais son frère avait disparu. Il avait la tête qui tournait. Mel était floue. Il plissa les yeux, essayant de rétablir sa vision, puis recula, parvenant à se stabiliser contre le bar. C'était déjà mieux. Mel ne bougeait plus. Elle portait une robe qu'il n'avait jamais vue et des bottes montantes. Ses cheveux bruns étaient aussi lisses et soignés que d'habitude. Avec, comme toujours, quelques mèches au-dessus du front ramenées en arrière.

Toi aussi, tu as bonne mine. Mais pourquoi tu ne sens pas comme d'habitude ? Pourquoi tout à coup tu ne sens plus comme toi ? Lucas ouvrit la bouche mais ce qui en sortit fut : « Tu as une nouvelle robe.

— Oui, Cal me l'a offerte quand on est allés à la boutique éphémère Rebecca Minkoff à SoHo, expliqua-t-elle en faisait tournoyer ladite robe.

— Quand est-ce que vous êtes venus à New York ? » demanda-t-il en essayant de paraître nonchalant.

Les savoir dans *sa* ville sans qu'il en ait eu connaissance lui était très désagréable.

« Eh bien, Cal vit à New York. Je vais souvent le voir.

— À New York ?!

— Oui, bien sûr. C'est fou, non ? Après tout ce que j'ai pu dire sur le fait que je n'irais jamais y vivre. Et maintenant, je suis sur le point d'y emménager.

— Attends. Tu vas vivre à Manhattan ?

— Eh bien on est fiancés, Lucas. J'ai candidaté pour quelques boulots là-bas. Mais si je ne trouve pas tout de suite, c'est pas très grave, Cal a un appartement à Chelsea. Juste au coin de la rue de cet incroyable petit resto spécialisé dans la cuisine du Sud. On dirait la cuisine de ma mère ! Mais sous crack... Et leurs cocktails aussi sont fabuleux. Tu connais ? Enfin bon, en tout cas, je ne me fais pas de souci pour le loyer. Et c'est un soulagement parce que tu sais ce que c'est les loyers à New York... »

Putain, mais non... Elle n'était quand même pas en train de se plaindre avec lui des loyers new-yorkais ?

« Bon, je te laisse profiter de ta soirée, fit-elle en désignant le shot restant sur le comptoir. Je voulais juste que les choses soient bien claires entre nous. On est tous les deux passés à autre chose. Je suis heureuse pour toi. Et j'espère que tu peux l'être pour moi. »

L'été passé, tout ce que Lucas voulait, c'était que Mel manifeste un tout petit peu d'enthousiasme concernant New York. À présent, son arrivée imminente sonnait comme une déclaration de guerre. Elle n'avait aucun droit d'envahir sa ville, juste en se greffant sans vergogne sur l'emprunt immobilier d'un autre, et même pas parce qu'elle voulait y vivre ni même était capable d'apprécier y vivre, mais juste parce que c'était là que son fiancé, un avocat juridique blindé, se trouvait vivre. À Chelsea, putain.

« Et où est Cal ? » Lucas sentait la colère grogner dans son ventre.

« Il descend demain. Il avait un contrat à finaliser. Mais peut-être qu'on pourra aller boire un verre ensemble quand j'aurai emménagé ? Tu dois avoir plein d'endroits vraiment cool à faire découvrir.

— Tu en parles comme si ça allait vraiment être ta nouvelle ville, comme si tu comptais vraiment vivre à New York.

— Mais oui, parce que c'est le cas.

— J'y crois pas, dit Lucas en grimaçant.

— Quoi ? »

Mel semblait si candide, si pleine d'une surprise ingénue, qu'il pensa un instant laisser tomber. Mais ça ne dura pas.

« Tu crois vraiment que j'ai envie de passer du temps avec ton nouveau fiancé et toi ? Après que je t'ai suppliée de venir avec moi ? Après que tu m'as dit très clairement que tu ne vivrais jamais à New York et que c'était ridicule que j'envisage ma vie là-bas ? Après que tu as rompu nos fiançailles pour te jeter au cou d'un autre un mois après notre rupture ? Alors que tu postes un million de photos de vous deux pour bien prouver au monde entier à quel point il est mille fois meilleur que moi ? Et maintenant, tu veux qu'on aille boire des verres ensemble ? Que je t'emmène dans les endroits vraiment cool que je connais ? Mais t'es sérieuse, Mel ? »

Elle le fixait, stupéfaite. Mais Lucas n'en avait pas encore fini.

« Le truc, Mel, c'est qu'un endroit en soi n'est pas "cool". C'est lié à ta façon de voir le monde. C'est ce que tu veux faire de ta vie et les risques que tu es prêt à prendre pour réussir. C'est être capable de s'ouvrir à de nouvelles opportunités, prendre des risques, s'ouvrir à... » Il avait déjà dit ça, non... ? Au moins, elle allait bien comprendre où il voulait en venir. « ... mais le truc, Mel, c'est que toi, que tu vives à Podunk en Caroline du Nord ou à Chelsea ou sur la lune, tu ne seras jamais assez ouverte d'esprit ni ambitieuse pour être "cool" ni même pour comprendre ce qu'être "cool" veut dire.

— Lucas, l'interrompit Mel dans un souffle. Qu'est-ce que tu racontes ? » Ses yeux étaient pleins de larmes. « Je ne sais même pas pourquoi je pleure, de toute façon tu n'es qu'un pauvre type bourré qui se comporte comme un connard. »

Elle se détourna de lui, comme pour chercher un témoin du regard. Et justement, Sam revenait vers eux.

« Qu'est-ce qui se passe ici ?

— Ce qui se passe, c'est que New York ne veut pas d'elle, n'a pas besoin d'elle et ne l'aime pas ! Mel-a-nie. »

Sur ce, il saisit le dernier petit verre à shot et le leva. Il était la statue de la Liberté brandissant bien haut la flamme de la liberté. Et si Mel n'était même pas capable de comprendre ça, elle pouvait toujours se la mettre où il pensait !

Sam intercepta le verre avant qu'il le vide. « Super. Voilà ce qu'on appelle une bonne soirée. Je suis désolé, Mel. »

Elle hocha la tête, comme assommée. Heureusement, son escouade était revenue et formait désormais un périmètre de sécurité autour d'elle.

« Au fait, remercie ta mère pour sa grande charité ! cria Lucas tandis que son frère l'entraînait vers la porte. Et dis-lui bien qu'on se le fout au cul, son country club de mes deux !

— Putain, mais qu'est-ce qui cloche chez toi ? demanda Sam une fois sur le parking.

— Oh, j'ai quelques pistes », marmonna Lucas avant de vomir.

28

Carmen rentra chez elle complètement abattue. C'était la première fois que Noël finissait aussi mal. Après avoir passé une journée délicieuse en compagnie d'un petit groupe très éclectique d'amis de Mira, elles avaient décidé, par tradition, de jouer au gin. Mais en cherchant les cartes dans la cuisine, Carmen était tombée sur une pile de courrier cachée sous des catalogues. C'étaient des recommandés de la part du propriétaire de Mira (ou plutôt de ses avocats) lui expliquant qu'elle enfreignait la loi depuis plusieurs mois en occupant le logement à loyer bloqué de son conjoint décédé. Comme le couple n'était pas marié, Mira devait s'acquitter du loyer au prix du marché si elle souhaitait rester. Le propriétaire voulait aussi qu'elle lui verse rétrospectivement la différence entre le loyer bloqué et le loyer qu'elle aurait dû payer pendant les nombreux mois où elle l'avait « escroqué ». Le montant s'élevait à la somme ahurissante de 48 750 dollars. Somme que sa grand-mère ne possédait évidemment pas. Les recommandés remontaient déjà à plusieurs mois.

Carmen avait senti son cœur se serrer et elle était allée fourrer ces courriers sous le nez de sa grand-mère.

« Tu comptais me le dire quand ?

— C'est juste un pauvre crétin qui essaie de me faire peur, ma chérie. Mais il peut toujours rêver, répondit-elle sans même relever les yeux de son livre.

— Mira, ils te menacent d'expulsion. »

Ce mot sembla capter son attention. « J'ai 86 ans. Ça fait des décennies que je vis ici. Ce n'est pas maintenant que je vais déménager. »

Est-ce que vraiment sa grand-mère ne comprenait pas ce que signifiaient ces courriers ? Est-ce qu'elle ne comprenait pas qu'en les ignorant pendant si longtemps elle n'avait fait qu'aggraver sa situation ? Son refus de prendre tout ça sérieusement signifiait que c'était Carmen qui allait devoir s'en charger. Et ça allait coûter cher.

« Personne ne va virer une petite mamie de son pauvre trou à rat, ajouta-t-elle face au silence de Carmen.

— Si ce trou à rat est sur Barrow Street, ils ne vont pas se gêner. Il faut qu'on prenne un avocat.

— N'y pense même pas. C'est beaucoup trop cher.

— J'ai de l'argent de côté. »

Mira fit non de la tête. « Ça va se régler tout seul. Tu vas voir.

— Mira, ce genre de problème ne se règle pas tout seul. Tu ne peux pas faire comme si de rien n'était. »

Elle se contenta d'un vague marmonnement.

« Tu ne peux pas te contenter d'ignorer ces courriers. Tu comprends ? » Carmen était à présent presque collée à sa grand-mère, qui ne relevait toujours pas les yeux. « Mira, si tu ne fais rien, tu vas te faire jeter dehors. C'est peut-être même déjà trop tard. Comment tu as pu laisser couler comme ça, faire comme s'il ne s'était rien passé ? Bon sang, c'est comme si tu vivais au Pays des rêves ! »

À présent, Carmen faisait les cent pas.

« Ce n'est pas très gentil de me dire ça, Carmen.

— Eh bien je suis désolée, mais c'est vrai. Pourquoi tu crois que maman et toi, vous ne vous parlez plus ? Pourquoi tu as passé ta vie à changer de boulot tous les quatre matins, sans être capable de rester en place plus de cinq minutes ? C'est parce que ta réalité n'est pas la même que celle des autres. Et ça finit toujours par retomber sur les gens qui t'entourent. Ça retombe sur moi, là. C'est moi qui vais devoir m'en occuper. Parce que tu es complètement irresponsable. Tu te comportes comme une gosse. »

Carmen avait bien conscience, en disant ces horreurs, qu'elle allait blesser Mira. Mais elle ne parvenait pas à s'arrêter. Elle était terrifiée à l'idée de ce qui risquait d'arriver. Mira allait se faire jeter dehors. Ce procès qu'elle lui faisait, ces reproches cruels semblaient la seule façon de l'atteindre. Mais Mira, les lèvres serrées, fixait sa petite-fille avec un regard dur et froid.

« J'ai mené ma vie comme je l'entendais. Et je ne t'ai jamais rien demandé. Alors ne me parle pas comme si j'étais un fardeau pour toi. Ne me parle pas comme si tu savais tout mieux que moi. Parce que ce n'est pas le cas. Tu ne sais rien, Carmen.

— Bien sûr que si ! tempêta Carmen. Une expulsion, Mira, une putain d'expulsion ! Ça veut dire que tu n'auras plus de maison ! Ça veut dire que tu n'auras plus rien ! Et c'est ce qui va se passer. Ça te pend au nez ! »

Tout à coup, sous ses yeux horrifiés, Mira se mit à sangloter. Carmen se jeta à ses pieds. « Je suis désolée, Mira, excuse-moi. »

Mira la laissa lui prendre les mains, mais elles étaient molles et sans réaction.

« Mira, s'il te plaît. Je ne pensais pas ce que j'ai dit. Je suis juste très inquiète. Il faut qu'on fasse quelque chose. »

Mira retira ses mains des siennes et sécha ses yeux avec le coin de sa robe de chambre.

« Je suis très fatiguée. Je vais aller me coucher, lui dit-elle sur un ton mécanique. Ferme la porte derrière toi, s'il te plaît. »

Carmen avait éteint les lumières et quitté l'appartement. Sur le chemin, elle avait pris la mesure de son erreur. Mira, qui avait perdu son compagnon de longue date un an plus tôt, avait ignoré les courriers parce qu'elle avait peur. En laissant libre cours à sa propre angoisse, Carmen n'avait fait qu'attiser cette peur. Elle avait blessé la personne qu'elle aimait le plus au monde et brisé l'optimisme ténu de la vieille dame.

Et ça n'avait pas réglé le problème, elle était toujours menacée d'expulsion.

En arrivant chez elle, Carmen se mit en pyjama et s'assit pour attendre le coup de fil de Lucas. C'était peut-être Noël mais le magazine ne connaissait pas de répit. Leur rubrique allait quand même sortir. Et Jiji avait imposé comme thème de la semaine le sexe à distance. Carmen et Mister Nice Guy devaient se chauffer mutuellement et s'exciter jusqu'à ce que l'un fasse jouir l'autre. Qui serait le premier ? « Et pas de tricherie, avait précisé

Jiji. Enregistrez la conversation pour que je puisse vous départager en cas de besoin. »

Départager, mon cul ! s'était dit Carmen. *Il va départager dans un mouchoir en papier, surtout...*

Elle ne savait pas ce qui excitait le plus Jiji : les performances sexuelles de son ex – il était assez maso pour ça – ou l'explosion des abonnements en ligne et des ventes du format papier. Mais ni Carmen ni Lucas n'avaient intérêt à garder une trace de leur interaction. Ils avaient donc uni leurs forces pour se limiter à un appel. Et non enregistré. C'était d'ailleurs la première fois depuis très longtemps qu'ils étaient tombés d'accord sur quelque chose.

Le téléphone sur les genoux, Carmen se sentait totalement submergée par la cruauté de son monde. La méchanceté des autres mais aussi la sienne.

« Quoi ? marmonna-t-elle d'une voix épuisée quand il finit par appeler.

— On n'avait pas un rendez-vous téléphonique ? Il me faut ma dose hebdomadaire d'humiliation ! »

À quel point ses sarcasmes cachaient-ils une vraie vexation ?

« Je... » commença-t-elle. Mais elle ne fut pas capable d'aller plus loin. Elle se mit à sangloter, luttant pour se reprendre suffisamment pour s'excuser et raccrocher. Le téléphone tremblait dans sa main.

« Carmen ? Qu'est-ce qu'il y a ? Ça va ? »

Elle ravala ses larmes mais une autre vague la déborda aussitôt.

« Carmen, dis-moi ce qui se passe. Tout va bien ? »

Il avait l'air vraiment inquiet à présent.

« Qu'est-ce que ça peut te faire ? dit-elle entre ses larmes.

— S'il te plaît. Dis-moi juste ce qui ne va pas. »

Et elle le fit. L'idée de rester seule avec ses pensées et ses idées noires lui était insupportable, tout à coup. Pour la première fois depuis des mois, Lucas se montrait gentil avec elle. Et malgré la distance émotionnelle qu'ils avaient instaurée, ils commençaient à bien se connaître. Il l'écouta patiemment, posant quelques questions de temps en temps. Elle finit par se calmer et quand ses yeux furent enfin secs, elle lui demanda de rester en ligne le temps d'aller se passer le visage sous l'eau. Inquiète à l'idée qu'il raccroche, elle reprit précipitamment le téléphone.

« Je suis là. Excuse-moi.

— Pas de problème. Je suis assis dans ma chambre d'ado, devant mes posters Green Day, et tu n'as pas idée à quel point je regrette d'être rentré.

— Il ne faut jamais, jamais quitter New York, répondit-elle en réussissant à rire. Sauf pour aller dans un endroit vraiment très exotique et lointain.

— Oui, j'ai retenu la leçon je pense.

— Toi aussi, tu as passé un Noël pourri ? »

Il lui raconta ses retrouvailles désastreuses avec Mel, le portrait de Spragg, et il réussit même à lui parler de Sofia. Maintenant que c'était fini entre eux, il pouvait bien lui avouer qu'elle avait été son coach.

« Espèce de tricheur !

— Oui, ça vient s'ajouter à tous mes autres défauts. »

Carmen ne l'entendit pas parce qu'elle riait trop.

« Pour être honnête, je me suis effectivement demandé pourquoi tu étais si bon, tout à coup.

— Attends, tu viens d'admettre que je suis bon ?

— Oui, évidemment.

— Mais tout ce que tu as écrit...

— Lucas, c'est le jeu. Tu ne vas quand même pas me dire que tu es honnête depuis le début ?

— Mais si...

— Mon Dieu... J'imagine qu'une telle intégrité, ça se respecte.

— Eh, tu ne vas pas le crier sur tous les toits, pour ma coach ?

— Nope.

— Je viens de te fournir une arme mortelle et tout ce que tu trouves à dire, c'est nope ? »

Malgré leur intimité physique bien installée, ils n'avaient jamais vraiment eu de conversation digne de ce nom. Et ils réussissaient enfin à se parler alors qu'ils se trouvaient éloignés de plusieurs milliers de kilomètres.

« J'ai presque l'impression que tu as envie que je révèle ton secret !

— Non, bien sûr que non !

— Alors je ne le ferai pas. Mais il faut avouer qu'elle a clairement élevé le niveau.

— Alors là ! Attention, mesdames et messieurs, Carmen Kelly va vous annoncer en direct ce soir...

— Mais maintenant qu'elle est partie, tu es redevenu seul et vulnérable... »

Lucas ne répondit rien.

« Tu étais amoureux d'elle ? »

Un ange passa.

« Oui. Enfin je suis encore amoureux d'elle.

— Je suis désolée. Ça va aller mieux, tu vas voir. »

Elle le pensait vraiment. C'était difficile à admettre mais le fait est qu'elle avait aimé Jiji. Qu'est-ce qui aurait pu la laisser brisée à ce point, sinon ? Et pourtant, à présent, elle ne trouvait plus trace de cette douleur encore si accablante et familière peu de temps auparavant. La plaie avait cicatrisé. Tous ces sentiments extrêmes qu'elle avait ressentis pour lui, l'amour comme la haine, semblaient n'avoir jamais existé.

« Ça va aller mieux ? Si tu le dis...

— Moi aussi, je suis passée par là. Tu as l'impression que l'obscurité t'enferme tellement que tu n'arrives même plus à discerner quoi que ce soit. Mais chaque jour, l'obscurité va reculer un petit peu. Et un beau matin tu seras capable de voir l'horizon de nouveau.

— Un beau matin, ouais...

— Ne désespère pas. Il y a beaucoup de choses à voir. Elles sont là et elles vont y rester le temps que tu retrouves la vue. Et toutes ces nouvelles personnes – ces nouvelles histoires, ces nouveaux amis ou faux ennemis – feront paraître Sofia aussi ennuyeuse que la photographe à la petite semaine qu'elle est.

— Les faux ennemis ? Tu ne voudrais pas parler d'une certaine journaliste sexo par hasard ? »

Carmen gloussa. Elle appréciait cette version de lui. Ce n'était plus le Lucas ambitieux et rageur qu'elle descendait dans ses articles ni le Lucas affamé et mal à l'aise avec qui elle couchait. Ce Lucas-là faisait de son mieux pour garder la tête haute.

« Peut-être que faux ennemis avec bénéfices serait plus juste ?

— Est-ce que tu crois... Je veux dire qu'est-ce que tu

dirais qu'on soit... » Il marqua une pause et Carmen leva les sourcils, dans l'expectative. « ... juste amis avec bénéfices ?

— Mon Dieu, Mister Nice Guy. C'est un gros challenge... Ça demande réflexion... »

Est-ce qu'elle était en train de flirter avec lui ?

« Mmm, eh bien, plus c'est gros, plus Carmen Kelly aime ça, non ? »

Et lui aussi se mettait à flirter ?! Ça commençait à être vraiment bizarre.

« Oui, Lucas. On peut être amis.

— Une trêve ! C'est la chose la plus agréable que j'ai entendue de toute la semaine. C'est quoi le programme ce soir ?

— Du sexe par téléphone.

— Arf...

— Pourquoi on n'inventerait pas ? Comme on aurait dû le faire depuis le début...

— Est-ce que ce n'est pas un peu malhonnête ?

— Ce n'est pas comme si notre rubrique avait des répercussions politiques internationales...

— Certes...

— La moitié de ce qui est publié dans ce magazine est monté de toutes pièces. Comme cette rubrique stupide, là, “Demande au barman”. À ton avis, d'où sortent les questions des lecteurs ?

— Ce sont les journalistes qui les rédigent... soupira Lucas.

— Voilà. Et les réponses du barman ?

— Pareil. Mais attends, et la photo du barman alors ? C'est qui ?

— C'est un acteur.

— Quoi ?! Mais on dirait un vrai ! On dirait qu'il sort tout droit de...

— ... d'un casting, oui. Et j'en ai une petite dernière pour toi. Tu sais qui rédige l'édito de Jiji ? Housman.

— Oh merde, se lamenta Lucas. C'est la déprime intégrale. Je suis fact-checkeur dans un magazine où tout est bidon. Mais justement, il faut bien que quelque chose au moins soit véridique ! Et moi je...

— Je ne veux pas te mettre la pression, Lucas. Si tu en as vraiment envie, on peut continuer comme on faisait. Mais j'ai l'impression qu'une petite pause nous fera le plus grand bien à tous les deux.

— Tu crois que les lecteurs n'y verront que du feu ? Et Jiji aussi ?

— J'en suis certaine. Je vais écrire ma partie et te l'envoyer. Tu pourras écrire la tienne en fonction.

— Tu vas me dévoiler ce que tu comptes écrire sur moi... ? Et ce n'est même pas un piège ? »

Pour la première fois, le jeu n'excitait plus Carmen, ne l'intéressait même plus.

« Tu te rappelles, la fois où tu m'as dit que tu voulais que la rubrique serve aux gens ? Que ça les aide ? Je me suis foutue de toi, bien sûr. Mais je pense que tu as raison, en fait. Et si on veut vraiment aider nos lecteurs à améliorer leurs relations et leur vie sexuelle, on ferait mieux de bosser ensemble.

— Tu le penses vraiment ? »

Il avait très envie de la croire, elle l'entendait dans sa voix.

« Je suis fatiguée de me battre contre toi. »

Elle se leva et commença à faire les cent pas dans son

appartement. Il semblait se passer beaucoup de choses dans la tête de Lucas.

« Très bien, finit-il par dire. Ça marche. Mais dans ce cas, on écrit les articles à quatre mains. Ce sera tellement chaud que la moitié de New York va jouir sur son écran. »

Carmen éclata de rire. « Voilà, c'est tout à fait l'idée ! Ça va être une vraie orgie. New York va tellement jouir qu'ils vont tous tomber dans les pommes et on aura enfin un peu la paix. »

29

Cher Mister Nice Guy,

Comme de nombreux New-Yorkais – c'est-à-dire tous ces gens qui vivent ici mais n'y sont pas nés et s'octroient le badge de New-Yorkais parce qu'ils réussissent à payer leur loyer –, tu es parti passer Noël en famille. Moi, je suis restée à New York. (Je ne quitte jamais New York.) Cette semaine, notre défi était de faire comme de nombreux couples de New-Yorkais pendant les vacances : du sexe par téléphone. Apparemment, pour toi, ça se résume à répéter en boucle « Suce ma bite » jusqu'au moment où tu éjacules dans ton caleçon. Et franchement, ç'a été un vrai plaisir. Pour une fois depuis qu'a commencé cette liaison sordide, je n'ai même pas vu l'ombre de ta queue.

Comme nos fans seront sûrement encore en vacances quand ils nous liront, je me sens obligée de leur expliquer ce qu'il faut faire – et ne pas faire. Ton cas peut servir de leçon.

D'abord, ne pas demander : « Qu'est-ce que tu portes ? » Mon Dieu, ce que c'est bateau... Et puis ce n'est qu'une blague, Mister Nice Guy. C'est une sorte de référence culturelle, un cliché. Au lieu de ça, mieux vaut commencer doucement. Tu peux me dire quelque chose d'honnête et d'un peu mignon, quelque chose qui va me faire monter le rose aux joues. Tu peux me dire que ça te plaît de m'imaginer assise là, que tu aimerais être avec moi. Et tu prends le contrôle. Tu me dis de passer la main sous mon haut. Tu me dis que ça te fait bander de m'entendre respirer.

Tu ne me demandes pas de me déshabiller, bien sûr que non. Voyons, Mister Nice Guy, je suis déjà là, assise toute seule, et en plus il faudrait que je me mette à poil sur le canapé ? Tu es censé faire naître quelque chose, créer un fantasme dans lequel on puisse tous les deux se sentir à l'aise tout en se touchant – eh oui, soyons honnêtes jusqu'au bout – en imaginant l'autre qui est loin, dans un lit ou dans un salon inconnu, la main dans son pantalon, et qui pense à nous. Il y a quelque chose de très fort là-dedans, non ? Tu es là, tout seul, en train de t'astiquer le manche en pensant à moi. Fais-toi plaisir, Mister Nice Guy. Dis-moi à quel point tu aimes m'imaginer. Dis-moi ce que tu es en train de faire, comment tu le fais, dis-moi ce que ça te fait.

Tu as donc répété « Suce ma bite »... Mais non ! Juste non ! Qu'est-ce que j'étais censée répondre à ça, hein ? « Oh oui, je te la suce bien » ? À des milliers de kilomètres et au téléphone, tu comprends bien que c'était compliqué. Et non, je n'allais certainement pas te faire des petits bruits mouillés dans le portable.

« Fais-le, oh vas-y, fais-le », tu m'as dit. Bon Dieu, c'est pas bientôt fini avec les impératifs ? Pour quelqu'un qui se targue d'écrire, tu as du mal avec la narration. Le sexe par téléphone, ça doit être de la littérature. Pas une engueulade.

J'ai donc dû reprendre le contrôle, évidemment. Fort heureusement, je sais ce que veulent les hommes : qu'on recon-

naisse leur pouvoir sexuel. « J'aimerais que tu continues à te branler pendant que je te parle. Vas-y doucement, oh oui, tout doucement. Oui, comme ça. Touche-toi comme ça. »

J'ai continué un petit moment et c'est le coup de la lenteur qui t'a fait partir. Les gens s'imaginent toujours que du sexe passionné, ça doit aller vite. Bang bang et hop. Mais on ne fait pas assez l'éloge de la lenteur. On peut sentir les moindres mouvements, quand on va doucement. On a le temps de déployer une vraie intimité. Tu as joui quand je t'ai fait ralentir le rythme. C'était couru d'avance.

Mais je dois bien te dire, mon pauvre ami – cher ami à qui je suis contractuellement liée –, que malgré cette scène assez embarrassante, j'ai été surprise du plaisir que j'ai éprouvé en entendant ta voix. Ça m'a rappelé qu'on ne parle pas assez pendant le sexe – et c'est probablement en grande partie ma faute. C'est vraiment pas mal, pourtant. Dans la fièvre de l'instant, on peut dire des choses qu'on ne s'autoriserait pas dans un autre contexte. C'est parce qu'on les dit dans un moment torride qu'elles sont sexy. C'est une façon de se laisser aller, de s'abandonner. C'est un peu ce qui s'est passé pendant notre session au téléphone, et je pense qu'on en a tiré quelque chose d'intéressant. Vous aussi, je l'espère.

Carmen

Lucas termina sa lecture et, pour la première fois depuis le début de leur collaboration, il ressentit une joie pure. Il n'avait pas lu l'article dans le magazine ou en ligne, comme d'habitude, mais dans le mail que, comme convenu, Carmen lui avait envoyé. Elle avait ajouté quelques lignes : « Même si on est déjà totalement au-delà des règles du fact-checking, on ne peut pas non plus être tout d'un coup sympas l'un envers l'autre. Ce serait trop gros. Mais j'ai glissé le mot "ami". Ne fais pas attention à ce qu'il y a avant – ni après. »

Lucas se sentit soudain très inspiré. Il était évident que certaines personnes ne les lisaient que pour les juger. Mais il y avait aussi d'autres lecteurs, des gens vraiment très nuls au lit. Et ceux-là avaient réellement besoin de son aide. Même s'il n'avait jamais fait l'amour au téléphone.

Carmen,

On va se repasser le film à l'envers. Je crois que la dernière chose que tu m'as dite avant de raccrocher, c'était : « Maintenant il va vraiment falloir que je me lave les mains. »

Carmen éclata de rire. Lucas lui faisait payer toutes les fois où elle avait cassé l'ambiance en rendant le sexe aussi peu sexy que possible. Et elle se remit à rire parce qu'il avait raison, c'était complètement elle. Il commençait à bien la connaître.

Avant ça, j'ai joui. Et encore avant, tu m'as donné des instructions sur comment me branler. Va doucement. Un peu plus fort. Non, plus doucement. C'est vrai que c'était très excitant, même si j'avais un peu l'impression de regarder un tutoriel de branlette sur Pornhub. Tu sais, ceux où une femme est assise toute seule face à la caméra et fait des gestes en l'air tout en susurrant des saletés à son spectateur pour le faire jouir. Il vaut mieux ne pas analyser ces vidéos, bien sûr. Mais sur le coup, le cerveau inondé d'hormones, elles sont assez intimes pour faire le taf. Je ne savais pas que tu en regardais aussi. Carmen, tu as beau te donner beaucoup de mal pour paraître naturelle, tu es démasquée. En fait, tu trouves ton inspiration sur Internet, comme nous tous ! Il n'y a pas de mal à ça, surtout quand ça marche aussi bien. Si j'aime le porno, il n'y a pas de raison que je l'aime moins avec toi.

Pour en revenir à notre rembobinage... Avant ton petit mode d'emploi, je crois que tu as joui. Même si pour être honnête, je n'en sais rien.

C'est la première fois que je te le dis mais je suis terriblement excité par le souffle d'une femme dans mon oreille. La respiration haletante qui s'accélère, les petits gémissements... Quand je lui ai confié ça, une de mes copines a commencé à coller sa bouche contre mon oreille pendant qu'on faisait l'amour. C'était tellement incroyable qu'au début je jouissais en trente secondes. Je n'étais pas prêt pour une telle overdose. Il faut me comprendre, d'habitude je dérobe ces soupirs au passage.

Mais au téléphone, c'était différent. Ta voix était juste là, au creux de mon oreille. C'était presque plus intime que de toucher ton corps. J'aurais aimé que tu en profites plus, Carmen. Tu étais tellement occupée à parler, si attentive à ce que tu disais que tu en as oublié le pouvoir de tes soupirs.

Dans la première version de Lucas, celle qu'il lui avait soumise, la dernière phrase n'existait pas. C'était Carmen qui l'avait ajoutée. « C'est une insulte déguisée », avait-elle précisé. Il y avait quelque chose d'étrange à lui fournir une arme, mais bien moins que ce à quoi elle s'était attendue. Leurs articles avaient toujours été très performatifs, comme le sexe et les duels qui s'ensuivaient. Mais si tout ça n'était plus qu'une vaste comédie, alors pourquoi se priver ?

Avant ça, j'ai essayé un petit fantasme. On était ensemble dans ma chambre d'ado et on essayait de ne pas faire de bruit pour que mes parents ne nous entendent pas. Je te chuchotais des instructions : « Enlève ta chemise, déboutonne mon jean, branle-moi. » Mais tu n'étais pas vraiment dedans... Ça donnait plutôt ça, du coup :

Moi : « Suce ma bite. »

Toi : ...

Moi : « Oh oui, comme ça. »

Toi : ...

Écoute, en tout cas j'ai tenté. Je ne sais pas comment j'aurais pu faire mieux sans tomber dans un dialogue de mauvais roman érotique.

Et encore avant, on a parlé de comment on allait bien pouvoir s'y prendre. Parce qu'on n'était pas très à l'aise, l'un comme l'autre. Passer sans transition d'une conversation normale à du sexe par téléphone, ce n'est pas la chose la plus facile qui soit.

Encore avant, je t'ai appelée et tu as décroché en disant « Bonsoir ». Ça faisait des jours que je n'avais pas entendu ta voix et je me suis fait la réflexion que cette semaine, loin de New York, je me suis senti plus seul que jamais.

Mister Nice Guy

Carmen devait bien reconnaître que Lucas s'était amélioré aussi bien au lit que sur le papier. Et maintenant, il commençait même à être un vrai mec sympa.

30

Lucas était rentré à New York pour le Nouvel An. Sans petite amie, et avec un Nicholas Spragg qui jouait toujours la fille de l'air. Tyler fit de son mieux pour l'égayer et l'invita à sortir pour une « nuit entre hommes ».

« Sofia t'a dit ce qui s'était passé ? » lui demanda Lucas, anxieux à l'idée qu'elle lui ait tout raconté. Il espérait surtout que la froide détermination de la jeune femme commençait à flancher.

« Elle t'aime vraiment beaucoup, tu sais. Ne sois pas trop dur avec toi-même. »

Il mourait d'envie de demander à son coloc si Sofia avait eu des sentiments pour lui, au moins à un moment. Une semaine plus tôt, il l'aurait juré. Mais maintenant qu'ils ne se voyaient plus, il doutait de tout.

« Peut-être que tu as tout voulu tout de suite.

— Mais c'était plus qu'un plan cul ! protesta Lucas.

— Je sais que je ne suis pas ton psy, mais si je peux te donner un conseil... »

Lucas haussa les épaules.

« Tu es resté très longtemps avec la même fille. Vous étiez même fiancés. Et puis tout à coup tu te retrouves célibataire. Mais tout ce que tu connais, c'est le couple avec un grand C. Alors quand tu tombes amoureux, dans ta tête tu repasses automatiquement en mode couple, parce que c'est le type de relation qui t'est le plus familier. Tu n'es pas encore habitué à modérer tes sentiments, à accorder ton rythme à celui de l'autre. Peut-être que tu as piqué un sprint et que tu l'as laissée loin derrière.

— Tu veux dire que j'ai voulu aller trop vite ?

— Voilà.

— Mais ça faisait déjà trois mois ! Et on se voyait tout le temps. On était vraiment proches, Tyler. Sur beaucoup de plans. On s'était vraiment livrés.

— Je suis certain que tu t'es livré, oui. Et je suis certain qu'elle t'a écouté. Elle est très douée pour ça. Mais qu'est-ce que tu sais vraiment d'elle ? Je veux dire, à part les grandes lignes ?

— Je la connais bien, se défendit Lucas d'une voix faible. Je t'assure.

— Je suis désolé si je t'ai blessé, mec.

— C'est pas toi. C'est juste que c'est encore vraiment douloureux...

— J'imagine, oui. Écoute, si tu veux mettre le nez dehors, envoie-moi un texto. On pourrait traquer Mister Nice Guy ensemble et découvrir son identité. Je te laisserais partager la gloire. Ça te ferait plaisir, ça, pas vrai ? »

Une fois son coloc parti réveillonner, Lucas s'enferma dans sa chambre. Il avait très envie de pleurer. Il préféra transformer sa tristesse en colère. Il était temps qu'il termine ce maudit portrait. Il en avait assez de faire la chasse à Spragg, hors de question qu'il le laisse couler son travail. Ce n'était certainement pas comme ça que le vrai journalisme fonctionnait ! Depuis quand est-ce que le sujet de l'article dictait ses règles et décidait de ce qu'on allait écrire sur lui ? Il rédigea rapidement son mail.

Cher Nicholas,

Cela fait maintenant un petit moment que j'essaie de te joindre pour discuter avec toi d'un incident qui se serait produit avec une jeune femme que tu connaissais à l'université. J'ai des délais à tenir. Si tu as quelque chose à ajouter là-dessus, appelle-moi ce soir s'il te plaît.

Sinon, ça sort comme ça.

Merci,

Lucas

Il avait été extrêmement conciliant. À présent, il était temps de se mettre au travail pour de bon. Il s'immergea donc dans son article, ne décollant pas les yeux de son écran pendant des heures. Il entendit de loin les cris et les échos festifs et alcoolisés saluer la nouvelle année, mais tout était comme étouffé par le cliquetis de son clavier et la voix dans sa tête. C'était comme si une entité indépendante, peut-être même céleste, lui dictait quoi taper. Il n'avait pas écrit avec une telle conviction, une telle facilité depuis sa première réponse à Carmen.

Il mit le point final et se relut. 3 476 mots, à la fois honnêtes, cinglants et vrais. Nicholas serait furieux. Peut-être qu'il se sentirait même trahi. Mais Lucas s'en fichait. Jiji allait être impressionné et c'était l'essentiel. « Ne laisse rien passer. » C'étaient ses propres mots. Il était 5 heures et Nicholas n'avait pas essayé de le joindre. L'article allait donc débuter sa longue descente dans les entrailles bureaucratiques du magazine. Un relecteur allait le lire et corriger le fond, avant de l'envoyer à un autre qui corrigerait la forme et l'enverrait à un autre… jusqu'à ce que l'article atterrisse sur le bureau de Jiji. Ce processus pouvait prendre des semaines. Lucas allait devoir attendre un peu pour recevoir ses lauriers.

Son chagrin d'amour était loin de s'arranger. L'hiver s'éternisait, et seuls ses rendez-vous avec Carmen l'égayaient un peu. Ils s'asseyaient l'un en face de l'autre ou côte à côte dans une chambre d'hôtel choisie par Carmen, avec un repas payé par Jiji, et ils imaginaient de parfaits échanges, enchaînant attaques et reparties, concessions et piques assassines. Au lieu de tout miser sur la mesquinerie, ils rehaussaient désormais le niveau de mots d'esprit. Ce qui n'était possible que parce qu'ils communiquaient enfin. Tout ça était nouveau pour Lucas, c'était la première fois qu'il collaborait aussi étroitement avec quelqu'un, surtout dans un exercice d'écriture. Ils formaient à présent une véritable équipe. Mais rien de romantique là-dedans. C'était le côté négatif : l'amitié avait remplacé le sexe. À présent, leur contact le plus physique se résumait à une bise ou à se faire un check. Même s'il avait perdu le plaisir de fréquenter le corps de Carmen, Lucas devait bien admettre que cette nouvelle modalité de relation était autrement plus gratifiante.

Leur créativité s'en était trouvée considérablement boostée. Libérés des contraintes du réel, ils pouvaient envoyer Carmen et Mister Nice Guy se promener en ville. Dans les semaines qui suivirent, ils jouirent en simultané devant l'éruption à trois cent soixante degrés des volcans du Museum d'histoire naturelle. Ils s'envoyèrent en l'air dans une loge de l'Opéra pendant une représentation de *La Veuve joyeuse*. Et ils squattèrent un bal des débutantes au Plaza – bal durant lequel Lucas, caché dans les plis de sa grande robe, lécha Carmen dans un coin sombre. Tout cela déchaînait l'hystérie des lecteurs, qui s'imaginaient pouvoir tomber sur Carmen et Mister Nice Guy à chaque coin de rue. Les ventes papier connurent de nouveaux sommets, sans parler des abonnements.

« Ils sont de plus en plus imprudents, écrivit Tyler dans *Noser*. Et tôt ou tard, on va les débusquer en plein coït. Je promets d'afficher ce sex-addict sans honneur de Mister Nice Guy devant tout New York. Personne ne peut préserver son anonymat aussi longtemps, surtout en baisant et/ou en s'insultant avec une figure aussi connue que Carmen Kelly. Tout ça doit finir. »

31

Quand février pointa son nez, Lucas n'avait toujours eu aucun retour sur son article. Il finit par écrire à Jiji, dont la réponse fut extrêmement enthousiaste : « Je n'ai pas encore eu le temps de lire ton article mais s'il est aussi bon que je le pense, tout ça sent la promotion. » Lucas aurait voulu imprimer ce mail et l'encadrer. Il aurait voulu l'envoyer à sa famille, à Sofia, à tous ceux qui avaient douté de lui ou l'avaient rejeté. Plus que ça, cette promesse présageait une sorte d'intronisation officielle. Bientôt, il pourrait se présenter sans complexe comme New-Yorkais. Il ne serait plus un homme qui vit à New York, il serait un homme qui fait partie de New York. Son passé de jeune candide serait effacé, au profit de l'auréole de sagesse acquise par l'expérience. Il se focalisa sur cette victoire pour ne plus penser à Sofia.

Et puis un matin, il fut convoqué dans le bureau de Jiji. Il n'y avait pas remis les pieds depuis l'été mais la pièce n'avait pas changé : tout était parfaitement à sa place. Pas un papier de travers, pas un grain de poussière au sein du siège du pouvoir. Lucas se rappela un article qu'il avait fact-checké sur des multimillionnaires russes et chinois qui s'achetaient des penthouses au cœur de Manhattan. Ils ne les achetaient pas pour y vivre, mais pour placer leur argent. Des immeubles entiers réduits à des tours fantômes vides à l'année.

« Lucas, merci d'être venu. » Jiji était assis sur un coin de son bureau, les bras croisés. Il y avait quelque chose d'un peu rigide, d'inhabituel dans sa posture. « Assieds-toi donc. »

Lucas s'installa et sortit son carnet et un stylo, prêt à noter les éventuelles corrections de Jiji.

« Ce ne sera pas nécessaire. »

Peut-être que son article était tellement bon qu'il n'y avait même pas de révisions ? Ça paraissait peu probable. Mais qui sait ? Il pouvait avoir été meilleur qu'il ne le pensait.

Jiji baissa la tête. Quand il la releva, il fronçait les sourcils. Il y avait un souci.

« Lucas, si je t'ai confié ce portrait, c'est parce que je percevais un gros potentiel chez toi. Je me suis dit que j'avais devant moi un jeune homme ambitieux et passionné, qui malgré sa très brève expérience ici comprenait et partageait déjà la vision du magazine. Ma vision.

— Je... » commença Lucas.

Mais Jiji leva la main et enchaîna.

« Et tu me rends ton travail. Trois mille mots qui semblent s'acharner à dénigrer un jeune homme dont le seul crime est d'essayer de se faire une place dans une ville aussi immense que complexe. Ce que tu essaies pourtant toi aussi de faire. Je te confie un simple portrait et tu me ponds un pavé assassin sur Nicholas. En plus, tu l'accables d'accusations qui, honnêtement, me semblent tout à fait extravagantes au vu de son caractère et de sa position. Si cet article sortait, il pourrait ruiner sa carrière, sans parler de sa réputation. Ça donne presque l'impression que tu as pris plaisir à le souiller. Ça me peine de devoir te dire ça, Lucas, mais je pense que tout compte fait tu aurais plus ta place dans un tabloïd. Est-ce que tu as cru qu'*Empire* était un tabloïd ? »

Lucas suait abondamment. Il se sentait nauséeux. Et il avait tout à coup très mal à la tête. Ce devait être une blague. Ou alors une sorte de test ? Bon sang, mais qu'est-ce qui était en train de se passer ? Son article était bien documenté. Il était peut-être sévère, mais certainement pas mensonger.

« Je suis très déçu, Lucas. Je m'en veux beaucoup. Je t'ai offert cette remarquable opportunité en m'imaginant que tu aurais la maturité et le professionnalisme suffisants pour t'acquitter dignement de cette mission. Mais je vois que je me suis trompé. Je n'ose penser à la réaction du public, sans parler des possibles procès pour diffamation.

— Mais tout est vrai ! Il y a même eu une plainte. J'ai fait exactement ce que vous m'avez demandé. Je ne comprends pas.

— Imagine, si je t'avais promu journaliste, continuait Jiji en hochant tristement la tête. Je suis désolé de devoir te dire ce qui va suivre. Enfin, peut-être pas, non. Tu ne travailles plus pour nous, Lucas. »

Et pile à ce moment, quelqu'un renifla bruyamment. Il tourna la tête de part et d'autre mais il n'y avait que Jiji et lui.

« Qu'est-ce que c'était ? »

Son patron tripotait quelque chose. Son téléphone.

Lucas se leva d'un bond. « Quelqu'un écoute notre conversation ?

— Bien sûr que non. »

Il était sûr et certain de ce qu'il avait entendu. « Mais je... » Il se tut. Il fallait qu'il se reprenne, qu'il identifie ce qui avait foiré, qu'il comprenne quelle pièce lui manquait. Mais il devait faire ça vite. Très vite. S'il quittait cette pièce, il ne serait plus jamais autorisé à y revenir.

« Tu as dix minutes pour récupérer tes affaires et quitter cette tour. Ou j'appelle la sécurité. »

Non, non, non ! Il devait au moins trouver les mots, lui expliquer. Il y avait forcément une façon de lui faire comprendre.

Et soudain, Lucas se mit à rire. Il hurla littéralement de rire, boxant les accoudoirs moelleux de son fauteuil. Jamais il n'aurait cru devoir utiliser de cette façon l'as qu'il gardait dans sa manche depuis si longtemps.

« Vous ne pouvez pas me virer, Jay », réussit-il enfin à prononcer. Il se sentait transformé, comme si le sang bouillonnait en lui. Il entendit Sofia, après le passage de Carmen à la télé : « C'est comme ça qu'on tient quelqu'un, Lucas. Quand on sait à quoi l'autre s'attend, on peut le prendre de court. » Il se leva et prit une longue inspiration. Puis il planta ses yeux dans ceux de Jiji.

« J'écris la meilleure rubrique de ce magazine. »

Jiji se figea, mais ses yeux passaient fébrilement de droite à gauche. « Mais de quoi tu me parles ?

— C'est moi, Mister Nice Guy. Ravi de vous rencontrer. »

Le Directeur de la rédaction sembla sonné. Lucas décela l'odeur métallique du sang et enchaîna les coups. « Si vous ne me croyez pas, vous pouvez toujours appeler votre ex. Demandez-lui avec qui elle couche depuis des mois. »

Une ombre passa sur le visage de Jiji.

« C'est vrai que je ferais aussi bien de partir. » Il était intouchable, il le savait. « Mon histoire plaira sans doute beaucoup à *Noser*. Qu'est-ce que vous en dites ? »

Jiji ferma les yeux. Quand il les rouvrit, son visage était aussi calme et lisse que l'eau des bassins qui miroitaient paisiblement des dizaines d'étages plus bas.

« Oui, je crois bien que je vais démissionner. Juste pour vous faire plaisir.

— Très bien, finit par répondre Jiji d'une voix égale. Si tu es réellement Mister Nice Guy, il est évident que je préférerais que tu restes. »

Lucas se sentit un peu déçu. Déjà ? Où était passée la rage de Jiji ? Pourquoi restait-il aussi anormalement calme ?

« Ah ? Alors vous préférez que je reste, finalement ? lança-t-il en essayant de ne pas se laisser démonter. Je pense que dans ce cas, il va falloir publier mon article sur Spragg. »

Jiji fit non de la tête. « Le patron du magazine ne l'autorisera jamais. On ne peut pas se permettre d'être poursuivis en justice. Même s'il y a des preuves. »

Lucas sentit son plaisir le quitter définitivement. Comment était-il censé lutter contre le propriétaire d'*Empire* ?

« Quoi d'autre ? demanda Jiji, modèle de patience.

— Je... Je veux être promu journaliste, comme prévu.

Et je veux une augmentation. Au moins 25 k$ de plus. » C'était son moment, et il fallait qu'il en tire le maximum. « Et je veux être plus impliqué.

— Impliqué dans quoi ? demanda Jiji, et Lucas se demanda s'il ne souriait pas.

— Dans les décisions éditoriales », précisa-t-il en se demandant lui-même ce que ça pouvait bien vouloir dire. Il savait seulement que tous les journalistes se réunissaient chaque semaine pour prendre les vraies décisions, et il voulait en être. « J'ai plus de talent que vous ne semblez le croire.

— Très bien, conclut Jiji.

— Très bien », répéta Lucas.

Et maintenant ?

« Ce sera tout ? »

Lucas perçut encore ce petit sourire.

« Oui. » Il était sur le point de passer la porte quand il fit soudain volte-face. « Non ! En fait, non », fit-il en se débattant avec son nœud de cravate. Il réussit à l'enlever et la jeta sur le tapis luxueux. « C'est fini pour moi, ces cravates de merde ! Maintenant, je porte ce que je veux. »

32

Lucas sortit en trombe de la tour. S'il avait osé, il aurait même ouvert les portes à coups de pied. L'ivresse du pouvoir pulsait encore dans ses veines. Il bombait le torse et se sentait plus grand, plus large que jamais. Jiji s'était planté en beauté. C'était lui le roi, à présent.

« Pu-taaaaaaain ! » exulta-t-il, faisant sursauter une femme en doudoune rose. Il marcha, sans but, pendant un moment. Il avait juste besoin de bouger, de prendre l'air. Il se sentait comme un joueur de seconde zone qui vient enfin d'être recruté par l'équipe nationale. Il bouillonnait d'énergie et d'excitation sans savoir quoi en faire. Il n'était pas encore l'heure d'entrer sur le stade, acclamé par des milliers de spectateurs. D'abord, on allait lui montrer son nouveau maillot, son casier. Il fallait bien se plier aux mondanités. Pendant ce temps, l'énergie n'allait pas cesser de grimper, jusqu'au moment où il serait dévoré par l'impatience et aurait envie de hurler : « Allez allez allez !!! » Et puis, enfin, il pourrait retrouver la lumière. Il irait rejoindre les grands là où ils s'affrontent. Le monde saurait ce qu'il valait, ce qu'il avait toujours su qu'il valait.

Le moment était venu. Depuis des mois, New York brûlait de savoir qui se cachait derrière Mister Nice Guy. Et il allait leur montrer. Il sourit en pensant aux retentissements à venir. Certains allaient littéralement tomber des nues. Sans parler de tous ceux qui avaient toujours douté de lui. Ses parents. Mel. Et tous les autres.

Ses parents. Mel. Et tous les autres. *Oh merde.* New York et la moitié du pays allaient bientôt entendre parler de ses exploits sexuels. Son identité allait être révélée. Il allait perdre toute vie privée. Il prit une grande inspiration. Ce n'était pas le moment de flancher. Il attendait ce moment depuis des mois, des mois interminables de solitude et de chagrin. « Pu-tain ! » cria-t-il de nouveau, avec moins de conviction cependant. Un peu plus loin, une vieille dame qui poussait un landau avec un petit chien dedans pressa le pas pour lui échapper.

Quinze minutes plus tard, il était en bas de chez Carmen et appuyait frénétiquement sur la sonnette. Elle finit par ouvrir et il vola jusqu'à elle, haletant. En poussant la porte il la trouva lovée sur son canapé, un livre à la main. La vision de sa nuque découverte, de son tee-shirt trop grand et de son épaule nue le mit en joie. Elle était là, comme n'importe quel autre jour ; elle ignorait encore que le monde avait changé.

« Tu ne vas jamais croire ce qui vient de se passer ! » commença-t-il aussitôt, impatient de tout lui raconter.

Quand il eut terminé, Carmen l'examina, les sourcils froncés. Pourquoi ne se jetait-elle pas à son cou pour le féliciter ? Pourquoi ne sortait-elle pas les verres pour arroser cette bonne nouvelle ? Elle ne paraissait pas particulièrement ravie.

« Tu n'es pas contente pour moi ? finit-il par demander, un peu vexé.

— Jiji a essayé de te virer parce qu'il n'est pas satisfait d'un de tes articles et quelqu'un a écouté votre conversation ? Tout ça me paraît plutôt inquiétant, en fait. »

Lucas fit non de la tête, un peu perdu. « Pardon, j'ai l'impression que je me suis mal exprimé. Rends-toi compte. Quand Jiji s'est levé ce matin, il était certainement loin d'imaginer que quelques heures plus tard, il allait se faire prendre à son propre jeu par son fact-checkeur. Et maintenant, j'ai enfin un vrai poste et un vrai crédit. Ça va être incroyable pour la rubrique et pour nous deux ! »

Sur ce, bien décidé à fêter ça, il se leva pour aller leur servir un verre.

« Moi aussi j'ai quelque chose à t'annoncer. J'arrête.

— Quoi ? »

Elle hocha gravement la tête.

« Tu quittes *Empire* ? Mais pourquoi ? Pas maintenant... ?

— Assieds-toi, s'il te plaît. »

Lucas avait enfin obtenu tout ce qu'il désirait et voilà qu'elle allait tout gâcher ! Il resta debout.

« Bon, comme tu veux. On m'a proposé de travailler pour Netflix. Je vais m'occuper d'une série documentaire où je ferai du coaching sexuel et sentimental. Pas au sens propre comme Sofia, bien sûr. Mais ils veulent que j'anime et que je coproduise.

— Je suis ravi pour toi, dit-il en retournant préparer leurs verres.

— Lucas, s'il te plaît... Ce n'est pas...

— Non, vraiment. Tu as beaucoup travaillé pour réussir à t'extirper du ghetto des pages sexo. Et tu vas enfin pouvoir faire exactement la même chose, mais à la télé. Et en gagnant beaucoup plus d'argent.

— C'est injuste ce que tu dis. J'ai enfin l'opportunité de participer à un projet sans que Jiji soit là, à me fliquer. Et oui, je vais gagner pas mal d'argent. Assez, je l'espère, pour pouvoir payer un bon avocat pour ma grand-mère. »

Il n'arrivait toujours pas à la regarder dans les yeux, mais maintenant c'était parce qu'il avait terriblement honte.

« Je suis désolé, Carmen. C'est juste que sans toi, je suis foutu. Mister Nice Guy sort de l'anonymat et Carmen part à Los Angeles ? Le public va me lyncher. Et Jiji lancera une nouvelle rubrique pour gagner des thunes avec ma lapidation en direct.

— Il tient trop à cette rubrique, Lucas. Il va juste te trouver une nouvelle partenaire. Quelqu'un qui te plaira vraiment, cette fois-ci.

— C'est pas drôle. On est une équipe ! Je peux pas continuer sans toi.

— C'est gentil de dire ça. Mais il faut que je quitte *Empire*. Il le faut vraiment. Tu n'imagines pas à quel point.

— Tu ne peux pas faire les deux ?

— Ils veulent que j'aille vivre à Los Angeles. Et c'est la seule solution pour que je sois enfin libre. »

Lucas joignit ses paumes. « Carmen, je t'en supplie. J'ai besoin de toi. »

Elle se mordit les lèvres et l'observa froidement. « À genoux. »

Il n'hésita pas une seconde et se jeta au sol.

« Bon Dieu, Lucas, je plaisantais ! »

Il ne bougea pas.

« Très bien, grommela-t-elle. Laisse-moi voir avec mon agent. S'ils sont d'accord chez Netflix, je t'accorde six semaines. Parce que tu as raison au sujet de ce que les lecteurs vont te faire... Et surtout de ce que Jiji va te faire. Mais six semaines et pas une de plus. »

Lucas vit s'éloigner les nuages qui s'amoncelaient audessus de sa tête. « Merci, Carmen, dit-il en résistant à l'envie de la prendre dans ses bras pour l'entraîner dans une valse. Je suis ton débiteur éternel. »

Il était en train de lui tendre un verre quand son téléphone sonna.

« Allô, oui ? » dit-elle en décrochant. Lucas sut aussitôt que c'était Jiji. « Oui. Oui... Eh bien, tu as perdu ce privilège quand... » Elle s'arrêta net et fronça les sourcils.

Lucas avait beau ne rien savoir de sa relation avec Jiji ou de la façon dont ça s'était terminé, il comprit en la regardant à quel point il devait être difficile et douloureux de continuer à travailler pour lui. Elle n'avait pas seulement besoin de partir pour retrouver son indépendance ou sa créativité. Quelque chose de bien plus important était en jeu. Est-ce qu'il exigeait trop de Carmen ? Mais sans elle, c'en était fini de lui. Et ce n'était que pour six petites semaines...

« Oui, j'y serai. Je lui dis, oui. » Elle raccrocha. « C'est officiel. Je ne sais pas ce que Jiji manigance mais il veut nous voir tous les deux dans son bureau demain matin. Et il veut que tu mettes une cravate.

— Quel gros con ! »

Carmen lui lança un regard interrogateur.

« Je te suggère d'aller faire un tour.

— Tu me mets dehors ?

— Non, pas du tout. Je te suggère très littéralement d'aller te promener. Parce que dès demain, tu peux dire adieu à ton anonymat. »

33

Le lendemain matin, Lucas et Carmen se retrouvèrent dans le hall de la tour et prirent l'ascenseur ensemble jusqu'au vingt-neuvième étage. EmpireVoyou avait encore sévi. « Hier, un fact-checkeur d'*Empire* répondant au nom de Luke Callahan est entré d'un pas nerveux dans le bureau de Jiji, avant d'en ressortir triomphant. Jiji l'a suivi de peu, avec la tête de quelqu'un qui aurait attrapé une mauvaise salmonelle. Ce matin, *Empire* va révéler que Lucas et Mister Nice Guy ne font qu'un. Quoi que Jiji puisse dire, voilà les faits. Maintenant, faites-en ce que vous voulez ! » La nouvelle avait donc déjà filtré.

Lucas n'avait pas encore eu le plaisir de lire ce post qu'il avait été alerté par un texto de Tyler : « Espèce de chien galeux ! » Étrangement, cela lui avait fait plaisir. Lucas ne s'était jamais trouvé au cœur d'aucune intrigue, il n'avait jamais été celui sur qui s'échauffent les imaginations. Qu'allaient se dire ses amis et collègues ? *Si Lucas est capable de ça, il doit être capable de beaucoup plus...*

« Ça va ? lui demanda Carmen dans l'ascenseur.

— J'ai l'impression que c'est mon anniversaire.

— C'est plutôt ton bal des débutantes dans la version professionnelle... »

L'ascenseur s'immobilisa et les portes s'ouvrirent. « Ils sont là ! » cria quelqu'un, et quand ils sortirent, ils furent aussitôt engloutis par une masse humaine. Tous les employés d'*Empire* étaient présents, ainsi qu'une dizaine de journalistes d'autres magazines. Ils furent accueillis par un tonnerre d'applaudissements. « Mec, tu nous as tous épatés ! » le félicita un type qu'il n'avait jamais vu. Lucas chercha des visages familiers et reconnut Alexis, qui paraissait un peu sous le choc, fébrile et encourageante à la fois. Elle en savait maintenant beaucoup trop sur sa vie sexuelle... Franklin, aussi nonchalant que d'habitude, fit un grand geste des mains en roulant des yeux. C'était sans doute flatteur, mais ça voulait aussi dire qu'il n'était pas encore assez important pour que Franklin l'ignore. En scrutant tous ces visages inconnus, Lucas commença à se sentir vraiment mal à l'aise. À quoi s'attendaient-ils ? À ce qu'il paraisse différent ? À ce qu'il *soit* différent ? Il se sentit soudain submergé. Il coula un regard à Carmen et parvint à se reprendre. Dieu merci, elle était là.

Jiji traversa la foule et les rejoignit. Il embrassa Carmen sur la joue et serra la main de Lucas. Puis il ramena le calme d'un simple geste.

« Comme vous le savez désormais tous, notre Lucas – fact-checkeur implacable et aficionado de la cravate, peut-être mieux connu sous le surnom de Mister Nice Guy – bosse au noir depuis quelques mois comme partenaire de Carmen Kelly, notre talentueuse rédactrice d'"À poil les critiques !" J'imagine que c'est un choc pour nombre d'entre vous. Pour tous, en fait. Ce type-là ? Avec Carmen ? Franchement ?

— Il est plus sexy qu'Adam l'assistant de prod ! » cria quelqu'un.

Jiji éclata de rire. « C'est sûr. C'est d'ailleurs pour ça que le jour où j'ai embauché Lucas comme fact-checkeur, j'ai su aussitôt qu'il serait parfait pour notre ambitieuse nouvelle rubrique. D'autant que personne ne risquait de le suspecter. »

L'intéressé n'en croyait pas ses oreilles.

« Mais vous n'êtes pas au bout de vos surprises, continua Jiji. L'année prochaine, *Empire* va prendre de l'ampleur sur le plan national mais aussi à l'échelle mondiale. Nous ne serons plus un simple magazine, nous serons une force médiatique à large échelle. Et Lucas et Carmen, qui sont nos journalistes les plus populaires – je dirais même nos célébrités –, seront aussi en première ligne de cette nouvelle dynamique. Je suis donc très fier d'annoncer leur promotion en tant qu'ambassadeurs de la marque. »

La pièce fut noyée dans un tonnerre d'applaudissements. Lucas imaginait ce que Carmen devait se dire : claquer la porte d'*Empire* allait s'avérer encore plus jouissif après les louanges de Jiji – sans compter l'enjeu qu'il venait de leur confier. Lui se sentait pris dans la plus étrange des guerres froides avec un Jiji qui réécrivait l'histoire pour usurper le premier rang tandis que Carmen lui laissait habilement croire qu'il tenait la bride.

« Avec leur aide, nous allons lancer une série d'*events* et même un podcast, afin d'explorer les multiples possibilités du secteur du divertissement. Je pense que Luke risque d'avoir besoin de quelques cravates supplémentaires pour toutes ses interventions télé à venir ! dit-il en lui adressant un clin d'œil. Nous vivons un moment extrêmement exaltant pour ce magazine. Et je suis le plus heureux des hommes de vous avoir tous à mes côtés pour aller encore plus loin ! »

Des dizaines de portables apparurent et furent braqués sur Lucas. Dans quelques secondes, les vidéos seraient diffusées partout, et d'ici la fin de la journée tout New York les aurait vues. La vie de Lucas était réellement en train de prendre un tournant. Il sentit un poids lui écraser la poitrine. Puis une pression sur sa main. Carmen.

Après le champagne, les bla-bla et les selfies, Jiji entraîna les nouveaux ambassadeurs dans son bureau pour leur exposer leur programme de séances photo et d'interviews, les réunions avec les producteurs, les *events* auxquels ils allaient devoir assister ainsi que les partenariats avec des artistes, des designers et des DJ.

« J'espère que vous avez aimé niquer dans l'anonymat. Parce qu'à partir de maintenant, c'est terminé », conclut-il.

Lucas ne pouvait s'empêcher d'être impressionné par le professionnalisme du Directeur de la rédaction. C'était comme si leur passe d'armes n'avait jamais eu lieu. Les gens accusaient Jiji d'avoir un ego surdimensionné et tout le monde le disait très rancunier. Mais pour le moment, il restait concentré sur les objectifs et n'avait pas essayé de se venger. C'était tout le contraire. Il avait réussi à transformer une situation délicate en opportunité de donner une visibilité inédite au magazine. Lucas ne pouvait que respecter ça. Quant à Carmen, elle se contentait d'acquiescer et de sourire. Pas une mention à Netflix. Peut-être que finalement, elle allait refuser ? Ce qu'*Empire* avait à leur offrir paraissait plutôt alléchant.

Après leur entretien, Jiji le prit par le bras.

« J'ai encore beaucoup en réserve pour toi, Luke. Et tu le mérites bien. »

Lucas, le cœur débordant de reconnaissance, remercia avec effusion.

Carmen et Lucas furent convoyés directement du bureau jusqu'aux locaux d'un gourou de la mode qui animait une émission baptisée *Enlevez-moi ça* dans laquelle il démontait les tristes choix vestimentaires de ses invités. Tandis que Lucas se faisait manipuler comme un mannequin de cire, son téléphone sonnait en continu. Les demandes d'interview commençaient à affluer, de même que les mails, textos et messages vocaux de ses amis et de sa famille. Sa mère lui avait laissé plusieurs messages, sa voix montant d'une octave et son ton de plus en plus frénétique à chacun.

« Jsai pas tp quoi dire. Content pr toi ? Rappelle moi », avait envoyé Sam.

Quant à Tyler, il lui avait écrit : « Va te faire, t'es un génie ! »

Il reçut aussi d'un numéro inconnu la photo d'une très jolie paire de seins, avec pour légende : « Appelle-moi quand tu veux Mister Nice Guy. » Son numéro avait fuité à une vitesse inquiétante, mais il n'était pas totalement contre le fait qu'on lui envoie plus de messages de ce genre.

Carmen et Lucas finirent par se rendre à un shooting photo. Jiji était parvenu à monter une campagne promotionnelle intensive pour ses nouveaux ambassadeurs en moins de vingt-quatre heures. Il avait même réussi à avoir Lucien Moreau, un des photographes les plus en vogue.

« Jéy Jacobzon a un projet ex-tra-or-di-naire », leur expliqua-t-il. Son accent et son attitude étaient particulièrement pompeux, même pour un artiste français. « Mais c'est pour ça, évidemment, qu'il a fait appel à moi. Parce que je *suis* ex-tra-or-di-naire. »

Carmen jeta un regard incrédule à Lucas, qui se contenta de hausser les épaules.

« Nous allons shooter des scènes anti-romantiques dans les lieux les plus romantiques de la ville. C'est le contraste. »

C'est donc ce qu'ils firent. Au Jean-Georges, ils s'assirent l'un en face de l'autre, de part et d'autre d'un gros gâteau intact, pour mettre en scène l'« après-dispute ». Chez Tiffany, Carmen dut baver d'envie devant les bagues de fiançailles pendant que Lucas consultait sa montre.

« Est-ce que ce n'est pas un peu sexiste ? » demanda-t-elle. « Et aussi pas très intéressant ? » renchérit Lucas. Moreau semblait horrifié. « Ce sont les consignes de Jéy Jacobzon ! » protesta-t-il, comme s'il parlait de Dieu en personne.

Après ça, on les conduisit dans le restaurant où les attendait Jiji, assis à la même table que quelques mois plus tôt avec Carmen. Elle était certaine qu'il avait volontairement choisi le lieu où il avait lourdement insisté pour qu'elle participe à « À poil les critiques ! ». Est-ce que c'était par fierté ? Ou est-ce que le message contenait une forme de menace ? Toutes les routes menaient à Rome, droit entre les griffes de l'empereur tout-puissant. Mais Carmen n'était plus déchirée par des sentiments confus et opposés. Il n'y avait plus trace chez elle d'attente, de haine ou de regret, plus trace d'amour. Elle ne ressentait que de la méfiance à présent.

Pendant que le trio attendait ses boissons, Carmen donna son avis sur leur session photo. Les mises en scène n'étaient pas fidèles à l'esprit de la rubrique ni à la nature de leur relation. Sans parler de leur nouveau rôle.

« Des ambassadeurs sont censés travailler ensemble. Mais si on nous présente constamment comme des adversaires, il faudrait au moins rendre ça sexy.

— Moreau rend tout sexy, opposa Jiji.

— Ce Moreau est un clown, trancha Carmen.

— Et si on nous photographiait en sous-vêtements sur un ring ? proposa Lucas.

— Excellent ! s'écria Jiji en tapant sur la table avec enthousiasme. C'est exactement pour ça que je t'ai embauché, Luke ! »

Il regardait Carmen en parlant, comme si cette nouvelle proposition allait l'obliger à s'avouer vaincue. Quant à Lucas, il était écarlate. Carmen espéra qu'il ne se laissait pas séduire par ces flatteries.

Jiji repoussa sa chaise. « Bon, je vais vous laisser le temps de manger tranquillement avant que la presse arrive. Vous avez des interviews avec *Cosmo*, *Vanity Fair* et BuzzFeed.

— Vous ne restez pas ? demanda Lucas, manifestement déçu. Et votre verre ?

— Oh non, je ne veux pas marcher sur tes plates-bandes, se justifia-t-il en adressant à Carmen un sourire exaspérant.

— Tu vas arranger tout ça avec Moreau ? insista-t-elle. Tu lui parles de l'idée de Lucas ?

— Bien sûr, bien sûr », confirma-t-il vaguement, son attention déjà ailleurs.

Il fallut peu de temps aux autres clients pour comprendre que le grand blond dégingandé assis avec Carmen Kelly était Mister Nice Guy. La blogosphère avait eu amplement le temps de répandre la nouvelle et une dizaine de personnes vint interrompre les interviews pour demander des selfies. Une autre dizaine se contenta de se glisser entre eux comme s'ils n'étaient que des statues pour prendre un selfie avant de repartir sans même dire merci.

L'après-midi, la session photo continua. Dans un taxi arrêté devant l'arc de triomphe de Washington Square Park, Carmen dut se détourner de Lucas qui faisait mine de vouloir l'embrasser. Au Majestic Theatre, ils furent maquillés de blanc, comme des mimes, et posèrent devant un jury affichant des mines sévères. Enfin, bien après la fin d'une journée de travail normale – même après que les avocats et banquiers de Manhattan ont terminé –, ils furent conduits dans un hôtel où ils durent jouer la « déception après l'amour », côte à côte dans le lit, le regard fixé sur le plafond.

« Misteur Nice Guy ! He ho ! Misteur ! »

Lucas rouvrit les yeux. Le grand lit était doux et tiède, et il s'était assoupi.

Carmen regarda l'heure avec impatience. « Je pense que c'est fini pour aujourd'hui. Et j'espère que vous vous faites payer les heures sup », ajouta-t-elle à l'adresse des quatre assistants de Moreau qui s'affairaient autour du lit comme des internes dans une salle d'opération.

« Est-ce que je peux rester dormir ici ? marmonna Lucas avant de refermer les yeux.

— Excellente idée. Allez, tout le monde dehors ! »

Les assistants commencèrent à ranger tandis que le photographe français restait figé dans un coin, l'air pensif. « Peut-être que je peux prendre quelques photos de ça ? Le misteur et vous...

— Dehors ! finit par crier Carmen.

— Merci, Carmen. Tu es ma... »

Mais elle ne sut jamais la fin, parce que Lucas avait sombré pour de bon. Elle aussi était épuisée. Pourtant, dans le calme soudain revenu, le sommeil la fuyait. Elle observa le torse nu de Lucas qui montait et descendait avec sa respiration. Elle aimait beaucoup ce torse. Il n'était peut-être pas aussi large que certains, mais c'était bien assez. Il était aussi presque glabre. Elle avait toujours préféré les poitrines assez velues – en tout cas assez pour lui rappeler qu'elle avait un homme dans son lit. Mais elle s'était habituée au contact direct de sa peau contre ses seins. C'était différent de ce qu'elle avait connu jusque-là. C'était plus... tendre. (À défaut d'un mot moins sirupeux.) Elle eut soudain très envie de se coller contre lui. Mais leur relation avait changé. Il n'était plus question de faire ce genre de chose, désormais. Ce qui la rendait... Elle avait du mal à le définir. Une partie d'elle le regrettait même si de toute façon, elle n'avait plus rien à voir avec celle qui couchait avec lui. Il avait fallu qu'elle en passe par cette phase, qu'elle soit cette femme-là – toujours dans la critique, cruelle, orgueilleuse – pour pouvoir changer. Contrairement à toute attente, la rubrique avait été une vraie initiation. À présent, elle ressentait des sentiments bien plus complexes envers les personnes avec qui elle couchait, et le quand et le pourquoi avaient aussi pris de l'importance.

Carmen fit doucement glisser ses doigts sur la pommette de Lucas. Ces pommettes qui l'avaient attirée, la première fois. Il tressaillit mais ne se réveilla pas.

Elle aurait dû être en train de faire ses valises pour Los Angeles. Il fallait qu'elle étire au maximum la distance physique et mentale qui la séparait encore de Jiji. Mais elle ne pouvait pas non plus laisser tomber Lucas comme ça. Il était trop fasciné par ce succès tout neuf, trop vulnérable. Elle le sentait trop prêt à dire oui à tout, comme il l'avait incitée à le faire dans son vibrant plaidoyer. Mais Lucas était aussi un grand naïf. Dire oui a ses dangers. Surtout quand on ne saisit pas tout à fait à quoi on consent. Carmen avait été à bonne école. Personne ne l'avait guidée ni aidée, et elle avait souffert autant qu'elle avait progressé entre les mains d'un maître de la manipulation. Il lui avait fallu très longtemps pour comprendre que Jiji était constamment en train de manigancer quelque chose. Il n'y en avait jamais que pour lui ; lui seul importait, et tant pis pour les autres. Au fil des ans, elle-même avait appris à fonctionner comme ça. Mais voilà que Lucas avait débarqué dans sa vie et lui avait montré tout le contraire. Il lui avait montré comment former une équipe. Et elle lui en était très reconnaissante, plus qu'il ne le saurait jamais. Elle pouvait bien lui sacrifier six petites semaines.

34

Le lendemain matin, malgré le temps froid et venteux, Lucas et Carmen furent relookés puis conduits à Bow Bridge, à Central Park. Avec sa belle structure en fer forgé, ce pont emblématique rappelait l'archet d'un violon. Il avait été élu à de nombreuses reprises : « lieu le plus romantique de Manhattan ». Lucas l'avait d'ailleurs déjà vu dans une bonne dizaine de films à l'eau de rose.

« Au moins, il y a du soleil », constata-t-il alors qu'ils remontaient lentement le pont en pente douce, tremblant de froid. Lucas en avait assez de poser, de faire semblant d'être triste, en colère ou mal à l'aise. Comme si la vie n'offrait pas assez d'occasions pour ça, il fallait en plus s'y prêter dans la fiction. Moreau le fit s'agenouiller devant Carmen avec un bouquet de roses tandis qu'elle baissait les yeux sur lui, un carnet et un stylo à la main, très occupée à le critiquer.

« Fais-moi l'ennui ! cria Moreau à Carmen. Oui, c'est

parfait ! Par-fait ! Et la colère maintenant, la colère ! L'exaspération ? Parfait ! Par-fait ! »

Lucas observait Carmen passer d'une émotion à l'autre sur commande tout en gardant son calme. Mais elle aussi mourait de froid. Ses mains, crispées sur ses accessoires, étaient exsangues.

« Je ne pourrai jamais assez te remercier, lui dit-il entre ses dents.

— Il vaudrait mieux pour eux qu'ils me laissent garder ces fringues, se contenta-t-elle de répondre avec une rage contenue.

— Je te jure que je n'aurais jamais imaginé qu'on allait devoir se taper tout ça. Six semaines et...

— Misteur Nays Gaille ! Montre-moi le désespoir ! Tu es pathétique, d'accord ?

— Il y a au moins le plaisir de l'entendre, dit Carmen en essayant de ne pas rire.

— Nays Gaille ! Tu es un romantique désespéré, mais plus désespéré que romantique, d'accord ?

— Est-ce qu'il parle de moi dans la vie en général, ou juste de maintenant ? » demanda Lucas à Carmen, qui s'étranglait.

Elle finit par renverser la tête en arrière et un grand rire jaillit de sa gorge découverte. Et puis soudain, ils entendirent qu'on criait leurs noms. Quelqu'un avait dû partager leur localisation sur un réseau et des hordes de curieux s'approchaient.

« Arrêtez ! Arrêtez tout de suite ! » criait Moreau, sans succès.

Ils ne s'immobilisèrent que lorsqu'un objet noir non identifié passa au ras de l'eau et fonça sur eux, avant de planer au-dessus de Lucas et Carmen en leur braquant son objectif dessus.

« Putain, c'est un drone ? cria Lucas.

— Oh bon sang ! » feula Carmen. Mais elle avait l'air plus ravie qu'autre chose. « C'est la première fois que j'ai droit au drone. Je suis une vraie star maintenant ! C'est de ta faute, Lucas. Je vais devoir embaucher un responsable com et un assistant. Et il va falloir que je me fasse faire un brushing tous les matins ! »

Lucien Moreau commençait à vraiment perdre les pédales. « C'est mon shooting, petite merde métallique ! » Il adressait des gestes menaçants au drone, hors de portée, et à court de ressources, il finit par arracher son bouquet de roses à Lucas pour le jeter en direction de l'appareil qui l'évita avec une facilité déconcertante. Le bouquet atterrit dans l'eau dans un *plouf* sonore.

Lucas et Carmen s'approchèrent de l'eau, où s'enfonçaient doucement les fleurs.

« Qui a envoyé ce drone ? s'interrogea Carmen, songeuse. Le *New York Post*, *Us Weekly* ou le *Star* ?

— Je parierais plutôt sur un outsider », répondit Lucas en sortant son téléphone.

Tyler venait de lui envoyer un texto. « Souriez, vous êtes filmés ! » Il lui répondit par une photo de la foule amassée à quelques mètres. Qui étaient tous ces gens ? Est-ce qu'ils n'auraient pas dû être au travail ?

« Ça ne vaut pas le coup, on n'est pas assez célèbres pour ça ! cria Carmen au drone. On n'est que des journalistes ! Enfin, pas lui. Il est juste fact-checkeur… ! »

Pour la première fois, l'intitulé de son ancien travail le remplit de fierté. Il avait à peine eu à poser son pied sur le premier barreau de l'échelle qu'il était déjà projeté au firmament, grâce aux ascenseurs surpuissants de la tour du World Trade. Il se perdit un instant dans ses pensées, imaginant toutes les listes dédiées aux célébrités de moins de 30 ans dans lesquelles son nom allait sûrement apparaître. Un autre texto le ramena sur Terre. Tyler lui avait envoyé un lien pour un live Facebook.

« Carmen ! Regarde, c'est nous !

— Je crois que c'est notre moment de gloire, Lucas. Autant en profiter au maximum. »

Lucas fixa la caméra du drone qui voletait devant lui. « On nous fait poser pour des photos déprimantes et faussement belliqueuses. On nous demande de faire semblant de nous détester. Mais nous sommes à présent les ambassadeurs d'*Empire* et nous pensons qu'il est temps de mettre fin à cette hostilité de façade. » Des centaines, peut-être des milliers de personnes les regardaient. « *Empire*, c'est l'enthousiasme, l'excitation. *Empire*, c'est savoir saisir sa chance, ou la provoquer. C'est savoir dire oui.

— Et oui à quoi, exactement ? » demanda Carmen d'un air faussement candide.

Lucas n'hésita pas une seconde. Il l'attira contre lui et l'embrassa, sous les rugissements de la foule. Son portable, dans sa poche, faisait une attaque. Comme Lucien Moreau, un peu plus loin. Lucas était vaguement conscient de tout ça. Mais il était surtout conscient du corps de Carmen tout contre lui. De sa bouche chaude et douce. Du parfum de son shampooing. De la laine incroyable de son pull. Leurs cœurs battaient si fort, gorgés de l'adrénaline du moment, qu'ils menaçaient de s'envoler.

35

« Si vous continuez à n'en faire qu'à votre tête, je ne sais pas ce que je vais faire de vous », les réprimandait Jiji, sur haut-parleur. Sa voix semblait venir de très loin, et cela leur passait d'ailleurs complètement au-dessus de la tête. Ils ne l'écoutaient qu'à moitié. Ils avaient calé le téléphone contre la baignoire jacuzzi d'une salle de bains de taille assez délirante, dans une suite du Mandarin Oriental. Carmen, qui avait enfilé un des peignoirs immaculés de l'hôtel par-dessus ses vêtements, était allongée dans la baignoire vide. Quant à Lucas, en chaussons, il était adossé à la coiffeuse. Ils étaient là pour la nuit dans le but de rédiger leur rubrique – la première dans la carrière publique de Lucas. Après des dizaines d'hôtels de seconde zone, Jiji avait enfin fini par cracher au bassinet, et ils en profitaient.

Ils étaient en plein processus créatif quand il avait appelé, et des brouillons chiffonnés en boule jonchaient le sol autour d'eux.

« Ce shooting photo était totalement stupide, commença Carmen, qui sirotait une coupe du Moët envoyé par Jiji.

— Les gens veulent du drame, de la tension et de la colère, rétorqua celui-ci. Ils s'en fichent, des sentiments.

— Je pense que pourtant, ce qui s'est passé sur le pont nous donne de précieuses pistes sur ce qui plaît. »

Lucas, tout à coup homme d'affaires avisé, rouvrit le site d'*Empire* sur lequel la vidéo avait été repostée. Elle avait déjà été vue 247 327 fois. Et quand il rafraîchit la page, quelques secondes plus tard, il y avait une vue supplémentaire. Comment Jiji pouvait-il encore y trouver quelque chose à redire ?

« Et ils veulent aussi du sexe, parce que nous ne sommes pas un show télé pudibond, continua Jiji sans lui prêter attention. *Empire* ne s'adresse pas au lecteur lambda. Notre but, c'est de repousser les limites. Je vous le redis : vous devez être dans le conflit pour faire le buzz. Alors ne me faites plus ce coup-là.

— Entendu, très bien. Bonne soirée », coupa Carmen en raccrochant. Puis elle vida sa coupe d'un seul trait, comme si elle s'envoyait un shot. « Peut-être qu'on ferait mieux de s'y remettre demain matin, quand on sera plus frais ?

— Ou peut-être que... commença Lucas avant de s'interrompre net.

— Peut-être que quoi ? » demanda Carmen en bâillant.

Les yeux fermés, elle promenait distraitement son index sur le rebord de la baignoire. Lucas observait la trajectoire de son doigt charmant sur la porcelaine. « Peut-être... » tenta-t-il de nouveau en déglutissant péniblement. Pourquoi n'y arrivait-il pas ? Il s'était senti si déterminé plus tôt, sur le pont. Mais maintenant, seul avec elle, son courage s'était volatilisé.

Carmen ouvrit les yeux et suivit son regard qui s'égarait à présent sur le lit, dans la chambre à côté.

« Oh, se contenta-t-elle de dire.

— Pourquoi pas ? C'était génial, tout à l'heure.

— Ça l'était, confirma-t-elle en se relevant. Mais là, on a trouvé une bonne dynamique, on travaille bien comme ça.

— Mais on va continuer à bien travailler ensemble. On pourrait être journalistes avec bénéfices. Je me dis juste que ça pourrait nous aider à dépasser notre panne d'inspiration.

— C'est bien la première fois qu'on me la sort, celle-là !

— Ça fait une éternité que je n'ai rien fait... Depuis que Sofia et moi... »

Chacun de son côté, Carmen et Lucas s'étaient questionnés sur leur relation platonique. Chacun avait parfois eu envie de l'autre ou avait été excité par leurs écrits collaboratifs. Mais ils ne voulaient pas briser leur belle harmonie.

L'après-midi avait tout changé.

« Tu penses vraiment que coucher ensemble va relancer notre processus d'écriture ? » Le baiser sur le pont avait été assez incroyable. Et il lui avait clairement ouvert l'appétit. Elle se mit debout dans la baignoire et enleva son peignoir. « OK.

— Vraiment ? Oh, génial ! » s'exclama Lucas en faisant voler ses chaussons avant de l'entraîner dans la chambre.

Ils commencèrent à s'embrasser au beau milieu de la pièce, Lucas se pressant contre Carmen, affamé, au point de la faire chanceler. Puis elle s'appuya à son tour lourdement contre lui et il vacilla. Enlacés, ils titubèrent à droite et à gauche, comme une planche de Ouija incertaine de la direction à indiquer. De temps en temps, ils se décollaient pour respirer et se regardaient en riant.

« J'ai envie de te prendre contre le mur », souffla Lucas en la poussant en arrière avant de déboutonner son pantalon. Il rencontra des difficultés lorsqu'il essaya de faire glisser le jean moulant de Carmen sur ses cuisses. « Tu peux... ? » haleta-t-il en la regardant avec espoir. Elle entreprit d'enlever son pantalon au moment où lui, brûlant d'impatience, s'agenouillait devant elle. Son nez rencontra son genou et il tomba en arrière sur le tapis tandis que Carmen, les chevilles entravées, lui trébuchait dessus.

« Oh mon Dieu ! » cria-t-elle.

Lucas porta la main à son nez et la retira rouge de sang.

Carmen se précipita dans la salle de bains et en revint avec une serviette qu'elle lui colla sur le nez en lui ordonnant de pencher la tête en arrière. Puis elle le guida jusqu'à un fauteuil.

« Il faudrait mettre un avertissement sur ses jeans, dit-elle avec un rire nerveux.

— Tu m'as envoyé un coup de genou dans le nez, grogna Lucas. J'ai bien remarqué que c'était parfois tendu, mais là...

— C'est plutôt toi qui es venu t'éclater le nez sur moi, en fait ! Tu as failli me casser le genou, d'ailleurs.

— On est tous les deux des victimes. Et c'est affreux à dire mais... »

Elle hocha la tête et finit pour lui. « ... ça ne fonctionne pas. »

Lucas éclata de rire. « C'était bizarre. Presque un peu faux. Qu'est-ce qui s'est passé ? J'en avais tellement envie.

— Pareil.

— Sans blague ?

— Oh, ne me regarde pas comme ça, se défendit-elle avec un geste de dédain. Mais tu sais, ce n'est pas parce qu'on veut qu'il y ait compatibilité qu'il y en a...

— Mais pourtant cet après-midi, sur le pont...

— Oui... Je ne sais pas... Et ce n'est pas comme si on ne s'était jamais débrouillés pour faire sans, avant. »

Lucas toucha prudemment son nez. Il avait arrêté de saigner. « Mais ce n'est plus pareil maintenant, pas vrai ?

— Non, c'est différent maintenant », confirma-t-elle en souriant.

Il sentit une vague de joie déferler en lui et cette réaction l'étonna lui-même. Il reposa sa tête et ferma les yeux.

« Tu es sûr que ça va ? Tu ne veux pas que j'appelle un médecin ?

— Je ne me suis jamais senti aussi bien.

— Bon, c'est un sacré coup de chance alors. Et je pense qu'on devrait sortir de cette chambre. C'est pour ça que c'était tellement bien, sur le pont. À cause du public. »

Lucas acquiesça prudemment. Quelle ironie. Avant, ils couchaient ensemble en privé pour offrir une performance publique. Et maintenant que tout était public, ils avaient perdu la flamme en privé.

« Oui, j'imagine que notre compatibilité sexuelle ne se révèle qu'en présence d'un public, dit-il en prenant conscience que cette phrase scellait pour de bon leur relation platonique.

— Notre compatibilité sexuelle ne se révèle qu'en présence d'un public », répéta-t-elle en écho.

Dans sa bouche, pourtant, cette phrase n'avait plus rien de définitif. Elle sonnait plutôt comme une sorte de révélation. Comme une découverte. Comme... un plan ?

« Notre compatibilité sexuelle... ne se révèle... qu'en présence d'un public. »

Deux minutes plus tard, ils étaient dehors.

Cette nuit-là, ils ne dormirent pas au Mandarin. À la fermeture des bars, vers 4 heures du matin, ils se retrouvèrent pressés l'un contre l'autre sur Bleecker Street dans le petit jour glacé. Ils essayaient au moins autant de se réchauffer que de se soutenir mutuellement. Ils vibraient encore de leurs derniers shots et hurlaient de rire pour un rien. D'ailleurs, ils avaient l'impression d'avoir passé les dernières heures à rire. Ils avaient ri à cause du nombre incroyable de gens qui leur avaient proposé un plan à trois, à cause de ceux qui prenaient des selfies sans leur demander leur autorisation, se contentant de glisser leur tête entre eux et de les aveugler avec un flash, à cause du patron d'une marque de sex-toys qui leur avait tendu ses derniers produits (« Pour lui » et « Pour elle »), à cause de la femme qui leur avait montré un tweet qui venait d'être publié : « Je suis dans le même bar que Carmen Kelly et elle a l'air beaucoup plus vieille en vrai. » Quand Carmen avait vu ça, elle avait saisi le téléphone, s'était juchée sur un tabouret de bar et avait crié : « À celui ou celle qui vient de tweeter que j'avais l'air vieille, juste pour que vous sachiez, je vais ramener bébé Lucas chez moi ce soir et je vais le baiser jusqu'à ce qu'il ne se rappelle même plus son nom ! » Le bar avait rugi de plaisir.

Et c'est exactement ce qui arriva. « On y est », annonça Carmen en lui prenant la main pour s'élancer dans l'escalier de son immeuble, dans lequel ils trébuchèrent en gloussant comme des gosses. Ça lui prit un certain temps mais elle finit par réussir à déverrouiller sa porte. Et ils se jetèrent enfin l'un sur l'autre, faisant voler chaussures et vêtements, dopés par cette nuit, par l'alcool, par l'excitation et l'attention portée sur eux. Ils riaient toujours. Ils avaient tenté pas mal de choses ensemble, mais ça, c'était nouveau. Ils s'abattirent sur le lit, l'incroyable lit-nuage, s'esclaffant toujours. Ils en firent bon usage jusqu'au lever du soleil quand, épuisés, heureux et enfin rassasiés, ils s'endormirent.

36

La première fois que Lucas avait mis les pieds dans la Public Library, c'était pour y chercher un livre. Mais en passant devant les lions majestueux puis en montant le grand escalier, il avait eu l'impression d'entrer dans l'une des plus grandes cathédrales du monde. Et maintenant, presque un an plus tard, il découvrait que la nuit, la bibliothèque privatisée était encore plus magique. Un des plus vieux journalistes de New York, Stu North, grand prêtre du potin people, y donnait son gala annuel en l'honneur de ses victimes. C'était la soirée caritative dédiée aux rescapés, quoi que ça puisse vouloir dire. Pour l'occasion, la bibliothèque avait été transformée en un pays des merveilles de glamouritude. Des invités en cravate noire sirotaient des martinis aux reflets de pierres précieuses au milieu d'un ballet de serveurs qui proposaient de multiples cocktails. Et dans l'atrium, des petits-fours avaient été disposés comme des fleurs délicates sur des treilles. De temps en temps, Lucas voyait passer une star de cinéma qui paraissait flotter élégamment, portée par un courant de champagne et de bavardages mondains.

À la différence de l'anniversaire de Spragg, cette soirée était paisible, presque soporifique. Tout était plaisant et dans la lumière tamisée tout le monde paraissait beau, même ceux qui avaient un peu exagéré sur le bistouri. Lucas n'était pas tout à fait sûr de bien comprendre qui étaient exactement les « rescapés » de Stu ou en quoi le gala était caritatif, mais il était de toute façon peu probable que ce sujet soit abordé. Jiji lui avait demandé de l'accompagner pour « faire acte de présence ». Ils devaient donc se montrer et serrer des mains.

C'était sa première apparition publique sans Carmen. Si lui avait trouvé ça un peu étrange, elle n'avait pas paru plus embêtée que ça. « Tu sais, ce sera plus Greenwich, Connecticut, que Greenwich Village, s'était-elle moquée. Je suis trop rustre pour aller parader avec les collets montés qu'il y aura là-bas. Ne t'inquiète pas, va jouer au gentleman sudiste sans moi. »

Il se retrouvait donc dans le sillage de Jiji, à serrer la main à des philanthropes et des P-DG. Carmen n'avait pas exagéré le côté ringard. Les hommes menaient subtilement leur compagne d'une main posée au creux du dos. Quand les femmes partaient se repoudrer le nez ensemble, leurs cavaliers se regroupaient et buvaient des cocktails de couleur sombre. Quant aux femmes, elles buvaient des choses plus claires ou colorées. La plupart des invités n'avaient jamais entendu parler de lui et ne connaissaient pas plus Mister Nice Guy qu'« À poil les critiques ! » Ils ne savaient rien d'*Empire* sinon que c'était le plus gros magazine de New York et que Jay Jacobson était à sa tête.

Dans un style qui rappelait assez Nicholas Spragg, Jiji transformait Lucas en fils à papa issu de l'élite sudiste.

« Si vous êtes en Caroline et que vous avez envie d'une belle voiture, il y a de bonnes chances pour que vous rencontriez le père de ce cher Lucas », avait-il dit à un homme à moustache.

Il se contentait de sourire et de serrer des mains. Ces mensonges sur sa famille le mettaient mal à l'aise mais il ne pouvait qu'admirer l'ingéniosité de Jiji. Les détails revisités impressionnaient l'interlocuteur sans appeler les questions auxquelles il aurait été bien en peine de répondre. De toute façon, aucun de ces hommes n'irait jamais s'acheter une voiture en Caroline.

« Tous ces gens ne semblent pas très concernés par le magazine, dit-il à Jiji pendant qu'ils attendaient au bar. Est-ce que ce sont vraiment de potentiels investisseurs ?

— L'Université a besoin de capitaux. Et les enfants de ces personnes représentent la moitié de notre cœur de cible. » Puis il se pencha vers Lucas et ajouta à voix basse : « Le service que je vais leur fournir est précieux : je vais me charger de baby-sitter leurs rejetons susceptibles d'attirer le scandale sur la famille. »

Lucas, depuis un balcon du deuxième étage, observait Jiji manœuvrer parmi la foule, serrant des mains et souriant avec l'aisance d'un politicien chevronné en quête de fonds pour sa campagne. Son dédain était parfaitement verrouillé derrière son chaleureux sourire.

« Y a un sacré monde, hein ? Perso, j'ai du mal à respirer là-dedans. »

Lucas se retourna pour se retrouver nez à nez avec son colocataire, qui mastiquait une côtelette d'agneau.

« Tyler ! Ça fait une semaine que je t'ai pas vu ! »

Depuis qu'il avait été adoubé ambassadeur d'*Empire*, il passait ses nuits dans des hôtels chics ou chez Carmen.

« À qui la faute, Mister Nice Guy ?

— Je suis vraiment désolé, Tyler. Je te jure que j'aurais vraiment voulu te le dire.

— Ne t'excuse pas. Je comprends tout à fait. *Noser*, c'est l'ennemi. Et de toute façon, je le savais depuis un petit bout de temps.

— Quoi ? C'est Sofia ? Elle avait promis...

— Non, non, ne t'inquiète pas. C'est une girouette mais elle tient parole. C'est plus bête que ça. Il y a deux mois, tu es allé aux toilettes en laissant ton ordinateur allumé dans le salon et en passant je suis tombé sur un compte-rendu que tu étais en train d'écrire, une histoire peu charitable à propos d'une fellation. Et j'ai pu le lire quelques jours plus tard dans le magazine. C'est tout.

— Je suis vraiment un abruti. Pourquoi tu ne m'as pas vendu ?

— Parce que je suis ton ami... Et aussi parce que je n'ai pas particulièrement envie que le monde entier sache qu'on est colocs, si tu vois ce que je veux dire. Ça ne me ferait pas plus de bien qu'à toi. Surtout en ce moment. Je bosse sur la ruine imminente de Jay Jacobson.

— Tu exagères un peu, non ? »

Lucas se sentait obligé de défendre son patron.

« Tu t'imagines bien que c'est classé confidentiel, et de toute façon je planche encore dessus. Mais si tous ces aristos qu'on a là savaient à quel point Jiji est mauvais gestionnaire, je ne donnerais pas cher de son cul – aussi musclé soit-il. On ne prête qu'aux riches, pas vrai ? » Tyler suçait avec délice sa côtelette. « Bon Dieu, qu'est-ce que c'est bon, ça ! » commenta-t-il en cherchant un serveur du regard. « Oh, et je tiens de source sûre que le Sanglier va fermer.

— Mais c'est affreux. C'est comme son enfant ! C'est une institution.

— Une institution dans laquelle personne n'a le droit de mettre les pieds sans invitation. Quoique, peut-être qu'avec ton nouveau titre, tu as le droit d'aller déjeuner là-bas maintenant ?

— Tu m'en veux vraiment, on dirait, constata Lucas, amer, en prenant le martini qu'il lui tendait.

— Mais non. Même si c'est vrai que tu arranges bien les affaires de Jiji. J'aimerais quand même savoir pourquoi tu lui as révélé que c'était toi, Mister Nice Guy ? Ne me sors pas la version officielle, hein ! Je suis sûr qu'il est tombé des nues quand il l'a appris. »

Lucas n'avait pas la moindre envie de parler de son licenciement avorté. Le cas Spragg lui faisait l'effet d'une étiquette de tee-shirt qui gratte sans relâche. S'il l'ignorait assez longtemps, peut-être qu'il finirait par s'y faire ? Mais Tyler n'était pas du genre à lui épargner une analyse détaillée.

« Allez, crache le morceau ! insista-t-il. Est-ce que je ne mérite pas un petit quelque chose pour ma discrétion ? »

Lucas grogna et, après lui avoir fait faire vœu de silence, il lui raconta ce qui s'était passé dans le bureau de Jiji. Tyler contemplait l'animation en mâchant pensivement une olive.

« Qu'est-ce que tu en penses ?

— Pardon ? demanda Tyler en relevant les yeux.

— Qu'est-ce que tu penses de cette histoire ?

— Eh bien... »

Mais il n'alla pas plus loin, toujours concentré sur la foule en dessous. Jiji avait terminé sa chasse aux mécènes et scrutait la salle.

« Ce ne serait pas toi qu'il cherche ? » lui suggéra Tyler au moment où Jiji, qui avait fini par repérer Lucas, lui montrait la porte. Apparemment, ils avaient suffisamment fait acte de présence pour la soirée.

« J'imagine que... » commença-t-il. Mais Tyler s'était volatilisé.

« Faisons un petit tour, Luke. Ça te dit ? »

Le chauffage était au maximum dans la voiture de Jiji et avant qu'il ait pu répondre, le chauffeur s'était déjà engagé sur la voie rapide. C'était un peu étrange de se retrouver en voiture, en pleine nuit, avec son patron. Mais c'était aussi très bon signe. Jiji le prenait enfin au sérieux. Il ne se contentait pas de le sortir à des soirées, il voulait développer une relation avec lui, peut-être même des liens d'amitié.

« Bon Dieu, ça caille ! Quel enfer, New York en hiver.

— Au moins, vous n'avez pas à prendre le métro.

— Et puis quoi encore ? » ricana Jiji, comme si Lucas aussi avait le privilège de bénéficier d'un chauffeur privé.

Mais il n'allait pas lui rappeler la réalité. Il évoluait dans le monde de Jiji, à présent. Assez littéralement même, puisqu'il se trouvait dans sa voiture. Il lui fallait donc adopter un point de vue jayjacobsonien.

« Vous ne passez pas quelques jours dans votre villa aux Caraïbes, quand il fait trop froid ? »

Jiji parut sincèrement amusé. « Ma voiture est pas mal, d'accord... Mais les Caraïbes, carrément ? Où as-tu entendu ça ? »

Ses collègues évoquaient le sujet avec une telle assurance qu'il n'avait jamais imaginé que ça puisse être faux.

« Euh... Tout le monde en parle, répondit-il sans se mouiller.

— Ha. Qu'est-ce qu'on dit d'autre, alors ? Raconte-moi un peu. »

Lucas hésitait.

« Je ne veux pas de noms. Raconte-moi juste le truc le plus fou que tu aies entendu. Allez, fais-moi rire. La nuit a été longue.

— On dit que vous avez fait faire une statue de vous d'après le *David* de Michel-Ange.

— En taille réelle ?

— Je ne sais pas.

— Ça se défend. C'est vrai que peu de gens sont venus chez moi.

— Donc j'imagine que vous ne comptez pas vraiment organiser le prochain book club du magazine chez vous ?

— J'adore ce jeu ! Encore ! éluda Jiji en riant.

— Alors... On dit que vous ne vous nourrissez que de capsules de gel protéiné, comme dans les films futuristes. Et que vous épilez vos bras. Oh, et que vous mettez du fond de teint.

— Pourquoi les femmes seraient-elles les seules à avoir le droit d'en mettre ?

— Et que vous vous faites faire des manucures.

— Ça, c'est vrai.

— Que vous aimez les trucs un peu sales au lit, aussi.

— Comme tout le monde, non ?

— Oh, et on dit que vous demandez aux journalistes people d'enjoliver votre vie amoureuse. »

À peine avait-il dit ça que Lucas comprit qu'il était allé trop loin.

« Ah oui ? demanda Jiji, jouant l'incrédule. C'est-à-dire ? »

Lucas déglutit. Il fonçait droit dans le mur. « Ce ne sont que des bavardages, je ne sais même pas si...

— C'est-à-dire ? répéta Jiji plus durement.

— Eh bien, on raconte que vous leur demandez d'écrire que vous sortez avec certaines femmes alors que ce n'est pas le cas.

— Comme qui ? »

En se maudissant intérieurement, Lucas finit par lâcher des noms. « La chanteuse Felicity Koh...

— Et qui encore ?

— Peut-être que j'ai aussi entendu parler de Karen Scarpelli, la free-fighteuse...

— Et encore ?

— C'est tout. »

Alors que le chauffeur quittait la 96ᵉ Rue, Lucas cherchait fébrilement un moyen de changer de conversation.

« Il doit y en avoir d'autres, voyons. Je suis un homme du monde. J'ai bien dû me fabriquer plus que deux pauvres relations.

— Vraiment, je ne... »

Jiji secoua la tête, irrité. « Allons, Luke, ne sois pas

rabat-joie. On s'amusait bien ! insista-t-il en lui mettant un petit coup de coude un peu trop bien senti.

— Peut-être qu'il y en avait une autre, oui... Jasmine Washington, l'actrice ? »

Le sourire faux de Jiji s'effaça aussitôt. « Tu n'as pas entendu ça au bureau. »

Merde. Effectivement, c'était Carmen qui lui avait parlé de Jasmine Washington. Il n'avait fallu que quelques rendez-vous à l'actrice pour tomber amoureuse de lui. Il s'en était vanté partout, racontant que Washington était folle de lui et ne le lâchait plus. Sauf que tout ça était faux. Et même si ç'avait été le cas, personne ne méritait une telle humiliation. Quand l'actrice avait eu vent de ce que Jiji racontait, elle avait menacé de faire une déclaration publique qui l'aurait non seulement ridiculisé mais aurait aussi dissuadé d'autres actrices de travailler avec *Empire*. Pour qu'elle accepte de garder le silence, il avait fallu publier dans le magazine une page entière vantant la marque d'encens parfum cocktail qu'elle venait de commercialiser.

« Pourtant, je jurerais que quelqu'un du boulot...

— Ne me mens pas, Lucas. Carmen est la seule à savoir.

— Je ne vais pas en parler. Je le jure.

— Cette... »

Lucas était certain qu'il allait dire « cette pute ». Mais au lieu de ça, il se détourna vers la vitre.

« Carmen est particulièrement mal placée pour critiquer ce genre de chose. Si on veut parler de relations bidons... » Il se tourna vers lui, le visage strié d'ombres mouvantes. « Elle t'a raconté ? J'imagine que non. Ce n'est pas vraiment dans son intérêt.

— Raconté quoi ?

— La plupart des amants qu'elle se vante d'avoir eus – et sur lesquels elle a écrit – n'existent pas.

— Comment ça ?

— Ce n'est pourtant pas compliqué, Luke. Carmen a inventé la plupart de ses prétendues conquêtes. Cette histoire de Chef, par exemple. Elle a créé ces hommes de toutes pièces. Demande-lui, si tu veux. J'ai très envie de savoir ce qu'elle va te répondre. »

Lucas était estomaqué. Qu'essayait de faire Jiji ?

« C'est impossible », dit-il aussitôt. Pourtant, c'était bien Carmen qui avait suggéré qu'ils inventent leurs exploits sexuels.

« Pour être honnête, quand elle a raconté sa première nuit avec Mister Nice Guy, j'ai cru qu'elle avait encore tout inventé. Et quand ta réponse est arrivée, j'ai pensé que c'était elle aussi.

— Mais pourquoi est-ce qu'elle aurait fait ça ?

— Pourquoi ? Oh, elle a toujours beaucoup d'excuses. Tu veux mon avis ? C'est sans doute bien plus facile de rester chez soi avec un ordinateur et un verre de vin que de sortir faire un vrai reportage. Et je dois bien admettre qu'elle ne manque pas de talent. Impossible de savoir lesquels de ses articles sont véridiques. Même toi – et pourtant tu couches avec elle pour de vrai – tu n'aurais jamais imaginé que plus de la moitié de sa prétendue expérience, c'est du pipeau.

— Ou peut-être que j'étais moi-même si inexpérimenté que je n'y ai vu que du feu... » dit Lucas, soudain très morose.

Jiji éclata d'un grand rire sans paraître le remarquer.

« Je t'aime vraiment bien, Luke ! Je suis heureux qu'on travaille ensemble. En tout cas, merci beaucoup, tu m'as bien fait rire. C'était très sympathique. »

La voiture traversait à présent East Village. Elle s'arrêta devant chez lui. *Sympathique*... Ce n'était pas exactement le mot qu'il aurait employé.

37

Pendant les deux semaines qui suivirent, Lucas et Carmen coururent de rendez-vous en rendez-vous la journée, consacrant leurs nuits à faire la fête. Ils travaillèrent ensemble sur la série d'*events* ainsi que sur un podcast intitulé « 21st Century Sex », dînèrent au Mission China, au Momofuku Ko et au Cochon tacheté – des adresses que les New-Yorkais lambda devaient réserver des jours, voire des semaines à l'avance alors qu'eux obtenaient une table en un claquement de doigts. Au bar Mort & Co, ils fêtèrent le lancement d'un nouveau cocktail baptisé « Les critiques foncedés » (cocktail dans lequel flottaient deux jaunes d'œufs percés. Censés symboliser des testicules ? Des seins ? Lucas n'aurait su dire). Ils dansèrent le merengue au Bembe, baisèrent dans les toilettes du Bain, fumèrent un joint avec une bande de hipsters à l'Output et se moquèrent des invités très glam du Provoc, où flottaient des bouteilles de champagne coiffées de cierges magiques. Ils firent aussi beaucoup l'amour. L'enthousiasme dont ils étaient l'objet les boostait et nourrissait leur désir. Leur compatibilité ne faisait plus aucun doute.

Carmen était très impressionnée par la façon dont Lucas gérait cette nouvelle célébrité. Il était sûr de lui mais jamais vantard, toujours disponible pour les selfies, toujours de bonne humeur. Elle était aussi ravie qu'il ait pris leur rubrique en main. Il avait eu l'idée d'attiser l'intérêt des lecteurs en les faisant participer au choix des défis – Jiji n'avait enfin plus son mot à dire. Ils avaient déjà reçu des dizaines de propositions : tenter l'anal (Carmen avait dit non merci), les jeux de rôle (Lucas était d'accord pour James Bond, Carmen pas d'accord pour la Reine des neiges), sans compter le traditionnel changement de genre (Carmen s'était dessiné une moustache et Lucas avait enfilé une jupe). Des suggestions leur parvenaient de tous les États et de gens des plus ordinaires – des ingénieurs aux assureurs – souvent accompagnées d'une petite lettre. Apparemment, les lecteurs étaient aussi curieux que mal à l'aise et timorés. Ils voulaient essayer de nouvelles choses mais n'osaient pas, alors ils le vivaient par procuration à travers Lucas et Carmen, un peu comme pour tester leurs fantasmes et avoir une idée des potentiels écueils à éviter.

Un après-midi, alors qu'ils étaient nus au lit, leurs corps encore tout collants, Lucas se risqua à lui dire : « Ça va me manquer, quand tu vas partir. »

Carmen sourit. « À moi aussi. C'est fou, non ? Quand on repense à notre point de départ...

— C'est parce que tu es différente.

— C'est-à-dire ? »

Tu es spontanée, authentique, adorable. Il aurait voulu pouvoir lui dire tout ça mais il était gêné tout à coup. Il se contenta donc de faire glisser son index le long de son sternum et de tracer de petits cercles autour de ses seins. Il vit la chair de poule se former sur ses bras.

« Tu as bien vu comment les gens te regardent. Ils t'admirent. Et moi aussi. »

Il avait beaucoup repensé aux révélations de Jiji. Et il avait décidé de ne pas en faire cas. La femme que Carmen avait été – celle qui ne s'épanouissait que dans la critique et s'inventait des amants – avait disparu.

« Ils ne m'admirent pas, Lucas. Ils nous admirent. Ils admirent ce qu'on fait. »

Nous.

Alors qu'ils s'embrassaient de nouveau, une petite voix vint chuchoter à l'oreille de Lucas. *Doucement. Rappelle-toi ce qui s'est passé la dernière fois.* Et il lui répondit : *Ça n'a rien à voir avec la dernière fois.*

« Lucas », gémit Carmen, ses mains glissant de plus en plus bas.

La petite voix se tut.

38

Moins d'un mois avant le départ de Carmen, Jiji convoqua ses ambassadeurs pour leur parler d'une nouvelle mission. Lucas n'avait plus mis les pieds dans la tour depuis son adoubement et ses collègues devaient spéculer avec avidité sur sa nouvelle célébrité. Il avait hâte de leur raconter tout ça. Mais dans l'ascenseur, il commença à s'inquiéter. Il pensa à Franklin, qui passait ses journées devant son écran à fact-checker le détail des vies d'autres personnes. Il pensa à Alexis, qui était obligée d'en référer à Jiji pour la moindre broutille. Son propre emploi du temps avait beau être épuisant, il vivait dans une fête perpétuelle et riche de plaisirs : mets de choix, alcool et sexe. Ne même plus avoir à se soucier de tout ça paraissait presque aberrant. Et en prime, il connaissait l'exaltation d'être désiré. Les producteurs réclamaient ses idées. Les journalistes s'arrachaient ses interviews. Le public demandait ses conseils, des selfies et mourait d'envie de l'apercevoir. Même Carmen le désirait. Et tout ce que Jiji voulait, c'était pouvoir continuer à surfer sur cette vague de succès dont il était à l'origine.

Il était un peu inquiet de la réaction de ses collègues. Mais après tout, comme l'avait dit Jiji, il l'avait bien mérité. Il avait travaillé pour ça. Ce qu'il fallait, décida-t-il, c'était faire preuve de gratitude et d'humilité. Ne pas se comporter comme un gros con, quoi.

L'étage était inhabituellement calme pour un après-midi de semaine. Il s'arrêta près du bureau d'Alexis, mais elle n'y était pas. Les Sphinx l'observaient. Au moins, certaines choses restaient immuables. Quelques collègues relevèrent la tête sur son passage, l'air un peu perplexe, comme s'ils voyaient un fantôme. Il sourit et agita la main. La rumeur de son arrivée commença à se répandre et les chaises raclèrent. Mais il eut beau ralentir, personne ne se leva pour autant. À quoi s'était-il attendu ? À ce que ses collègues fassent la chenille derrière lui et le suivent jusqu'à son bureau ? Il avait prévu de se glisser l'air de rien à son ancien bureau, mais il constata qu'il était occupé. Le nouveau fact-checkeur était petit et mince, avec une tignasse brune et des lunettes sans monture. Il paraissait un peu plus jeune que Lucas et ressemblait au petit génie du jeu d'échecs que tout le monde a eu dans sa classe. Il était en train de raconter à Franklin et Alexis une histoire qui les faisait mourir de rire. Il était question d'un article, de son père et d'un éléphant. Lucas se sentit de trop. Mais c'était ridicule, se secoua-t-il.

« Eh, salut ! »

Le nouveau fut le premier à se tourner vers lui. « Oh bon sang ! Lucas Callahan !

— Lucas ! » s'exclama Alexis en le prenant dans ses bras.

Quand même.

« Le roi revient en son domaine ? demanda Franklin en levant mollement la main. Quel bon vent t'amène ?

— Eh bien, je travaille toujours pour *Empire*, tu sais.

— Certes, reconnut son collègue sans masquer un certain scepticisme.

— Salut, moi c'est Peter, se présenta le nouveau en lui tendant la main. C'est super de te rencontrer enfin. J'ai beaucoup entendu parler de toi. Enfin beaucoup lu à ton sujet, surtout.

— Peter te remplace », annonça Alexis, assez inutilement.

Ce mot lui fit bizarre. Et pourtant il n'avait jamais voulu être fact-checkeur...

« Pete est le fils de Richie Sullivan », ajouta-t-elle. Lucas sentit tout à coup s'éteindre le projecteur qui brillait au-dessus de sa tête depuis quelques semaines. Il avait devant lui le fils d'une star du journalisme. Richie Sullivan écrivait pour le *New Yorker*, avait reçu le National Book Award, et ses livres entraient systématiquement dans la liste des best-sellers du *New York Times*. Avec Richie Sullivan pour père, vous aviez vos entrées dans tous les magazines de New York. Pete adressa un large sourire à Lucas, qui fit de son mieux pour masquer sa mauvaise humeur.

« Donc pour finir mon histoire, continua-t-il sans prendre la peine de l'inclure à la conversation, le rédacteur en chef avait briefé le directeur artistique en lui expliquant que l'article de mon père parlait de la façon dont tout le monde faisait l'autruche, et qu'il ne fallait surtout pas perdre l'autruche de vue parce que c'était capital. Et quand les photos sont arrivées, eh ben, c'était effectivement les photos d'une grosse autruche avec la tête dans le sable... Une vraie autruche vivante ! Et la facture était aussi grosse qu'elle, en plus !

— J'y crois pas ! dit Franklin en écarquillant les yeux d'une façon tout à fait inédite.

— C'était à l'époque où les magazines avaient encore un vrai budget pour la photo, expliqua Pete, comme s'il avait bien connu cette période.

— L'article parlait de quel scandale ? demanda Lucas.

— Oh, je sais plus. Politique. »

Est-ce qu'il faisait un effort particulier pour être aussi méprisant... ?

« Moi je n'arrive pas à croire que le magazine ait accepté de payer ! renchérit Alexis.

— C'était un sacré crétin quand même, ce DA ! ajouta Franklin.

— Bon, je dois y aller, j'ai rendez-vous avec Jiji », lâcha Lucas.

Alexis dit « Oh, d'accord » avec un air déçu, ce qui lui mit un peu de baume au cœur. Mais de toute façon il n'avait plus envie de bavarder.

« C'était super de te rencontrer ! lui répéta Pete. Ça me met un peu la pression de te remplacer ! »

C'était le compliment que Lucas attendait. Sauf qu'il ne portait pas sur ce qu'il escomptait.

« J'ai juste fait mon boulot. Ne te mets pas la pression.

— Mais le métier de fact-checkeur est vraiment essentiel. Mon père dit toujours que la moindre pierre est indispensable à l'édifice du magazine, et que tous les métiers du journalisme sont admirables. C'est pour ça que je suis là. »

Ce type était sérieux ? Est-ce que le radar à conneries de Franklin était en panne... ?

« Eh, d'ailleurs, on m'a dit que tu étais sur quelque chose ? J'adorerais faire le fact-checking de ton article. Il est déjà dans les tuyaux ? Quand est-ce que tu penses qu'il va arriver chez nous ? »

Alexis et Franklin savaient qu'il avait travaillé sur le portrait de Nicholas Spragg et qu'il était allé dans le Wisconsin avant Noël, mais rien de plus.

« Tu sais comme ça peut être long... répondit-il en passant d'un pied sur l'autre, ne pensant plus qu'à battre en retraite. Avec toutes les corrections...

— Oui oui, bien sûr. Je l'attends avec impatience !

— Super. »

Et il prit ses jambes à son cou. Incroyable... Non seulement ses amis se désintéressaient totalement de son nouveau boulot mais en plus son remplaçant s'était presque permis de lui dire que son ancien poste était quand même plus honorable que le nouveau... ! Alors qu'il n'avait finalement jamais cessé d'écrire, même si d'accord, au début, ce n'était pas sous son vrai nom. Et ce n'était certainement pas sa faute si Jiji avait tué son portrait dans l'œuf.

Jiji reçut ses ambassadeurs dans son bureau, où Lucas fut très surpris de voir un verre de scotch. Jiji ne buvait jamais pendant la journée. Il s'était passé quelque chose. Carmen aussi dut le remarquer, puisqu'elle demanda si tout allait bien.

« Évidemment ! aboya Jiji pour toute réponse. Je pense

que nous sommes tous très occupés en ce moment alors mettons-nous au travail. On a été inondés de requêtes. Les lecteurs veulent que vous sortiez ensemble. »

Pendant un instant, Carmen et Lucas restèrent silencieux.

« Je ne comprends pas, finit par dire Carmen. On ne fait que ça. On sort ensemble dans des bars, dans des restaurants, on va danser jusqu'à l'aube.

— Et on couche ensemble, ajouta Lucas, au cas où.

— D'ailleurs, je commence à ne plus en pouvoir, ajouta-t-elle. J'ai du mal à suivre le rythme. Lucas, qu'est-ce que tu en penses ?

— Je m'amuse bien, se contenta-t-il de dire.

— Les gens veulent que vous sortiez vraiment ensemble, répéta Jiji, clairement agacé. Ils veulent une histoire d'amour. Alors lundi, je veux un rendez-vous galant, des fleurs et un baiser sur le pas de la porte. Mardi, un après-midi couple avec une visite de musée ou un tour à la patinoire.

— Attends un peu, l'interrompit Carmen. On avait dit pas de sentiments !

— Je sais, oui, merci. Mais apparemment, c'est ce que veulent les lecteurs. Ou en tout cas, c'est ce qu'ils pensent vouloir. »

Jiji enchaîna sur leur emploi du temps du reste de la semaine. Mardi soir, ils se tripoteraient un peu en public. Mercredi, il y aurait un autre repas romantique, et après ça Carmen ferait monter Lucas chez elle. « Et jeudi, vous pouvez rester à la maison et baiser comme des bêtes.

— Et vendredi ? On se fait chier au lit comme un vieux

couple et on se dispute pour savoir qui sort les poubelles ? Et samedi ? On se quitte ?

— Non, pas de rupture, répondit Jiji sans se troubler. Vous pouvez juste décider que tout compte fait, vous préférez rester amants plutôt que de vous mettre en couple. Après chaque rendez-vous, je veux que vous écriviez quelque chose sur le site internet. Avec des photos et des vidéos, histoire que nos lecteurs puissent bien sentir monter la tension érotique.

— Je n'aime pas cette idée, protesta Carmen. Ça fait un moment que Lucas et moi on se connaît. On couche ensemble depuis des mois. On ne peut pas juste appuyer sur un bouton reset et tout reprendre de zéro pour débuter une relation comme si de rien n'était. On ne va quand même pas jouer la comédie du couple.

— Pourtant, c'est ce que tu fais de mieux. »

Carmen devint livide et Jiji enchaîna : « Ce que je veux dire, c'est que cette rubrique est essentiellement performative, non ?

— D'ailleurs, glissa Lucas, je viens de recevoir un tweet d'une étudiante qui fait sa thèse à Brown. “De Carrie Bradshow à ‘À poil les critiques !’, la question des interactions entre structuralisme sexuel, médias et regard masculin.” Elle voudrait nous interviewer.

— Comment elle a réussi à faire passer ça dans un tweet ? persifla Carmen.

— Allez, Carmen, c'est juste un jeu, on va se marrer !

— Est-ce qu'on a terminé ? demanda Jiji avec une impatience inhabituelle.

— Oui. Mais je refuse d'être citée dans une thèse », conclut Carmen.

39

Le lundi suivant, Lucas sonna chez Carmen avec un bouquet de roses dans une main et son téléphone dans l'autre, prêt à filmer la scène.

Elle l'accueillit d'un « Mais t'es sérieux ? » cassant auquel il ne répondit pas tout de suite, trop occupé à la contempler. Elle portait une robe en maille argentée très moulante et avait ramené sa lourde chevelure noire en arrière. Sur son cou nu, un pendentif doré minimaliste aimantait le regard.

« Tu es magnifique.

— Oui, hein, pas mal ? » répondit-elle en s'examinant rapidement.

Puis soudain, comme embarrassée, elle se précipita pour aller chercher ses chaussures en lui criant de prendre un vase dans la cuisine. « Et coupe-moi cette vidéo ! Tu as eu ce que tu voulais ! »

Il était en train de remplir le vase quand elle vint se coller contre son dos, glissant ses bras autour de lui.

« On ne pourrait pas juste rester là ?

— On a du boulot, Carmen. Sur ordre de Jéy Jacobzon », dit-il en imitant l'accent du photographe français.

Elle rit presque malgré elle.

« Allez, on y va ! » s'exclama-t-il en l'entraînant jusqu'au taxi, dont il lui ouvrit la portière.

Ils firent deux fois le tour du quartier avant qu'elle lui demande pourquoi ils tournaient en rond. Mais le taxi s'arrêta quelques mètres plus loin, devant l'immeuble de Mira.

« Qu'est-ce qu'on fait là ? » demanda-t-elle à Lucas, qui s'était déjà précipité pour lui ouvrir sa portière. Il l'aida à descendre et une fois devant la porte il sortit, à la stupéfaction de Carmen, un jeu de clés. « Après toi », lui dit-il en s'effaçant pour la laisser entrer la première. Quand il alluma la lumière, Carmen eut un hoquet. Le minuscule appartement était complètement transformé : des guirlandes lumineuses pendaient du plafond, formant comme une tonnelle tamisée, les guéridons croulaient sous des vases pleins de jasmin et de lys et le couvert avait été mis sur la petite table basse avec la plus jolie nappe et de la belle vaisselle.

« Oh mon Dieu ! Mais qu'est-ce que c'est ? Où est Mira ?

— On vit comme des princes depuis quelques semaines. Je me suis dit que Mira devait se sentir un peu oubliée. Alors je lui ai demandé si une petite sortie chic lui plairait. À l'heure qu'il est, elle doit être en train de s'attabler au Eleven Madison Park avec son cavalier.

— Mais c'est toi qui paies ? Non, Lucas, c'est beaucoup trop ! Ça doit coûter trois cents dollars par personne.

— Ne t'inquiète pas, c'est *Empire* qui va casquer. C'est notre réservation. Le maître d'hôtel est au courant.

— C'est... Je... » balbutia-t-elle en s'avançant dans

la pièce, se tordant le cou pour admirer les guirlandes. « J'adore, c'est magnifique !

— Je me suis dit qu'il fallait quand même un peu jouer le jeu pour notre non-rendez-vous.

— Et tu ne me traques pas avec une caméra, c'est formidable.

— Oh, j'ai déjà pris les photos avant, précisa Lucas, très content de lui. Je ne voulais pas ruiner l'ambiance. Et tu noteras qu'il n'y a ni pétales de rose ni bougies ! Ç'aurait été dommage que tu me quittes ce soir. »

Il n'avait jamais vu cette expression sur son visage et il eut presque peur qu'elle se mette à pleurer. Heureusement, on sonna à l'interphone.

« Et voici le clou de la soirée ! Le dîner ! »

Un livreur leur apporta une grande pizza.

« Saucisse et champignons, ça te va ? »

Elle acquiesça, toujours sous le choc, et Lucas leur servit du vin. « À une délicieuse soirée pantouflarde ! »

Ils firent tinter leurs verres et mangèrent en silence, profitant des jolies lumières et du fromage coulant.

« Et donc... dit-elle quand le silence commença à se faire sentir.

— Et donc... répéta-t-il.

— C'est vrai que les premiers rendez-vous, c'est toujours un peu gênant. »

Elle attendait qu'il ajoute quelque chose.

« C'est mon tout premier rendez-vous, finit-il par avouer.

— Non ?! »

Elle semblait fascinée, alors il lui parla de Mel. Même s'ils avaient été dans le même lycée, ils n'avaient vraiment fait connaissance qu'en première année d'université, quand ils s'étaient rendu compte qu'ils vivaient dans le même bâtiment universitaire. Il occupait la chambre juste au-dessus de la sienne et il avait fini par faire descendre un petit panier plein de sucreries et de mots doux par la fenêtre. Juste avant les vacances, il lui avait fait parvenir une enveloppe pleine de pétales de rose avec une carte disant seulement « De la part de L ».

« C'est tellement mignon ! Et cucul ! commenta-t-elle en essayant de ne pas rire.

— Eh, sois sympa ! J'avais 19 ans. Je n'avais jamais eu de relation sérieuse et j'étais puceau. » Lucas marqua une pause, dans l'attente d'un coup qui ne vint pas. « Je savais que je plaisais aussi à Mel, qu'on était tous les deux timides et qu'il allait bien falloir que l'un d'entre nous fasse le premier pas. Mais les autres étudiants multipliaient les flirts et les coups d'un soir, alors c'était compliqué, tout ça. Je ne voulais pas qu'elle passe toutes les vacances à se poser des questions et à s'inquiéter.

— Et donc tu lui as laissé un mot avec écrit “De la part de L” ? dit Carmen avec un fou rire. Et qu'est-ce qu'elle a fait ? Laisse-moi deviner, elle a justement passé toutes ses vacances à se poser des questions et à s'inquiéter ?

— À peu près, oui. Elle était chez ses grands-parents, en Géorgie, donc on ne s'est pas vus pendant plusieurs semaines. Mais on est tous les deux revenus un peu plus tôt, avant les autres étudiants. Et c'est là que ça s'est fait.

— Vous avez couché ensemble ?

— Oh non, il nous a fallu encore près de six mois pour ça !

— Mon Dieu ! Trop mignon.

— Mais on s'est mis ensemble ce jour-là. Et on est restés ensemble longtemps, jusqu'à ce qu'elle me largue en mai dernier.

— Vous étiez fiancés, c'est ça ? Elle a eu peur ? »

Lucas fit non de la tête.

« Elle est tombée amoureuse d'un autre ?

— Non.

— Tu l'as trompée ?

— Non !

— Alors qu'est-ce qui s'est passé ? J'imagine qu'elle ne s'est pas réveillée un beau matin avec la certitude écrasante qu'elle ne croyait plus au mariage ? »

Sam était la seule personne à qui Lucas avait vraiment raconté ce qui avait précipité leur rupture. Il avait longtemps eu trop honte. Mais maintenant, il se sentait prêt. Assez, en tout cas, pour que le nouvel homme qu'il était soit capable de prendre une distance suffisante par rapport à l'ancien.

« J'ai été lâche.

— Ce n'est pas ce que je m'attendais à entendre.

— Vers la fin de notre dernière année de master, Mel a voulu qu'on se sépare. Elle disait que clairement, on n'était pas près de se marier, mais que contrairement à la plupart de nos amis, on était quand même encore ensemble. Ce qui nous mettait, par défaut, sur la voie du mariage. Avant qu'on se lance dans nos vraies vies d'adultes, elle voulait qu'on ait l'opportunité d'explorer de nouvelles choses. De rencontrer de nouvelles personnes. Elle disait que si on s'aimait encore après ça, on pourrait se remettre ensemble.

— Waouh. Je suis très impressionnée. Ça demande beaucoup de maturité et d'intelligence de prendre une décision pareille. Tu sais bien que je vote Lucas quand même, mais là franchement... Chapeau, Mel. Qu'est-ce que tu as répondu ?

— J'ai dit d'accord. Ce n'était pas une décision très difficile à prendre... Ça aurait dû m'inquiéter, d'ailleurs. »

Carmen hocha la tête sans rien dire.

« Mais c'est là que nos parents s'en sont mêlés. Ils ne comprenaient pas pourquoi on voulait se séparer, même temporairement. Pour eux, on était le couple idéal. Nos mères étaient déjà en train d'organiser le mariage. Nos vies étaient toutes tracées, tu vois. J'allais passer le barreau, et puis je travaillerais avec le père de Mel. Elle, elle étudiait l'histoire de l'art et elle allait ouvrir une galerie à Charlotte et organiser des soirées mondaines. Nos parents nous répétaient à longueur de journée qu'on faisait une bêtise, qu'on était tellement heureux ensemble. On a fini par flipper. Et si on était vraiment en train de faire une connerie ? Et si on ne retrouvait plus jamais une relation pareille ? Et si on était vraiment faits l'un pour l'autre ?

— C'est exactement ce que se disent les gens qui sont coincés dans une relation.

— On était tous les deux lâches, j'imagine, acquiesça Lucas. C'était plus facile comme ça, plus confortable. Alors on s'est remis ensemble très vite, ce qui bien sûr a beaucoup rassuré nos familles. On s'est même installés ensemble. Et à partir de là, franchement, ça a été comme de foncer dans le mur en klaxonnant. Je n'arrêtais pas de remettre les fiançailles à plus tard. Alors on avait des disputes affreuses, elle pleurait et moi je me disais qu'il fallait que ça s'arrête.

— Alors tu l'as quittée ?

— Non. J'ai acheté une bague et je l'ai demandée en mariage. »

Carmen hocha la tête. « Tu étais un peu heureux quand même ?

— J'imagine, oui. Enfin, j'étais pas non plus surexcité. Je me disais juste que j'avais fait ce qu'il fallait.

— Merde, Lucas... C'est les pires mots de la Terre, ça. Personne ne veut être demandé en mariage parce que c'est ce qu'il fallait faire...

— Je sais bien. Mais je me disais que j'allais être heureux. Tout le monde veut être heureux. Mon frère est heureux.

— Mais parfois on a besoin de plus que ça.

— Je l'ai appris dans la douleur, oui. »

Il lui raconta comment il avait vite été agacé par de petits détails, comme la façon dont Mel se tripotait les cheveux, déchiquetait les serviettes en papier ou insistait toujours pour qu'ils se couchent à la même heure, même si de toute façon ils ne faisaient plus rien au lit. Et puis de nouvelles choses avaient commencé à l'irriter, comme le fait qu'elle raconte à tout le monde qu'elle avait dû superviser le choix de sa bague dans les moindres détails pour que Lucas ne fasse pas n'importe quoi, décidant elle-même de la taille de la pierre, de sa couleur et de sa clarté. Elle s'était aussi jetée à corps perdu dans les préparatifs du mariage. Ce qui le rendait fou. C'était juste une robe, un dîner et de la musique ! Pourquoi est-ce qu'elle y accordait tant d'importance ?! À présent, il se rendait bien compte que c'était la rancœur qui l'avait fait réagir comme ça. Il était persuadé que Mel l'avait piégé, alors il s'était totalement désinvesti. Il sortait avec ses amis sans la prévenir, ne répondait pas à ses messages, s'excusait sans conviction, accusait sa batterie, ne faisait plus les courses, oubliait les petites attentions qu'il avait toujours eues pour elle. Il était allé trop loin pour mettre fin à cette relation mais il pouvait encore tout faire pour qu'elle le quitte.

L'apothéose avait eu lieu le soir de leur fête de fiançailles, sur la terrasse géante du nouveau restaurant grill de luxe de l'oncle et de la tante de Mel où ils avaient accueilli à peu près la moitié de la ville. Lucas avait été froid et apathique toute la soirée. Il avait bien essayé d'être affable, mais il ne trouvait pas l'énergie. Il se sentait oppressé.

Plus tard dans la soirée, quand certains de ses amis avaient parlé de continuer dans un bar, il avait décidé de les accompagner. La fête n'était pourtant pas vraiment finie, seulement un peu plus calme. Il était allé l'annoncer à Mel, l'avait embrassée sur la joue et s'était empressé de débarrasser le plancher avant qu'elle ne lui hurle dessus. Quand il était rentré à pas d'heure, il l'avait trouvée encore debout, les yeux rouges et folle de rage. Il ne lui avait fallu que quelques minutes pour mettre fin à leur relation, avec un courage et une détermination qu'il ne lui avait jamais vus et qui l'avaient autant surpris que terrifié. Il était retourné vivre chez ses parents dès le lendemain. Il avait refusé de raconter ce qui s'était passé et Mel, en vertu des convenances sociales, était elle aussi restée muette comme une tombe. Mais tout le monde était quand même parti du principe que c'était Lucas le responsable. Sa mère était dans tous ses états, sa grand-mère mortifiée, son père furieux. Leurs amis communs avaient tous pris le parti de Mel. Mais même si tout le monde le détestait, il ne s'était jamais senti aussi soulagé.

« J'ai laissé tout ça aller beaucoup trop loin. C'était incroyablement lâche de ma part de ne pas lui dire ce que j'avais sur le cœur, et j'ai été un vrai salaud de l'humilier comme ça avec ces fiançailles. Elle voulait tâter un peu le terrain avant qu'on construise quelque chose mais elle m'aimait. Et je le savais. Je lui ai laissé croire que moi aussi, je l'aimais. C'était la pire chose à faire.

— Tu l'as trahie.

— Oui. Est-ce qu'il t'est arrivé la même chose avec Jiji ? »

Carmen soupira. « Je pense qu'à un moment, pendant un très bref instant, il a été amoureux de moi. Mais ça a dû lui faire peur. Au lieu de me rendre ma liberté, il a préféré entretenir la comédie de l'amour. Et moi j'étais tellement amoureuse de lui, et tellement sûre d'être différente à ses yeux – différente de tous ceux qu'il malmène et manipule –, que je ne m'en suis même pas rendu compte. Il m'a gardée sous la main, m'a laissée l'aimer en me donnant juste assez pour que je reste accrochée à lui.

— Mais pourquoi est-ce qu'il a fait ça ? Pourquoi est-ce qu'il n'a pas juste rompu ? »

Au moment où il le dit, Lucas se rendit compte que les amies de Mel avaient dû se poser exactement la même question.

« Je pense que c'est dans sa nature de manipuler ceux qui l'entourent. Il n'y a probablement même pas réfléchi. Mais quand la brume s'est dissipée, j'ai commencé à comprendre qu'il me menait en bateau. Et c'est là qu'il a rompu. Il avait sans doute peur que je finisse par le quitter, alors il a pris les devants. Se faire rejeter, c'est la pire chose qui pourrait lui arriver. Alors il s'arrange pour que ça n'arrive jamais.

— Tu penses que tu aurais vraiment fini par le quitter ? »

Carmen réfléchit un long moment.

« Se sentir désiré, c'est comme une drogue. Et à ce petit jeu, Jiji est le pire – et le meilleur – de tous. Je pense que c'est la raison pour laquelle notre histoire a duré si longtemps. Mais c'est aussi la raison pour laquelle je suis restée. J'avais tellement envie qu'il continue à me désirer. Et quand j'ai senti que je commençais à le perdre, je me suis accrochée. De plus en plus désespérément. »

Elle agrippait la table qui les séparait et ses yeux étaient brillants de larmes. « Je sais bien que j'aurais dû lâcher. Mais je n'y arrivais pas. Plus je me débattais, plus je m'accrochais. Je... »

Elle s'interrompit et baissa les yeux sur ses mains qu'elle détacha du bois pour les masser doucement. Il comprit soudain que c'était la première fois qu'elle racontait son histoire. Peut-être qu'elle n'en avait même jamais parlé à Mira.

« Eh, c'est fini maintenant. » Il se rapprocha et lui prit la main. « Et si tu as envie d'en parler, je suis là. »

Elle cligna plusieurs fois des yeux, le regard fixé sur leurs doigts entremêlés.

« J'avais l'impression d'être totalement impuissante. Comme si j'avais laissé Jiji me prendre une partie essentielle de moi. Tout ce qui me restait, c'était le manque. Ce manque horrible. Je ne laisserai plus jamais ça m'arriver. »

C'était donc ça. Sa façon de critiquer, juger, tout disséquer. Tout ça, c'était pour lutter contre son propre manque, ses propres désirs. Peut-être qu'elle voulait rester dans le contrôle, mais c'était bien plus complexe.

« Mais il faut que tu te donnes le droit de désirer, Carmen. Ou tu vas passer à côté de trop de choses. Si mon histoire avec Mel m'a appris quelque chose, c'est bien ça. Il ne faut pas hésiter, quand on veut vraiment quelque chose. »

Il mourait d'envie de l'embrasser, de lui montrer comme il la voulait. Sa main n'avait pas lâché la sienne. La clé qui tournait dans la serrure les fit tous les deux sursauter. La porte d'entrée s'ouvrit sur Mira, couverte de perles, un petit sac de chocolats gracieusement offert par le restaurant à la main. Lucas se leva comme un ressort et Carmen se redressa dans son fauteuil, rigide et bien droite.

« Eh bien, quelle chaste vision vous m'offrez, jeunes gens ! » taquina la vieille dame. Carmen s'empourpra violemment quand elle lui envoya un clin d'œil coquin.

Après que Mira leur eut raconté son incroyable dîner et souhaité bonne nuit, Lucas raccompagna Carmen chez elle à pied, bras dessus bras dessous, leurs corps pressés l'un contre l'autre. La rue était déserte et la ville offrait cette qualité de silence que seules lui confèrent les nuits d'hiver. Il se rapprocha d'elle, et elle de lui. Lucas était parfaitement heureux.

« J'imagine que c'est là que je suis censé te laisser, dit-il quand ils s'arrêtèrent devant son immeuble.

— C'est un peu idiot, non ?

— Un peu, oui, fit-il en haussant les épaules, les yeux baissés sur ses chaussures.

— Ah mais tu veux vraiment un baiser de bonne nuit, en fait ? rit-elle. Tu prends ça très au sérieux, dis-moi.

— Oh, allez, ne te moque pas.

— Non, vraiment. J'admire ta conscience professionnelle. »

Il était sur le point de lui demander si elle se fichait de lui quand elle l'embrassa. La chaleur de sa bouche envoya une décharge brûlante jusque dans ses orteils. Le froid avait beau les enserrer entre ses doigts et essayer de les séparer, il n'avait aucune prise. Lucas se pressa contre elle et elle lui répondit, laissant échapper un soupir.

Il connaissait ses gémissements, ses halètements, ses cris, ses rires, ses pleurs. Mais c'était la première fois qu'il l'entendait faire ça. Un son ténu et palpable à la fois, comme si quelque chose avait finalement cédé en elle.

Ils ne virent pas le photographe tapi dans l'ombre, à quelques pas.

40

Le lendemain après-midi, ils allèrent patiner au Rockefeller Center. Alors que Lucas était parti chercher des chocolats chauds, deux jeunes femmes s'approchèrent de Carmen. Elles portaient des bonnets à pompon, de grosses doudounes et beaucoup de fond de teint.

« Ça avait l'air vraiment torride, hier soir, lui dit l'une d'elles.

— Je vous demande pardon ? demanda Carmen en relevant les yeux de ses lacets.

— Oui, quand vous vous êtes embrassés en rentrant, expliqua l'autre. Raconte-nous un peu !

— Je ne sais vraiment pas de quoi vous parlez. »

Les femmes commencèrent à être moins aimables.

« Quoi, tu crois que tu vaux tellement mieux que nous ? Tu veux pas t'abaisser à nous parler ?

— Non, bien sûr que non », se défendit Carmen.

Si elle était encore incapable de dire où cette conversation allait les mener, elle commençait en revanche à voir où elles voulaient en venir. Carmen bénéficiait malheureusement d'une forme de célébrité particulièrement ingrate : elle n'était pas Peter Dinklage en train de promener son chien ou Maggie Gyllenhaal achetant une glace à ses enfants. Elle n'était pas une de ces célébrités que les New-Yorkais reconnaissent de loin mais avec lesquelles une distance s'impose. Les people nés d'Internet, dont elle faisait désormais partie, étaient devenus populaires en exploitant leur intimité. Le public, qui pensait les connaître, manifestait donc une forme de possessivité à leur égard.

« Excusez-moi, je vais y aller.

— Waouh, mais c'est dingue comme t'es malpolie ! On voit la photo partout et tu fais encore l'innocente ? »

Sur ce, elles finirent par partir, probablement pour s'empresser de raconter ça sur Twitter ou Snapchat. Carmen regarda aussitôt en ligne et trouva rapidement une photo d'elle et Lucas en train de s'embrasser devant son immeuble. Il avait la main sur ses fesses. « Un baiser de bonne nuit très *caliente* », disait la légende. Elle rejoignit Lucas et lui colla son téléphone sous le nez.

« Waouh ! Un paparazzi ! s'exclama-t-il.

— Ne sois pas aussi enthousiaste. Tu ne comprends pas que c'est Jiji qui l'a envoyé pour nous stalker ?

— Qu'est-ce que ça change ? Ce n'est pas comme si c'était la première fois qu'on nous voit nous embrasser. Ça devait être la millième fois, dit-il en l'entraînant à l'écart.

— Mais d'habitude, quand c'est en public, c'est intentionnel.

— Je ne suis pas sûr de saisir la différence. Là aussi, c'était intentionnel.

— Mais sur le pont, c'était une mise en scène.

— D'accord. Mais cette fois-ci, ça faisait partie de la mise en scène du contrat avec Jiji.

— Ce n'est pas pareil.

— Pourquoi ? »

Mais Lucas connaissait très bien la réponse. Parce que cette fois-ci, ils avaient ressenti quelque chose de différent, de nouveau.

« C'est de la violation de vie privée.

— Il faut bien admettre que c'est vraiment rusé de la part de Jiji. Alimenter le buzz comme ça.

— Pourquoi tu le défends tout à coup ?

— Comment ça ?

— Ça n'a pas l'air de te déranger qu'il lance des paparazzis à nos trousses. Et tu as adhéré sans réserve à son dernier projet stupide.

— Je trouve juste que ce sont de bonnes idées. Où est le problème ? »

Carmen croisa les bras, comme une institutrice sur le point de réprimander un écolier. « Écoute, Lucas. Toi et moi, on forme une équipe. Et Jiji, c'est l'ennemi, d'accord ? Peut-être qu'aujourd'hui tu as l'impression qu'il a de super idées, mais demain sa super idée sera à tes dépens et tu l'aimeras beaucoup moins. Et je ne serai plus là...

— Tu penses que je ne suis pas capable de me défendre tout seul ?

— Ça n'a rien à voir ! Tout ce que je te dis, c'est qu'il a déjà essayé de te pigeonner.

— Avec mon article sur Spragg ? C'est lui qui s'est fait prendre à son propre jeu.

— C'est ce que tu crois, oui. »

Lucas accusa le coup. Mais il fallait bien que Carmen le lui dise.

« Évidemment, que tu es capable de te défendre tout seul. Mais n'oublie jamais qui tu as en face. »

Il comprit le mercredi, au beau milieu de la nuit. La semaine était censée être une pure mise en scène, à la fois romantique et chaste. Après la patinoire, la veille, ils avaient donc enchaîné avec des visites de musées et un dîner dans un super restaurant au bord de l'East River. Le mercredi, ils avaient fait un tour en hélicoptère – tellement calqué sur le *Bachelor* que Lucas et Carmen avaient eu honte. Mais la vue d'en haut valait le coup. Ils avaient dîné dans un incroyable restaurant caché au fond du Queens. Et enfin, ils avaient brisé la règle stupide de Jiji et étaient rentrés chez Carmen. « On n'a plus que deux semaines ensemble, lui avait-elle dit ce soir-là. Il faut qu'on en profite. » Et c'est ce qu'ils avaient fait. Puis Carmen s'était endormie profondément tandis que Lucas était resté éveillé à côté d'elle, écoutant la pluie marteler les toits et les capots des voitures. Il répertoriait dans sa tête le sexe des derniers mois. C'était un vrai arc-en-ciel. Vigoureux, sensuel, hostile, embarrassant, passionné, tendre, du sexe entrecoupé d'éclats de rire, du sexe dans la performance, du sexe bourré, bâclé, laconique, turbulent. Ça ne l'aidait pas vraiment à s'endormir. Il en était à la fin de son inventaire. Le soir même, donc. Carmen était à moitié ensevelie sous les oreillers, ses cheveux formant comme un nid sombre autour de sa tête. Ce soir-là, ç'avait été encore différent. Plus intime et très intense. Mais ces mots génériques évoquaient surtout un roman à l'eau de rose. Ce n'étaient que des mots, des clichés. Alors que la particularité d'une vraie intimité, c'est le lien physique spécifique et précis. C'est toute la différence entre « coucher ensemble » et « faire l'amour ». Coucher ensemble se résume à accomplir un acte, c'est du sexe. Ça peut être bien ou mal fait, et on peut pratiquer pour s'améliorer. Mais ça reste une activité, comme les échecs ou le yoga. Alors que faire l'amour, c'est une chose que l'on *fait*. C'est affaire de matières, de matières brutes, de corps. Son corps et le corps de l'autre. Son cœur et le cœur de l'autre. Il avait bien conscience de s'enfoncer dans le niaiseux, mais ce soir il lui avait fait l'amour.

Parce qu'il l'aimait.

Je l'aime.

Lucas se figea, comme si ces mots risquaient de s'enfuir au moindre mouvement. D'où venaient-ils, d'ailleurs ? Est-ce qu'ils étaient réels ? Ou étaient-ils seulement une conséquence du jeu auquel ils se prêtaient ?

Je l'aime.

Non, ces mots étaient là depuis des mois. Peut-être depuis Noël, quand ils s'étaient rendu compte qu'ils s'appréciaient. Et ce sentiment s'était changé en amour, comme cela arrive parfois même dans les mariages arrangés. Son corps vibrait. Son cœur battait à tout rompre. Il avait du mal à respirer. Ses yeux le brûlaient. *C'est pour de vrai*, en conclut-il.

Ne fais pas de bêtise, dit la petite voix.

Ferme-la, rétorqua Lucas. Il était si excité qu'il n'arrivait plus à réfléchir. Ça risquait de tout bouleverser. Leur rubrique, sa carrière, sa vie à New York. Mais il s'en fichait.

Sofia, souffla la petite voix. *Rappelle-toi Sofia.*

Cette pensée le ramena sur terre. Son erreur, avec Sofia, avait été de se déclarer sur un coup de tête. Il fallait qu'il gère sa relation avec Carmen comme un des articles sur lesquels il travaillait. On ne publie pas un article seulement parce qu'on le sent bien. Il faut d'abord enquêter, vérifier les faits. Il avait besoin de preuves. Ce n'était pas le plus facile, dans une relation. Car si l'amour est aveugle, la route qui y mène l'est tout autant. Mais leur relation était différente. Parce qu'il existe un gros avantage, quand on couche avec une personne contractuellement obligée de répertorier tous ses ressentis par écrit.

Très doucement, pour ne pas la réveiller, il se glissa hors du lit. La pluie masqua le bruit de ses pas et le craquement du tiroir. Il sortit précautionneusement le carnet et s'approcha de la fenêtre. Il tenait entre ses mains l'intégralité de leur histoire. Les gribouillages après leurs nombreux rendez-vous, les notes destinées aux articles. Quand il se rendit compte qu'il était sur le point de violer son intimité, il suspendit son geste. Mais tout ça était de toute façon destiné à être livré aux lecteurs, non ? Il n'était pas réellement en train de fouiner dans ses pensées. C'était plutôt une sorte de teaser de ce qui serait bientôt rendu public. Il alla directement à la fin. Elle avait écrit deux jours plus tôt, le soir où ils s'étaient embrassés devant chez elle.

Et merde. Je ne m'attendais pas à tomber amoureuse de lui. Je ne voulais pas tomber amoureuse de lui. Et pourtant, je le suis. Je voudrais

Lucas rangea le carnet. Il souriait tellement qu'il en avait mal aux zygomatiques. Il la tenait, sa preuve. À présent, il connaissait ses sentiments aussi bien que son corps nu dans le lit. Et pourtant, il restait ce souhait, inachevé... Je voudrais quoi ?!

Je voudrais savoir ce que Lucas veut ?

Je voudrais ne pas avoir peur de mon désir ?

Je voudrais pouvoir lui dire oui ?

Elle avait été interrompue au beau milieu de sa phrase. Mais ça lui suffisait. La question, à présent, c'était comment répondre à ça. Il allait lui écrire. Dans sa rubrique, elle pourrait lire noir sur blanc à quel point il la désirait. Il ferait ce que Jiji n'avait pas fait : il dirait à la face du monde à quel point il l'aimait. Mais Lucas ne voulait pas qu'elle lise sa déclaration sur un écran. Il voulait quelque chose de plus osé et spectaculaire. Quelque chose d'assez fou pour qu'elle n'ait aucun doute sur la force de ses sentiments.

41

Carmen se réveilla tard et trouva un café et des croissants sur la table. Il y avait un petit mot à côté :

« Retrouve-moi devant le MoMA à 15 heures.

(T'as vu ça comme j'assure ?!) »

C'était adorable. Mais elle partait dans deux semaines et cette relation se compliquait chaque jour. Sous la douche, elle essaya de mettre de l'ordre dans ses pensées. 1) Elle avait des sentiments pour Lucas. 2) C'était clairement réciproque. 3) Le timing était dramatique.

Il ne leur restait qu'un rendez-vous avant de devoir écrire leur article « Restons sex friends ». C'était sans doute le bon moment pour amorcer une conversation à cœur ouvert avec Lucas et mettre gentiment les choses au clair avant son départ.

Elle venait de finir de s'habiller quand on sonna à la porte. Elle regarda discrètement par la fenêtre mais ne vit personne. Ce n'était pas un paparazzi, en tout cas.

« Lucas ? » demanda-t-elle dans l'interphone. Il devait avoir oublié quelque chose.

« Pas vraiment, non.

— Jay ?

— Je peux monter ? »

Quand il passa la porte, Carmen remarqua aussitôt la troublante perfection de sa peau. Il avait mis du fond de teint. Ce qui voulait dire qu'il avait très mal dormi. Quelque chose ne tournait vraiment pas rond. Personne ne dormait aussi bien que lui.

« Le Sanglier va fermer, annonça-t-il aussitôt en se laissant tomber sur son canapé.

— Oh, Jay. Je suis désolée. »

Et elle l'était vraiment. Elle avait été présente à chaque étape de la vie du restaurant, avait même cherché un lieu avec lui. Il voulait tellement que ce soit dans le Village, et il avait été si heureux le jour où il avait obtenu l'endroit convoité. Il parlait rarement de son enfance – il en avait honte – mais elle aimait l'imaginer courir sous le ciel infini du Kansas, sous les immenses éoliennes. Dans son monde, c'était ce qui se rapprochait le plus d'un gratte-ciel. Son enfance au fin fond du Kansas avait été une quête obstinée des « vraies » tours, et de la route de brique jaune qui le mènerait enfin jusqu'à New York, sa Cité d'Émeraude.

« Qu'est-ce qui s'est passé ? demanda-t-elle en s'asseyant à l'autre bout du canapé.

— La restauration, c'est une plaie. Je pensais que l'Université croulerait sous les candidatures et je comptais sur les frais d'adhésion pour renflouer le Sanglier. Mais les investisseurs ont traîné des pieds et le projet a pris du retard. »

Carmen fit un signe de tête mais ne dit rien. Elle avait toujours pensé que l'Université n'était pas une bonne idée. En tout cas pas de la façon dont Jiji l'envisageait. Dans sa hâte à vouloir soutirer une partie de leur héritage aux générations Y millionnaires, il s'était trop endetté et avait fait de mauvais calculs. C'était d'ailleurs assez étonnant de sa part. En général, l'ambition de Jiji servait des décisions aussi audacieuses qu'avisées. Mais en se rapprochant trop de son rêve, il s'était laissé aveugler par son ambition. Et la première perte au compteur était son restaurant, l'une des rares choses auxquelles il tenait vraiment.

« Je suis désolée », répéta-t-elle. Elle ne voyait pas ce qu'elle pouvait lui dire d'autre et se demandait ce qu'il était venu faire chez elle.

« Comment se passe la petite comédie romantique ? demanda-t-il en regardant autour de lui comme s'il cherchait une trace du passage de Lucas. Tu ne t'es pas encore lassée de lui ? »

Son ton était inhabituellement agressif. Était-il jaloux ? Quelle idée aberrante.

« Qu'est-ce que tu fais ici, Jay ?

— J'avais envie de te voir, Carmen. Il faut qu'on parle. » Il se rapprocha d'elle. « Tu sais que les excuses, ce n'est pas mon fort. Mais je dois bien admettre que j'ai merdé. J'ai profité de toi, de tes sentiments. » Il se rapprocha encore. Il était assez près pour qu'elle discerne sa pâleur. Il avait l'air fatigué et triste. « Tu sais que je n'ai pas l'habitude de me livrer. Alors je t'ai repoussée. C'est la plus grosse erreur de ma vie, Carmen. »

Carmen se sentit déroutée. Comme par réflexe, elle eut d'abord envie de le réconforter. Puis elle se souvint que pendant longtemps, elle se serait damnée pour vivre ce moment. Plusieurs mois après leur rupture, elle s'était demandé ce qu'elle ferait s'il revenait. *S'il revient, ce ne sera pas pour toi*, s'était-elle dit. *Ça n'a jamais été pour toi. Ça ne le sera jamais*. Et voilà qu'il était là, sur son canapé. Il avait perdu beaucoup et il voulait rééquilibrer ses biens. Il avait perdu le Sanglier mais il allait reconquérir Carmen. Un partout.

« Jay, je suis désolée pour ton restaurant. Vraiment. Mais c'est trop tard pour t'excuser. » *Surtout que tu n'en penses pas un mot.*

Il se pencha vers elle et lui prit la main. « Je sais que j'ai des défauts, Carmen. Mais je ne peux plus continuer comme ça. Je suis seul et tout s'effondre autour de moi. S'il te plaît. »

Elle pensait qu'il allait essayer de l'embrasser, la plaquer contre les coussins. Mais il ne bougea pas, se contentant de soutenir son regard de ses yeux suppliants. C'était la première fois qu'elle lui voyait ce regard. Était-il possible qu'il soit sincère ? Il tendit le bras et caressa doucement son épaule. Elle se sentit frissonner. Puis elle se reprit et se leva vivement.

« Tu me manipules depuis des années, Jay, dit-elle comme si elle énonçait une donnée scientifique. Tu m'as manipulée sur le plan émotionnel mais aussi professionnel. Tu m'as promis de me sortir du ghetto des pages sexo dans lequel tu m'avais toi-même enfermée, mais au lieu de ça, tu m'as acculée avec "À poil les critiques !", en sachant pertinemment que je n'avais pas d'autre choix que d'accepter. » Jiji ouvrit la bouche pour protester mais Carmen ne le laissa pas en placer une. « Tu penses que parce que tu m'as fait croire que le concept de la rubrique venait de moi, ça t'absout de quoi que ce soit ? Eh bien pas du tout. Quand on s'est vus ce jour-là, tu savais parfaitement ce que tu comptais obtenir de moi. Tu savais que je te laisserais me rabaisser encore un peu plus. Mais c'est fini. Tu vois ton monde s'effondrer et tu essaies de me récupérer. Mais tu m'as perdue moi aussi.

— Comment ça ?

— J'arrête. Je vais travailler pour une émission à Los Angeles. J'en ai assez de ce magazine et de toi. Je démissionne.

— Et quand est-ce que tu comptais me le dire ?

— Maintenant. Je te donne mon préavis. Je pars dans deux semaines. »

Plusieurs secondes passèrent, durant lesquelles Carmen scruta le visage de Jay pour y déceler une émotion, quelle qu'elle soit. Mais il resta imperturbable. Il finit par se lever et partir.

« Va trouver quelqu'un d'autre à prostituer ! » lui cria-t-elle pour le faire sortir de ce calme inquiétant. Mais il ne laissa rien paraître. Il ne lui jeta même pas un dernier regard.

Carmen arriva au MoMA à l'heure dite. Il y avait beaucoup de vent et le musée était bondé de touristes qui essayaient d'échapper au froid. Le hall bourdonnait comme une ruche des voix des visiteurs qui, chargés de lourds manteaux et d'écharpes, finissaient leur café Starbucks en réfléchissant aux meilleurs itinéraires pour aller contempler les Dalí, de Kooning et Kahlo. Lucas était déjà là, un bouquet de tulipes jaunes à la main. Il déposa un baiser sur sa joue et lui offrit les fleurs.

« Dis donc, t'as tout donné aujourd'hui ! » C'étaient ses fleurs préférées. Il avait dû demander à Mira.

« On y va ? » fit-il en lui prenant le bras. Ils s'avancèrent sans un mot jusqu'à l'ascenseur. Lucas sentait très bon et semblait sortir de la douche.

« Pardon, je ne suis pas très chic », s'excusa-t-elle en baissant les yeux sur son jean et ses baskets. Après tout, c'était censé n'être qu'une visite au musée.

« Tu es magnifique », dit Lucas. L'ascenseur s'immobilisa au cinquième, l'étage de Van Gogh, et Lucas sortit.

Carmen hésita. Encore un détail que Mira avait dû livrer. Ça ne voulait rien dire. Alors pourquoi avait-elle une boule dans le ventre ?

« C'est adorable de ta part de m'emmener ici. J'imagine que Mira t'a raconté l'histoire... Comment je suis allée jusqu'à Amsterdam pour voir un tableau qui en fait était à Manhattan ? Ça paraît un peu débile, pas vrai ? » jacassa-t-elle, de plus en plus mal à l'aise.

Même si Carmen ne voyait rien à cause de la foule compacte, elle savait qu'ils n'étaient plus très loin de *La Nuit étoilée*. Étrangement, la masse sembla se fendre pour les laisser passer, comme s'ils étaient attendus. Lucas et elle se retrouvèrent bientôt tout devant, contre le cordon en velours. Charles, le gardien, le détacha pour les laisser s'approcher du tableau.

« Hein ? Que... ? » commença Carmen en se tournant vers Lucas. Mais elle s'arrêta net, interloquée, en voyant Mira dans ses plus beaux atours, ses cheveux gris bien coiffés et retenus par des peignes en écaille de tortue.

Derrière elle, il y avait un jeune homme trapu et musclé. Carmen le connaissait de vue. Quand il fit un signe de tête à Lucas, elle le reconnut soudain. C'était Tyler. Il avait été stagiaire au magazine quelques années plus tôt, quand elle se rendait encore régulièrement dans les bureaux. C'était un sacré numéro. Elle le croisait souvent en soirée, où il mettait l'ambiance et draguait des femmes qui avaient le double de son âge, ou faisaient le double de sa taille. À la fin de l'été, son stage s'était terminé et elle n'avait plus entendu parler de lui. Il ne lui était jamais venu à l'esprit que Tyler, le coloc de Lucas – reporter pour *Noser* –, et Tyler le stagiaire pouvaient être une seule et même personne.

Lucas se racla la gorge et Carmen vit son coloc braquer son téléphone sur eux.

« Lucas, chuchota-t-elle. Qu'est-ce qui se passe ? » Son cœur battait trop vite. Il y avait beaucoup trop de visages tournés vers eux, beaucoup trop de portables aussi. Elle se rendit compte qu'elle tenait le bouquet la tête en bas. Lucas lui prit tout à coup la main.

« Chère Carmen », commença-t-il, les yeux rivés sur son portable, comme s'il lisait quelque chose dessus. Elle lui jeta un regard horrifié. Il n'allait quand même pas lui faire une grande déclaration ? Pourquoi l'avait-il amenée ici ? Pourquoi avait-il invité Mira ?

« Il y a des mois de ça, toi et moi, nous nous sommes lancés dans une expérience inédite : une exploration de l'intimité physique sous les regards d'un public avide. Nous n'avions pourtant rien en commun. Aucune réelle affinité, physique ou intellectuelle. En fait, on pourrait même dire qu'on se détestait un peu. » Lucas releva les yeux sur elle et sourit d'un air penaud. Elle eut du mal à lui rendre son sourire. « Mais les choses ont changé. Au fur et à mesure que nous explorions nos attentes et désirs mutuels, nous avons construit un lien différent. Nous sommes devenus amis, puis partenaires, puis confidents. Nous nous sommes réellement ouverts l'un à l'autre, comme jamais. Je ne m'attendais pas à tomber amoureux de toi, Carmen. Je ne voulais pas tomber amoureux de toi. Et pourtant, je le suis. »

Carmen sentait son cœur battre douloureusement contre ses côtes. Elle avait évidemment reconnu ses propres mots. Et même si elle n'avait pas envisagé qu'il les trouve – et aurait clairement préféré qu'il ne les trouve pas –, elle ne pouvait pas lui en vouloir. Parce que ces mots, elle les pensait du fond du cœur.

« Je suis amoureux de toi, continua Lucas. Mais ce n'est pas le plus important. Ce qui compte, c'est que je te veux plus que tout. Je te désire plus que j'ai jamais désiré dans ma vie. Tu pourras toujours compter sur mon admiration, mon affection et mon désir. Tant que nous serons ensemble, tu te sentiras toujours désirée.

Bien à toi,

Mister Nice Guy »

Lucas se détacha de son écran pour la regarder : « C'est le texte de mon prochain article, mais je voulais te le lire d'abord. »

Carmen sentit les larmes monter. Elle comprenait très bien ce que faisait Lucas. Il voulait que ce moment contrecarre absolument tout ce que représentait Jiji. Et en effet, personne ne lui avait jamais livré une déclaration aussi touchante et prévenante. Mais elle avait beau aimer Lucas et ne pas vouloir lui faire du mal, elle voyait aussi le futur avec une acuité qui lui échappait. Tout allait s'écrouler et leurs deux carrières seraient brisées. Il fallait qu'elle réussisse à l'entraîner à l'écart, loin de ces téléphones.

« Allons parler autre part, lui chuchota-t-elle. Je préférerais être seule avec toi.

— Ne sois pas timide, voyons », répondit-il.

Mais elle vit qu'elle avait semé le doute dans son esprit. Elle ne s'était pas jetée à son cou pour l'embrasser. Elle n'avait manifesté aucune réciprocité.

« C'est incroyable. C'est vraiment fou, ce que tu as fait. Mais s'il te plaît, pas ici.

— Pourquoi pas ici ? » demanda-t-il à voix haute.

Carmen inspira profondément. « Lucas, je t'en prie. » Elle le prit par la main, mais il ne faisait pas mine de vouloir bouger. Et maintenant ? Elle ne pouvait quand même pas partir et le laisser planté là. Elle ne pouvait pas non plus faire semblant et lui dire ce qu'il voulait entendre.

« J'ai lu ce que tu as écrit, protesta-t-il, désemparé. Tu allais écrire que tu es amoureuse de moi, non ? C'est réciproque, Carmen. Tu ne vois pas que c'est vrai ? Ce n'est pas une histoire pour nos lecteurs, cette fois.

— Je t'aime aussi, Lucas. Je n'ai jamais aimé personne comme ça. Mais je... S'il te plaît, est-ce qu'on peut aller ailleurs ?

— Non, on reste ici », trancha-t-il malgré ses lèvres tremblantes.

Le voir dans cet état lui donnait envie de pleurer. « Je pars dans deux semaines, Lucas. Je vais commencer une nouvelle vie et j'ai besoin d'être libre.

— Alors tu comptes faire comme si je n'avais jamais existé, c'est ça ?

— Non, bien sûr que non. Mais on va être à trois mille kilomètres l'un de l'autre. Ça n'a pas de sens de se mettre ensemble.

— On trouvera une solution. Je peux très bien déménager en Californie. Ça n'arrive qu'une seule fois dans la vie, un truc comme ça.

— Ça va être horrible de te quitter. Ça va être vraiment dur. Mais ça... »

Elle était déjà allée trop loin.

« Ça quoi ? »

Elle eut beau le supplier du regard, il n'y avait rien à faire.

« Ça n'arrive pas qu'une seule fois dans la vie, Lucas. Tu as 25 ans. Tu n'as eu qu'une seule relation longue. Qui sait ce que la vie te réserve ? Se mettre ensemble maintenant, ce serait une très mauvaise idée pour tous les deux.

— Tout à coup je suis trop jeune pour toi, c'est ça ? Ça fait des mois et des mois qu'on couche ensemble, que tu te confies à moi, et tout à coup je ne suis plus qu'un gosse ?

— Ce n'est pas du tout la question. Mais moi aussi j'ai mon mot à dire, non ? Tu m'as permis d'apprendre énormément sur moi-même. Ce que je veux, ce dont j'ai besoin, qui je suis. Je te dois tellement.

— Je suis ravi de t'avoir aidée à te découvrir », répliqua-t-il, les traits déformés par la rage.

Carmen détestait le faire souffrir. Tout ce qu'elle voulait, c'était le prendre dans ses bras et le protéger de tout ça. Mais ç'aurait été aussi absurde que d'essayer de le protéger d'un incendie en l'arrosant d'essence.

« C'est la vérité. Tu m'as permis de devenir une meilleure personne. Je suis plus forte aujourd'hui. Je sais que c'est horriblement injuste. Je sais que tu souffres. Et je ne voulais pas que ça se passe comme ça. Mais ça fait trop longtemps que je cours après ma liberté, Lucas. Tu sais de quoi je parle. »

Les lèvres de Lucas ne tremblaient plus. « La vérité, dit-il en la parodiant. La vérité ?! Mais c'est quoi, la vérité ? Ce qu'on a partagé ces derniers mois ? Ce que tu as écrit ? C'est quoi, la putain de vérité, Carmen ?

— Tout ça était vrai ! Mais la vérité, c'est aussi que...

— Ah oui, bien sûr, la coupa Lucas. J'oubliais. Il y a tellement de vérités différentes, avec toi. J'aurais mieux fait de ne pas croire la tienne, alors. Peut-être que d'ailleurs nos lecteurs seraient curieux d'apprendre que depuis des mois, on publie des articles bidons ? Et que c'était ton idée ?

— Lucas, fais attention. »

Elle n'allait pas répondre. Elle allait se contenter de l'écouter vider son sac calmement. De toute façon, quoi qu'il arrive, elle partait dans deux semaines. Et si elle avait peut-être douté parfois, quand elle se sentait si bien dans ses bras, ça ne risquait plus de lui arriver. Mais Lucas était sur le point de se tirer une balle dans le pied. S'il jouait bien ses cartes, il pouvait encore décrocher un poste au magazine. S'il l'ouvrait, c'était fini.

« Ne t'inquiète pas pour moi, Carmen. Toi, par contre, tu ferais bien de faire attention. Ce n'est pas moi qui écris des articles cousus de fil blanc depuis des années. »

Son estomac descendit en chute libre et elle prit soudain conscience du nombre de portables braqués sur eux. Il y en avait des dizaines, en train de filmer. *La rupture entre Carmen et Mister Nice Guy a été enregistrée en live devant un large public.* Comment est-ce que Lucas pouvait savoir ça ? C'était cette vipère de Jiji, évidemment.

« Lucas... » tenta-t-elle une dernière fois en lui touchant le bras. Mais il se dégagea sans douceur.

« Les premiers mois, tu m'as mis plus bas que terre à cause de mon manque d'expérience. Mais depuis tout ce temps – et bien avant que je débarque –, tu mentais à tout le monde. Tu faisais semblant de sortir, de rencontrer des hommes et de coucher avec eux. Chaque semaine, article après article. Mais c'était faux. Combien de ces banquiers, de ces avocats, de ces artistes existent vraiment en fait ? 30 % ? 40 ? Évidemment on ne va pas dire que les pages sexo, c'est vraiment du journalisme. Mais tes lecteurs attendaient quand même un peu d'honnêteté de ta part, Carmen. Ils attendaient au moins un peu de vérité. Et moi aussi, je voulais la vérité. C'est tout ce qu'on te demande, finalement. Mais tu ne sais que mentir. »

Carmen sentait des frissons brûlants courir sur ses bras. Sa nuque était en sueur. Non, ce n'était pas réel. Lucas n'était pas en train de l'humilier publiquement, devant des caméras. Il n'était pas en train de prendre son pied en se vengeant avec une cruauté sordide et destructrice. Pas lui.

Elle envisagea de se défendre. Elle pouvait dénoncer le sexisme inhérent à sa situation, le déséquilibre des genres qui ne lui avait pas laissé le choix. Elle pouvait aussi rejeter la faute sur lui, l'accuser d'avoir été complice. Mais elle avait beau être sidérée par sa bassesse, elle ne savait pas où puiser l'énergie pour se jeter dans la bataille. Comme elle le lui avait dit à Noël, elle en avait assez de se battre.

Il ne restait donc qu'une seule option. Carmen réunit son courage et bouscula la foule pour quitter cet endroit.

Les gens la regardaient comme si elle était nue, comme si elle était sale. Est-ce qu'ils ne pouvaient pas juste la laisser passer ? Partout, des téléphones braqués sur elle, des corps qui l'encerclaient. Elle sentit monter la nausée.

« Rangez vos téléphones ! » rugit soudain une voix puissante qui résonna dans la galerie tout entière, comme elle résonnait autrefois sur les scènes de Broadway. Elle émanait d'une frêle silhouette excentrique et toute tintinnabulante de perles qui se frayait un chemin à coups de coude.

« On dirait Miranda Kelly ! » lança quelqu'un.

« Vous devriez tous avoir honte ! » asséna-t-elle en balayant la foule du regard avant de river ses yeux brûlants de rage sur Lucas. Puis elle prit sa petite-fille par le bras et l'entraîna loin de tout ça.

Ce ne fut que dans l'ascenseur que Carmen eut l'impression de pouvoir respirer de nouveau.

« C'est vrai, tout ce qu'il a dit », murmura-t-elle.

Mira entrelaça ses vieux doigts noueux et couverts de bagues aux siens.

« Peu m'importe, ma chérie. »

TROISIÈME PARTIE

42

Les New-Yorkais savent parfaitement à quoi s'en tenir avec les saisons. L'automne est frais et merveilleusement long. L'été est magnifique tant qu'on a la clim. Le printemps est le moment des arbres en fleur et des jardinières en grès rouge, des oxfords bien cirées et des ballerines, la saison où Meg Ryan et Tom Hanks tombent amoureux. À New York, le printemps est savouré comme une ration de guerre bien méritée. Même les New-Yorkais les plus cyniques commencent à croire au bonheur.

Mais pas Lucas. Le MoMA l'avait laissé désespéré et humilié. Il avait l'affreux sentiment qu'il n'avait en fait jamais rien compris à Carmen, ou qu'en tout cas il avait interprété de travers tous les signaux. Ça semblait être son nouveau schéma de vie. Carmen, Sofia, Mel. Tout cet horrible gâchis, toute cette cruauté déversée à cause de ses erreurs de calcul. Il avait l'impression d'être coincé dans un purgatoire de joueur de base-ball, condamné à envoyer hors jeu pour l'éternité. Il se sentait coupable d'avoir trahi

Carmen, bien sûr. Mais vu ce qu'elle lui avait fait subir, est-ce que ce n'était pas un peu justifié ? Ou au moins compréhensible ?

Pourtant, chaque fois qu'il fermait les yeux, il voyait repasser le visage de Mira, empreint d'une terrible déception.

C'était trop. Lucas avait posé tous ses jours de congé et passé deux semaines à flotter sur le ventre sur son canapé, dérivant sur une mer de déchets alimentaires. Le seul écran qu'il tolérait était celui de la télévision – le seul miraculeusement dépourvu de réseaux sociaux.

Tyler finit par intervenir. Un après-midi de fin mars, il ouvrit grandes les fenêtres et des rafales balayèrent Lucas comme s'il avait été plongé soudain dans un bain glacé.

« Eh ! » marmonna-t-il. Tyler se contenta de lui agiter son téléphone sous le nez. « Regarde les commentaires de "Nique les critiques" ordonna-t-il.

— Mais t'es sérieux là ? On peut pas juste oublier tout ça ?

— Regarde ! »

Lucas soupira, prit le téléphone et grimaça. « Celui-ci dit que si j'étais un peu plus sympa, je serais Hitler. »

Tyler lui arracha le portable et scrolla pendant quelques secondes avant de le lui rendre. « Voilà, lis plutôt ça. »

Les commentaires avaient été postés plusieurs semaines plus tôt. Tous n'étaient pas sympathiques, mais la plupart étaient au moins compréhensifs. Des hommes de tous âges et quelques femmes semblaient comprendre son chagrin d'amour et même le célébrer.

« On a tous déjà été à la place de Mister Nice Guy. Et franchement, ce jour-là, on a eu beaucoup de chance qu'il n'y ait personne pour filmer », lut Lucas à haute voix. Puis il leva les yeux sur Tyler. « Et donc ?

— Et donc, tu n'es pas une pauvre merde. Tu avais déjà tes haters avant, et il y avait déjà des lecteurs qui te défendaient. Rien n'a vraiment changé, finalement. C'est pas grave. La vie, c'est compliqué. Et regarde ça ! » Tyler réussit à déterrer le portable de Lucas sous des boîtes ayant vraisemblablement contenu des nouilles sautées. « Tu as au moins dix appels manqués de ta famille et plein de textos. Allez, je te les lis : "Papa et maman sont super inquiets. Rappelle-les stp !" "Mon chaton, on t'aime." "Je t'en prie, appelle-nous." "Luke, ta mère est très inquiète." "Allez quoi, maman pète un câble ! Et papa dit qu'il est dsl d'avoir été dur avec toi." »

Lucas lui prit son téléphone des mains. « OK, je ne m'attendais pas du tout à ça.

— Et regarde aussi tes mails ! Tu as des tonnes de demandes d'interview.

— Tu es allé lire mes mails ?!

— Mec... Je me faisais vraiment du souci pour toi ! »

Lucas parcourut tout ça avec une stupéfaction croissante. Au lieu de le ridiculiser, comme il s'y attendait, tout le monde voulait sa version de l'histoire. Au lieu de l'ériger en nouveau bouffon d'Internet, les gens le voyaient comme un monsieur Tout-le-monde amoureux au cœur brisé. Peut-être que sa carrière n'était pas terminée, finalement. Il se leva du canapé.

« Allez, c'est fini les conneries ! lança-t-il en jetant un regard à la mer de déchets qui l'environnait. Et tu sais quoi ? » C'était peut-être l'air vivifiant – ou le glutamate qui courait dans ses veines – mais Lucas avait presque l'impression de planer. « Qu'elle aille bien se faire foutre ! Pas vrai ?

— Voilà, c'est ça. Et pour l'amour de Dieu, va prendre une douche. »

Lucas avait raté autre chose pendant son hibernation : les excuses publiques de Jiji.

Chers lecteurs,

Comme vous le savez sans doute, notre ambassadeur Lucas Callahan a fait surgir des questionnements troublants au sujet de sa partenaire d'« À poil les critiques ! », rédactrice de longue date au sein du magazine. Il a prétendu que Carmen Kelly inventait une bonne partie de ses articles depuis des années, trompant ses lecteurs en leur parlant d'hommes avec qui elle aurait supposément eu des rapports, décrivant des scènes qui ne s'étaient jamais produites. À Empire, *nous prenons très au sérieux ce type d'allégations. Ce magazine n'est rien sans votre confiance, chers lecteurs, et jamais nous ne pourrions envisager de briser la foi que vous placez en nous. Nous avons donc examiné en interne la véracité de ces accusations et j'ai le grand regret de vous annoncer que malheureusement, elles étaient parfaitement justifiées. Avoir bien malgré nous trahi votre belle confiance me peine plus que je ne saurais le dire. Vous attendiez de nous une rigueur journalistique inébranlable, et nous vous avons déçus. Depuis ce matin, Carmen Kelly ne fait plus partie de notre équipe.*

Mais malgré cela, il nous reste de belles raisons d'espérer. Vous avez été quatorze millions à lire les échanges entre Lucas et sa critique la plus impitoyable. Vous avez été témoins de sa générosité et de son courage. Mais plus que cela, vous connaissez son incroyable sincérité. Dans une culture où tant de choses sont « fake », fabriquées – ou, pour parler en langage de téléréalité, « bidonnées » –, Lucas s'est toujours distingué par son honnêteté. Même lorsque cette honnêteté le livre à la critique et aux jugements, il ne s'écarte jamais de la droiture morale. Et c'est pour ces valeurs, chers lecteurs, que vous l'appréciez. Ces dernières semaines, nous avons reçu des centaines de mails, de tweets et de posts de votre part. Vous demandez tous la même chose : que Lucas remonte la pente. Et c'est ce qu'il va faire.

*Notre Lucas n'a pas fini de faire parler de lui, et vous n'êtes pas au bout de vos surprises. J'espère sincèrement qu'*Empire *saura une nouvelle fois gagner votre confiance et votre intérêt pour que notre relation, renforcée, dure encore longtemps. Il nous reste tant à vous faire partager.*

Jay Jacobson,
*Directeur de la rédaction d'*Empire

Lucas ne découvrit cet éditorial qu'en retournant aux bureaux d'*Empire*, au lendemain de sa douche salvatrice. Quand l'ascenseur s'ouvrit, il se rappela dans quel état d'esprit il était la dernière fois qu'il était revenu après une longue absence. Il était devenu célèbre, et il avait été déçu que ses collègues le snobent massivement. Maintenant il priait pour que l'inverse se produise. Mais il savait qu'il n'allait malheureusement pas y couper. Alexis fut la première à le voir, et elle se précipita pour lui faire un câlin. « Lucas, mon pauvre chou », lui dit-elle. Tout le monde vint les entourer, désireux de savoir comment il tenait le coup. Même Franklin, qui parvint à lui prodiguer plusieurs phrases de réconfort dénuées de sarcasme. Et même ce petit péteux de Pete Sullivan, qui lui avait volé son boulot, fit montre d'une sincère compassion. « Justement, mon père dit toujours que les désastres sentimentaux font une matière première incroyable pour l'écriture. »

Jiji remarqua l'agitation et sortit de son bureau, s'avançant les bras grands ouverts vers Lucas pour lui administrer une accolade de réconfort. (L'événement ne mit que quelques minutes à atterrir sur « Nique les critiques » grâce à EmpireVoyou : « Jay Jacobson vient de faire un câlin à Mister Nice Guy. C'est la première fois, de mémoire d'homme, qu'on assiste à une manifestation aussi humaine de sa part. C'est du lourd ! ») Lucas fut aussitôt installé sur le canapé de premiers secours. « Je suis vraiment content que tu sois revenu, Luke. On va te trouver une nouvelle partenaire. »

Jiji, comme Lucas aurait pu s'en douter, avait déjà trois coups d'avance. « À poil les critiques ! » allait renaître sous le nom de « À cœur ouvert ». Mais cette fois-ci, ce serait bien plus qu'une rubrique réservée au sexe. Le focus ne serait pas sur le côté fleur bleue d'une histoire d'amour mais sur le processus compliqué que représente la fusion de deux existences.

« Carmen n'aurait jamais été capable de faire ça, ajouta Jiji. Mais je sais que toi, si. On va te trouver une nouvelle partenaire qui en sera capable aussi. On va commencer par te faire sortir un peu, histoire qu'on continue à parler de toi, et puis on te dégotera une nouvelle dame. »

Jiji avait déjà planifié un programme mondain très dense et Lucas se jeta à corps perdu dans sa vie post-Carmen, reconnaissant de pouvoir penser à autre chose. Il allait tous les soirs à des fêtes fréquentées par des fashionistas et des artistes, de jeunes journalistes, des écrivains et des influenceuses. Une bonne partie de la gent féminine semblait avoir très envie de coucher avec lui. Deux femmes, d'une minceur hallucinante et particulièrement chaleureuses à son égard, réapparaissaient chaque soirée ou presque. Est-ce que c'étaient ses premières groupies ? Mais il avait beau apprécier toute cette attention, il ne pouvait s'empêcher de penser que quelque chose ne tournait pas rond. Comme si toutes ces femmes désiraient seulement l'essayer pour vérifier si ses performances étaient à la hauteur de sa réputation. Si seulement il avait été capable de coucher avec désinvolture, dans le parfait anonymat que Carmen lui avait un jour conseillé de savourer... Mais non. Tout ce qu'il voulait, c'était trouver une nouvelle partenaire, une femme dont il pourrait tomber amoureux, une femme qui aurait été épargnée par toute cette folie.

Ces soirées avaient tout de même le mérite de lui changer les idées. Car seul, loin du bruit, il ne pensait qu'à Carmen. Il se repassait en boucle leurs dernières semaines ensemble, traquant le moindre élément de réponse. Il l'aimait et la haïssait à la fois et souffrait de ne pas savoir comment réconcilier les deux. Il mourait d'envie de savoir comment elle se sentait mais n'avait aucun moyen de le savoir. La contacter directement était hors de question, et elle avait disparu de tous les réseaux sociaux. Elle l'avait fait exprès pour le blesser, à coup sûr. Plutôt que de le narguer avec le spectacle de sa nouvelle vie à L.A., elle avait préféré l'éliminer totalement de son existence. Il n'était même pas assez important à ses yeux pour qu'elle ait envie de le rendre jaloux.

Fin avril, *Empire* commença à accepter des candidatures pour « À cœur ouvert ». Les candidates devaient envoyer une présentation vidéo de trente secondes, un CV et un essai d'article. Toutes les New-Yorkaises entre 21 et 30 ans pouvaient candidater. La masse de réponses fut telle qu'Alexis fut chargée de faire les premières sélections de ce que beaucoup appelèrent bientôt « le grand recrutement des putes ». Lucas passait ses journées enfermé avec elle dans la salle de conférences, son casque sur les oreilles, à regarder défiler sur son écran le contingent des femmes éligibles, leurs visages glissant sur sa rétine comme des messages subliminaux.

« Celle-ci est pas mal », disait-il. Alexis déplaçait alors la candidature de la demoiselle dans le dossier adéquat. « Oh non, disait Lucas trente secondes plus tard. Celle-ci est carrément plus mignonne ! » Alors le premier dossier partait à la poubelle. Il se sentait mal de trier les femmes comme ça, et la présence d'Alexis apaisait légèrement sa culpabilité. Au moins, une autre femme mettait les mains dans ce sale boulot. « Ça n'est vraiment pas pire que de swiper à droite ou à gauche sur Tinder, tu sais ! » répétait-elle. Et c'est vrai que finalement, il en tirait un certain effet cathartique. C'était peut-être pathétique, mais au moins il avait l'impression d'avoir le contrôle sur quelque chose.

43

Un gris lundi d'avril, Carmen sortit du métro à Christopher Street après une nouvelle journée de perdue. Elle avait passé la matinée à envoyer des candidatures pour des boulots de pigiste ou de rédactrice qu'elle n'aurait pas, même pour du publi-rédactionnel. Elle aurait aussi bien pu envoyer ses candidatures dans l'espace tant l'espoir qu'un recruteur ne reconnaisse pas aussitôt son nom était mince. Si seulement elle avait d'autres compétences. Mais elle ne savait qu'écrire. Au bureau de l'Aide légale – d'où elle revenait après un rendez-vous inutile au sujet de l'expulsion de Mira –, elle s'était fait la réflexion qu'elle aurait dû étudier le droit. Pas pour devenir une petite avocate des causes perdues mais pour bosser dans un gros cabinet tout-puissant. Après avoir signé son contrat avec Netflix, elle avait d'ailleurs embauché un de ces grands avocats pour aider Mira : un type mielleux à souhait qui faisait payer chaque minute en sa compagnie. Il était donc plein aux as, ce que Carmen n'était clairement pas.

Après le petit édito de Jiji, Netflix avait annulé son contrat. Carmen avait donc dû se défaire de son super avocat et se tourner vers l'Aide légale. Mais leurs services étaient débordés et la date de l'expulsion se rapprochait à grands pas. Mira allait évidemment emménager chez Carmen, mais elle avait déjà du mal à monter un étage, alors quatre... Et que se passerait-il, ensuite ? « Je suis une journaliste sexo vieillissante et menteuse. Je ne vais jamais retrouver de boulot », disait-elle à sa grand-mère, qui lui assurait que la roue allait tourner. « Les gens ont la mémoire courte. Haut les cœurs ! » Mais justement, selon l'opinion publique, Carmen n'avait pas de cœur.

Si elle n'arrivait pas à retrouver du boulot, Mira et elle allaient devoir déménager, peut-être même quitter New York. Cela dit, Carmen se surprenait parfois à rêver aux vastes plaines du Nebraska et aux denses forêts du New Hampshire, des coins où personne n'avait jamais entendu parler d'« À poil les critiques ! » ni d'*Empire*. Sur Internet, elle n'était plus qu'une caricature, une cible que les gens essayaient de descendre à coups d'insultes misogynes et de mauvais esprit. D'horribles hashtags – d'autant plus horribles qu'elle avait le malheur d'avoir un prénom commençant par un C – fleurissaient en ligne. Carmen avait eu beau supprimer tous ses comptes, ça n'avait pas stoppé les attaques.

Et comment quitter New York ? C'était grâce à ses origines qu'elle avait eu l'audace de renvoyer la balle à Jiji, à l'époque où ils commençaient à peine à flirter. C'était la source d'où elle tirait son insolence, ce qui légitimait son droit à répliquer, à tester les limites de Jiji – et les siennes. Être une vraie New-Yorkaise l'avait rendue intrépide malgré un rapport de force très inégal. Si elle n'avait jamais vraiment eu peur de prendre un mauvais coup, c'était parce qu'elle avait pour elle la légitimité d'avoir grandi là, elle ; elle était une survivante. Quand elle avait commencé à travailler au magazine, elle snobait les nouveaux qui débarquaient du Michigan, de Californie ou même du New Jersey parce qu'elle buvait le mauvais café de l'épicerie du coin et connaissait les lignes de métro par cœur depuis son enfance. Mais elle avait sous-estimé New York.

Carmen avait à peine posé le pied dans la rue qu'il se mit à pleuvoir à verse. Elle se réfugia en jurant dans l'entrée la plus proche – celle du bar où elle avait rencontré Lucas, le bar qu'elle évitait depuis des mois. Et pas seulement à cause de ce souvenir indésirable. Les dessous de l'actualité du Net n'avaient pas de secret pour les habitants de West Village. Pendant près d'une décennie, Carmen avait arpenté ces rues, fréquenté ces magasins, rencontré toutes ces personnes. Elle connaissait ses voisins et ils la connaissaient, tout autant qu'ils connaissaient sa vie. Depuis le MoMA, elle les sentait l'observer, la juger, la prendre en pitié. Les gens qui pensent que New York est aussi grand qu'impersonnel ne connaissent pas vraiment la ville. Sur une île de vingt kilomètres de long sur quatre de large, les quartiers fonctionnent comme des villages. Si les habitants font mine de s'ignorer, c'est seulement pour maintenir une illusion d'intimité. C'est un cadeau qui permet de préserver son espace émotionnel là où l'espace physique est impossible à trouver. Mais en vérité, tout le monde voit tout. Tout le monde scrute tout. Raison pour laquelle, lorsque Carmen croisa malencontreusement le regard du barman, elle se sentit obligée d'entrer pour s'épargner une nouvelle vague de commérages.

Le bar était quasiment vide, à l'exception de quelques étudiants de la NYU qui procrastinaient au-dessus de leurs pintes dans la salle du fond. Le barman, Aiden, qu'elle connaissait depuis qu'elle avait emménagé, était déjà en train de lui verser un verre de pinot noir. Il avait vraiment le physique de l'emploi : bras velus, fossette au menton, petit ventre, le torchon sur l'épaule. Il était même irlandais ! Mais Aiden ne jouait le barman bourru que devant les touristes ou les étudiants impressionnés.

« Mademoiselle Kelly ! Ça fait un moment que je ne vous ai pas vue ! J'espère que vous allez bien. Et comment va votre adorable grand-mère ? »

C'était gentil de sa part de faire comme si de rien n'était, mais elle n'avait pas besoin de sa pitié. Elle soupira en faisant tourner son vin dans son verre. « Allons, Aiden. On se connaît depuis trop longtemps pour ça. »

Il fronça les sourcils. « Comment ça ? Il s'est passé quelque chose ? Je viens de rentrer d'Irlande. Ma sœur est malade.

— Oh, je suis désolée ! »

Il lui parla de la santé de sa sœur et de ses obligations familiales. Si elle mourait, il devrait rentrer en Irlande pour s'occuper de ses jeunes neveux et de ses parents vieillissants. Carmen se sentit toute honteuse de s'être lamentée sur son sort. Mira et elle étaient en bonne santé. Et elles prenaient soin l'une de l'autre.

« Je serais triste que vous partiez. Tout le monde n'aurait pas été aussi gentil avec une aussi mauvaise cliente que moi... »

Carmen y pensait rarement, mais quand Aiden et elle s'étaient rencontrés, elle venait tout juste d'arriver dans le Village et n'avait pas encore de vrai boulot. Elle vivotait en écrivant à droite à gauche et chaque jour elle venait travailler au comptoir. Elle écrivait des pitchs et soumettait des idées à des magazines qui ne les liraient pas en se nourrissant des cacahuètes gratos du bar. De temps en temps, quand elle recevait une réponse prometteuse ou, miracle, qu'un de ses articles était accepté, elle se félicitait avec un verre de vin.

« Je parlerais plutôt de cliente bosseuse... rectifia gentiment Aiden. Les jeunes qui viennent ici pour faire semblant d'écrire passent leur journée à se toucher. Il suffit de voir leurs additions. Ils ont des comptes en banque bien garnis et ils ne font rien de la journée. »

Quand elle avait rencontré Lucas dans ce bar, ils étaient tous les deux en train de travailler. Elle gribouillait sur une serviette, lui sur un carnet. Il lui avait proposé du papier. Et même si elle s'était moquée de lui, elle avait trouvé ça touchant. Il lui avait rappelé la toute jeune femme qu'elle avait été. C'était même, elle le comprit, la raison pour laquelle elle l'avait ramené chez elle. Par nostalgie pour la gentille fille qu'elle avait été. Pour la toute jeune femme ambitieuse qui croyait qu'il suffisait d'écrire pour un jour parvenir à faire entendre sa voix.

Elle prit sa décision sur un coup de tête.

« Je remonte vite fait prendre mon ordinateur. Sortez les cacahuètes, Aiden ! »

44

Un mois plus tard, de bon matin, Lucas se retrouva assis dans un studio télé, livré aux soins d'une maquilleuse qui lui appliquait du fond de teint épais comme de la peinture de camouflage. Elle était rapide et efficace et ses doigts semblaient aussi légers que des papillons. Jiji allait annoncer en direct à la télévision nationale l'identité de la nouvelle partenaire de Mister Nice Guy, et en profiter pour présenter l'orientation inédite de la rubrique.

Qui allait être cette heureuse créature ? Lucas avait arrêté son choix sur deux jeunes femmes. Elles étaient toutes les deux séduisantes, évidemment. Mais elles avaient aussi une plume incroyable et une personnalité charmante, drôle et attachante. Elles étaient très investies dans leur carrière – qui n'avait rien à voir avec le journalisme. Lucas avait bien insisté là-dessus. Il ne voulait pas d'une femme seulement motivée par la célébrité. Il voulait une partenaire, pas une rivale. « À cœur ouvert » ne devait pas être un ring destiné à accueillir des duels et des critiques. Jiji avait validé sans réserve. En fait, depuis la débâcle du MoMA, Jiji avait été incroyable sur toute la ligne : attentionné, réconfortant et disponible. Les mises en garde de Carmen ne s'étaient pas du tout vérifiées.

Ils avaient décidé qu'après la présélection de Lucas, ce serait Jiji qui choisirait la gagnante et, dans un coup de com incroyable, révélerait son identité en direct. Lucas allait donc la découvrir en même temps que le reste du pays.

Jiji, déjà maquillé, déambulait dans les studios. « Alors, Luke, comment te sens-tu ? Excité ? » Mais son téléphone sonna avant que Lucas ait pu répondre. « Juste une seconde », s'excusa-t-il.

Lucas se planta à la fenêtre et observa les hordes de touristes qui attendaient depuis des heures. Comme chaque été, ils déferlaient sur la ville armés de leurs plans de métro et de leurs bananes. Le temps n'allait pas tarder à être moite et étouffant, mais pour le moment il était parfait. Une belle journée pour attendre devant des studios télé avec des pancartes du style de « Joyeux anniversaire mamie ! », « Survivante du cancer » et « Mister Nice Guy, on t'<3 ». Lucas était très heureux de faire partie de la première expérience new-yorkaise de ces braves gens qui débarquaient de leur campagne pour explorer la « Grosse Pomme ». Il ressentit une bouffée d'amour pour eux. *Moi aussi, j'ai été à votre place, le visage pressé contre la vitre*, pensa-t-il. Dire qu'à présent il était dedans, qu'il faisait partie de ce cercle. Mais il avait quand même un peu de mal à faire monter l'excitation de ce grand moment.

« Oui, aux studios ! » Jiji avait haussé le ton et levait

à présent les yeux au ciel avec un geste agacé. « Oui, évidemment. Tout est prêt. On va être en direct. »

Lucas était émerveillé par sa capacité à masquer son agacement par un enthousiasme feint.

« Je ne sais pas ce que j'aurais fait sans toi », dit-il. Puis, après un instant : « Oui, j'imagine, oui. À plus tard, Nick. »

Nick... ? Nicholas Spragg... ? Sûrement pas. Il y avait deux Nick qui travaillaient pour *Empire*.

« C'est presque l'heure, annonça-t-il, rayonnant, en se tournant vers lui. Tu es très beau ! Tu es prêt ? »

Lucas se leva et lissa sa chemise. *Allez ! C'est complètement dingue ! Ta vie est sur le point de changer !* essaya-t-il de se motiver.

En rejoignant le plateau, il vit que sa famille le saluait avec enthousiasme depuis la loge VIP. Leur désapprobation envers tout ce qui concernait de près ou de loin New York avait fait long feu. Ils étaient venus de Charlotte pour voir leur fils passer en direct sur une chaîne nationale et la veille, devant une magnifique entrecôte payée par *Empire*, son père s'était même excusé : « Je suis fier de toi, mon fils », lui avait-il déclaré sur le ton d'un patriarche de série télé.

Les présentatrices arrivèrent à leur tour, suivies d'une nuée de techniciens, et s'installèrent. Il était presque l'heure quand la chargée de production se précipita vers eux en parlant fébrilement dans son casque. « La chaîne veut qu'on évite le plus possible les vulgarités, entendu ? 10, 9, 8... »

Quand elle termina son décompte, les animatrices prirent soudain vie.

« Ce matin, sur ce plateau, le célibataire le plus en vue

d'Amérique est sur le point de devenir le partenaire le plus convoité d'Amérique ! Je ne vous présente plus Lucas Callahan, qui s'est fait connaître dans la rubrique incroyablement suivie d'*Empire*. Oui, cette rubrique-là... »

Lucas se liquéfiait sous la chaleur des projecteurs alors qu'à côté de lui Jiji paraissait aussi détendu que dans son propre canapé. Lucas essaya d'imiter sa posture nonchalante et faillit tomber en arrière.

« Alors, Lucas, est-ce que tu as toujours été un gentil garçon ? »

Il se sentit rougir. « Je ne sais pas si je peux vraiment dire ça.

— Regardez-moi ça ! Quel garçon adorable ! Et vraiment séduisant... »

Lucas s'empourpra de plus belle.

« Mesdames, je pense que l'on a toutes très envie de le ramener à la maison ! Mais avant de révéler qui va avoir cette chance, faisons un petit retour en arrière. »

Ils diminuèrent l'éclairage et sur un grand écran apparut une courte vidéo présentant « À poil les critiques ! », avec une voix off qui résumait la relation tempétueuse entre Carmen et Lucas. Leur baiser sur le pont de Bow Bridge resta affiché un peu trop longtemps. « Mais tout s'est arrêté le jour où Mister Nice Guy a déclaré sa flamme... » Lucas eut du mal à ne pas grimacer – ni pleurer – quand il se vit près de Carmen au MoMA. Il n'avait pas vu la vidéo et avait espéré ne jamais la voir. Mais il ne pouvait pas détourner son regard.

« Ça, c'est une histoire, dit l'une des présentatrices avec compassion quand les lumières se rallumèrent. Nous voudrions savoir, si ça ne te gêne pas de parler un peu de toi...

— Mon Dieu, tu as lu sa rubrique ? Je ne pense pas que ça le dérange trop... s'esclaffa sa partenaire, faisant rire tout le monde.

— Lucas, nous imaginons à quel point tu dois être content de commencer avec ta nouvelle partenaire, poursuivit la première. Mais je voudrais te demander : ça fait seulement quelques mois que tu as fait ta déclaration à Carmen. Est-ce que tes sentiments pour elle ont changé ? »

Des images de Lucas et Carmen patinant au Rockefeller Center passèrent sur l'écran. Il avait l'impression qu'une éternité s'était écoulée depuis qu'ils s'étaient tenus par la main ainsi, pour ne pas tomber, en riant ensemble de leur maladresse. C'était toute la cruauté de New York, qui avançait sans vous attendre. Il suffisait de laisser un espace vacant pour qu'il soit aussitôt occupé.

« C'est toujours difficile de passer à autre chose, répondit-il en déglutissant douloureusement. Mais justement, j'ai hâte.

— Je pense que Lucas fait preuve d'une grande générosité, intervint Jiji. C'est bien pour ça qu'on l'appelle Mister Nice Guy. »

Tout le monde gloussa.

« Mais plus sérieusement, je pense que Mister Nice Guy est devenu une sorte de référence culturelle. Il est l'incarnation du prétendant sincère et chevaleresque. Il est l'homme que les femmes veulent aimer, et que les hommes voudraient être. Et c'est pour ça que nous avons tellement hâte de raconter la suite de son histoire.

— C'est vrai, confirma l'une des animatrices. Nous avons demandé à nos spectateurs de nous envoyer quelques-unes de leurs publications Instagram. Celle-ci nous vient d'Alexander, de Traverse City, dans le Michigan. »

La photo d'un jeune homme surprenant sa petite amie avec un bouquet apparut sur l'écran. Les commentaires regorgeaient de #MisterNiceGuy.

« Mais le #Carmen a beaucoup de succès aussi ! »

Jiji acquiesça. « Absolument. Une Carmen est devenue une... Je ne peux pas le dire à une heure de grande écoute, alors je vais me contenter de dire que l'Amérique a choisi son camp.

— Ça doit vous réconforter un peu, Lucas, quand on sait de quelle façon elle vous a traité ?

— En effet. »

Un silence désagréable s'éternisa après sa réponse laconique, rompu par Jiji.

« Je pense que Carmen a eu ce qu'elle méritait. Elle avait été pressentie par Netflix pour écrire et coproduire une émission télévisée basée sur son expérience à *Empire* mais malheureusement, après que ses mensonges ont éclaté au grand jour, cette opportunité s'est évaporée. Je suis certain qu'elle a appris de ses erreurs. En tout cas je l'espère pour elle. »

Quoi ?! Lucas se raidit, luttant pour rester impassible devant les caméras qui captaient le moindre de ses mouvements. Mille questions tournaient dans sa tête. Pourquoi n'était-il pas au courant ? Comment avait-il pu passer à côté de cette information ? Est-ce qu'il avait été à ce point dans sa bulle ces derniers mois ?

Les dominos tombaient l'un après l'autre. Carmen publiquement humiliée, constamment insultée sur Internet, obligée de se cacher. Netflix qui annulait son contrat. Mira, financièrement dépendante de sa petite-fille, qui se faisait jeter dehors.

Il commençait à se sentir mal. La sueur ruisselait dans son dos, il suffoquait. Il prit une grande gorgée d'eau dans son mug estampillé du nom de la matinale. Il fallait qu'il sorte de ce plateau, qu'il s'éloigne de ces projecteurs. Mais il était coincé sous le regard impitoyable de l'Amérique.

« Parlez-nous un peu d'"À cœur ouvert", Lucas. »

Il inspira profondément. Il avait appris cette partie par cœur. Il allait y arriver. « L'attirance physique pure, c'est facile. Mais maintenant, nous voudrions nous intéresser aussi à l'attirance émotionnelle, intellectuelle.

— Ça rappelle un peu le *Bachelor*... Mais sans les cocktails et les voyages à Tahiti... »

Jiji reprit la main : « Vous ne lirez pas de platitudes dans nos pages. Pas de voyages et pas de clichés au sujet de l'amour. Au contraire, Lucas et sa nouvelle partenaire vont centrer la réflexion sur les petits riens qui font pourtant tout dans une relation en devenir. Ce sera honnête, brut et surtout bien réel. C'est quelque chose de tout à fait inédit.

— Eh bien, dans ce cas, nous avons très hâte de voir ça ! Et je pense qu'il est grand temps que Lucas rencontre sa nouvelle partenaire ! Je crois savoir que vous ne connaissez pas encore l'identité de cette jeune femme ?

— C'est exact. J'ai réduit mon choix à deux personnes, mais c'est Jay qui a pris la décision finale. »

La présentatrice fit mine d'être choquée. « Il faut vraiment faire confiance à son patron, dites-moi ! Cette jeune personne pourrait être votre future femme, quand même ! Et votre relation ne va pas tarder à devenir plus intime puisque la semaine prochaine vous échangerez votre premier baiser dans la maison de Jay, c'est bien ça ? »

Lucas se tourna vers lui, estomaqué.

« C'est tout à fait exact, confirma pourtant celui-ci. Vous êtes évidemment toutes les deux invitées ! J'accueillerai sous mon toit les personnalités les plus passionnantes que compte New York aujourd'hui. Nous assisterons à cette occasion au premier baiser de Lucas et de sa nouvelle partenaire. Et toute l'Amérique pourra bien sûr partager ce moment, puisqu'une équipe filmera en direct chez moi. N'oubliez pas l'invitation !

— Nous voudrions déjà y être ! Lucas, est-ce que vous êtes prêt ? »

Lucas avait l'impression que son cerveau était un ordinateur en surchauffe sur le point de bugger. Il se prenait de grands directs dans la figure sans avoir le temps de parer. Mais il fallait qu'il tienne. On y était enfin, le clou du spectacle, le moment qu'il attendait depuis des jours. Il allait rencontrer une femme que, pour une fois, il était autorisé – et même encouragé – à aimer. Il avait le droit de tomber éperdument amoureux.

Le public manifestait bruyamment son impatience.

La jeune femme s'avança dans la lumière, grande et mince dans une tunique blanche et des escarpins dorés. Ses longs cheveux bruns brillaient comme de la soie et son visage était rayonnant. Elle sentait l'herbe fraîche. Les jambes de Lucas cédèrent sous lui. Elle lui prit la main et l'embrassa sur les deux joues.

« Surprise », murmura Sofia à son oreille.

45

Dès la fin de la matinale, Lucas fut pris dans un tourbillon. Sa famille vint les retrouver et rencontra Jiji et Sofia, échangeant des poignées de main et des amabilités, puis une femme qui se présenta comme l'agent de Sofia arriva à son tour et ils prirent tous un taxi pour aller bruncher au Sanglier.

« Nous avons beaucoup à fêter ! dit Jiji. En plus de notre ravissante nouvelle recrue, Sofia, il faut aussi féliciter Lucas pour sa première page dans le magazine !

— Ma quoi ? » s'étrangla Lucas.

Son cerveau n'avait pas encore eu le temps d'assimiler l'apparition de Sofia, la trahison de Jiji, la déchéance de Carmen et la terrible situation de Mira, et il avait passé la dernière heure à se laisser guider comme un pantin, un faux sourire collé sur le visage.

« Lucas ! Pourquoi tu ne nous as rien dit, mon chéri ? s'exclama aussitôt sa mère. C'est incroyable, pas vrai, Jim ? » Elle était aussi enthousiaste que dix mères réunies.

« Oui oui, absolument. Incroyable, acquiesça son mari.

— Je suis désolé, je ne peux malheureusement pas encore vous montrer le numéro imprimé, s'excusa Jiji. Mais c'est déjà en ligne. »

Lucas prit son portable de ses doigts tremblants. « Le dauphin. Le prince d'Apex, Idaho, vient réclamer son trône en Nouvelle-Amsterdam. Par Lucas Callahan. » Sauf que ce n'était pas son article. C'était un grotesque monstre de Frankenstein, un assemblage maladroit de phrases tirées de son travail accolées à d'autres qu'il n'avait jamais écrites. La tablée attendait ses réactions tandis qu'il parcourait fébrilement son article, dûment caviardé. Rien sur l'accusation de viol ou les mythes étranges entourant les origines de Spragg, aucune mention du gâteau aux dollars. Il ne restait plus que quelques lambeaux de vérité sur un pauvre squelette. On retenait surtout le vif désir de Nicholas Spragg de quitter sa ville natale pour se faire une place à New York, et la société extrêmement ambitieuse dont il allait prendre la tête. Ses déclarations les plus ridicules avaient disparu également : le riche héritier ressemblait à une incarnation de l'intelligence, du bon goût et de la dignité réunis.

Jiji les invita à lever leur verre à toutes ces bonnes nouvelles. Lucas but avec les autres, mais sa bière avait un goût de produit vaisselle et il avait envie de pleurer en voyant sa mère rayonner de joie.

Tout le monde semblait passer un très bon moment : Sam bavardait avec Sofia, Jiji avec son agent. Lucas, lui, était comme tétanisé. Depuis qu'il avait quitté le plateau de la matinale, il avait l'impression d'être plongé dans une réalité parallèle. Il avait tout ce qu'il avait tant voulu :

Sofia, la première page dans *Empire*, l'admiration de ses parents. Mais tout sonnait horriblement faux.

Quand Sofia se leva pour aller aux toilettes, il lui laissa un peu d'avance et la rejoignit. Il la trouva en train de se remettre du rouge à lèvres devant la glace.

« Hey, dit-elle d'un ton léger comme si c'était la chose la plus naturelle du monde qu'ils se retrouvent dans les toilettes du Sanglier.

— Qu'est-ce que tu fiches ici ? cracha Lucas.

— Je me remaquille. Et toi ? »

Elle tapota ses lèvres avec un mouchoir et tira de son sac une crème dont elle s'enduisit les mains avec soin, comme si elle se faisait un petit massage.

« Qu'est-ce que tu fiches dans cette combine ? Avec moi ? Tu m'as quitté, c'est fini entre nous. »

Je ne suis pas censé devoir te parler, encore moins coucher avec toi, sans parler de sortir avec toi. Tu m'as fait du mal. Comme Carmen. Et maintenant, je...

Mais il stoppa ses pensées. Ce n'était vraiment pas le moment de s'apitoyer sur son sort.

« Mais tu es passé à autre chose, pas vrai ? Donc c'est juste comme de repartir de zéro. »

Elle avait beau avoir raison, ça n'avait rien à voir avec la question. « À cœur ouvert » était censé offrir aux lecteurs un point de vue honnête sur une relation encore neuve en se penchant sur une intimité naissante susceptible d'évoluer en quelque chose de plus fort et durable. Il doutait que cette approche passionne Sofia.

« Tu veux dire que cette fois-ci, tu pourrais tomber amoureuse ?

— Je pourrais faire beaucoup de choses, répondit-elle

en s'examinant dans le miroir. Mais je ne sais pas encore ce qui va se passer. C'est là tout l'intérêt de l'aventure. Allez, Lucas, quel est le problème ? dit-elle en le regardant. Ça va être drôle !

— Mais ce n'est pas une de tes stupides explorations urbaines ! explosa-t-il. Ce n'est pas une nouvelle porte inconnue et excitante à ouvrir. C'est de ma vie qu'on parle, Sofia. Et à cause de toi, j'ai l'impression d'être coincé dans une autre relation sans futur et sans espoir. » Sofia plissa les yeux. « Avec toi, la conclusion a déjà été écrite. On va juste faire semblant, exactement comme avant. Et je ne veux plus de ça. C'est la raison pour laquelle je n'ai pas voulu épouser Mel. La raison pour laquelle je méprise Spragg. Et la raison pour laquelle je ne peux plus te supporter !

— C'est bon, tu as fini ? » demanda Sofia en haussant un sourcil.

Il se tut et la fixa. Les rouages étaient en train de se mettre en place. « La raison pour laquelle je méprise Spragg. » « Tu n'as même pas postulé. Comment est-ce que...

— Jay m'a contactée pour me demander si j'étais intéressée. Je n'allais quand même pas dire non ! »

Lucas eut l'impression de prendre un coup de poing dans le ventre. Il n'y avait pas de coïncidence là-dedans. Tout était lié. Jiji, Sofia et Spragg faisaient tous partie du même puzzle. Mais pourquoi ? Comment ? Il avait l'impression d'être un bébé qui essaie à toute force d'enfoncer le cube dans le cercle. Qui était au téléphone le jour où Jiji avait voulu le virer ? Spragg ou Sofia ? Qui avait eu l'idée de choisir Sofia pour être sa nouvelle partenaire ?

Lucas savait qui pouvait apporter des réponses à ses questions, qui avait peut-être même déjà vu le coup venir, et de loin. Carmen. Elle lui avait assez répété que Jiji ne se souciait que de lui-même et qu'il avait toujours plusieurs coups d'avance. Et Lucas avait fini par agir de la même façon. Il était devenu tout aussi égoïste et indifférent aux autres. Il avait trahi Carmen, détruit la carrière et la réputation de la seule personne qui avait été là pour lui, s'était occupée de lui, avait cru en lui. La seule personne qui ait jamais été réellement généreuse.

Mon Dieu, comprit-il soudain, mortifié. Elle avait tout fait pour le protéger. Et quand son propre aveuglement avait failli les couler tous les deux, elle avait tenté désespérément de l'éloigner des caméras et de la foule. Elle s'était battue pour préserver leur intimité au moment le plus important. Mais il avait foncé tête baissée sans se soucier des conséquences. Quel idiot il avait été. Il avait fait preuve d'une cruauté inouïe. Et ensuite il s'était tranquillement installé à l'écart pour regarder pendant que tout le monde s'acharnait sur elle. Il s'était délecté de la voir mise au pilori, pas seulement par des inconnus mais aussi par le magazine pour lequel elle avait tellement fait de sacrifices. Quelle importance qu'elle ait menti dans ses articles ? Elle essayait de progresser dans sa carrière sans y laisser sa dignité. Lucas, petit monstre égoïste, avait tout gâché.

Et sa récompense était apparemment d'être le pion dans un jeu auquel il ne comprenait rien.

Il sortit en trombe des toilettes, quitta le restaurant et écrivit aussitôt à Tyler : « Retrouve-moi à Union Square. SUPER IMPORTANT. » Il n'avait pas la moindre idée de ce qu'il allait bien pouvoir faire, mais il fallait au moins qu'il tente quelque chose. Il fallait qu'il répare le tort qu'il avait fait à Carmen.

Tyler le rejoignit au marché, où il faisait frénétiquement les cent pas entre le stand du boulanger et celui des « légumes d'antan ».

« Bon Dieu ! T'as besoin d'un verre, toi », décréta-t-il en posant sa grosse patte sur son épaule avant de le piloter jusqu'à un pub où il l'installa dans un coin tandis qu'il allait leur chercher deux verres de bourbon.

« Sérieusement, la matinale ?! Sofia ? Putain, raconte-moi tout ! » Il paraissait réellement inquiet, mais aussi très excité d'être aussi proche de là où se jouait le drame.

« Spragg, lâcha Lucas.

— Spragg ! J'en étais sûr ! »

Lucas acquiesça lamentablement. Il lui raconta tout – le déroulé des heures précédentes, ce qu'il avait appris au sujet de Carmen, ce qui était ressorti des paroles de Sofia.

« Si je savais qui nous écoutait ce jour-là, dans le bureau de Jiji, et pourquoi... Tout semble lié. »

Tyler le regarda bien en face et leva la main droite comme s'il jurait au tribunal. « Lucas, j'ai un aveu à te faire. S'il te plaît, ne m'arrache pas la tête.

— Quoi ? rugit aussitôt Lucas. C'était toi ?!

— Quoi ? Comment ça ? Non, bien sûr que non ! Écoute-moi ! Tu te rappelles, il y a des mois, quand on s'est croisés à la soirée au Wilde ? Tu m'as demandé comment je connaissais les Sphinx ? »

Lucas se souvenait en effet qu'il avait été étonné que Tyler connaisse le surnom des secrétaires de Jiji. Mais il l'avait aussitôt oublié : il avait rencontré Sofia, ce soir-là.

« Eh bien, si je connaissais leur surnom, c'est parce que j'ai été stagiaire au magazine, il y a longtemps.

— Attends. Est-ce que ce n'est pas le genre de truc que tu aurais dû me dire par exemple... le jour où on s'est rencontrés ?!

— Je sais... Je suis désolé... Mais j'enquêtais déjà sur Jiji pour le compte de *Noser*, et toi tu bossais pour lui. Je ne voulais pas créer un conflit d'intérêts. Mais je vais te raconter ce qui m'est arrivé quand j'étais stagiaire au magazine. Ça pourrait éclairer ce qui se passe. Quand je suis arrivé à *Empire*, j'étais super ambitieux, comme toi, et Jiji a montré beaucoup d'intérêt envers ma petite personne. J'étais très flatté, évidemment, et j'ai mis ça sur le compte de mon génie personnel.

— Comme moi, admit Lucas d'un ton morne.

— Mec, pour tirer son épingle du jeu en ce bas monde, il faut bien être un petit peu imbu de sa personne. Et pas tout à fait lucide sur tout. »

Lucas hocha la tête, pas vraiment convaincu.

« Enfin bon, donc Jiji a commencé à m'envoyer à tout un tas de soirées avec pour consigne de fouiner et de trouver des détails un peu puants sur des personnalités. Et je faisais ça plutôt bien. Je lui rapportais plein de petits scandales, je lui envoyais de courts articles avec les vilains secrets de ces éminents personnages. Jiji me disait que ça serait publié dans les pages people, mais ça ne sortait jamais. Un beau jour mon stage s'est terminé et je suis retourné à la fac, persuadé que je n'avais pas été assez bon pour impressionner Jiji. Sauf que j'ai fini par me rendre compte qu'*Empire* publiait bien des articles consacrés aux personnes sur qui j'avais enquêté. Mais c'était toujours des articles super élogieux. Franchement, c'en était même indécent. Du léchage de boules en bonne et due forme.

Alors j'ai commencé à me pencher sérieusement sur ces papiers. Et trois critères revenaient toujours. Tu es prêt ?

— Je ne suis pas sûr, non...

— Attache bien ta ceinture parce que tu vas être choqué. Et bouche-toi le nez. D'abord, ces gens étaient toujours vraiment blindés. Ensuite, c'était les pires salauds. De vraies enflures. Soit ils avaient une éthique vraiment discutable, soit ils avaient carrément commis un crime. Et enfin, quelques mois après le petit article élogieux dans *Empire*, ils commençaient à passer beaucoup de temps avec Jiji. Parfois je lisais même dans la presse qu'ils faisaient affaire avec lui. »

Lucas prit un moment pour intégrer ces informations. Spragg cochait lui aussi les trois critères. Lucas avait trouvé une sale histoire sur lui, mais elle n'avait jamais été publiée. Au lieu de ça, le magazine avait chanté ses louanges. Et Spragg et Jiji semblaient se connaître.

« Et en plus, ajouta Tyler, tu te souviens que Jiji a de gros soucis d'argent, pas vrai ? Le Sanglier ferme le mois prochain et son nouveau projet...

— L'Université ?

— C'est ça. Il paraît qu'il a des soucis avec. Il n'arrive plus à honorer ses emprunts. Mais je te parie ce que tu veux qu'il ne va pas tarder à recevoir une bonne injection de cash. Si ce n'est pas déjà fait.

— Tu penses qu'il fait du chantage à Spragg ?

— Je pense qu'il fait tout le contraire. Jiji dit à ces gens qu'il va protéger leurs petits secrets et montrer au monde à quel point ils sont fabuleux. Et pour le remercier de cette générosité, peut-être qu'ils pourraient lui donner un petit coup de main. »

Tout ça commençait à prendre forme. Lucas pouvait imaginer la scène. Jiji appelle Spragg et lui fait une offre : il va faire disparaître l'article de Lucas et s'assurer que cette histoire de viol ne sorte jamais. En échange d'un gros investissement pour le restaurant ou l'Université. Spragg accepte, mais il veut aussi sa revanche. Il veut que Lucas soit viré et il veut être témoin de la scène.

Ou peut-être que Jiji appelle Spragg : « Je trouve que vous êtes un type incroyable et je suis très contrarié que le petit Luke vous traite comme ça, je vais le virer de ce pas et surtout ne raccrochez pas, vous pourrez profiter du spectacle. » De cette façon, Jiji gagne la confiance de Spragg avant de lui demander de l'argent.

Ou peut-être que c'est Spragg qui appelle Jiji et exige qu'il fasse disparaître l'article. Jiji accepte, en échange d'une petite donation. Et pour deux cent cinquante mille dollars de plus, Spragg a le luxe d'écouter Lucas se faire renvoyer en live.

Dans tous les cas, Jiji ne s'était pas du tout attendu à ce que Lucas lui révèle qu'il était Mister Nice Guy. Mais le Directeur de la rédaction ne s'était pas laissé abattre. Il avait juste changé de stratégie.

« Et du coup Jiji n'est plus le méchant qui rackette Spragg mais c'est moi qui deviens l'ennemi, conclut Lucas.

— C'est brillant, pas vrai ? Je veux dire, c'est justement ça le problème avec le chantage : la personne que tu rançonnes te déteste, ce qui te met en danger. Mais si tu parviens à être l'avocat et le protecteur, tu as ce que tu veux et en plus on te dit merci. Les capacités de manipulation que cet exercice requiert sont assez hallucinantes. »

Lucas laissa tomber sa tête sur la table.

« Allez, mec, c'est pas si mauvais, tout ça.

— Comment est-ce que Sofia a atterri dans ce merdier ? »

Tyler haussa les épaules. « Oh, tu la connais. Elle a toujours besoin de nouveauté dans sa vie et en plus elle a un côté très opportuniste. Je suis sûr qu'elle n'est là que parce que Spragg veut l'utiliser pour te faire payer. Ce type te déteste, maintenant. »

Lucas releva la tête, toujours aussi abattu. « Carmen a essayé de me prévenir. Elle avait peur que quelque chose comme ça se produise. Mais je ne l'ai pas écoutée. Et j'ai préféré laisser Jiji me faire gober ses conneries sur les mensonges de Carmen. Il faut que je fasse quelque chose, Tyler.

— Tu veux te rattraper auprès de Carmen en te suicidant professionnellement ? Lucas, je ne pense pas que ruiner ta carrière sauve la sienne.

— Mais c'est la seule chose à faire, dit Lucas, implorant.

— Écoute, avec un peu de chance on ne va pas tarder à assister à une petite transaction financière entre Jiji et Spragg. Entre-temps, on va avoir besoin de plus de preuves pour les couler. J'ai une idée, mais c'est vraiment pas gagné.

— Dis-moi. Je ferai tout ce que tu veux, promit Lucas en se penchant vers lui.

— C'est exactement le genre de phrase qu'on regrette ensuite. »

Lucas soupira.

« Pendant mon stage, Jiji me demandait parfois de lui rapporter ses costumes du pressing ou de faire d'autres petites courses pour lui. Une fois, il m'a appelé un samedi après-midi pour que je lui apporte du café.

— Quel gros con.

— J'étais ravi de le faire, à l'époque. Cette maison est mythique. Presque personne du bureau n'y est allé. Et tout à coup, moi, un simple stagiaire, j'étais dans sa cuisine en train de manger un sandwich. Ou en train de boire un dernier verre dans son salon. Honnêtement, j'étais le mec le plus heureux de la Terre. Il essayait juste de me rendre aussi malléable que de la pâte, évidemment. Un soir, alors qu'on buvait un coup dans son salon, il est parti dans son dressing. Un truc immense, de la taille de notre appartement, avec des miroirs partout. La pièce elle-même est un fétiche de narcissique. Et là il enlève ses chaussures et sa cravate. Je me suis dit que ça allait partir en truc sexuel chelou.

— Dis-moi que c'était ça, supplia Lucas, toujours avachi sur la table.

— Désolé, il s'est arrêté à la cravate. Mais à cause des miroirs partout, je l'ai vu monter une petite échelle. Sur les plus hautes étagères, il y avait plein de carnets. Tu sais, ceux qu'il trimballe toujours partout. Il en sort un. Et il commence à me poser des questions sur une des personnes sur lesquelles j'avais enquêté pour lui. Avec l'air parfaitement détaché, comme si de rien n'était. Mais je le vois prendre des notes. Et puis il va chercher un autre carnet et il me pose encore des questions.

— Et ça ne t'a pas paru vraiment louche ?

— Est-ce que j'ai trouvé ça bizarre que Jay Jacobson planque des centaines de carnets dans son dressing ? Évidemment. Mais est-ce que je me suis dit qu'il allait utiliser ces informations pour mettre au point des machinations complexes pour s'enrichir... ? Je sais que tu vas trouver ça difficile à croire, Lucas, mais je n'ai pas toujours été l'incroyable reporter d'investigation que tu connais. J'avais 19 ans !

— En effet... Mais ça fait sept ans, du coup. Tu crois qu'il a gardé ces carnets ?

— Ces carnets coûtent plusieurs centaines de dollars chacun ! Et oui, il est assez arrogant pour les garder. Surtout que les plus gros méchants de l'histoire sont en général aussi les plus maniaques en matière de paperasse. » Lucas repensa brièvement à ses cours d'histoire. Effectivement, cela s'appliquait bien aux nazis et aux communistes. « Ces carnets, c'est comme sa base secrète, tu vois. Imagine, si on pouvait croiser les informations de ses carnets avec ce qu'on peut trouver dans la presse, et retracer les contributions financières de chacun ? Ce serait assez accablant pour lui. »

Lucas contempla son coloc. Ses bras musclés repliés devant sa large poitrine, ses yeux sombres pleins d'espoir, son sourire canaille.

« Attends, c'est pour ça que tu écris pour *Noser* sous pseudo ? Pour que Jiji ne comprenne pas que c'est toi qui fouines partout ?

— J. P. Maddox, à ton service !

— Tu es un peu comme le justicier masqué des médias new-yorkais ! »

Tyler éclata de rire. « Et si je suis le justicier masqué, alors tu es Clark Kent ! Et ensemble, nous serons imbattables. Non, sérieusement, tu penses que tu pourrais me récupérer un de ces carnets ?

— Mais comment est-ce que... »

Lucas s'interrompit aussitôt. Il savait exactement comment il allait pouvoir entrer chez Jiji. Il y serait même invité. Puisque la semaine suivante, il ouvrait sa maison à tout le gratin new-yorkais en l'honneur du « premier » baiser de Lucas et Sofia.

Malgré sa taille, Lucas s'était souvent senti tout petit, dans l'ombre de la personnalité charismatique de Tyler. Mais là, il se sentait robuste. Il se sentait même capable d'arrêter des taxis à mains nues en plein milieu de Broadway. Comme s'il pouvait soudain abandonner sa personnalité de petit crétin crédule et égoïste pour devenir un justicier altruiste et circonspect, en moins de temps qu'il n'en faut à Clark Kent pour se changer en Superman.

« J'en suis ! s'exclama-t-il. Oh oui, putain, j'en suis ! »

46

Carmen écrivait, écrivait, écrivait. Depuis deux mois, elle se rendait chaque jour dans son bar où elle s'asseyait au comptoir avec son ordinateur ou, quand il y avait trop de monde, se calait à une petite table. Elle se sentait un peu coupable, elle aurait mieux fait de chercher du boulot. Mais Mira avait rapidement écarté cette suggestion. « Ce que tu fais là est bien plus important ! lui avait-elle dit. Tu es sur ta lancée. Ne t'arrête surtout pas. »

Mais elle était sur sa lancée pour quoi, au juste ? Les premières semaines, Carmen s'était refusée à mettre des mots sur ce qu'elle faisait. Elle se contentait d'évacuer beaucoup de douleur de son système, elle se purgeait. Elle se faisait plaisir, enfin. Car elle avait longtemps mis un point d'honneur à ne pas se faire plaisir en écrivant. Ou si peu. Elle était journaliste, critique, et sa rubrique ne parlait pas vraiment de sa vie ; tout au plus la documentait-elle pour ses lecteurs. Chaque détail, chaque aveu servait à étayer un argument ou à démonter une source. Et jusqu'à l'arrivée de Lucas, c'était réellement ainsi qu'elle avait considéré les hommes avec qui elle couchait : comme des sources. Janet Malcolm avait un jour qualifié le journalisme d'art de la séduction et de la trahison. Dans ce cas, son travail en était la plus pure expression.

Pour la première fois, Carmen n'essayait pas de séduire ou trahir quiconque. Au contraire, elle s'exposait et se révélait, couche après couche. La voix qui se faisait entendre dans ces pages n'était pas celle du personnage qu'elle avait créé pour protéger son cœur et son ego du jugement. La voix ne parlait pas non plus sur commande d'un tiers. C'était sa voix à elle, qui disait sa vérité. Elle disait sa vulnérabilité, sa cruauté, son orgueil, son audace, son désenchantement, ses blocages, ses reproches. Et elle le faisait dans un bar, au vu et au su de tous. C'était une sorte de réaffirmation intime : « Allez tous vous faire foutre, leur disait-elle. Je ne me cacherai plus ».

Une histoire émergea progressivement. C'était la sienne, bien sûr. Une histoire d'ambition farouche, de confusion entre le sentimental et le professionnel, de manipulation, d'aveuglement, de renoncement à sa dignité pour sauver son amour et sa carrière, sur la toile de fond de la sphère médiatique new-yorkaise. Et elle n'était même pas encore arrivée à sa rencontre avec Lucas.

Mira en était déjà à réfléchir à des titres et des couvertures alors que Carmen ne parvenait même pas à prononcer le mot « livre ». C'était au mieux un péché d'orgueil, au pire une chimère. Mais West Village n'est pas si grand, et il était peut-être inévitable qu'un soir Richie Sullivan – grand journaliste au *New Yorker* récompensé du National Book Award et dont les livres étaient classés dans les meilleures ventes par le *New York Times* – s'attablerait dans ce même bar avec Lydia Rothsfeld, son agent. Et il était peut-être aussi tout à fait prévisible que Sullivan, qui avait réussi à faire embaucher son fils Pete chez *Empire* en échange d'un article de six cent cinquante mots sur des chaussettes de soie, remarque Carmen en train d'écrire dans son coin et dise : « Lydia, regarde là-bas, est-ce que ce ne serait pas la journaliste en disgrâce d'*Empire* ? »

L'agent acquiesça, puis soupira : « Elle en a bavé, la pauvre. Elle avait du talent pourtant. »

Rothsfeld était en train de se plaindre de la fête qui allait avoir lieu pour ses 75 ans au National Arts Club, une fête organisée par sa nouvelle patronne âgée de 40 ans. Tout le gratin intello de New York avait été invité et tous avaient répondu présent. Ce qui ne pouvait vouloir dire qu'une chose : « Ce n'est pas mon anniversaire qu'on va fêter, c'est ma mise à pied. On va me pousser dans les abysses. Mais je ne vais pas me laisser faire », dit-elle en plantant vigoureusement ses doigts ridés et soigneusement manucurés dans le bras de son ami :

« Sois un amour, prends deux manhattans.

— Deux ?

— Oui, deux. Un pour moi. Et un pour elle », fit-elle en désignant Carmen.

47

Jay Jacobson vivait dans une *brownstone* de Greenwich Village, et il commençait à en avoir vraiment sa dose du voisinage. Ce n'était pas à cause de la gentrification : quand il avait emménagé, les beatniks et les artistes étaient partis depuis longtemps et les gays et les yuppies de la première génération avaient déjà fait s'envoler les prix. (Ce n'était pas parce que vous pouviez vous offrir un latte de luxe tous les jours de la semaine que vous pouviez lâcher cinq mille dollars par mois dans un studio.) Mais depuis peu, même les boutiques chic ne pouvaient plus honorer leur loyer. Jiji ne savait pas ce qui était pire entre cinq boutiques Marc Jacobs, ou plus aucune. Et puis le conseil de quartier avait eu le culot de rejeter sa demande de transformation de sa façade – son rêve, l'enfant naturel ultramoderne de Shigeru Ban et Snøhetta – en prétendant qu'elle risquait de nuire à l'unité architecturale de la rue.

Il était tourmenté par ces pensées quand il rentra chez lui un jeudi après-midi de mi-mai. En général, ses soucis se volatilisaient dès qu'il poussait la porte et se retrouvait hors d'atteinte des mesquineries du conseil de quartier, maître de ces quatre étages bourdonnant doucement d'efficacité et de confort. Si seulement ses employés et associés avaient pu obéir aussi diligemment que ses enceintes et son thermostat. Mais ce jeudi-là, la maison était en effervescence. Son organisatrice d'événementiel dirigeait son équipe comme un chef d'orchestre, à grand renfort de gesticulations. Les traiteurs s'affairaient autour du chef, couvrant les comptoirs en marbre italien de plateaux de canapés. On déplaçait les meubles et des décorations de style origami, créées à partir de fleurs vivantes, étaient disposées sur les manteaux de cheminée et les étagères. Les feuilles violet et vert foncé des plantes grasses avaient été entourées de bougies – Jay, qui détestait les couleurs vives, avait mis son veto sur les touches d'orange et de rouge proposées par l'organisatrice.

Il lui était insupportable de voir son domicile, avec toute sa belle sophistication minimaliste, envahi par ces armées : le bataillon des travailleurs, suivi des assauts des invités, et finalement les renforts des femmes de ménage. Mais il savait que dans la mesure où il restait rare et réservé à des invités triés sur le volet, un accès à son petit sanctuaire allait générer un sentiment d'exclusivité tout à fait rentable. Une soirée très occasionnelle, suivie de photos bien placées et de petits détails dispersés de-ci de-là, offrait aux masses moins chanceuses un aperçu aussi bref que tentateur de ce qu'elles avaient raté. Et dans quelques heures, Nicholas Spragg ferait enfin partie des heureux élus admis dans le saint des saints.

Bien sûr, l'inviter dans sa maison était aussi contre-intuitif que d'ouvrir grandes les fenêtres de sa voiture de luxe en passant à côté d'un putois. Mais il n'avait pas le choix. Peu de temps auparavant, Jiji se flattait régulièrement de cet alignement parfait entre Spragg et les autres pions de son plateau. Il avait rencontré Spragg et Lucas à quelques mois d'intervalle et les avait aussitôt identifiés comme des jumeaux antagonistes. Tous les deux étaient aussi naïfs et ambitieux l'un que l'autre, même si Lucas semblait posséder tout ce que Spragg désirait : la sympathie d'un homme de pouvoir, une belle petite amie et même, en fin de compte, un public qui l'adulait. Mais ça, c'était seulement quand on regardait de loin. De plus près, Lucas et Spragg étaient tous les deux parfaitement impuissants et malléables. Mais ils n'avaient pas accès à la réalité de leur condition. Et ils allaient pouvoir s'anéantir mutuellement. Tout fonctionnait à merveille.

Mais le plan n'avait pas fonctionné jusqu'au bout. Jay avait invité Spragg pour un café et lui avait montré des extraits du portrait écrit par Lucas, avant de lui présenter de vibrantes excuses – il avait demandé à son journaliste de rédiger un portrait flatteur et il était vraiment choqué et mortifié de constater que, probablement entraîné par la jalousie, il avait commis ce tissu de médisances. Puis il s'était soudain tu, comme si une idée terrible venait de le traverser. « Je me refuse même à y penser, et je suis vraiment désolé de devoir vous le demander, mais pour des raisons bien évidentes d'éthique professionnelle, je me dois quand même de le faire : tout ça est faux, n'est-ce pas ? »

À ce moment-là, son interlocuteur pouvait en général décider de cracher le morceau ou mentir... pour mieux cracher le morceau ensuite. Ce qui menait à la troisième étape, celle où Jay offrait de protéger la réputation de son interlocuteur. Qui, en l'aidant à sécuriser un investissement ou à contourner une régulation fiscale, permettait de conclure une opération gagnant-gagnant. Jay ne menaçait jamais, c'était sa règle cardinale. Il valait mieux flatter, caresser, cajoler.

Mais contrairement aux autres, Spragg n'avait pas mordu à l'hameçon. « Est-ce que cette histoire de viol est vraie ? » Il s'était contenté de hausser les épaules, comme pour dire : Qui s'en soucie ? Il semblait tout à fait indifférent au scandale, comme si son argent représentait un champ de force infranchissable. Non, la seule chose qui le rendait fou furieux, c'était Lucas.

« Je suis très blessé par la trahison de Lucas, avait-il dit en repoussant sa tasse avec dégoût.

— Sa trahison ?

— Il a trahi mon amitié, avait-il répondu comme si c'était une évidence. Quand je pense à tout ce que j'ai fait pour lui... »

Jay avait eu du mal à ne pas rire. Spragg n'avait absolument rien fait pour Lucas, à part lui payer quelques repas et une fille (et encore, sans lui demander son avis). Et pourtant il considérait que Lucas était son débiteur, juste parce qu'il avait passé un peu de temps avec lui. Spragg était aussi très jaloux et se sentait personnellement offensé que Sofia ne sorte pas avec lui mais avec Lucas. Jay avait dû modifier le deal : si Spragg investissait dans l'Université, il virerait Lucas.

« Je veux être là quand vous le virerez. Je veux voir son visage se décomposer. »

Pour éviter les dix procès qui en auraient sans nul doute

résulté, Jay avait tenté : « Et si vous écoutiez, à défaut de voir ? »

Et puis surprise, Lucas avait annoncé qu'il était Mister Nice Guy. C'était tellement inattendu que Jay ne s'était même pas mis en colère. En fait, il avait plutôt été impressionné. Mais ça avait tout compliqué. Spragg était vite devenu irascible et boudeur. Il voulait que Lucas soit viré, et si Jay tenait vraiment à son investissement, il valait mieux qu'il le fasse vite. Mais Jay devait gérer au mieux ses divers intérêts, et virer son chroniqueur le plus populaire n'était clairement pas dans sa liste. À ce stade, il avait commencé à se demander s'il n'allait pas devoir faire chanter Spragg, purement et simplement. Mais ce gosse était si imprudent qu'il était bien capable de raconter ça à une pute qui s'empresserait de vendre l'histoire à un tabloïd. Au bout du compte, Spragg avait refermé son chéquier et était parti se chercher quelqu'un d'autre pour lui caresser l'ego.

Quant à Jay, il avait continué à chercher de l'argent – avec un désespoir croissant. Pendant ces sombres semaines, il n'avait réussi à sauver la face qu'à grand renfort de compléments multivitaminés et d'anticernes La Mer. Il n'avait craqué qu'une seule fois. Un matin de février, quand il avait appris qu'il allait perdre le Sanglier, il avait erré dans la ville pendant des heures avant d'aller sonner chez Carmen. Repenser à ce moment de faiblesse lui donnait envie de rentrer sous terre. Surtout que Carmen lui avait renvoyé son état pathétique dans la face. Il se dégoûtait, elle le dégoûtait. Il ne supportait pas de repenser à ce jour-là.

Et puis il y avait eu un miracle. Quelques jours après

l'explosion en plein vol de son duo de chroniqueurs, en direct live au MoMA, Spragg était revenu de lui-même. Le petit spectacle l'avait décidé. Il était à présent prêt à investir avec Jay, mais sous trois conditions. D'abord, il voulait être officiellement associé. Ensuite, il voulait que Jay fasse publier un portrait de lui très élogieux, sous le nom de Lucas. Et enfin, si Lucas ne pouvait pas être viré, alors il voulait au moins le voir souffrir : Sofia serait sa nouvelle partenaire dans « À cœur ouvert ».

Il avait fallu quelques finesses légales pour s'assurer que Spragg n'allait pas réellement posséder de parts dans l'Université. Il était évidemment hors de question que ce crétin obtienne quoi que ce soit. Pour le reste, Jay avait cédé. D'autant que Spragg avait fait un bon choix, Sofia était une candidate idéale. Certes, la nouvelle partenaire de Lucas était aussi celle qui lui avait brisé le cœur quelques mois plus tôt. Mais elle était vraiment jolie et elle passerait très bien à l'écran.

Pour l'article, Jay s'était presque senti coupable. Il appréciait vraiment Lucas. Ce gosse avait du cran, il y mettait du sien et il n'était pas mauvais du tout. Mais il n'avait pas un rond, et malheureusement ça voulait dire qu'il ne lui servait à rien. Telle était la triste vérité : les gentils n'ont ni argent ni pouvoir, et ceux qui ont les deux sont souvent les pires.

Jay regretta très vite. Ce petit con de Spragg n'arrêtait pas de l'appeler, et il avait une mauvaise idée par jour concernant l'Université. C'était le gosse de riches le plus pathétique qu'il ait jamais vu. Et Jay était dans la position peu enviable de devoir lécher tous les quatre matins ses Stefano Bemer à deux mille cinq cents dollars en vachette camel. Chaque fois qu'il l'avait au téléphone, il avait envie de hurler dans le combiné : « Je viens du même trou du cul du monde que toi et ton Apex de l'Idaho, et moi je suis né sans une thune. J'ai travaillé pour arriver où je suis, j'ai dû me battre. Et toi, pauvre créature pathétique, inutile, laide et faible, tu crois que tu peux avoir ce que tu veux sans lever le petit doigt ? Tu me fais vomir ! »

Au lieu de ça, Jay donnait sous son propre toit une grande soirée pendant laquelle il allait le présenter à tout le gratin new-yorkais comme son associé. Il allait bien finir par lui faire gagner la légitimité qu'il désirait tant – la seule chose que papa Spragg n'avait pas pu lui payer.

Jay parcourut le rez-de-chaussée pour une dernière inspection. Dans la salle à manger, une femme de ménage, perchée sur un escabeau, époussetait le lustre massif qu'une décoratrice d'intérieur du nom de Chandra avait réussi à lui refourguer. Il n'allait avec rien, mais Chandra avait su se montrer très persuasive. Plus que ça même, avec ses stilettos d'une hauteur aberrante, ses jambes interminables et sa robe qui s'ouvrait entièrement sur le devant. Au moins, il n'avait pas payé ce maudit lustre de sa poche. C'était à ça que servait son compte pro.

« Faites attention avec ça ! » aboya-t-il avant de remonter dans sa chambre pour prendre quelques heures pour lui avant que le *nec plus ultra* de New York envahisse son espace. Eux qu'il aimait et haïssait avec la même force.

48

Lucas se tenait devant la maison de Jiji, vêtu d'un costume Armani tout droit sorti des stocks d'*Empire*. Les fenêtres ouvertes inondaient la rue de lumière et des bavardages animés parvenaient jusqu'à lui depuis ce cocon faussement chaleureux et accueillant. Lucas prit une grande inspiration et monta les marches qui allaient le mener tout droit dans le repaire du dragon.

Les célébrités évoluaient fièrement dans les salons, drapées dans leurs habits de soie, chaussées de beau cuir bien ciré. Elles tenaient leur coupe de champagne avec assurance et la portaient à leurs lèvres dans un geste d'où émanait la reconnaissance tacite et mutuelle de leur rang, même si elles avaient été nombreuses à guetter nerveusement l'arrivée de leur invitation. Quelques mois plus tôt, Lucas serait entré là les yeux grands écarquillés, haletant sous le coup d'un puissant orgasme alors qu'un de ses rêves était en train de se réaliser. Mais il avait appris que la vie n'a rien à voir avec la loterie. On n'obtient pas tout ce qu'on désire sur un coup de chance. Non, il faut gratter à droite à gauche, sacrifier beaucoup et marcher sur les pieds des autres. Et quand la récompense arrive enfin, on n'en veut même plus. Ce qui n'est peut-être pas plus mal, parce que si la nuit se passait comme prévu, il allait tout perdre.

Le Directeur de la rédaction s'approcha de lui, le regard brillant, toute sa gestuelle parfaitement lubrifiée.

« Je me demandais quand tu allais arriver. Tu as beaucoup de gens à rencontrer. J'ai mis de la MDMA dans les verres. Tu vas voir, tout le monde sera exceptionnellement réceptif à ton charme ce soir. »

Lucas jeta un regard inquiet à son propre verre.

« À 9 h 30, Sofia va faire une entrée spectaculaire. Tu es excité de pouvoir enfin l'embrasser ? Enfin... Ce n'est pas comme si c'était vraiment la première fois », dit-il en lui lançant un petit coup de coude dans les côtes. Lucas se demanda s'il n'avait pas vraiment pris quelque chose. Il le trouvait particulièrement volubile. Il se pencha vers Lucas avec un air de conspirateur. « C'est quoi déjà ce mot insupportable que Spragg utilise tout le temps ? Ah oui, ça va être une soirée CAPITALE.

— Il faut s'attendre à une pièce montée qui crache des billets ? »

Lucas n'avait pas encore revu Spragg et appréhendait un peu. Jiji ne rebondit pas sur sa plaisanterie. « Ce soir, Lucas, tout est possible. Allez, suis-moi. Et attrape un petit canapé, ils sont délicieux. »

Lucas sentit soudain une grosse patte s'abattre sur son dos en même temps qu'on lui criait dans les oreilles d'une voix tonitruante. « Eh, Mister Nice Guy, en chair et en os ! » C'était Jai Rogers, un des plus jeunes et des plus riches investisseurs de la Silicon Valley, qui lui souriait comme s'il était son meilleur pote. « T'en as une sacrée paire, mon vieux. Cette Carmen Kelly, qu'est-ce que tu lui as mis ! Elle méritait que ça, la garce. »

Lucas eut à peine le temps de grimacer que Rogers était déjà parti. Il eut droit au défilé du dernier Pulitzer, d'un sénateur, d'une star de Broadway, du guitariste de Lady Gaga, d'un chef renommé, d'un joueur des Yankees, et ainsi de suite. Il avait l'impression d'être un gros joint qu'ils se seraient tous fait tourner. Leur interaction était toujours la même : survoltée, avec des compliments vides de sens et des propos insultants sur Carmen. Lucas avait beau se présenter sous son vrai nom, ils l'appelaient tous Mister Nice Guy. Walt Frazier, le basketteur mythique, l'appela même Louis. Il avait au moins eu le mérite d'essayer.

Lucas regardait sa montre toutes les deux minutes. Il fallait qu'il trouve le carnet de Jiji et redescende à temps pour le baiser. Et s'il n'y avait plus de carnets ? Il chassa cette idée de son esprit et envoya un texto à Tyler : « Début de l'opération Castration : 21 h 30. T'en es où ? » Pendant que Lucas accomplirait son méfait, Tyler aussi avait une mission à accomplir.

Cinq minutes passèrent, puis dix, puis quinze. Lucas attendait désespérément la réponse de son coloc et sentait son estomac de plus en plus noué. Peut-être que c'était bon signe qu'il ne réponde pas ? Peut-être qu'il était trop occupé ? Lucas regarda de nouveau l'heure. Il était déjà presque 21 heures, il ne pouvait pas se permettre d'attendre plus.

Il se glissa donc à travers la foule jusqu'à l'escalier qu'il grimpa quatre à quatre en espérant ne pas être vu. Une fois seul sur le palier silencieux du deuxième étage, il suivit les instructions données par Tyler. La porte s'ouvrit avec un léger grincement sur une pièce large et sobrement meublée, décorée dans des teintes de gris, d'argent et de bleu foncé. De grands nus de femmes en noir et blanc ornaient les murs. Le sol, couleur crème, était extrêmement moelleux. Il jeta un œil à l'immense salle de bains en marbre : la baignoire faisait la taille d'une petite piscine, la douche comptait plus de pommeaux qu'une station de lavage auto. Son regard s'arrêta sur le lit et il ne put s'empêcher d'imaginer toutes les nuits que Carmen avait dû passer entre ces draps. Elle avait cru y découvrir Jiji à nu. Mais elle n'avait vu qu'un personnage, une peau dont il s'était ensuite défait comme d'une mue.

Combien de fois Jiji pouvait-il muer ? Y avait-il même quelque chose, sous la multitude de peaux ?

Lucas traversa la chambre à coucher et se retrouva aussitôt dans un petit salon. Il avait espéré que les deux pièces seraient séparées par une porte, mais ce n'était pas le cas. Il devrait donc opérer à découvert. Il repéra l'entrée du dressing derrière une large méridienne en cuir, exactement comme Tyler le lui avait dit. La pièce dans laquelle il entra alors faisait bien la moitié de son appartement, et en plein milieu trônait un îlot central plein de tiroirs. Lucas ne savait même pas que c'était possible d'avoir ça dans son dressing. Les costumes de Jiji étaient présentés comme dans un showroom et il avait consacré un mur entier à ses chaussures de créateurs. Parmi elles, sa collection d'escarpins Manolo Blahnik – qui aurait sans nul doute fait pâlir d'envie Carrie Bradshaw elle-même. Il ne put résister à la tentation de prendre quelques photos. Est-ce que dans l'intimité, Jiji se travestissait ? Ou est-ce qu'il gardait les chaussures de ses conquêtes en guise de trophées ? Mais il n'avait pas le temps de se laisser distraire. En levant les yeux il découvrit, comme annoncé, une étagère chargée de carnets.

Il fit coulisser la petite échelle et grimpa dessus. Tyler lui avait fourni les noms d'une demi-douzaine de personnes à qui Jiji avait probablement demandé de l'argent. Mais il avait sous les yeux une trentaine de carnets, et le temps pressait. Il n'y avait qu'une chose à faire. Lucas précipita tous les carnets par terre l'un après l'autre. Il y trouva un plaisir cathartique, presque extatique, et fut déçu de la brièveté de l'opération. Il sauta alors au bas de l'échelle et se mit au travail. Il avait eu peur de ne pas trouver les noms qu'il cherchait mais Jiji lui avait facilité la tâche : les carnets étaient organisés par ordre alphabétique. Il prit rapidement des photos des pages concernées et, alors qu'il était sur le point de battre en retraite, une idée lui traversa soudain l'esprit. *Callahan, Lucas.* Il n'y avait qu'un seul mot sous son nom : « Jackpot ». Ainsi, il se faisait utiliser depuis le tout début. Mais plus pour longtemps.

Il envoya « JACKPOT !!! » à Tyler, prit le carnet réservé aux S-T et s'enfuit en abandonnant derrière lui le chaos qu'il avait semé.

49

Quelques jours avant la grande soirée de Jiji, Carmen avait reçu un mail d'un des journalistes de *Noser*, J. P. Maddox. Son premier réflexe avait été de le supprimer aussitôt. Puis elle avait réfléchi. Depuis des mois, les médias l'accablaient à tour de rôle, la malmenant comme une piñata humaine. Mais *Noser*, qui aurait dû être en première ligne de la campagne d'humiliation, avait brillé par son absence. Et là, comme sorti de nulle part, voilà que Maddox lui demandait poliment si elle voulait aller prendre un verre.

Carmen avait envisagé de dire non, tout simplement parce qu'elle n'avait pas une seconde à elle. La deadline que son nouvel agent lui avait donnée se rapprochait dangereusement. Quelques mois plus tôt, en avril, après un deuxième round de manhattans, Richie Sullivan l'avait prise à part et l'avait prévenue : « Avant que tu ne signes avec Lydia, tu dois savoir qu'elle sera la pire critique que tu aies jamais eue. Elle va tout te faire remettre en question :

ton talent, ton style, ta confiance en toi. Mais si tu t'en sors vivante, ce texte sera le meilleur de ta vie. »

Si Carmen avait reçu plus que son quota de critiques, aucune n'avait eu pour objectif louable de lui permettre de s'améliorer. Surtout pas celles de Jiji. Elle était donc aussi impatiente que nerveuse à l'idée que quelqu'un considère enfin son travail – et elle-même – avec respect. Raison pour laquelle elle n'avait vraiment pas le temps d'aller prendre un verre avec un obscur journaliste de *Noser*. Mais la curiosité l'avait emporté sur le reste et elle avait accepté de retrouver J. P. Maddox le deuxième jeudi de mai.

Sauf que c'est Tyler, l'ancien stagiaire d'*Empire*, qu'elle vit entrer dans le bar.

« J. P. Maddox, se présenta-t-il. Je crois qu'on se connaît déjà. »

Carmen était déjà debout, prête à partir. « Tu as dix secondes pour t'expliquer. »

Il laissa aussitôt tomber le masque : « J'écris sous un pseudo pour que Jiji ne sache pas qui je suis. Et je suis aussi...

— ... le coloc de Lucas. Je sais, oui.

— Donc tu comprends bien pourquoi j'ai préféré ne pas te dire avant qui j'étais. J'avais peur que tu refuses de me voir. Tu as des questions ?

— Dis-moi ce que tu as à me dire. Je resterai tant que ça m'intéressera. »

Tyler lui parla des missions douteuses que Jiji lui avait confiées, de ce qui avait été publié ensuite, et de la collection de carnets. Il lui raconta comment Jiji s'était associé à Nicholas Spragg et avait tourné en sa faveur l'antagonisme entre Nicholas et Lucas. Rien de tout ça ne la surprit vraiment mais elle fut un peu écœurée par les détails. Elle avait vu les carnets, bien sûr, mais n'avait jamais eu le courage d'examiner leur contenu. Et si elle avait bien sûr essayé de mettre Lucas en garde, il ne l'avait pas écoutée. Maintenant il connaissait la vérité, mais qu'est-ce que ça pouvait bien changer ? Elle avait regardé la matinale dans laquelle il était passé. Il savait qu'elle avait perdu le contrat pour Netflix, et il était parfaitement au courant des répercussions. Pourtant il n'avait jamais appelé. Elle se fichait qu'il s'excuse d'avoir brisé sa carrière mais il aurait au moins pu s'assurer que Mira allait bien. Rien. Pas de son et pas d'image.

En revanche, elle voyait souvent passer des comptes rendus de ses folles soirées sous le feu des projecteurs. Elle avait du mal à imaginer qu'il s'amuse vraiment, surtout après l'affreux portrait de Spragg publié sous son nom et avec Sofia de retour dans sa vie. Non, il avait seulement cédé, il s'était soumis aux forces qui dictaient maintenant sa vie. Carmen avait beau avoir déjà vu ce genre de chose, ça la déprimait quand même.

« Écoute, reprit Tyler en jetant un coup d'œil à sa montre. On voudrait que tu voies ça, dit-il en posant son téléphone entre eux.

— On ?

— Lucas est sur le point de faire quelque chose de vraiment très courageux. Ou de totalement stupide. Ou les deux à la fois. Mais ce n'est pas la question. Ce qui compte, c'est que c'est pour toi qu'il va le faire.

— Non, dit-elle en secouant la tête. Ça ne m'intéresse pas.

— Je t'en prie. C'est vraiment important.

— Je ne veux même pas savoir ce qu'il est sur le point de faire. Je m'en fous complètement, pour être honnête. Je ne suis pas la seule à avoir souffert à cause de lui, Tyler. Et je ne suis pas sûre qu'il l'ait bien compris.

— Carmen, juste deux minutes. Pas une de plus », tenta Tyler d'un ton posé.

Elle lisait dans son regard qu'elle était un petit animal farouche qu'il essayait désespérément d'attraper. Mais elle ne se laisserait pas faire.

« Je suis désolée », dit-elle en s'enfuyant.

50

Lucas redescendit avec le carnet dans sa poche arrière, caché par sa veste de costume. Personne ne semblait avoir remarqué sa disparition.

« Te voilà ! dit Jiji en se matérialisant soudain à ses côtés. C'est le moment ! » Lucas retint son souffle pendant qu'il l'examinait de haut en bas. « Ça te va bien, Armani. Allez, suis-moi. »

Ils sortirent pour rejoindre le barnum monté dans le jardin. Une petite scène avait été installée dessous, et un groupe était en train de jouer. Sur un geste de Jiji, les musiciens s'interrompirent.

« C'est un vrai plaisir de vous avoir tous ici », commença-t-il avec une voix aussi tendre et onctueuse que le foie gras qui recouvrait les canapés. Les invités paraissaient déjà captivés et on n'entendait que le tintement des glaçons. « Vous savez à quel point j'aime ouvrir ma maison pour ces occasions. Et cette soirée est vraiment spéciale : je sais à quel point vous avez hâte d'assister au baiser du siècle. »

L'assistance l'acclama mais il leva une main pour réclamer le silence. « Mais d'abord, je voudrais vous présenter une personne vraiment particulière, le sujet de notre portrait du dernier numéro, j'ai nommé M. Nicholas Spragg ! »

Nicholas fit son apparition sous le barnum, aveuglé par un projecteur idéalement placé. Son entrée était si théâtrale, si détonnante avec l'ambiance de la soirée, que Lucas était certain que Jiji avait soigneusement mis en scène cette petite humiliation.

« Comme vous le savez certainement déjà, son fascinant portrait a été écrit par notre cher Lucas Callahan, alias Mister Nice Guy. » Jiji ponctua sa phrase d'une grande tape dans le dos, et Lucas sentit le carnet mal calé lui piquer la fesse. « M. Spragg est un jeune homme particulièrement courageux et ambitieux, qui nous vient tout droit de l'Idaho. Pour ceux qui ne connaîtraient pas, ça fait partie des cinquante États américains. C'est vers le Montana. Il paraît qu'on y produit beaucoup de patates. »

Sa remarque fut ponctuée d'éclats de rire. Nicholas sourit d'un air incertain. Est-ce qu'on se moquait de lui ?

« Mais comme je suis moi-même originaire du Kansas, je ferais mieux de me taire. Vous avez déjà entendu parler du Kansas ? »

Il y eut de nouveaux rires. Lucas repéra dans un coin de la tente Jai Rogers, à côté d'une top model connue. Il venait d'une petite ville de l'Illinois.

« Vous risquez de beaucoup entendre parler de Nicholas dans les mois à venir, continua Jiji. Il a de grandes idées en ce qui concerne New York. J'espère que vous l'accueillerez chaleureusement et qu'il se sentira bientôt comme à la maison. Comme vous avez su le faire pour moi il y a près de vingt ans, quand je suis descendu du car à Port Authority. »

Les invités gloussèrent et certains hochèrent doucement la tête d'un air pénétré, comme si les cars faisaient partie des vestiges terriblement romantiques d'une époque révolue. Lucas vit le journaliste qui avait eu le prix Pulitzer, accoudé au bar. Il l'avait entendu un jour dire qu'il était de Toledo, dans l'Ohio. Juste à côté, le guitariste de Lady Gaga était en train de se débarrasser discrètement de son mégot dans le jardin de Jiji. Il avait un accent du Sud.

« À l'époque, je ne savais pas distinguer Tribeca du Bronx ou de mon propre derrière », ajouta Jiji, faisant rugir de rire l'assistance. Lucas rit faiblement pour ne pas se faire remarquer. Mais en fait, la plupart des invités n'étaient pas de New York. Et ils étaient probablement nombreux à être arrivés après Jiji. Alors pourquoi riaient-ils tous ? Mais il n'eut pas le temps d'y réfléchir plus longtemps parce que Jiji annonçait déjà le clou de la soirée :

« ... et c'est à l'œil bien acéré de notre cher Nicholas que nous devons d'accueillir ce soir parmi nous une jeune personne aussi belle que talentueuse. »

Sofia fit son apparition derrière Spragg, superbe dans une combinaison rose pâle qui dévoilait son dos. Lucas sentit un pincement au cœur en la voyant aussi belle. Mais ça ne fit que passer, comme un bref frisson sous le soleil.

Nicholas prit Sofia par le bras et l'escorta jusqu'à la scène comme s'il la menait à l'autel. Ils étaient à présent tous les quatre alignés : Lucas, Sofia, Nicholas et Jiji. Spragg aurait dû paraître encore plus laid, coincé entre ces deux canons, mais étonnamment on avait plutôt l'impression qu'il leur avait dérobé un peu de leur éclat, comme si à leur contact il se gorgeait d'aplomb. Son heure de gloire était enfin arrivée, il n'allait certainement pas laisser des gènes défavorables lui gâcher le moment. Mais Jiji ne tarda pas à le repousser dans l'ombre.

« Alors, dit-il en se tournant vers Lucas et Sofia, vous comptez attendre le petit matin ? »

Il y eut un tonnerre de rires et d'acclamations, que Jiji prit le temps de savourer. La suite ne faisait pas de doute. Nicholas fixait Lucas, un sourire malveillant et presque dément sur le visage. Il semblait sur le point de se pisser dessus d'excitation.

« Qu'est-ce que tu en dis, Lucas ? » demanda Sofia en souriant comme la fraîche ingénue qu'elle n'était pas.

Il la fixa sans ciller. Il avait déjà pris des décisions importantes dans sa vie, mais jamais encore il n'avait vu le futur se scinder devant ses yeux en deux chemins contraires. Il devait faire son choix. Embrasser la princesse et vivre malheureux jusqu'à la fin des temps, ou décider d'être le vilain crapaud. Il s'avança d'un pas.

51

Carmen rentra chez elle en courant. Elle était à bout de souffle quand elle s'installa enfin devant le direct filmé depuis la soirée de Jiji. Comme si elle allait rater ça ! (De toute façon elle était contrainte de regarder pour les besoins de la recherche...) Mais devant Tyler, ça, jamais. Hors de question que Lucas pense qu'elle en avait encore quelque chose à faire de lui.

Et pourtant. Ils restaient malgré tout liés l'un à l'autre. Pas seulement parce qu'ils avaient été si proches, mais aussi à cause de ce qu'ils représentaient pour Jiji. Peu de temps auparavant, c'était Carmen qui était à la place peu enviable de Lucas. Elle n'avait donc aucun mal à compatir. Et qu'elle le veuille ou non, elle aussi faisait encore partie de ce sinistre *reality show*.

Carmen avait raté le début, et il lui fallut un petit temps pour tout assimiler. Jiji, Lucas, Sofia et Spragg étaient sur une scène, sous une tente, dans le jardin de Jiji. Ça rappelait assez le début d'une blague : un rabbin, un prêtre, un imam et un athée sont sur un bateau... Mais qu'est-ce qu'ils fichaient tous là ?

« Avant d'embrasser la demoiselle, je voudrais dire quelques mots », dit Lucas.

Carmen avait presque la nausée. Finalement, elle n'était pas sûre d'être capable de regarder ça. Son syndrome de Stockholm semblait aller un peu trop loin. Mais elle remarqua le doute qui traversa brièvement le visage de Jiji : ce n'était pas du tout au programme.

« Lucas est décidément un chic type, intervint-il, vite remis. Il veut toujours faire la causette avant de passer dans la chambre à coucher ! »

Carmen entendit les invités rire. Elle n'avait pas besoin d'y être pour savoir qu'ils étaient complètement sous le charme de Jiji. Mais c'était plutôt Lucas qui l'intéressait. Il n'arrêtait pas de regarder son téléphone. Elle comprit qu'il attendait un message de Tyler. Pour être certain qu'elle regardait. Dommage pour lui.

Il finit par ranger son portable.

« J'ai toujours rêvé de venir vivre à New York et de travailler pour un magazine. Je pensais que ma détermination, mon ambition me rendaient spécial. Je pensais que j'étais meilleur que les autres, meilleur que tous ceux qui étaient restés là-bas, chez moi. Mais en fait je ne suis pas spécial, et surtout je ne vaux pas mieux qu'eux. »

Il avait peut-être l'air sincère mais elle n'allait pas se laisser attendrir. C'était trop peu, et trop tard.

« J'ai fait de terribles erreurs. J'ai blessé la personne que j'aimais le plus. »

« Absolument, et ce n'est pas comme ça que tu vas te rattraper », maugréa Carmen devant son écran.

« Mais Carmen, continua Lucas en fixant la caméra, comme s'il lui répondait, tu es ma meilleure amie. »

Elle déglutit. Elle avait l'impression qu'il était là, avec elle, et qu'il lui parlait en face en face. C'était assez troublant.

« Tu es la personne la plus généreuse, la plus authentique, la plus honnête que je connaisse. » Il se tourna vers la foule. « Je peux comprendre pourquoi vous vous êtes tous déchaînés sur elle. Si j'ai appris quelque chose avec "À poil les critiques !", c'est bien que le jugement est au cœur de la nature humaine. » Il s'était mis à faire les cent pas sur la petite scène, comme un professeur passionné par son cours ou un avocat qui essaie de convaincre un jury. « Presque malgré nous, nous traquons les défauts chez les autres. Nous cherchons tout ce qui pourrait nous faire nous sentir un peu plus grand, un peu plus fort. Mais Carmen est une belle personne. Et elle est *vraie*. Elle ne mérite pas d'être jugée aussi durement. Moi si, en revanche. »

Lucas s'interrompit. L'assemblée était parfaitement silencieuse. Jiji ne bougeait pas d'un cil, son visage n'exprimait rien. « Jay dit que je suis un type sympa. Ce n'est pas le cas. » Puis il se tourna vers Nicholas et la caméra zooma sur eux. Carmen n'avait jamais vu Spragg qu'en photo dans le magazine et elle prit la mesure du talent du photographe, qui avait presque réussi à le rendre beau. Mais en le voyant à l'écran, il était évident que Lucas n'avait pas exagéré. Son sourire constipé n'arrangeait rien.

« Mon article sur Nicholas Spragg n'est qu'un tissu de mensonges. C'est même de la dissimulation intentionnelle. »

Le cadre s'élargit pour laisser voir le visage de Spragg et le mouvement brusque de Jiji. Carmen se pencha en avant et monta le son. Est-ce que Lucas se rendait compte de ce qu'il était en train de faire ? Sans aucun doute... Pourtant elle avait encore du mal à y croire.

« Nicholas a agressé sexuellement une jeune femme et l'a payée pour qu'elle garde le silence. Je le sais depuis des mois.

— C'est complètement absurde, se défendit Spragg. Jay, fais-le taire !

— Lucas, intervint Jiji d'une voix paisible, ce que tu dis n'a aucun sens. Je n'aurais jamais toléré une chose pareille. Et je dois dire que je suis assez inquiet pour ta santé mentale et ton état émotionnel. »

« Oh, pitié ! » s'exclama Carmen en même temps que Lucas disait « Oh, mais fermez-la ! »

Des cris de surprise émanèrent de la foule.

« Depuis des années, reprit Lucas, Jay déterre des saletés sur des personnalités en vue et fait publier dans *Empire* des articles chantant leurs louanges. En retour, ces personnes lui font des faveurs et lui donnent beaucoup d'argent. »

Carmen avait bondi de son siège et, à défaut de mieux, répétait en boucle « Putain de merde ! » dans son salon vide. Elle se sentait ridicule mais aussi déchirée. Ce que faisait Lucas était très courageux. Mais c'était aussi vraiment stupide. Elle ne pouvait s'empêcher de le soutenir. Mais d'un autre côté, il avait détruit sa vie et celle de Mira.

Jiji secouait la tête avec désapprobation, comme un père déçu. « Tes calomnies insultent terriblement toutes les honnêtes personnes présentes ici, à commencer par Nicholas. »

Carmen aurait adoré pouvoir voir les invités. Elle les

imaginait acquiescer avec gravité. Parce que Jiji choisissait évidemment toujours un public crédule. Elle avait assisté à beaucoup de ses soirées, et elle savait que le Directeur de la rédaction ne se contentait pas d'accueillir ses invités avec générosité. Il fallait aussi qu'ils aient l'impression d'avoir mérité cette générosité. Il les enveloppait donc tous dans sa large étreinte sélective et vaniteuse.

« Espèce de sale menteur, cracha Spragg. T'es qu'une merde, t'es personne. Et tu croyais être quelqu'un ? C'est pathétique ! »

« Vas-y Lucas ! s'époumona Carmen devant son écran. Montre-leur ce que t'as dans le ventre ! »

« C'est peut-être vrai, Nicholas, mais en ce qui te concerne, tu ferais bien de te pencher d'un peu plus près sur ta relation avec Jay. Tu crois vraiment qu'il te considère comme son associé ? Il a juste besoin de ton argent. Il se fout de toi comme il se fout de nous tous. Si tu voyais ce qu'il a écrit sur toi ! »

Lucas sortit quelque chose de sous sa veste. Un carnet. Carmen reconnut l'un des carnets hors de prix que Jiji affectionnait tant.

« Qu'est-ce que c'est que ça ? demanda-t-il avec un air qui se voulait hautain.

— Lucas, intervint Jiji posément. Donne-le-moi. »

Lucas recula prudemment d'un pas. « Ça, c'est le carnet dans lequel Jay garde ses notes sur ses pigeons et consigne leurs petits crimes. Et leurs gros crimes, aussi.

— Donne-le-moi, répéta Jiji, les traits crispés cette fois.

— Jay et moi, nous partageons la même vision, protesta Spragg d'un ton incertain. Il sait que... »

Mais avant qu'il ait pu finir sa phrase, Jiji avait bondi. Carmen était bouche bée devant la scène qui défilait presque au ralenti : Jiji se jeta comme un lion sur sa proie sur Lucas qui parcourut l'assistance du regard, en quête d'une échappatoire. Puis il hurla « Walt, à l'aide ! » en lançant le carnet.

La caméra suivit le carnet, qui fut saisi en plein vol par une grande main qui se détachait bien au-dessus des têtes levées. Carmen reconnut aussitôt Walt Frazier. Mira disait toujours qu'à la belle époque, dans les années 1970, il avait les plus belles cuisses d'Amérique.

Puis il y eut comme un bruit de collision, suivi d'un micro qui s'écrasait au sol et d'un gros larsen strident. La caméra revint alors sur la scène, où elle s'arrêta sur Jiji qui n'étranglait finalement personne entre ses mains crispées. Mais Lucas était par terre, et il serrait sa jambe en grimaçant. Jiji venait de pousser Lucas au bas de la scène ! C'était tellement ahurissant que Carmen se mit à rire. Elle avait sous les yeux les deux hommes qui lui avaient fait le plus de mal, et ils étaient en train de se livrer à un combat de catch. Mais elle se devait de soutenir Lucas, ne serait-ce que parce qu'il n'avait pas tout à fait terminé sa mission.

Il réussit à se relever et cria : « Walt ! Va à la lettre S et lis-nous ce qu'il y a sur Spragg ! »

La caméra revint se poser sur Frazier. Le caméraman aurait mérité un Emmy.

« Nicholas Spragg, commença-t-il de son baryton onctueux. Obséquieux. Pédant. Inintéressant. Crampon. Crédule... » Il y eut une pause. C'était tout ? Frazier lécha son index pour tourner la page, et reprit sa lecture. « A payé une étudiante pour qu'elle taise sa tentative de vi...

— Ce ne sont que des mensonges ! » Les cris du concerné couvrirent la fin de la phrase. « Jay, dis-leur !

— Je n'ai jamais écrit ça, se défendit celui-ci.

— Il a une trentaine de carnets dans ce genre. Ils sont cachés dans son dressing. Vous pouvez aller voir vous-mêmes. »

Carmen souriait, aux anges. Elle savait déjà ce qui allait se passer. Et elle ne se trompait pas : Jiji jeta à Lucas un regard brûlant de rage, sauta de la scène et se fraya un chemin à travers la foule, probablement pour aller cacher les pièces incriminantes. Nicholas Spragg était sur ses talons. La caméra les suivit. Des invités les avaient déjà précédés. Ils étaient sans doute très reconnaissants pour son accueil, mais ça n'incluait pas la loyauté. Le premier qui mettrait la main sur les carnets connaîtrait son heure de gloire. Et pourquoi s'en priver ?

52

Lucas chercha Sofia du regard, mais elle s'était volatilisée sans demander son reste. Il boitilla jusque dans la maison puis sortit sous le regard des invités qui l'examinaient avec une stupeur mêlée de crainte, comme s'il était réellement désaxé. Une fois seul dans la rue, il héla un taxi. Il ne comptait pas aller très loin, mais son genou lui faisait vraiment mal.

Sur la route, son téléphone sonna. C'était Tyler.

« Tu as été incroyable ! Putain, mec, incroyable !

— Et Carmen ? Est-ce qu'elle a regardé ? »

Tyler mit un peu trop longtemps à répondre et Lucas sentit son estomac se nouer.

« Mais tu lui as parlé, pas vrai ? Tu l'as vue ? Est-ce qu'elle a dit quelque chose ?

— Elle a dit des choses, oui... »

Le taxi s'arrêta devant chez elle.

« Dis-moi, Tyler.

— Vous sortez ou pas ? dit le chauffeur.

— Oui oui, pardon », s'excusa-t-il en lui donnant un billet de vingt, tout ce qu'il avait en poche. Puis il descendit du taxi en prenant appui sur sa mauvaise jambe, ce qui lui envoya un éclair de douleur dans tout le corps. « Qu'est-ce qu'elle a dit ?

— Elle a dit qu'elle n'était pas la seule à avoir souffert à cause de toi. Tu sais pourquoi elle a dit ça ? »

Lucas raccrocha. Carmen était là, assise sur le perron de son immeuble, en train de fumer. Lucas ne l'avait jamais vue fumer, mais ça ne se semblait pas être sa première cigarette. Elle ne l'avait pas remarqué et il put l'observer à son insu. Il ne l'avait pas vue depuis des mois. Le désir qu'il avait ressenti face à Sofia quelques heures plus tôt n'était rien comparé au manque et à la douleur qui fondirent sur lui à cet instant. Il voulait la prendre contre lui, enfouir le nez dans ses cheveux, embrasser ses lèvres, la petite bosse sur son nez, son sternum. Sa voix lui manquait. Ses sarcasmes, son assurance. Elle lui manquait affreusement.

« Carmen », dit-il. Sa voix sonnait comme une plainte.

Elle leva la tête, le vit, souffla sa fumée et écrasa sa cigarette contre une marche. Lucas ouvrit la bouche mais elle rentra avant qu'il ait pu dire un mot.

Ne pas savoir si elle avait regardé ou pas l'obsédait. Si elle avait vu, alors c'était encore pire. Ça voulait dire qu'il avait tout sacrifié pour rien.

Il était inutile de rester mais il n'arrivait pas à partir. Il resta là, à fixer ses fenêtres, jusqu'au moment où elle éteignit tout. Et il resta encore. Il imaginait voir sa tête apparaître, l'entendre l'appeler. À un moment, son téléphone sonna et son cœur rata un battement. Mais ce n'était qu'un journaliste qui voulait avoir ses réactions à chaud après la soirée. Lucas lui raccrocha au nez. La douleur dans son genou finit par devenir si insupportable qu'il n'eut pas d'autre choix que de rentrer chez lui.

53

Alexis était toujours la première au bureau, à 7 h 30. Les journalistes n'arrivaient pas avant au moins 10 heures, les graphistes pas avant 11 heures. Mais en tant que troisième secrétaire de Jiji – la plus jeune, celle dont le poste était le plus fragile –, elle ne pouvait pas se permettre d'arriver aussi tard. C'était l'une des nombreuses raisons pour lesquelles elle n'avait pas l'impression de travailler pour le magazine mais pour le compte de Jiji. Ce qui voulait dire qu'elle devait arriver tôt, au cas où il aurait eu besoin de quoi que ce soit.

Les Sphinx, bien sûr, arrivaient aussi à 10 heures.

En général, Alexis disposait d'une heure rien qu'à elle pour siroter son café et lire les nouvelles en ligne avant l'arrivée de son patron. Mais ce jour-là, après la désastreuse soirée de la veille, il l'attendait déjà devant son bureau, les bras croisés. Elle sursauta en le voyant et se sentit prise de panique : est-ce qu'elle était censée lui dire quelque chose ? Elle n'avait pas été invitée, évidemment, mais comme tout le monde elle avait suivi la soirée en direct.

« Alexis. Appelez le service informatique. Je n'ai plus accès à ma boîte mail. » Puis il retourna dans son bureau et ferma la porte derrière lui.

Elle savait quelque chose qu'apparemment Jiji ignorait : le service informatique non plus n'embauchait pas avant 10 heures. Elle vérifia ses propres mails ; tout marchait parfaitement. Ce n'était donc pas un problème de réseau. C'était juste sa boîte mail à lui. Ce qui signifiait que le service informatique était probablement déjà là. Et donc que quelqu'un les avait appelés à une heure indue.

La matinée s'annonçait particulièrement intéressante.

Alexis alla sur le forum de « Nique les critiques ». Elle s'y était rendue des dizaines de fois depuis la veille. Il y avait une sacrée ambiance, entre les déclarations d'amour ou de haine pour Lucas, Jiji, Carmen (malgré son absence), et même Nicholas Spragg qui, de façon tout à fait surprenante, avait réussi à gagner des admirateurs. Alexis s'identifia et réfléchit quelques secondes.

Comme bon nombre de New-Yorkais, elle était venue vivre là, et travailler pour *Empire*, dans l'espoir d'obtenir sa part du rêve. Est-ce que de ce point de vue-là, sa vie actuelle se révélait satisfaisante ? Non, pas du tout. Mais elle savait bien que personne ne réussit en restant assis sur le bas-côté à attendre que les choses se passent. Non, il fallait tout donner et jouer jusqu'au bout ce qu'on avait dans sa manche. C'était ce que Lucas avait fait, même si ça ne s'était pas exactement bien fini. Elle aussi l'avait fait, avançant ses pions prudemment en mesurant les risques. Et apparemment, l'une des cartes qu'elle avait jouées était sur le point de lui rapporter.

Nom d'utilisateur : EmpireVoyou

Mot de passe : sipresdetoiJiJi !

Est-ce que vous avez essayé d'écrire à Jay Jacobson ce matin ? Apparemment, il a un petit souci avec ses mails. Est-ce un présage ? Restez en ligne !

Elle venait à peine de poster son message que les Sphinx passèrent devant elle. Ça paraissait quasi impossible, mais elles semblaient encore plus sinistres que d'habitude. Alexis se livra à un petit exercice mental : si Jiji se faisait virer, les Sphinx aussi. Et elle aussi.

Jay Jacobson vient de se retrancher dans son antre.

Comme elle était seule à l'étage, elle allait vite être grillée. Mais peu importait puisque de toute façon c'était *game over.*

Il est probablement tapi sous son bureau. Les Sphinx gardent sa porte. Tout ça sent très mauvais !

Deux hommes en uniforme sortirent de l'ascenseur et se dirigèrent vers le bureau de Jiji.

EmpireVoyou : La Sécurité défie les Sphinx. M. Jacobson n'est pas disponible, viennent-elles de dire à l'unisson, dans une assez bonne imitation des jumelles de Shining. *Et là, c'est le drame. Que peut bien fabriquer Jiji ? Est-ce qu'il fait flamber ses carnets à 450 dollars dans sa corbeille ?*

Renforts de la Sécurité. Ils viennent de soulever et déplacer les Sphinx – comme les statues qu'elles sont. La porte est verrouillée. Est-ce qu'ils vont la défoncer au bélier ?

Tout ça est incroyable. La Sécurité vient d'essayer d'ouvrir la porte – la Sécurité a toutes les clés de l'immeuble, ça va de soi – mais apparemment Jiji a fait changer sa serrure ! Peut-être qu'on va vraiment voir le bélier !

La Sécurité est en train de forcer la serrure. Pas de bélier…

Ils sont entrés ! Ça s'engueule !

Jay Jacobson et les Sphinx se font escorter jusqu'à l'ascenseur. Silence général. Jiji a son manteau et une écharpe, et il a un carnet à la main. L'objet de la rixe, je présume.

L'ascenseur descend. C'est terminé. Et maintenant ?

Mais Alexis savait très bien ce qu'elle allait faire. Dans quelques minutes, quand elle serait sûre que tout ce beau monde était parti, elle allait se précipiter dans les bureaux de *Noser* où, après s'être présentée comme EmpireVoyou, elle se verrait récompensée par un nouveau boulot.

Elle était certaine d'être bien accueillie.

54

Dans un grondement, le métro entra cahin-caha dans la station qui desservait la gare Grand Terminal. C'était sa première vraie sortie depuis son opération du genou, six semaines plus tôt, et Lucas était très impressionné par la gentillesse des gens. Dès qu'ils le voyaient boitiller, de parfaits inconnus se précipitaient pour lui ouvrir une porte ou bondissaient de leur siège pour lui céder la place. Tout le monde pensait que les New-Yorkais étaient froids et insensibles, mais c'était faux. Un minimum d'introversion – une zone de répit mental – était nécessaire pour rester sain d'esprit dans une ville aussi peuplée. Mais si quelqu'un avait besoin d'aide, les New-Yorkais répondaient aussitôt à l'appel.

Le lendemain de la soirée de Jiji, un médecin avait annoncé à Lucas qu'il s'était rompu le ligament croisé. « Comment vous avez fait ? » lui avait-il demandé. La plupart des gens répondaient sans doute qu'ils s'étaient blessés au ski ou sur un terrain de sport. Lucas n'avait pas su quoi répondre. J'ai été attaqué par mon patron après avoir révélé ses petits secrets à la bonne société new-yorkaise, et vous en avez sans doute entendu parler dans le *New York Post* ? Il s'était contenté de dire qu'il était tombé de la scène à une soirée.

« Ça a dû être une sacrée soirée ! » avait commenté le médecin.

Après l'opération, Tyler avait été une vraie mère pour lui. Et Franklin et Alexis étaient venus lui rendre visite régulièrement, apportant de quoi manger et boire – pour eux – et se chamaillant sur des questions de boulot. Puisque, à présent, ils travaillaient pour des médias rivaux. Dans son délire opiacé, Lucas voyait aussi souvent Carmen lui apparaître avec un bouillon de poulet. Il s'était longtemps demandé si elle avait regardé ses excuses publiques. Tyler avait fini par lui assurer qu'à ce stade le contraire aurait été difficile : la vidéo de la soirée avait redéfini la notion même de « viral ». Mais Lucas savait que si elle ne voulait plus de lui dans sa vie, il ne pourrait rien y faire. Ce qui était vraiment triste. À présent qu'il passait ses journées allongé chez lui, il avait amplement le temps de sonder son cœur et ses sentiments. Et même de penser à ceux de Carmen.

Au fur et à mesure que la brume des antidouleurs se levait, il comprenait à quel point son petit numéro chez Jiji avait été très courageux, mais surtout totalement autocentré. Il avait présenté ses excuses à Carmen mais il n'avait rien fait de concret pour elle. Il n'avait pas été là pour elle. Et s'il était vraiment honnête, ce qu'il avait fait ce soir-là, il l'avait surtout fait pour lui-même et sa conscience.

Il repensait aussi à ce que Carmen avait dit à Tyler : elle n'était pas la seule à avoir souffert. Il avait perdu Carmen et il ne la reverrait pas. Mais il restait son débiteur. Elle méritait autant qu'elle lui avait donné. Elle ne s'attendait pas à ce qu'il le fasse, et peut-être même préférerait-elle qu'il s'abstienne... Mais il avait causé beaucoup de dégâts ces dernières années, et il devait au moins réparer cette erreur.

Il s'était torturé les méninges. Comment pouvait-il se rattraper ? Et puis un jour, sur Facebook, il était tombé sur une photo de sa mère à une soirée chic, entourée de femmes qui sirotaient des gin fizz sous leurs chapeaux. C'était aux fiançailles de Mel et Cal. Mel paraissait non seulement heureuse mais aussi parfaitement détendue. Et pourquoi ne l'aurait-elle pas été ? Cette fois-ci, son fiancé n'allait pas s'enfuir comme un voleur. Il était assez mature pour savoir ce qu'il voulait et elle pouvait compter sur lui.

Quel enfoiré j'ai été, s'était dit Lucas. Il avait commencé à lui écrire un mail pour s'excuser, mais soudain une idée lui était venue. Pourquoi ne pas faire d'une pierre deux coups ? Il allait expier sa faute auprès de Carmen mais aussi auprès de Mel.

Il avait appelé cette dernière depuis le portable de Tyler, pour avoir une chance qu'elle décroche. Puis il l'avait suppliée de ne pas lui raccrocher au nez, et ensuite il l'avait implorée d'accepter de le voir, même brièvement, avec Cal. À contrecœur, elle lui avait dit de les retrouver le samedi suivant à la gare, sous le panneau des départs. « Tu pourras nous dire tout ce que tu as à nous dire avant que le train parte. 9 h 45. »

Lucas arriva très en avance. Il avait prévu assez de temps pour réussir à rejoindre le lieu de rendez-vous malgré son genou démoli. Le hall principal ressemblait à un sanctuaire, à un temple de pierre et de lumière, et il fit comme les autres voyageurs : il pencha la tête en arrière pour contempler le plafond, vingt-cinq mètres au-dessus de lui. Le sang lui monta à la tête et le ciel bleu-gris et les constellations dorées parurent se mouvoir là-haut. Il fut ébranlé de trouver de la beauté en ce lieu, dans la crasse d'une métropole. Il repensa à Carmen, qui était allée jusqu'à Amsterdam pour apprendre que *La Nuit étoilée* était en fait chez elle, au MoMA. Ce qui, bien sûr, lui rappela ce qu'il lui avait fait subir là-bas. Il sentit les larmes monter et se reprit. Il avait une mission à mener à bien. Il devait rester concentré.

À exactement 9 h 45, le couple arriva. Mel portait une robe d'été pastel, Cal un chino et des oxfords. En les voyant si bien assortis, Lucas se dit que Mel et lui n'avaient jamais été faits pour être ensemble. Ou peut-être très brièvement, quand ils avaient 18 ans, avant que Lucas ne comprenne qui il était. Mel le repéra et entraîna Cal dans sa direction. Lucas le vit l'examiner de loin. Est-ce que ses béquilles lui donnaient l'air plus sympathique ou juste faible ? Son diagnostic parut vite évident : Lucas était une pauvre merde.

Il se présenta et tenta de lui serrer la main sans perdre l'équilibre.

« Il vaut mieux pour toi que ce soit pas encore une de tes petites combines, le prévint Cal. Si on est filmés, tu finis en procès.

— Woah, Cal, mais pas du tout ! Il n'y a pas de caméras, je suis juste là pour faire la paix. Et si vous n'aimez pas ce que je vous dis, vous pouvez juste partir et vous ne me reverrez jamais. »

Lucas savait qu'il avait l'air anxieux, mais il ne pouvait pas se planter sur ce coup-là.

Cal le fusilla du regard et Mel lui prit la main. « Notre train est à 10 h 15. Tu as jusqu'au moment où ils afficheront la voie. »

Lucas jeta un regard au grand panneau d'affichage. Il n'avait pas la moindre idée du moment où ils indiquaient la voie. Probablement dix minutes avant... Il allait devoir faire bref. « Écoutez, j'ai quelque chose à vous proposer à tous les deux. Mel, je vais commencer par toi. Je voudrais m'expliquer, d'abord. J'ai bien conscience qu'il est trop tard pour que je te présente mes excuses. Mais je voudrais quand même te dire à quel point je suis horriblement désolé de la façon dont je t'ai traitée au bar en décembre. Je me suis conduit comme un vrai connard et...

— En effet.

— J'en suis bien conscient. Je me sentais seul et nul, et c'est toi qui as pris. Et j'en suis sincèrement désolé. Mais surtout, je m'excuse pour tout ce que je t'ai fait subir...

— Je croyais qu'il était trop tard pour les excuses ? l'interrompit-elle froidement.

— Tu as raison, je suis désolé. Je veux dire, je ne suis pas désolé de... Non, ce n'est pas ce que je voulais dire. »

Lucas se tut. Quand il avait préparé son speech, ça sonnait mieux... Cal et Mel le regardaient avec un mélange de mépris et de pitié, comme on examine un charlatan qui se prend les pieds dans le tapis qu'il essaie de vous refiler. Lucas essaya de se reprendre. « Mel, je sais que tu es passée à autre chose et maintenant tu es avec quelqu'un de super. Je ne me fais aucune illusion, je sais que notre rupture ne te réveille pas la nuit. Mais mon comportement a été vraiment contradictoire, alors si ça peut t'aider de comprendre pourquoi... Je pense qu'on était heureux ensemble, mais comme je n'avais aucun élément de comparaison pour notre couple, je ne savais pas si se quitter était la pire erreur qu'on puisse faire ou si au contraire on serait beaucoup plus heureux avec quelqu'un d'autre. Et je ne savais pas comment trouver la réponse à cette question. J'étais juste trop jeune, je pense. Alors j'étais complètement paralysé. »

Cal regarda sa montre. Lucas regarda le panneau d'affichage. « Tu es quelqu'un d'incroyable, Mel, et je t'ai mise dans une situation vraiment horrible. Tu as été assez mature pour proposer qu'on se sépare, mais je ne l'ai jamais été assez de mon côté pour accepter. Je me suis senti coincé et j'ai en quelque sorte profité de toi. Je ne vais pas te demander de me pardonner mais... »

Lucas vit du coin de l'œil un numéro de voie s'afficher et paniqua. Ce n'était pas le leur.

« Lucas, à cause de toi j'ai eu l'impression d'être une personne pour qui la seule chose qui importait dans la vie, c'était de se marier. Comme si je ne me souciais que d'un stupide mariage. J'ai eu l'impression que j'étais une fille superficielle et chiante à mourir qui manquait désespérément de l'esprit d'aventure suffisant pour tout abandonner et partir vivre à New York avec toi. Mais je ne suis rien de tout ça.

— Je le sais bien, Mel. Et je pense qu'au fond je voulais que notre relation cesse mais que j'étais incapable de te quitter. Alors j'ai essayé de saboter notre couple.

— C'est horrible.

— Oui, c'est horrible. »

Cal et Lucas observèrent Mel pendant qu'elle digérait le coup. Elle finit par soupirer. « Et qu'est-ce que tu as à dire à Cal ? »

C'est à ce moment-là que leur numéro de voie s'afficha.

« Voilà notre train, dit Cal. On va en rester là. Bonne continuation. »

Lucas supplia silencieusement Mel, faisant passer tout ce qu'il pouvait dans son regard. « Je ne mérite pas ton aide, je le sais. Le simple fait de te la demander est lamentable. Mais je t'en prie. » Elle le fixait d'un air impassible. C'était terminé. Il avait au moins tenté et il lui avait dit ce qu'il avait à lui dire.

« Cal, donne-lui deux minutes, finit-elle par grogner.

— Je suis au chômage, en ce moment. Et je ne suis pas exactement en tête de liste des recrutements au sein des magazines, commença Lucas.

— J'imagine bien.

— Mais j'ai quand même étudié le droit, et maintenant que j'ai pas mal de temps à moi, je voudrais te proposer de travailler pour toi. De façon totalement gratuite. »

Cal haussa les sourcils. Il n'avait clairement pas envisagé qu'il lui sorte un truc pareil.

« Et pourquoi tu ferais ça ?

— Comme je vous l'ai dit, il est trop tard pour les excuses. Mais je voudrais pouvoir faire quelque chose pour vous – pour Mel et toi. J'imagine que tu dois travailler énormément, et si je peux m'occuper de certaines choses pour toi, pour que tu puisses rentrer plus tôt le soir retrouver Mel... Ça me ferait vraiment plaisir. »

Cal jeta à Mel un regard inquiet, comme s'il doutait de la santé mentale de son ex.

« Et aussi, pour être tout à fait honnête, je me suis récemment découvert un vif intérêt pour l'immobilier. »

Épilogue

Lucas traversa le parc d'Union Square au pas de course, son sac alourdi de livres sur l'épaule. Il devait avoir lu *De sang-froid*, de Truman Capote, pour le lendemain. Il était encore loin de la fin et dans le métro, le nez dans sa lecture, il avait raté son arrêt. Il avait dû faire demi-tour et maintenant il était en retard. Ça faisait à peine un mois qu'il avait commencé son école de journalisme et il ne se passait pas un jour sans qu'il reçoive une grande claque d'humilité. Il mesurait quotidiennement l'ampleur de ce qu'il lui restait à apprendre. Par exemple, il n'avait encore jamais couvert un conseil d'administration houleux ni eu à rédiger une *breaking news* en moins d'une heure. Et chaque fois qu'il faisait une nouvelle rencontre, il devait expliquer que oui, il était bien ce Mister Nice Guy-là... Et que non, sa célébrité ne lui avait ouvert aucune porte dans le milieu.

Après le renvoi de Jiji, Lucas avait passé un certain temps dans les limbes. S'il en avait eu le temps, il ne faisait aucun doute que son patron l'aurait viré avec perte et fracas. Mais au lieu de ça, Lucas avait dû attendre son arrêt de mort pendant de longues semaines. *Empire* avait fini par remplacer Jay Jacobson par un abruti qui avait tenu un site consacré à la cuisine et dont les seules compétences semblaient se résumer à vouloir faire entrer le magazine dans l'ère de la vidéo. Bien évidemment, la première décision de ce type avait été de se débarrasser – enfin – de Lucas. Il avait aussitôt reçu des offres de la part de *Playboy* et de *Cosmo* pour s'occuper d'une rubrique consacrée à sa vie sexuelle. Un réalisateur de porno voulait qu'il joue dans ses films, et un grand magazine féminin lui avait proposé d'être directeur de la rédaction masculine, quoi que ça puisse bien vouloir dire. Mais le parcours de Carmen lui avait servi de leçon et il ne voulait pas se retrouver dans la même situation. Il avait donc refusé toutes ces offres alléchantes pour s'inscrire dans une école de journalisme, espérant pouvoir tout recommencer de zéro. Et alors qu'il marchait dans le crépuscule d'automne, son livre à la main, il savait qu'il avait pris la bonne décision. Il était heureux d'être de nouveau étudiant et il se sentait serein et déterminé.

En arrivant devant la librairie, il vit son visage qui s'étalait sur le poster derrière la vitrine et son cœur manqua un battement. Ça faisait deux ans qu'il ne l'avait pas vue, qu'ils n'avaient pas eu le moindre contact. Il s'était attendu à une expression sévère et vaguement menaçante, comme un avertissement au lecteur. Mais c'était un large sourire qui illuminait le visage de Carmen Kelly, auteure du livre biographique *À poil les critiques*.

En passant devant la table réservée aux œuvres de non-fiction, Lucas sentit son cœur se serrer. Des mois plus tôt, l'éditeur de Carmen lui avait envoyé une copie du manuscrit. Il ne l'avait jamais ouvert. Ce n'était même pas qu'il avait peur de ce qu'il pourrait y lire... Mais il avait eu tellement de mal à l'oublier qu'il craignait de replonger, comme un vieil alcoolique à la moindre goutte. Pourtant, quand elle l'avait invité au lancement, il n'avait pas hésité. Il voulait être là pour elle. Et il se sentait enfin prêt.

Il était très en retard et la lecture était déjà bien avancée. S'il y avait trop de monde pour qu'il puisse la voir, en revanche il l'entendait. Sa voix était forte et assurée.

« Il faut dire qu'il n'avait même pas encore enlevé son pantalon. » Le public éclata de rire. « Et je n'allais certainement pas le faire moi-même ! »

Il y avait de bonnes chances pour que ce passage le concerne...

« Merci encore d'être venus ce soir ! conclut Carmen. Je vais répondre à vos questions s'il y en a, et puis je passerai à la dédicace des livres pour ceux que ça intéresse. »

Quelqu'un voulut savoir si elle voyait toujours Jiji. Sa réponse, négative, fut particulièrement laconique. Une autre personne demanda si elle regrettait de ne pas avoir pu travailler avec Netflix. « Il vaut mieux se concentrer sur les opportunités qui existent plutôt que sur celles qui sont derrière nous, sinon on n'avance jamais », répondit-elle.

Une étudiante aux cheveux roses leva la main. « Vous dites que vous en avez assez de parler de sexe, et pourtant c'est le sujet de ce livre. »

Carmen sourit et hocha la tête. « Je ne dirais pas que ce livre parle de sexe mais plutôt de désir. Et c'est beaucoup plus intéressant à mes yeux. Il y a évidemment aussi du sexe, du désir sexuel, mais je parle surtout du désir d'être aimé, d'être célèbre, d'être important pour quelqu'un, du désir d'être reconnu pour sa valeur. Je parle des problèmes que l'on rencontre quand nos aspirations et désirs se heurtent à ceux des autres. Ce qui est exactement ce qui s'est passé entre Jay, Lucas et moi. Je pense qu'il était aussi important de dire que nos plus grands désirs se concrétisent rarement. Parce qu'on veut toujours plus. Et ce désir insatiable nous fait parfois perdre de vue qui nous sommes réellement et ce que nous avons déjà. Le problème, avec New York, ce n'est pas tant la lutte perpétuelle pour obtenir ce que nous désirons. C'est plutôt d'être capables de vivre, tout simplement. Et de se satisfaire de cette joie simple. »

Amen, eut envie d'ajouter Lucas.

« Alors c'est fini le sexe ? cria une autre personne, un peu trop enthousiaste.

— Le sexe, fini ?! s'exclama Carmen, déclenchant de nouveaux rires. Effectivement, c'en est fini pour moi de tout vous raconter sur ma vie intime. J'ai longtemps cru que le sexe était le meilleur moyen de faire entendre ma voix et de me tailler une place dans cette société. Mais je faisais fausse route. J'ai encore beaucoup de choses à vous raconter, mais pas là-dessus. »

Carmen passa une bonne heure à signer ses livres et quand elle finit par quitter la librairie, la main droite endolorie, elle faillit passer sans le voir devant le jeune homme barbu adossé à la vitrine.

« Lucas ? » demanda-t-elle en plantant son agent et son éditrice.

Il paraissait surpris, comme s'il n'avait pas passé une heure à l'attendre.

« Salut ! » dit-il en fermant le livre qu'il était en train de lire.

« Mais dis donc, tu as une vraie barbe maintenant ! Je ne pensais même pas que c'était possible. »

Il porta la main à son visage comme si elle venait de lui apprendre quelque chose. « Moi non plus. J'imagine que j'ai fini par atteindre la puberté.

— La puberté te va bien », fit-elle en riant.

Puis ils se regardèrent sans trop savoir quoi dire. Les compagnes de Carmen mouraient d'envie d'être présentées. Rencontrer Mister Nice Guy en chair et en os semblait être en bonne position dans leur liste de vœux (probablement après une critique dithyrambique dans le *New York Times*, quand même).

« Tu as été super, dit Lucas, rompant le silence.

— Ça fait vraiment bizarre », dit-elle au même moment.

Ils éclatèrent de rire, et quand elle vit le Uber s'arrêter devant eux, elle lui proposa de les accompagner à la soirée de lancement.

« En fait, j'allais te proposer de marcher un peu. Il fait trop beau pour prendre un taxi, non ? »

C'était très étrange de se retrouver seuls tous les deux si longtemps après.

« Quelques minutes alors, trancha-t-elle. Je ne veux pas faire attendre Mira, elle doit déjà y être. »

Ils prirent la direction de la Cinquième Avenue. Il faisait très doux et les feuilles n'avaient pas encore leurs couleurs d'automne. Est-ce que septembre avait toujours appartenu à l'été ? Carmen avait beau être très excitée de partir en tournée pour le lancement de son livre, elle était un peu triste de rater l'automne à Manhattan. Elle aimait dormir fenêtre grande ouverte quelques semaines encore, les beignets au cidre du marché d'Union Square, l'énergie qui se dégageait de cette époque de l'année.

« Comment va Mira ? »

Elle sentit son regard mais ne releva pas les yeux. « Elle va fêter ses 89 ans. C'est fou, non ? Ce n'est pas facile tous les jours mais elle en tire le meilleur, comme toujours.

— Ça ne m'étonne pas d'elle. »

Carmen hocha la tête et ils marchèrent un moment en silence, laissant derrière eux l'agitation d'Union Square pour se rapprocher de l'arc de triomphe du Washington Square Park. Que pouvait bien penser Lucas du livre et de leur histoire ? C'était peut-être à cause de la barbe, mais elle avait l'impression d'être avec un étranger, un homme qu'elle ne connaissait pas. Et c'était probablement le cas, après deux ans. Cette distance entre eux l'attristait, surtout quand elle repensait à la proximité et à l'intimité qu'ils avaient partagées. Mais c'était mieux ainsi. C'était ce qui lui avait permis de lui pardonner. Et elle espérait que de son côté, il avait pu l'oublier.

« Au fait, il s'est passé quelque chose de complètement fou il y a quelques mois, finit-elle par dire.

— Ah oui ? répondit-il en évitant son regard.

— Tu te souviens de l'histoire avec l'appartement de Mira ? Elle était sur le point d'être expulsée, c'était la cata Et tout à coup, sorti de nulle part, un cabinet d'avocats appelle pour dire qu'ils vont s'occuper du cas, gratos. Complètement fou, non ? Comment est-ce qu'ils ont pu entendre parler d'elle ?

— Waouh ! » se contenta-t-il de lâcher en se mordant les lèvres.

Il avait pourtant passé beaucoup de temps à réfléchir à ce qu'il lui dirait si l'occasion se présentait un jour. Peu après leur rendez-vous express à la gare, Lucas avait commencé à travailler avec Cal. Leur arrangement était un peu particulier : le cabinet allait s'occuper du cas de Mira mais ce serait Lucas qui ferait le plus gros du travail sans se faire rémunérer. Et chaque fois que Cal aurait besoin d'intervenir sur des points un peu plus précis, Lucas consacrerait le double d'heures de travail sur ses autres cas. En tout, il avait passé cinq mois sur l'affaire, et huit de plus à travailler pour Cal et les autres associés du cabinet. À titre gracieux. Le soir, il était serveur. Et sans la générosité de ses parents et de Tyler, il n'aurait jamais réussi à joindre les deux bouts. Ç'avait été des mois épuisants mais aussi très gratifiants. Et quand il avait fini par se résoudre à contracter à nouveau un monstrueux emprunt étudiant, au moins sa dette morale était-elle acquittée.

Parfois il rêvait de tout dire à Carmen, l'imaginait revenir vers lui. Mais il ne s'appesantissait pas trop longtemps sur ces scénarios. Il savait que c'était stupide. Et surtout, il ne faisait pas ça pour la reconquérir.

« Je suis content qu'un cabinet d'avocats se soit penché sur son cas. Mira le mérite bien. Et toi aussi. Tu t'occupes tellement bien d'elle.

— C'est ma grand-mère… Ce n'est pas non plus comme si j'étais une sainte.

— Mais beaucoup de gens ne le feraient pas.

— J'imagine. »

Carmen commençait à se sentir mal à l'aise. Elle avait

peur que Lucas ne soit sur le point de se lancer dans de grandes excuses. Elle aurait voulu lui dire que c'était inutile, qu'il s'était déjà excusé à la soirée de Jiji. Elle le regarda, essayant de lui faire passer le message silencieusement. « J'ai vu ton petit numéro aussi héroïque que stupide sur cette scène. Évidemment que je t'ai vu. Mais tout ça, c'est du passé. La femme qui t'a pardonné n'existe plus. Tu ne la trouveras plus que dans mon livre. »

« Carmen, je...

— C'est quoi, ce que tu lis ? le coupa-t-elle. C'est ton prof qui t'a conseillé Capote ? se moqua-t-elle gentiment.

— Hein ? Ah, oui... » Il parut troublé mais se reprit. « Tu sais que je suis vraiment étudiant maintenant ? Je fais une école de journalisme. »

Carmen ne put s'empêcher de rire. « Donc j'avais raison quand je me suis moquée de toi, le soir où on s'est rencontrés ! Sauf qu'en fait, c'était le futur que je voyais !

— Il faut croire que je suis très prévisible. »

Ils firent quelques dizaines de mètres en silence.

« Quand on pense qu'il y a deux ans, on n'aurait pas pu faire deux pas sans se faire emmerder par des paparazzis. Et voilà qu'on a retrouvé notre anonymat, dit Lucas.

— C'est les avantages et les inconvénients de la gloire. Quand tu ne fais plus rien d'intéressant, les gens t'oublient aussitôt. Il y a deux ans, quand tout ça a mal tourné, je me suis dit que j'allais être marquée à vie. Mais les gens... Oh, tu sais pas quoi ? s'interrompit-elle brusquement. La semaine dernière, j'étais à une soirée de promo pour mon livre, et tu ne sais pas sur qui je suis tombée ? Lucien Moreau ! Il était là, en train de photographier un top model.

— Ah, je m'en souviens bien ! Jéy Jacobzon et ses brillantes idées.

— C'est ça, ouais... Je suis allée lui dire bonjour mais j'ai compris assez vite qu'il ne se souvenait carrément pas du tout de moi ! Il m'a dit que si mon livre se vendait assez bien, peut-être qu'un jour il accepterait de me photographier.

— Ha ha, génial ! Eh oui, Carmen, peut-être qu'un jour ton rêve le plus fou se réalisera et que tu auras la chance d'être photographiée par Lucien Moreau...

— Tu es tombé dans l'oubli, toi aussi ?

— À peu près. Mais à l'école, tout le monde m'a reconnu aussitôt. Ils n'ont pas compris pourquoi j'étais de nouveau étudiant alors que j'étais déjà célèbre... Je leur ai dit qu'il fallait se méfier des vœux qu'on formule... Il y a aussi une fille avec qui je suis sorti pendant un petit moment, et qui prétendait qu'elle n'avait jamais entendu parler de moi et ne lirait jamais nos articles.

— Une vraie petite menteuse, celle-là...

— Elle disait que ce serait comme de lire la fin d'un roman avant le début, dit-il en haussant les épaules. Elle préférait en savoir le moins possible.

— Elle n'avait pas tort. Et qu'est-ce qu'il s'est passé ?

— Elle a tout lu.

— Ha ha, j'avais raison.

— Elle est devenue vraiment bizarre après ça. C'était comme si tout à coup, elle voulait que je sois Mister Nice Guy. Il fallait que je pense comme lui, que j'agisse comme lui... Et quand je ne le faisais pas, elle m'accusait de ne pas être assez authentique. Parce qu'elle était persuadée de savoir comment je me comportais “pour de vrai”.

— Mince… Mais je te rassure, toutes les filles ne sont pas comme ça. Il y en a qui sont tout à fait capables de comprendre que le type que tu étais à l'époque et le personnage qu'il jouait n'ont rien à voir avec celui que tu es aujourd'hui.

— La perle rare. »

Lucas croisa le regard de Carmen avant de détourner les yeux. Elle resta silencieuse un peu plus que nécessaire. Est-ce que ça voulait dire quelque chose ? « Et toi ? voulut-il savoir, espérant ne pas pousser le bouchon trop loin. Tu vois quelqu'un ?

— Comme on disait, parfois il vaut mieux en savoir le moins possible. »

Lucas sembla se refermer sur lui-même.

« Je plaisante, dit Carmen en lui mettant un petit coup de coude. Mais je suis heureuse de voir que tu as toujours ton côté hypersensible. »

Elle réussit à le faire sourire.

« Je ne suis pas exactement célibataire. Mais certainement pas en couple non plus. Il y a des milliers d'années, quand je t'ai dit que j'avais besoin de faire un petit bout de chemin toute seule, je ne mentais pas.

— Et ça donne quoi ?

— Essentiel. Et révélateur. Avec quand même un côté traversée du désert, je dois bien l'admettre. Je pense que le temps est venu que je passe à autre chose. C'est fou de se dire ça, mais il reste une forme de relation qui m'est totalement inconnue.

— Ah ? Et c'est quoi ? »

Carmen s'arrêta et leva les yeux sur lui comme si c'était une évidence. « Une relation sérieuse, loyale et monogame. Parfois, je me demande si j'en serais même capable. Comment est-ce qu'on fait ? »

« Il suffit d'un peu de générosité, et tu en as assez pour deux », voulut dire Lucas. Mais il n'était pas certain qu'elle ait très envie d'aller dans cette direction, et lui non plus.

« Ou peut-être qu'un fan va te tomber dessus au prochain coin de rue et t'offrir du mauvais blanc dans l'espoir que tu le fasses monter dans ta chambre du Courtyard by Marriott, plaisanta Lucas pour essayer d'alléger l'ambiance.

— Ah, la vie romanesque d'un écrivain ! Quand je pense qu'à une époque on avait notre table réservée au Mandarin oriental. »

Ils étaient presque au parc.

« Je pense qu'on devrait finir en taxi, ajouta-t-elle. Je suis vraiment en retard pour ma propre soirée de lancement et j'ai les pieds en bouillie avec ces chaussures... » C'était une invitation en même temps qu'une façon de clore leur conversation. Lucas aurait voulu qu'elle n'ait rien de prévu après. Il aurait voulu qu'ils continuent à marcher ensemble. Mais elle lui avait déjà donné plus que ce qu'il aurait pu espérer. Devait-il l'accompagner à son lancement ou rentrer ? Il s'imaginait la soirée, les gens qui le reconnaîtraient et le dévisageraient alors que lui n'aurait qu'une envie, parler à Carmen, occupée avec les autres invités. Ni l'un ni l'autre n'allaient passer un bon moment. Il valait mieux qu'il s'inspire du parcours de Carmen et rentre seul. Pour ce soir, en tout cas.

« C'est gentil mais j'ai un cours tôt demain. Par contre, ça me ferait très plaisir que tu me racontes ta tournée de lancement, quand tu reviens. Et que tu me parles de ces deux dernières années. Si ça te fait plaisir aussi, bien sûr.

— Je pense que c'est jouable, oui. »

Lucas aurait juré qu'elle lui avait décoché un clin d'œil.

Comme souvent quand elle hélait un taxi, Carmen pensa à Mira, qui aimait tant évoquer sa jeunesse. Elle racontait toujours comment elle devait marcher des kilomètres et des kilomètres avec sa lavallière et ses escarpins, dans la crasse d'une ville bien moins accueillante que ce qu'elle était à présent. « De nos jours, les jeunes femmes sont tellement gâtées », se moquait-elle. Mais toutes les deux savaient que Carmen aussi avait dû tracer sa propre route et cheminer seule ces dernières années, et que le terrain avait souvent été accidenté. Elle avait parfois trébuché dans des ornières, mais ça ne l'avait jamais découragée. En cela, elles étaient très semblables.

Un taxi s'arrêta.

« Ça m'a fait vraiment plaisir de te voir, dit-elle. C'était une jolie surprise. »

Après une rapide accolade, Carmen monta dans la voiture. « C'est marrant, il y a écrit Palmer et Coletta sur ton sac », fit-elle remarquer.

Lucas baissa les yeux. Il utilisait ce sac depuis deux ans et il lui était devenu tellement familier qu'il ne le voyait même plus. « Oh...

— C'est une drôle de coïncidence, c'est comme ça que s'appelle le cabinet d'avocats qui a défendu Mira.

— Incroyable.

— Oui, hein ? Incroyable », lança-t-elle en claquant la portière.

Lucas s'attarda un instant devant l'arc de triomphe du parc. Ça paraissait fou que cet édifice majestueux soit planté là, dans ce parc ordinaire fréquenté par les étudiants et dans lequel se jouait à cet instant, sous ses yeux, un étrange ballet constitué de personnes déguisées en Jedi qui agitaient leurs sabres laser. New York était si étonnant, un véritable creuset de cultures avec chacune sa propre hiérarchie sociale, et dont les membres étaient habités d'ambitions et de désirs multiples. Peut-être que pour tenir à distance ces appétits insatiables, il suffisait de franchir les ponts entre les différentes cultures. Au lieu de se laisser piéger par New York dans l'univers du journalisme, des people, des Jedi ou de la fac, peut-être qu'il fallait justement se servir de cette multiplicité pour gagner en liberté. Il ne pensait pas à la liberté absolue et individualiste de Sofia mais plutôt à celle à laquelle on accède lorsqu'on est doté d'une bonne estime de soi et d'amis généreux. Peut-être était-il alors possible de passer de nouvelles portes sans pour autant se perdre dans le labyrinthe. Et on y gagnait en prime le simple bonheur de vivre, si cher aux yeux de Carmen.

Ils étaient si nombreux à débarquer à New York dans l'espoir de fuir leur vie insipide. Lucas comprenait, à présent, pourquoi tout le monde avait ri avec condescendance à la soirée de Jiji, quand il s'était moqué du Kansas ou de l'Idaho. Parce qu'ils partageaient tous les mêmes origines : ils venaient tous du trou du cul du monde. Et ils avaient mis le cap sur New York pour y briller comme autant de soleils citadins, pour briller plus grand et plus fort. Certains, comme Jiji et Nicholas Spragg, étaient même allés très loin pour rassasier leur appétit de gloire et exposer leur parfaite métamorphose. Mais même si son existence était plus modeste et incertaine, Lucas appartenait tout autant qu'eux à New York. Tout ce qui comptait, c'était qu'il la considérait comme sa ville. Et qu'il y était heureux.

Malgré la masse de travail qui l'attendait, il était difficile de résister à une aussi belle soirée. Lucas traversa donc le parc puis Houston Street avant de déambuler dans SoHo. Il fut bientôt dans le quartier de Tribeca, se rapprochant de son ancien travail. Là où tout avait commencé. En l'honneur du bon vieux temps, il décida d'aller s'installer dans un bar à côté pour avancer sa lecture. Il marcha un moment au bord de l'Hudson et s'apprêtait à tourner dans une petite rue quand il tomba en arrêt devant un mini World Trade Center, tout de verre et de chrome, qui lui fit penser à une maquette Disney. L'incongruité du bâtiment, qui brisait l'harmonie des bâtisses voisines en briques, était assez perturbante. Puis Lucas vit le drapeau qui se dressait fièrement, comme sur un mât de navire. Un énorme U doré.

C'est à ce moment-là que les grandes portes s'ouvrirent, laissant échapper un flot de beaux jeunes gens. Les femmes portaient du lamé et de la soie et leurs robes ondulaient sur leurs hanches étroites, les hommes étaient vêtus de velours et de carreaux, avec des cols bien nets et des chaussures de golf. Ils enfumaient le trottoir et riaient trop fort, mais c'était bien le cadet de leurs soucis. Et ils ne semblaient pas en avoir beaucoup, de toute façon.

Deux hommes sortirent à leur tour. Nicholas Spragg apparut le premier, avec un pantalon chic mais tout simple, une chemise à col boutonné et une coupe de cheveux de jeune premier. Il était aussi laid que d'habitude, mais on le sentait habilement influencé par l'homme qui le suivait. Jay Jacobson, ancien Directeur de la rédaction d'*Empire*. Il s'arrêta un instant sur la première marche, comme pour évaluer son poulain – son protégé, son mécène, son laquais et également, Lucas en était certain, son enfer personnel.

Bien sûr. Il devait se trouver devant l'Université, la pouponnière de leur nouveau projet. Lucas prit une photo et l'envoya à Carmen, qui lui répondit dans la minute : « Comme quoi, personne n'est marqué à vie. »

Elle avait raison, comme souvent. Et si ça ne la dérangeait pas, Lucas décida que ça ne le dérangerait pas non plus. Dissimulé dans l'ombre, il observa Spragg fumer et sourire, faisant son petit numéro de séduction au groupe. Jiji, immobile, était toujours posté en haut des marches. Lucas le vit grimacer et plisser les yeux, trahissant un épuisement très inhabituel. Puis il le vit prendre une longue inspiration, comme s'il se préparait à affronter une épreuve. Alors les yeux reprirent leur éclat habituel, la belle bouche dessina un sourire. Jay Jacobson descendit avec souplesse la volée de marches, la main déjà tendue.

Lucas sentit un pincement de pitié pour son ancien patron. Mais ça ne dura qu'un instant. Il y avait beaucoup d'autres gens, beaucoup d'autres choses qui méritaient son attention. Et il perdait son temps ici, à les observer dans l'ombre, alors qu'il fallait qu'il soit au point pour son cours du lendemain. Lucas reprit sa route sans se soucier le moins du monde d'être remarqué ou pas.

Remerciements

Pour commencer, Jason et Jen voudraient se dire merci. Eh, on a quand même écrit un roman ensemble – un roman qui parle de deux personnes qui critiquent leurs performances sexuelles, et on est toujours mariés ! (Tape-m'en cinq !) Et vous, cher lecteur, vous vous demandez sans doute à quel point nous avons mis du nôtre dans ces rubriques assassines. C'est une très bonne question... À laquelle nous ne répondrons pas !

Mais si vous voulez nous interviewer et parler de ce livre au monde entier, on sera ravis de tout vous raconter. Oui, tout !

Nous voudrions aussi remercier nos familles, et surtout nos parents, d'avoir été aussi encourageants et attentionnés. Nous vous devons d'être qui nous sommes aujourd'hui. En fait, nos parents sont tellement incroyables qu'ils ont accepté de lire ce livre. Et Dieu sait que ça a dû les mettre particulièrement mal à l'aise. Jason et Jen espèrent que leur petit Fenn aura le courage de faire tout ce qui lui plaît plus tard. À part, peut-être, lire ce livre.

En ce qui concerne le monde de l'édition : un grand merci à notre agent, Libby McGuire, qui a su nous apporter un enthousiasme incroyable, beaucoup de confiance et de savoir-faire – ainsi que le titre de ce roman ! (À la base, il devait s'appeler *À poil les critiques !*) Anna Worrell, nous sommes très chanceux que tu aies accompagné ce livre jusqu'à la ligne d'arrivée. Merci à Adam Gidwitz, pour nous avoir fait rencontrer Libby. Et merci à notre correctrice, Leslie Gelbman, pour son œil aiguisé, et au reste de l'équipe des éditions St. Martin Press qui a travaillé avec nous sur ce bébé : Brittani Hilles, Marissa Sangiacomo et Tiffany Shelton.

Jen a déjà écrit trois livres, ce qui veut dire qu'elle en est à ses troisièmes remerciements et donc qu'elle est à court de gens à remercier. Mais elle voudrait quand même mentionner nos sources d'inspiration : Edith Wharton, pour *Les Beaux Mariages*, F. Scott Fitzgerald, pour *Gatsby le Magnifique*, et Lauren Weisberger pour *Le Diable s'habille en Prada*. Nous tenons aussi à remercier Nick Marino, parce que si nos personnages avaient un vrai styliste, ce serait lui.

Au tour de Jason. C'est son premier livre, alors s'il vous plaît, encouragez-le, il essaie de récupérer son « je » pour accoucher de son bus de remerciements.

Coucou, c'est Jason. Comme le roman se passe dans le monde des médias new-yorkais, je me dois d'abord de remercier tous ceux qui y évoluent quotidiennement. Oui, tous. Je suis le plus heureux des hommes d'avoir des amis aussi formidables et talentueux. Sans eux, les débuts chaotiques de ma carrière n'auraient pas du tout été les mêmes. Ils font un travail incroyable, et ce sont des gens incroyables. Et ils boivent une quantité tout aussi incroyable d'alcool gratos, offert pour des raisons qu'on ne comprendra jamais vraiment. Mais je ne peux pas remercier tout le monde parce qu'il n'y aurait pas assez de pages. En plus, je risque d'oublier quelqu'un et je ne pourrais jamais me le pardonner. Je serai donc affreusement bref : merci à mes amis des magazines *Boston*, *Men's Health*, *Fast Company*, *Maxim* et *Entrepreneur* (et un grand merci à tous ceux qui ont bossé avec moi avant et qui m'ont rejoint au sein d'*Entrepreneur*), merci à mes potos des Dîners de potos (avant c'était Soirées de potos, mais avant on était jeunes), et merci à ceux qui ont eu le courage de m'embaucher (parfois ces mêmes personnes ont déjà été remerciées dans les catégories susmentionnées), merci à mes pairs qui sont aussi devenus mes amis après des « events », des débats, des coups après le boulot, des missions en free-lance ou parfois juste une avalanche de tweets. Si vous pensez que je parle de vous, alors c'est bien de vous dont je parle ! Merci de m'avoir inspiré et d'avoir inspiré ce roman, et merci de continuer à me suivre sur les réseaux alors que je me suis transformé en un infâme robot qui fait son autopromotion non-stop. C'est à ça qu'on reconnaît les vrais amis !

MIXTE
Papier issu de sources responsables
FSC® C003309

Les papiers utilisés dans cet ouvrage
sont issus de forêts responsablement gérées.

Imprimé en France par CPI
en mars 2020

N° d'impression : 3038675
M05905/01